De laatste die sterft

Van Helen Fields verscheen eveneens
bij Ambo|Anthos *uitgevers*

De schaduwman

In de serie met Ava Turner en Luc Callanach:
1 *Perfecte resten*
2 *Perfecte prooi*
3 *Perfecte dood*
4 *Perfecte stilte*
5 *Perfecte misdaad*
6 *Perfecte moord*
7 *Perfecte wraak*

Helen Fields

De laatste die sterft

Vertaald door Ernst de Boer
en Ankie Klootwijk

Ambo|Anthos
Amsterdam

MIX
Papier | Ondersteunt verantwoord bosbeheer
FSC® C083411
FSC
www.fsc.org

Eerste druk januari 2024
Tweede druk januari 2024
Derde druk februari 2024

ISBN 978 90 263 6270 5

Oorspronkelijke titel *The Last Girl to Die*
Oorspronkelijke uitgever Avon
Omslagontwerp Studio Jan de Boer
Omslagillustratie © Claudia Holzforster / Arcangel Images
Foto auteur © Robert Perry

Verspreiding voor België:
Veen Bosch & Keuning uitgevers nv, Antwerpen

Voor Helen Huthwaite

Omdat je de zon altijd laat schijnen

1

De vondst van het lichaam van Adriana Clark was een schok, maar geen verrassing. Ik was er tenslotte naar op zoek. Het meisje was al elf dagen en nachten vermist en haar naasten waren ten einde raad. Ik noem de nachten expliciet omdat die in mijn ervaring zoveel gruwelijker zijn dan de uren overdag, die daarbij in het niet vallen. Overdag kunnen naasten die op de terugkeer van een geliefde wachten nog enige afleiding zoeken. Ze kunnen telefoneren, flyers ophangen, indringende interviews aan de pers geven, brood bakken of naar de kerk gaan. Iedereen heeft overal wel een soort altaar – thuis, op het werk of in een gebedshuis – waar je overdag in tijden van crisis voor kunt knielen. Maar bij mijn eerste ontmoeting met Adriana's familie zag ik de verschrikking van de eindeloze nachten die ze hadden doorstaan, wachtend op een telefoontje en met het wegtikken van de seconden. De nacht betekent niet alleen de afwezigheid van licht, hij symboliseert de duisternis in ons allen wanneer we de hoop verliezen.

Aanvankelijk waren de feiten niet ongewoon. Er was een tiener verdwenen. Zeventien jaar oud, uit een gezin dat op het eiland Mull woonde, ten westen van het Schotse vasteland. Een Amerikaans gezin, een van de twee aspecten aan de zaak die me opvielen. Als het toeristen waren geweest was dat tot daaraan toe, maar het leek me voor een gezin uit Zuid-Californië een merkwaardige plek om neer te strijken. Om te beginnen had het eiland afgezien van een korte, heerlijke zomer veel minder zonuren per jaar, om maar te zwijgen van het gebrek aan winkelcentra, koffieketens en bezorgmogelijkheden. Toch dacht ik: fijn voor ze. Persoonlijk voel ik me in kleine, zelfstandige gemeenschappen midden in de natuur gelukkiger dan in zuurstofarme steden, maar ik ben dan ook een Canadese uit Banff. Net als Mull beziet Banff de jaarlijkse toeristenstroom met een mengeling van berusting en gastvrijheid. Wanneer ik rust nodig had zocht ik 's winters altijd de bergen op, of 's zomers een meer. Als ik voor een zaak naar Vancouver of Toronto moest, was dat voor mij al ver van huis. Maar Schotland lag zo ver weg dat ik daar nooit rekening mee had gehouden.

Terug naar Adriana. Op een zaterdagochtend eind september werden haar ouders wakker in de veronderstelling dat hun dochter uitsliep, en ze maakten zich pas zorgen toen ze tegen lunchtijd nog niet beneden was. Toen haar vader zijn hoofd om de hoek van haar deur stak, bleek haar bed leeg te zijn. Thuis was ze nergens te bekennen. Haar fiets stond in de garage. Haar portemonnee was verdwenen, maar haar paspoort lag nog in het nachtkastje van haar moeder. Geen spoor van haar mobiel.

Vijf dagen later landde ik op het vliegveld van Glasgow en reisde vandaar naar de veerhaven.

Je vraagt je vast af of ik bij de politie werk. Dat is niet zo. Ik ben ook geen patholoog of forensisch expert. Ik ben privédetective, een etiket waar ik niet dol op ben, maar ik heb een vergunning en soms is die wel handig als ik mensen om informatie vraag. Ik ben gespecialiseerd in het opsporen van vermiste tieners. Niet bepaald de niche die ik in gedachten had toen ik begon, maar ik ben een vrouw en klein van stuk, waardoor ik blijkbaar niet intimiderend overkom, en ik heb een, zoals anderen dat meer dan eens omschreven, 'opgewekte, positieve houding'. En kuiltjes in mijn wangen. Jammer genoeg zullen die eigenschappen Adriana niet terugbrengen of het verdriet van haar ouders minder erg maken.

Ze verwelkomden me in hun huis en vertelden me alles over hun dochter waarvan ze dachten dat het van belang was. Adriana volgde onlinelessen om haar Amerikaanse middelbareschooldiploma te halen. Ze had sinds de zomer een vakantiebaantje in de plaatselijke pub in Tobermory, waar het gezin tijdelijk iets had gehuurd omdat hun permanente onderkomen eerst moest worden verbouwd. Goeie leerling, geen drugsproblemen, geen vriendje, zeer sociaal. Ze miste haar vrienden in Amerika, maar niet heel erg. Geen alarmbellen. Haar tweelingbroer, Brandon, keek boos uit zijn ogen. Dat was begrijpelijk. Ik had geen idee hoe het was om je tweelingzus te missen. Hij was diepbedroefd. Dan was er nog een klein zusje, Luna, vier jaar oud, het product van oudere ouders die dachten dat anticonceptie wel door de natuur geregeld zou worden maar erin waren getuind. Een schattige spring-in-'t-veld met donkere krullen, het evenbeeld van haar moeder Isabella, een latina. De vader, Rob, was een typische Amerikaan: gebruind, baseballfan en verwoed barbecueër. Ze hadden me aangekeken alsof ik zowel het gif als het tegengif was: een bejegening die ik gewend was. Niemand wil in een situatie terechtkomen waarin hij mijn hulp nodig heeft.

Ik werkte al als privédetective sinds ik acht jaar daarvoor mijn studie criminologie had voltooid, en de ontdekking van Adriana's lichaam was het meest verontrustende dat ik in al die tijd had meegemaakt. Als je bedenkt dat ik ooit de resten heb gevonden van iemand die door een poema was verscheurd en een keer een beer iemand heb zien aanvallen, wil dat nogal wat zeggen.

Mijn intuïtie had me naar Mackinnon's Cave geleid. Eerlijk gezegd werd ik op het spoor gezet door een reisgids en door het feit dat ik tieners redelijk goed snap. Maar Adriana had evengoed in een van de andere grotten op het eiland kunnen liggen. Een van de redenen waarom de politie nog niet in Mackinnon's Cave had gezocht was waarschijnlijk dat de grot ruim dertig kilometer van Tobermory lag, maar Adriana's leeftijdgenoten waren oud genoeg om auto te rijden, en hoe verder van huis je gaat feesten, hoe kleiner de kans dat je wordt ontdekt.

Mackinnon's Cave is een miljard jaar oude spleet aan de westkant van het eiland, met een diepte van zo'n honderdvijftig meter. Begin oktober was de in september nog zo kalme zee grilliger en minder voorspelbaar geworden. Die ochtend had bij hoogtij een storm gewoed. Mackinnon's Cave was alleen veilig bereikbaar bij laagtij, anders had je een badpak nodig om er te komen. Ik ben gek op buitensport: skiën, snowboarden, wandelen, bergbeklimmen. Ik heb gekampeerd onder ijzige omstandigheden en sneeuwstormen doorstaan met niets meer dan een laagje tentdoek tussen mij en de elementen. Maar zwemmen in zee... bij nacht? Daar bedank ik voor.

De grot was indrukwekkend. De ingang was een hoge smalle scheur in de rotsen en aan de rechterkant helde de rotswand dreigend over, waardoor ik mijn hart in mijn keel voelde kloppen. Het late middaglicht kon niet tegen de duisternis binnen op, maar ik had me voorbereid en droeg een klimhelm met meerdere lampjes erop. Zodra ik de grot binnenstapte voelde ik dat mijn ingeving juist was geweest. Het weggegooide ciderblikje waar ik op trapte maakte dat typische geluid van krakend metaal dat overal ter wereld op de aanwezigheid van tieners duidt.

Een paar meter verderop lagen de overblijfselen van een vuur, dicht genoeg bij de ingang zodat de rook door de frisse lucht naar buiten zou worden gezogen. Meerdere steencirkels eromheen en verschillende soorten verbrand hout wezen erop dat deze provisorische stookplaats in de loop der jaren verscheidene keren was gebruikt en veranderd.

Tieners hebben zo hun plekken.

Ik had al veel andere soortgelijke plekken op het eiland afgezocht. Populaire strandjes, leegstaande boerenschuren, kasteelruïnes, verlaten parkeerplaatsen met uitzicht op de ondergaande zon en voldoende privacy. Maar Adriana wachtte op me in Mackinnon's Cave.

Het geluid van mijn voetstappen weerkaatste in de muil van de grot, en het werd holler toen ik er verder in liep. Vandaar betrad ik een enorme ruimte waar zich hoog tegen de rotswanden natuurlijke schappen hadden gevormd en in de bodem langs de zijkanten diepe geulen waren ontstaan. Hoog, groots en indrukwekkend. Ik zou Adriana over het hoofd hebben gezien als er niet een kleine opening had gezeten in de laag stenen waar ze onder lag, waardoor ik een glimp opving van de blauwgroene metallic nagellak die ze volgens haar moeder op haar tenen had. Terwijl ik daar liep had het licht van mijn helmlamp op de nagellak geschenen, en die lichtte heel even op, als de ogen van een moerasdier bij nacht. Mijn voeten, die trager reageerden dan mijn hersenen, waren nog een meter of wat doorgelopen, en toen ik me omdraaide was de blauwgroene schittering nergens meer te zien.

Zittend op mijn knieën haalde ik wat stenen weg, beducht voor een steenlawine en het gevaar vroegtijdig mijn eigen graf te graven. Haar lichaam lag in een van de spleten en was afgedekt met een paar grote keien en verder met schalie, kiezels en aarde.

Eerst raakte ik Adriana's hand aan. Die was ijskoud. De huid voelde zijdeachtig maar stevig aan, de vingers waren gezwollen. Ik sloot mijn ogen en werd heel even overvallen door de intimiteit van het moment. Je hoopt altijd dat je het mis hebt, maar ik had de wanhoop van haar familie goed ingeschat. De onderhuidse spanning gevoeld in de zijdelingse blikken die ze elkaar toewierpen en in de woorden die ze niet uitspraken. Ze hadden me gevraagd een lijk te vinden, niet om een weggelopen kind te zoeken. Ik had het vrijwel onmiddellijk gevoeld.

Op dat moment had ik haar hand moeten loslaten en de grot uit moeten gaan om de plaats delict niet te verstoren. Procedures, procedures en nog eens procedures. Het probleem is echter dat je als privédetective geen rechten hebt. Je mag niet overleggen met het forensisch team of de patholoog, je krijgt nooit een politierapport te zien (tenzij je met een politieman in bed duikt, maar daar was ik jaren geleden al mee gestopt) en die eerste indrukken zijn nu eenmaal van groot belang. Die bevatten vrijwel alle bruikbare informatie.

Met handschoenen aan, zonder verder iets aan te raken zodat er geen vezelsporen verloren gingen, en ervoor zorgend dat ik met mijn knieën op één plek bleef, haalde ik de stenen een voor een weg tot Adriana naakt voor me lag.

Ik ben blij dat de doden zichzelf niet kunnen zien. Het biedt een allesbehalve vredige aanblik. Als lijk wordt er voortdurend inbreuk op je lichaam gemaakt.

Adriana had geen duidelijke verwondingen waarvan je adem stokte of waar je alleen maar naar kon staren. Geen schotwonden, rijtwonden van klauwen of vurige brandplekken van een touw dat om haar nek was gesnoerd. Haar huid, die hier en daar paarse vlekken vertoonde, had voornamelijk een grijs-wit-groene kleur. Er is geen naam voor die kleur, behalve in mijn hoofd. Ik heb hem mortuariumgroen genoemd. Dat is eigenlijk de enige plek waar je die kleur ziet.

Haar ogen stonden open, het wit was rood dooraderd en over het sprankelende bruin van haar irissen lag een dof waas. Adriana's mond stond ook open en zat vol zand, alsof de grot zijn eigen braaksel uitspuwde. Geen los zand dat je op een zonnige middag tijdens een strandwandeling omhoog schopt, maar het aangestampte zand in het emmertje van een kind dat op het punt staat het om te keren om er een zandkasteel mee te maken. Haar lippen waren helemaal uitgerekt en vormden een eeuwigdurende schreeuw die ik met mijn eigen kreet dreigde te imiteren.

Het wees niet op een verdrinkingsdood. Het was geen uit de hand gelopen grap. Evenmin had het meisje in zwaar gedrogeerde toestand haar eigen mond vol zand gestopt. Dan had ze het vroeg of laat uitgespuugd en was ze op haar zij gerold. Nee, Adriana had gezelschap gehad toen ze stierf.

Haar lange zwarte haar – waar ze volgens iedereen zo trots op was – lag als een waaier rond haar hoofd, en eromheen gewikkeld en erdoorheen gevlochten zat zeewier. Het wier was donker verkleurd en stonk, hoewel het in verre staat van ontbinding verkerende lijk de aanval op mijn zintuigen glansrijk won. Het zeewier vormde een soort groteske kroon: ze was een dode schoonheidskoningin die aan de zee toebehoorde. Ik haalde mijn camera tevoorschijn en fotografeerde het lichaam. Ik had toestemming van de familie, carte blanche om te doen wat nodig was. Wat mij betrof hoefden ze deze beelden nooit onder ogen te krijgen, maar ikzelf had ze nodig voor mijn onderzoek. En er restte me nog één laatste, vreselijke taak. Ik trok de benen van het meisje omhoog en spreidde ze om haar op verwondingen te controleren. Adriana was bij leven beeldschoon geweest. Misschien was ze op haar zeventiende nog niet tot volle bloei gekomen en zou haar lichaam zich nog verder ontwikkelen, maar ze was zeker al betoverend genoeg om de aandacht te trekken van mensen met niet bepaald zuivere motieven.

Liever had ik niet gekeken, maar toen ik dat toch deed kon ik mijn blik niet afwenden.

Een grote schelp, waarvan de helft nog zichtbaar was, was in haar vagina geduwd. Ik slikte mijn walging weg, mijn schaamte om van deze schending getuige te zijn, en nam nog meer foto's, waar ik mezelf om verafschuwde, ook al wist ik dat ik geen andere keus had.

Ik zag geen bloed op de bodem onder haar billen of bloedspetters op haar benen. Haar nagels waren intact en haar handen vertoonden geen schrammen, geen wonden die duidden op verzet. Ze had wel wat schaafplekken op haar hielen. Ze was dus niet op blote voeten over de rotsen gerend, ze was geen rotswand op of af geklauterd en vervolgens in paniek geraakt.

Nadat ik haar lichaam had teruggelegd zoals ik het gevonden had en de stenen aan de kant liet liggen, doorzocht ik de rest van de grot. Er lagen geen kleren of persoonlijke bezittingen, alleen een paar verpakkingen van etenswaren, en sigarettenpeuken. Iemand had het lichaam onteerd en het vervolgens verborgen, alleen niet zo goed dat het nooit zou worden ontdekt. De dader had alles opgeruimd en haar kleren meegenomen, en haar achtergelaten op een plek die leeg voelde en tegelijkertijd over haar leek te waken.

Ik huiverde en wist dat ik niet veel langer kon blijven, maar het ging me aan het hart om Adriana hier alleen te laten. Het zou niet lang meer duren voor ze een lijkzak om zich heen zou hebben, hield ik mezelf voor. Op een snijtafel in het mortuarium, buiten het bereik van aaseters. Dat was een schrale troost.

Een uur nadat ik daar was binnengegaan kwam ik de grot uit, ging op een steen zitten en belde het nummer van de hulpdiensten. Geen bereik bij de ingang van de grot. Met pijn in het hart liep ik weg en ik moest Adriana alleen achterlaten in het pikkedonker. Pas halverwege het pad dat omhoogliep naar de weg kreeg ik verbinding.

Ik kreeg te horen dat de agent van dienst zou worden gewaarschuwd, en dat de politie hier zo snel mogelijk naartoe zou komen. Een team van de technische recherche zou van het vasteland moeten komen en de aanvraag daarvoor moest via Glasgow lopen. Zou ik ter plaatse kunnen blijven om de politie te wijzen waar het lichaam lag? Ik beloofde dat ik dat zou doen.

Ik had gezegd dat ik een lichaam had gevonden, maar geen naam genoemd. Ik was het aan de familie verplicht dat ze het van mij persoonlijk zouden horen, en op een klein eiland zou het nieuws onmiddellijk rondgaan zodra de naam van het slachtoffer bekend was. Ik zou ongetwijfeld een verklaring moeten afleggen en moeten uitleggen wat ik daar deed, en ze zouden me onvermijdelijk aan de tand voelen over het feit dat ik het lichaam had aangeraakt en stenen had verplaatst. Al met al zou het leiden tot een ongemakkelijke werkrelatie met de politie.

Tegelijkertijd was dat de reden dat mijn hulp was ingeroepen. Een zekere onwil bij de plaatselijke politie om een zoekactie op touw te zetten. Een zekere terughoudendheid van de kant van de politie om uit te gaan van een mogelijk misdrijf. Adriana's ouders hadden tot vervelens toe clichés moeten aanhoren als 'Dat gebeurt nu eenmaal op die leeftijd', 'Binnen een week komt ze met hangende pootjes terug' en 'Waarschijnlijk is ze gewoon in Glasgow aan het feesten'. En verder ook iets wat de familie niet zozeer irriteerde maar vooral van streek maakte – het gevoel dat de politie niet stond te trappelen om aan een gedegen onderzoek te beginnen, maar in feite de dagen aftelde tot de Clarks het zouden opgeven en terug zouden gaan naar waar ze vandaan kwamen. Ik had de leidinggevende van het politieonderzoek op het eiland al gesproken. De familie had zich die vijandige houding beslist niet ingebeeld.

En daarom waren ze op internet op zoek gegaan naar hulp en hadden ze Sadie Levesque gevonden, privédetective, gespecialiseerd in vermiste tieners. Ze hadden mijn ticket van Calgary International Airport naar Glasgow betaald, een hotelkamer voor me geboekt en waren akkoord gegaan met mijn honorarium.

Nu was hun dochter dood. Vernederd, beschadigd, verkracht en gedumpt. Ik was aan lijken gewend geraakt, maar ik zou nooit wennen aan de wreedheid die sommige mensen kunnen ontketenen. Adriana's dood was niet alleen een aanslag op haarzelf, maar zou zijn ongewenste tentakels ook uitstrekken naar elk gezinslid, elke vriend of vriendin, en hen voor altijd beschadigen. Het gezegde 'de tijd heelt alle wonden' is niet van toepassing op de nabestaanden van moordslachtoffers. Dat weet ik maar al te goed.

Dus de politie zou komen opdraven om de gebruikelijke condoleances aan de familie over te brengen (voor wat dat waard was) en dan zou er eindelijk, veel te laat, een officieel onderzoek worden opgetuigd. De vraag die ik voor de politie had was niet hoe ze van plan waren de moordenaar van Adriana te pakken, maar of ze in deze kleine eilandgemeenschap eigenlijk wel wilden weten wie van hen zo'n onbeschrijfelijk gruwelijke daad had begaan.

2

'U bent wel vaker toevallig op het juiste moment op de juiste plaats om een lijk te vinden, hè?' vroeg brigadier Harris Eggo. Hij was bijna één meter negentig lang, had vaalbruin haar en het soort lijf dat in een koude nacht vast wel zacht en warm was maar hem bij de achtervolging van een fitte crimineel – heuvelopwaarts – in de weg zou zitten.

'Tot nu toe een paar keer, ja,' antwoordde ik naar waarheid. Het was mijn gewoonte zo min mogelijk tegen de politie te liegen. 'De ene leugen lokt de andere uit,' was een van mijn moeders favoriete wijsheden. Als je er eenmaal mee begint, glijd je in een moment van onoplettendheid uit en kom je in je eigen valkuil terecht.

'En zijn dat de kwalificaties op grond waarvan de familie Clark heeft besloten u in te huren? Want waar ik vandaan kom maakt het meer indruk als je een vermiste levend terugbrengt in plaats van dood,' zei hij, meer tegen de anderen in de kamer dan tegen mij. Een paar mensen beloonden hem met een onderdrukt gegniffel. Zo'n man was hij: een populistische puntenscoorder. Daar was ik niet voor in de stemming. Adriana's ouders zaten op me te wachten.

'Waarom hebt u geen zoekactie op touw gezet?' Het gelach verstomde. 'Adriana werd al elf dagen vermist. Geen enkel teken van leven. Ze had geen paspoort bij zich. Ze is niet gezien op de veerboot naar het vasteland. Waar ik vandaan kom zien we liever proactieve politiemensen dan nalatige.' Meestal stelde ik me niet zo agressief op, maar brigadier Eggo was nog klunziger dan de politiemensen met wie ik gewoonlijk te maken had.

'Sla maar niet zo'n toon tegen me aan, meisje,' mompelde Harris Eggo. 'Jij verschijnt op mijn eiland en plotseling is er een jonge vrouw dood? We kunnen hier ook een officieel verhoor van maken als je wilt.'

'Verloopt het dan sneller en professioneler? Want dat zou een hele verbetering zijn.'

Eggo stond op en kwam achter zijn bureau vandaan, waarbij hij tegen de knieën van een van de andere agenten stootte. Het kleine politiebureau aan Erray Road was een troosteloos gebouwtje met alleen een ruimte op de begane grond. Het oogde grauw en kleurloos en had betere tijden gekend. Ik zuchtte. Het zou bijna komisch zijn geweest als er geen jonge vrouw dood was. Hij ging voor me op de rand van het bureau zitten en sloeg kwaad zijn armen over elkaar.

'Jij verwaande klote-yank –'

'Ik ben Canadese, maar ga door,' zei ik.

Een klop op de deur behoedde zowel brigadier Eggo als mij waarschijnlijk voor een ordinaire ruzie. Een zwarte man met ernstige lichtbruine ogen en een indrukwekkende kaaklijn vereerde de kamer met zijn aanwezigheid.

'Ik dacht dat u mijn voorlopige bevindingen wel wilde horen,' zei hij. 'Bent u degene die het lichaam heeft gevonden?'

'Dat klopt,' bevestigde ik. 'Ik ben Sadie Levesque.'

'Juist, ik ben de forensisch patholoog. Nate Carlisle.' Hij stak zijn hand uit en schudde de mijne. Zijn hand voelde warm en glad aan. Ik weet niet waarom ik had gedacht dat die koud zou aanvoelen. Misschien omdat hij het grootste deel van de tijd in kadavers zat te wroeten.

'We zijn hier bezig,' zei Harris Eggo. 'Wat kunt u ons vertellen?'

'Adriana is minimaal acht dagen dood, maar eerder negen of

tien. Doodsoorzaak is verdrinking.'

'Kunnen we buiten verder praten, dokter Carlisle? Ik ben hier een potentiële verdachte aan het verhoren.' Eggo stond op en trok zijn schouders naar achteren, met als jammerlijk neveneffect dat zijn pens nu naar voren stak.

'Dat denk ik niet,' zei Carlisle zacht, op luchtige toon. 'Ik heb begrepen dat mevrouw Levesque pas vijf dagen geleden in Schotland is aangekomen.'

'Dat weten we niet zeker...' zei Eggo.

'U kunt mijn paspoort natrekken om de datum van aankomst te controleren. Ik kom het graag even afgeven,' zei ik.

'De familie Clark heeft me al gevraagd de bijzonderheden aan mevrouw Levesque door te geven. Zelf willen ze de forensische informatie liever niet te horen krijgen. Ze hebben haar voorlopig aangewezen als hun vertegenwoordiger.'

Ik mocht Nate Carlisle nu al.

'Ze heeft de plaats delict verstoord,' zei Harris Eggo. 'En dan is er nog het feit dat ze precies wist waar ze het meisje kon vinden. Ik wil dit verhoor graag afmaken, als dat mag.'

'Ik probeerde vast te stellen wie de overledene was voor ik de instanties zou waarschuwen. Ik heb alle voorzorgsmaatregelen genomen om geen bewijsmateriaal op de plaats delict te verpesten. En hoe ik wist waar Adriana was? Ik ben nu al vier dagen op het eiland aan het zoeken. De vraag is niet hoe ík haar heb gevonden, maar waarom dat júllie niet is gelukt.' Ik stond op. 'Dokter Carlisle, kunnen wij even praten?'

'Zeg, luister eens even...' begon Eggo.

'Ik heb een blanco formulier voor mijn getuigenverklaring,' zei ik tegen hem. 'Vanavond schrijf ik alle bijzonderheden op, dan kom ik het morgen langsbrengen. Als u dan nog vragen hebt, kunt u me bellen.' Nate Carlisle ging naar buiten en ik liep achter hem aan naar de buitendeur. 'Het is laat. Ik neem aan dat u de laatste veerboot hebt gemist?'

'Morgenochtend vroeg word ik per helikopter opgepikt, samen met het lichaam. Ik heb een hotelkamer gereserveerd,' bevestigde hij.

'Oké, nou, ik heb het wel gehad voor vandaag en eerlijk gezegd ben ik toe aan een borrel. Ik vermoed dat dat voor u ook geldt. Ik heb het lijk gevonden, dus volgens mij betekent dat dat u me trakteert.'

'Dat klopt, ik ben er ook wel aan toe, maar ik ben een Schot dus dat levert u geen punten op. Bovendien hebt u Adriana's lichaam verplaatst en hebt u overal vingerafdrukken achtergelaten,' antwoordde hij. 'Dus dat betekent, mevrouw Levesque, dat u trakteert.'

De bar in het Last Bay Hotel was opgeleukt met behang in een Schots ruitpatroon dat als het nieuw was geweest pijn aan de ogen had gedaan, maar dat met de jaren gelukkig was verbleekt tot een aangenaam ogende onbestemde mengeling van kleuren en lijnen. De houten vloer was versleten en de barvrouw was efficiënt en pragmatisch.

'Jullie kunnen beter dat tafeltje bij het raam nemen,' zei ze. 'Het is curryavond, en dan kan het bij de keuken nogal meuren.'

We namen onze whisky's mee naar het tafeltje dat ze ons had aangewezen. Het was een warme oktoberavond, en er waaide een welkom briesje door het raam, dat met een oud boek werd opengehouden. Dokter Nate Carlisle – hij had me zijn visitekaartje gegeven met een zowel verbijsterende als indrukwekkende reeks letters achter zijn naam – was in de veertig, slank, rijzig en kwam eerlijk en open over.

'Ik heb je laten natrekken en ik heb de familie gevraagd om zwart-op-wit te verklaren dat ik met je mocht praten,' zei Nate. 'Meestal beperk ik het contact tot de directe familieleden.'

'Ik ben een bevoegde privédetective,' zei ik. 'Voor wat dat waard is. Waar woon jij?'

'Glasgow. Ben je daar weleens geweest?'

'Telt het vliegveld ook mee? Dit is de eerste keer dat ik in Schotland ben. Ik was hier liever om een andere reden naartoe gekomen.' Ik nipte van de whisky, die in mijn keel brandde. 'Op Adriana.' Ik hief het glas en we dronken zwijgend. Ik wachtte een minuutje tot ik de vraag stelde die me al een poos op de lippen lag. 'Als ze is verdronken, hoe is ze dan zo diep in die grot terechtgekomen? Zo ver komt het tij niet.'

Nate keek om zich heen en constateerde dat we niet konden worden afgeluisterd. Hij boog zich voorover en sprak zachtjes. Spreken over de doden deed je het best op gedempte toon.

'Ze is waarschijnlijk onder haar oksels vastgepakt en versleept. Haar hielen zijn helemaal open geschuurd, ze heeft in de lengte meerdere schaafwonden en er zit vuil in de wonden, piepkleine steentjes en schelpgruis. Ik kan nog niet zeggen of ze dezelfde verwondingen op haar billen heeft.'

'Waarom niet?' vroeg ik.

Nate dronk in één slok zijn halve glas whisky leeg.

'Dus je hebt het lichaam niet opgetild? Dat is maar goed ook.' Ik wachtte op zijn uitleg. 'Heb je een sterke maag?'

'Ik kan het wel aan, hoor.'

'Dan zal ik je de foto's laten zien. Niet flauwvallen, want aan levende patiënten ben ik niet echt gewend.'

'Dat zal ik in m'n oren knopen.'

Hij pakte een moderne digitale camera, die net als een smartphone was uitgerust met vingerafdrukherkenning. In zijn fotoarchief klikte hij op een map met de naam CLARK, met daarachter de datum. Hij gaf me de camera en had het fatsoen de andere kant op te kijken terwijl ik de beelden bekeek. De eerste paar waren van het lichaam 'in situ': de grot, de stenen, haar uitgestrekte lichaam, op haar rug liggend omhoogstarend in de duisternis. Daarna close-ups van Adriana's gezicht, de zeewierkroon, haar handen, haar borsten en haar buik. Haar geslachtsdelen – weer met de schelp – eerst van een afstandje, en daarna van dichtbij. Ik ging er zo snel mogelijk doorheen.

'Wat voor schelp is dat?'

'Een tritonshoorn,' zei hij. 'Bijna achttien centimeter lang. En voordat je het vraagt, die komt niet in Schotland voor.'

Het volgende beeld was een stilstaand videobeeld met een play-symbool om het filmpje af te spelen. Ik tikte erop met de zijkant van mijn duim.

De grot werd nu fel verlicht door schijnwerpers. Rond Adriana's lichaam waren beschermende matten gelegd zodat er geen sporenmateriaal verloren ging wanneer ze voor vervoer in een lijkzak werd gelegd.

'Draai haar bij drie langzaam en voorzichtig om,' instrueerde een stem van iemand die niet in beeld was. Gehandschoende handen, meer dan ik kon tellen, pakten het lichaam voorzichtig vast zodat er bij die manoeuvre geen extra schade zou worden toegebracht. 'Een, twee, drie.' Adriana's lichaam werd omgedraaid. Onder het lijk leek de bodem van de grot tot leven te komen.

'Vang een paar van die krabben,' zei Nate op de video. Ik keek de echte Nate over de plakkerige cafétafel vragend aan. 'De levenscycli van dieren in de buurt van lijken helpen ons een precies tijdstip van overlijden vast te stellen. Nu moeten we nog uitzoeken welke verwondingen we aan de aaseters moeten toeschrijven en welke tijdens de moord zijn toegebracht.'

Ik pakte mijn glas en sloeg de resterende turfachtige vloeistof achterover voor ik de video verder bekeek. Adriana's rug en billen waren ernstig verminkt en op haar armen ontbraken grote happen vlees.

'De achterkant van haar benen is nog intact,' merkte ik op.

'Die lagen op een massieve rotslaag, waardoor ze beschermd waren.'

'En door de omvang van de verminking weet je hoelang ze daar heeft gelegen?'

'Ja, en ook door de kleur van haar huid en de mate waarin haar lichaam was opgezwollen. Bij verdrinking kan het tijdpad vertekend raken, vooral in zulk koud water wanneer het lijk daarna aan de lucht is blootgesteld, maar het lijkt me waarschijnlijk dat ze binnen vierentwintig uur na haar vertrek van huis is overleden. Ben je oké?'

'Niemand zou oké moeten zijn na zoiets te hebben gezien, toch?'

'Ik bestel nog wat,' zei hij. 'Stop het filmpje maar.'

Dat deed ik en ik hoopte dat geen enkel familielid van Adriana deze beelden ooit zou hoeven zien.

Nate ging weer zitten en schoof een nieuw glas naar me toe.

'Is ze afgezien van de verkrachting met de schelp verder nog seksueel misbruikt?'

'Dat is op dit moment niet vast te stellen, en door het zeewater en de krabben zullen we dat misschien nooit echt weten.'

Ik knikte. 'Oké,' zei ik en ik dacht daarover na terwijl ik een slok nam. 'Ze kan dus overal verdronken zijn en vervolgens in een auto naar de grot zijn gebracht. Ze hoeft niet per se in het water bij Mackinnon's Cave verdronken te zijn.'

'Nee, maar het zou wel een hele toer zijn om een lijk vol zeewater te verslepen. Bovendien zou dat in het donker gebeurd moeten zijn en waarschijnlijk zou je er meer dan één persoon voor nodig hebben.'

'Wat voor zeewier zat er in haar haar?'

'Kelp. *Laminaria hyperborea* is de Latijnse naam. Komt hier veel voor. Je ziet bleek.'

'Ik kom uit Banff. We staan niet echt bekend om onze gebronsde huid. Geen andere verwondingen?'

'Schaafwonden. Ik weet niet wat ik verder nog tegenkom, dat zie ik pas als ik onder de huid kan kijken. De verkleuring van de huid heeft mijn eerste bevindingen bemoeilijkt. Maar er is niets wat duidelijk in het oog springt. Ik voel geen onregelmatigheden aan haar schedel. Er zouden verwondingen aan haar rug kunnen zijn geweest die zijn weggevreten door de –'

'Jaja, ik snap het al,' zei ik. 'Geloof je in leven na de dood, dokter

Carlisle? Ik niet. Nooit gedaan. Maar als je er wel in gelooft, zou je de mogelijkheid moeten openhouden dat ze zichzelf daar had kunnen zien en zich ervan bewust was dat haar lijf laag voor laag werd opgegeten.'

'Ze was dood toen die beesten zich aan haar tegoed deden. Morsdood. Ik garandeer je dat Adriana niet levend uit het water is gekomen. Zíj heeft geen last gehad van die krabben, maar ik straks wel, bij de autopsie.'

'Die tritonshoorn... die verkrachting. Is dat gebeurd toen ze nog leefde, of toen ze al dood was?'

'Dat weet ik pas zeker als ik klaar ben met het post-mortemonderzoek.' Nate keek op zijn horloge. Hij had niet veel tijd meer.

'Ze was van moederskant een latina. Denk je dat er een racistisch motief in het spel is? Voor zover ik heb kunnen zien heeft Mull niet bepaald een etnisch heterogene bevolking.'

'Vraag je me dat omdat ik zwart ben, of omdat ik Schots ben?'

'Je bent allebei, en daarom heb je meer recht van spreken dan ik. Maar eigenlijk vraag ik het omdat van alle meiden op het eiland uitgerekend degene die dood in een spelonk wordt gevonden Schots noch wit is. Is dat niet toevallig?'

'Adriana was jong, knap, en ze woonde hier nog maar net, dus misschien was ze interessanter dan de meiden uit de families die hier al generaties lang wonen. Schotland is over het algemeen modern en heeft een inclusieve samenleving. Ben ik op school in Glasgow weleens gepest vanwege mijn huidskleur? Ja. Heeft dat mij belemmerd in mijn carrière? Ik denk dat het antwoord op die vraag wel duidelijk is.'

'Maar je weet ook wel dat pesten en schelden niet de enige vormen van racisme zijn. Soms uit racisme zich in een gebrek aan respect of wordt gedacht dat niet-witte vrouwen een lossere seksuele moraal hebben. Dat ze zelfs als wegwerpartikel worden beschouwd. Denk je dat de politie die invalshoek onderzoekt?' Ik begaf me hiermee op glad ijs. De patholoog werkte elke dag met de politie samen.

Ik had me een bepaalde indruk gevormd van brigadier Harris Eggo en zijn geüniformeerde makkers, maar ik kon niet van Nate Carlisle verwachten dat hij het met me eens zou zijn.

'Je kunt het ze echt niet kwalijk nemen,' zei hij. Ik zette me al schrap voor een preek. 'Dit is een klein eiland. De mensen zijn erg geschrokken. Er is hier in jaren geen moord meer gepleegd. Dit is een vredige gemeenschap. En Harris Eggo wil de moordenaar niet alleen pakken in het belang van Adriana's familie, maar om het hele eiland gerust te kunnen stellen, om duidelijk te maken dat hun zoons en dochters veilig zijn. Hij heeft zelf een tienerzoon. De man is bang en geschokt. Het feit dat iemand een uniform draagt wil niet zeggen dat hij geen normale menselijke tekortkomingen heeft.'

Het was geen preek. Het was erger. Ik schaamde me. Ik had minder stekelig moeten zijn en me op het politiebureau behulpzamer moeten opstellen. Nate had gelijk. Politietoezicht uitoefenen op een klein eiland was niet hetzelfde als in een grote stad. Alles aan dit onderzoek hier zou in het persoonlijke worden getrokken.

'En, vertel me eens hoe een privédetective uit Banff in Schotland terecht is gekomen. Werk je vaker zo'n eind van huis?' vroeg hij op zachte toon.

Hij had waarschijnlijk gemerkt dat ik mezelf verwijten maakte en wilde me afleiden. Nate was zowel opmerkzaam als vriendelijk.

'Ik heb een paar zaken buiten Canada gedaan, voornamelijk in de Verenigde Staten, van weggelopen tieners die de grens waren overgestoken. Eén keer ben ik in Honduras terechtgekomen. Toen ik de jongen had gevonden naar wie ik op zoek was wist ik niet wie van ons twee het bangst was. Landen waar niemand zich aan de wet houdt zijn doodeng als je beseft hoe weinig rechten je hebt als er iets misgaat.'

'En, lopen die zaken vaak fout af?' vroeg hij met een vriendelijke glimlach.

'Soms krijg ik te maken met gewetenloze mensen. Wanhopige

tieners kunnen zich behoorlijk in de nesten werken, en af en toe betekent dat dat ik spijkerhard moet zijn om ze te redden. Ik ben er niet trots op, maar ik ben er al een tijd geleden mee opgehouden mezelf grenzen op te leggen. In sommige zaken kan het er behoorlijk smerig aan toegaan.'

'Dat hebben onze beroepen dan gemeen. Goed, ik ga slapen. Als het weer er goed uitziet, vertrek ik morgenochtend vroeg.'

'Bedankt voor het gesprek,' zei ik. 'Krijg ik een telefoontje zodra er meer bekend is?'

'Absoluut,' zei hij. 'Je hebt me trouwens nog niet gevraagd naar dat zand in haar mond. Dat gedoe met die schelp was al een ruwe, grove schending. Maar dat zand...'

'Dat zand zegt alles. Alle woede van de moordenaar heeft zich in die ene handeling samengebald. Dat hoeft niemand me uit te leggen.'

'Ik heb het eruit gehaald om het veilig te stellen,' zei Nate. 'Het zat niet alleen in haar mond. De dader heeft het ook in haar keel gepropt. Heeft zijn vingers in haar mond gestoken en het zand uit alle macht zo ver mogelijk naar binnen geduwd. Dat heeft inspanning en tijd gekost. Ik heb nog nooit zoiets gezien.'

Ik pakte mijn hotelsleutel uit mijn zak, maar voelde al dat het geen zin had in bed te gaan liggen omdat ik toch niet zou kunnen slapen.

'Kille woede,' antwoordde ik. 'Dat is de betekenis van dat zand. Adriana Clark is om het leven gekomen door kille woede.'

3

Ten noorden van Tobermory liep een eenzame weg vlak langs de kustlijn, waar een paar huizen uitkeken over de zee. De familie Clark woonde in een groot victoriaans huis met een dubbele voorgevel, zonder het grindpleister dat ter bescherming tegen weer en wind op veel andere huizen was aangebracht. Tot gisteravond waren ze met z'n vijven. Nu waren de gordijnen dicht. De pers was nog niet op het eiland gearriveerd. Ik vermoedde dat die pas zou komen wanneer de gruwelijke details waren vrijgegeven. Voorlopig ging het om het lichaam van een tiener in een grot – een van die tragedies die zich van tijd tot tijd voordoen.

De deur ging op een kiertje open – iemand keek wie er voor de deur stond – en daarna zwaaide hij wat verder open om me binnen te laten. Ik had de Clarks de vorige avond gebeld, tussen de komst van de hulpdiensten bij de grot en mijn verhoor op het bureau. Doorgaans betekende een telefoontje van een privédetective laat op de avond weinig goeds. Dit bezoek was om meer bijzonderheden mee te delen. Adriana's familie zou zelf bepalen hoeveel ze wilde horen.

Brandon had voor me opengedaan. Zijn donkere ogen ontweken de mijne, en zijn haar zat in de war. Hij was een knappe tiener, net zoals Adriana dat was geweest. Ik begroette hem met een neutraal knikje terwijl hij de deur achter me dichtknalde. Hij rende met twee treden tegelijk de trap op, en daarna knalde er weer een deur dicht op de bovenste verdieping van het huis. Dat vond ik best, want ik wilde alleen met de ouders praten.

Isabella Clark zat roerloos op de bank, haar ene hand omklemde de armleuning en ze staarde voor zich uit. Rob Clark stond op en schudde me de hand. Ik sprak de gebruikelijke, zinloze platitudes uit en we gingen zitten.

'Is de politie hier vanmorgen geweest?' vroeg ik.

Rob knikte. 'Ze behandelen ons als verdachten.' Hij glimlachte grimmig. 'Niet dat ze dat hardop hebben gezegd, maar ze hebben wel laten weten dat dit soort moorden meestal worden gepleegd door een bekende van het slachtoffer. En als je bedenkt dat we hier nog maar net wonen...'

'Dat is gewoon routine. Vat het alsjeblieft niet persoonlijk op,' probeerde ik hem gerust te stellen. 'Hoeveel heeft de politie jullie verteld?'

'Te veel,' zei Isabella, met haar ogen op de muur gericht. Die glazige blik en die verwijde pupillen wezen op een combinatie van shock en medicatie. Zo zagen ouders die een kind hadden verloren er altijd uit.

'Kon Adriana goed zwemmen?' vroeg ik, om maar meteen ter zake te komen. Het had geen zin om het gesprek nodeloos te rekken, en hun gevoelens hoefden niet meer te worden gespaard.

'Ja,' zei Rob. 'Ze zwom heel veel toen we nog in...' Hij zweeg en slikte. '... toen we nog in Californië woonden. Niet dat ze aan wedstrijdzwemmen deed, maar Carlsbad is een badplaats. En ze was elke dag op het strand met haar vrienden.'

'Dus ze was gewend aan de getijden,' zei ik. 'Maar 's nachts zwemmen... Had ze dat wel vaker gedaan?'

'Je gaat in Californië niet 's nachts het water in,' zei Rob. 'Daar zitten witte haaien.'

Isabella liet haar hoofd zakken. 'Met haaien had ze minder gevaar gelopen,' zei ze.

Dat liet ik even bezinken. Een meisje dat de gevaren van de zee kende, de stromingen en getijden, wist dat onschuldig vermaak met één golf kon omslaan in gevaar.

'We zullen meer weten als de patholoog-anatoom zijn rapport klaar heeft. Ze hebben Adriana's stoffelijk overschot vanmorgen met een helikopter naar Glasgow overgebracht. Omdat dit een moordzaak betreft zullen ze zolang het onderzoek nog niet is afgerond haar lichaam niet vrijgeven voor de begrafenis. De politie werkt fulltime aan de zaak. Ze krijgen versterking van het team Zware Misdrijven op het vasteland. Ik weet niet zeker of jullie nog willen dat ik –'

'Je moet blijven,' zei Rob. 'We kunnen je betalen.'

'Ik weet niet of ik veel meer kan doen dan de politie. Ze delen geen informatie met me, en eerlijk gezegd stellen ze zich behoorlijk vijandig op.'

'Daarom hebben we jou juist nodig. Je had moeten horen hoe ze tegen Brandon tekeergingen. Hij is een makkelijk doelwit. Wij zijn hier de buitenstaanders. Het zou helpen als we hier iemand hadden die het voor ons opneemt,' zei Rob.

Ook al betwijfelde ik of mijn bemoeienis ook maar iets zou uithalen, feit was dat het woord 'buitenstaander' in hun geval niet overdreven was. In hun positie had ik ook gewild dat iemand mijn belangen vertegenwoordigde. Het zou onrealistisch en onbehoorlijk zijn om van hen te verwachten dat ze dat allemaal zelf konden afhandelen. Ik wist al dat ik zou blijven.

'Heeft Brandon een waterdicht alibi of lag hij thuis in bed?' vroeg ik.

'Hij lag te slapen,' zei Rob. 'Wij allemaal. Adriana is de deur uit geslopen.' Hij klonk kwaad, en dat was begrijpelijk. Ik heb nooit kinderen gewild. Ik zou doodmoe worden van dat voortdurende conflict tussen liefde en corrigerend optreden. Ik moest de eerste zaak nog meemaken waarin de ouders van het slachtoffer hun kind niet al honderd keer hadden gewaarschuwd voor de gevolgen als hij of zij de persoonlijke veiligheid niet serieus nam. In perioden van rouw is het heel gewoon om naast verdriet ook woede en boosheid te voelen.

'Ik ben nog bij Brandon gaan kijken,' zei Isabella. 'Ik hoorde midden in de nacht een geluid en ben toen opgestaan om bij hem te kijken. Hij lag rustig in bed te slapen.'

Met mijn ogen strak op de open haard gericht probeerde ik de juiste toon voor mijn volgende vraag te vinden. Als ik kritisch of beschuldigend klonk zou ik ze kwetsen en alleen maar olie op het vuur gooien, maar Isabella Clark had zojuist een ernstige fout gemaakt.

'Heb je dat ook aan de politie verteld?' vroeg ik bijna fluisterend.

'Natuurlijk,' antwoordde ze.

'Heeft de politie met jullie afzonderlijk gesproken?'

Rob knikte.

'En heeft de politie gevraagd waarom je toen je het geluid hoorde en opstond om bij Brandon te kijken, niet hebt gezien dat Adriana niet in bed lag?'

Haar mond ging open en dicht terwijl Rob zijn ogen sloot en zijn gezicht afwendde.

'Je hebt niet gehoord hoe ze hem onder druk zetten,' barstte Isabella uit. 'Een latinojoch in een nieuwe omgeving, rivaliteit tussen broer en zus, vindt het maar niks dat zijn zus aanpapt met de eilandbewoners, krijgt een driftbui, vertoont neigingen tot afwijkend gedrag. Ik ben opgegroeid in een wereld waarin de politie je eerst tegen de grond werkte en daarna pas vragen stelde. Inbraak, beroving, verkrachting, wij kregen overal de schuld van. Waarom zou dat hier anders zijn?'

Ze had gelijk. Ik had geen idee van wat ze had meegemaakt. In Amerika was racisme nog altijd een actueel probleem. Van de situatie in Schotland wist ik minder. Wat ik wel wist was dat het verstrekken van een vals alibi – vooral zo'n gebrekkig en klunzig alibi – het wantrouwen van de politie alleen maar aanwakkerde. Ik mocht dan van Harris Eggo vinden wat ik wilde, maar hij leek me niet zo stom dat hij niet doorhad dat Isabella Clark die nacht helemaal niet was gaan kijken of alles goed was met Brandon, en daardoor stond de jongen nu nog hoger op hun verdachtenlijstje.

'Maken jullie je geen zorgen,' zei ik. 'Onder de omstandigheden was het een begrijpelijke reactie. Ik moet jullie wel vragen, al was het maar omdat de politie dit ook gaat natrekken, of Brandon ooit problemen heeft gehad. Met de politie of op school? Alles wat ze kunnen aangrijpen als een excuus om hem te verhoren?'

Ze wierpen elkaar een blik toe en ik haatte mezelf op dat moment. Ik was ingeschakeld om de moordenaar van hun dochter te vinden, en nu stelde ik vragen over mogelijke misstappen van hun zoon. In hun plaats had ik mezelf ook vervloekt.

'Hij heeft niks gedaan,' zei Rob. 'Brandon is een goeie jongen. Hij kan bokkig zijn en hij doet niet veel aan zijn huiswerk. Ze volgen onlineonderwijs zodat ze het Amerikaanse programma kunnen afronden. We houden bij hoeveel uur ze eraan besteden – hoeveel uur hij eraan besteedt,' corrigeerde hij zichzelf.

'Hoe stond Adriana ervoor?' vroeg ik.

'Alleen maar hoge cijfers. Ze lag op koers om naar een goeie universiteit te gaan,' zei Rob.

'En ze zou niet teruggaan naar Amerika om daar te studeren?' vroeg ik.

'Ze had overal ter wereld kunnen gaan studeren,' antwoordde Rob. 'We hebben de kinderen van kleins af aan mee naar het buitenland genomen en ze met Europa, Zuid-Amerika en Azië laten kennismaken. We wilden ze laten zien dat ze alle kanten op konden.'

Weer een lange blik tussen Rob en Isabella Clark. Stom van me om daarover te beginnen. Wie wilde er nou herinnerd worden aan de veelbelovende toekomst van zijn dochter terwijl ze in het mortuarium op een snijtafel lag?

'Ik laat jullie zo direct met rust, maar er is een... kwestie. Met Adriana's lichaam en een schelp.'

'Dat weten we,' zei Rob. Isabella barstte in snikken uit. Het was een wonder dat ze het zo lang had uitgehouden en nu pas begon te huilen.

'Dat zal ook een van de belangrijkste vragen van de politie zijn, dus ik moet het weten. Had ze een vriendje of een ex? Iemand die belangstelling voor haar had, ook al was het alleen maar online?'

'Nee, helemaal niet. Dat zou ze ons hebben verteld,' zei Rob. 'We zitten hier pas een paar maanden. Ze concentreerde zich op haar schoolwerk en haar baantje in de pub om wat geld te sparen. Adriana was niet het soort meisje dat zomaar met iemand...'

'O, nee, nee,' haastte ik me te zeggen. 'Dat bedoelde ik niet. Niemand suggereert dat Adriana dit over zichzelf heeft afgeroepen of dat dat ooit een excuus kan zijn voor wat haar is overkomen.'

'Ik heb Addie met een jongen gezien,' klonk een stemmetje vanuit de deuropening naar de eetkamer. De dubbele glazen deuren hadden tijdens ons gesprek op een kier gestaan.

'Luna!' zei Isabella geschrokken. 'Je zou op je kamer blijven.'

Ze liep naar het kleine meisje toe, tilde haar op en drukte haar stevig tegen zich aan. Luna zou opgroeien met ouders die haar geen seconde uit het oog wilden verliezen, tot ze daar zelf uiteindelijk genoeg van kreeg. Zo ging dat met ouders die een kind door een geweldsmisdrijf verloren hadden. Ze leefden met de gedachte dat het elk moment opnieuw kon gebeuren, en geloofden dat als ze niet goed genoeg opletten het ook echt zou gebeuren.

'Hallo Luna, ik heet Sadie. We hebben elkaar een paar dagen geleden ontmoet, weet je nog?' Haar zwarte krullen dansten op en neer toen ze knikte. 'Wanneer heb je Adriana met een jongen gezien, schatje?'

'Niet doen, alsjeblieft,' zei Isabella.

'Ze móét,' zei Rob tegen haar. 'Je mag antwoord geven, Luna.'

'Mama en ik liepen door het dorp. Addie stond in een steeg met een jongen. Ze zag me en ze lachte naar me en legde haar vinger tegen haar lippen, kijk, zo.' Ze legde haar vinger tegen haar lippen in een 'mondje dicht'-gebaar. 'Dus ik wist dat ik niks mocht zeggen. Was dat stout?'

Ze keek met grote ogen naar haar moeder, die door de pijn heen een glimlach wist te forceren.

'Nee schatje, dat heb je goed gedaan. Addie en jij hebben altijd geheimpjes gehad, hè?'

'We zijn beste vriendinnen,' zei Luna terwijl ze me stralend aankeek. Ze was nog te jong om te beseffen dat haar zus niet meer terug zou komen en het zou nog jaren duren voor ze de waarheid over wat er was gebeurd te horen zou krijgen, maar tegelijk was ze waarschijnlijk de enige die Isabella en Rob ervan zou weerhouden een keer te veel pillen in te nemen tegen de pijn.

'Kun je me iets vertellen over die jongen, Luna?' vroeg ik.

'Ze waren een soort van aan het dansen,' zei ze. 'Een beetje zoals papa en mama vroeger in de keuken deden.'

'Heel goed. Weet je nog wat voor kleur haar hij had, en wat voor kleur zijn gezicht had?'

'Eh, net als papa. De kleur van zijn haar weet ik niet meer.'

'Heb je gehoord of hij iets zei?' Luna schudde haar hoofd. 'Dat geeft niet, hoor. Nog iets anders?'

'Ik denk dat hij ook een papa is,' zei ze schouderophalend.

'Denk je dat hij een papa is? Had hij dan een baby bij zich?'

'Nee, maar hij had een foto van een klein jongetje op hem. Mama, gaan we drilpudding maken?'

'Straks misschien,' zei Isabella. 'Pak maar een pindarotsje. Er liggen er nog een paar op tafel.' Ze zette Luna neer en het meisje rende weg. Alle kleur was uit Isabella's gezicht weggetrokken, ze zag lijkbleek, afgemat van de poging net te doen alsof haar wereld niet was ingestort.

'Ik ga ervandoor. Nate Carlisle, de patholoog, heeft beloofd me vanavond te bellen om me op de hoogte te houden. Is er iemand in Tobermory met wie Adriana een speciale vriendschapsband had, iemand die zou kunnen weten wie de jongen was die Luna heeft gezien?'

‘Ze heeft door haar werk in de pub een hoop tieners leren kennen, maar er was niemand in het bijzonder,’ zei Rob. Hij keek zijn vrouw aan. Isabella zag eruit of ze elk moment in elkaar kon zakken.

‘Geen Amerikaanse hartsvriendinnen met wie ze contact had via sociale media? Iemand die ze misschien in vertrouwen heeft genomen?’

‘Niemand,’ zei Isabella. ‘Dit was voor ons allemaal een nieuwe start. We ontmoedigen het internetgebruik bij onze kinderen.’ Haar toon was hard. Ik was niet langer welkom.

‘Er is zeker nog geen nieuws over Adriana’s telefoon? Heeft de politie met behulp van het signaal haar bewegingen kunnen nagaan of hem teruggevonden bij de grot?’

‘Niets,’ zei Rob. ‘Het toestel is uitgeschakeld en onvindbaar.’

‘Ik begrijp het. Ik neem over een paar dagen weer contact met jullie op,’ zei ik. ‘Bel me als jullie me nodig hebben.’

Brandon kwam net de trap af toen ik de deur uit ging. Zijn blik had lava kunnen doen stollen.

4

Die middag had ik voor een toerist kunnen doorgaan. Ondanks een waterig zonnetje wilde het niet echt warm worden, maar de heldere kleuren van de huizen rond de baai van Tobermory deden denken aan een snoepwinkel. Het oranje, rood, geel en blauw werden weerspiegeld in de zacht kabbelende zee. Met zijn winkels waar ze chocola, zeep en aardewerk verkochten, zijn hotelletjes, cafés en kunstgaleries had Tobermory alles wat je maar wilde als je een bezoek bracht aan het stadje. De eilandbewoners deden hun inkopen elders. Er was een kruidenier bij de haven, en verder nog een postkantoor en een bank. Het leven hier was eenvoudig. Toeristen kwamen en gingen weer weg, en spendeerden hun geld op het eiland. Waar ik woonde ging het er ook zo aan toe. Iedereen kende elkaar. Nieuwtjes over ruzies, romances, scheidingen, nieuwe kleinkinderen gingen als een lopend vuurtje rond. Daar had je als individu geen zeggenschap over.

Ik had bijna een uur in de Tackle & Trade rondgeneusd, waar ze een intrigerend assortiment verkochten. Glimmende dingen voor vissers, boeken van schrijvers van wie ik nooit gehoord had, en een paar die ik wel kende, muggenverdelgers, teken- en schilderbenodigdheden. Het leek wel alsof de kerstdagen voor de deur stonden. Ik liep naar buiten met een kompas: ik had er een traditie van gemaakt er in elk land een te kopen, uit een soort bijgeloof dat ik dan altijd de weg naar huis zou kunnen vinden. Ik had ook een boek gekocht om straks iets in mijn handen te hebben, getiteld *Letters to My Sixteen-Year-Old Self.* Dat leek me toepasselijk gezien het feit dat Adriana nooit oud genoeg zou worden om daar filosofisch op terug te kunnen blikken.

Mijn telefoon ging toen ik de winkel uit kwam. Op het schermpje zag ik dat het mijn zus was.

'Hallo Becca,' zei ik met een glimlach. 'Is mijn toekomstige nichtje je lekker hard aan het schoppen?'

'Hi. Je hebt mama niet meer gebeld sinds je in Schotland bent. Ze denkt dat je ontvoerd bent. En je nicht weigert mijn schoot te verlaten tot je terug bent om samen met mij naar het ziekenhuis te gaan. Wanneer gaat dat worden?'

Ik zuchtte, stelde me de uitpuilende buik van mijn zus voor en dacht aan de militaristisch aandoende bevallingsinstructies die ze op haar ijskast had geplakt. Ik zou haar bij de geboorte bijstaan omdat haar ex-verloofde had besloten dat kinderen niet pasten in zijn leven als influencer. Ik had Becca netjes gevraagd of ik hem mocht opsporen en hem zodanig mocht verbouwen dat hij nooit meer een vrouw kon bezwangeren, maar dat had ze niet goedgevonden. Ik was stiekem van plan dat ooit toch te doen. Mama verleende steun vanuit huis, waar ze papa verzorgde, die dementeerde. Dat alles weerhield mijn zus er niet van een natuurlijke bevalling te willen: geen pijnstillers, geen onnodige chirurgische ingrepen, geen ballonnen en geen knuffels.

'Sorry, Becca. Ik heb geen idee hoelang dit gaat duren. Maar je bent pas over een maand uitgerekend, toch? Dus we hebben nog genoeg tijd. En ik bel mama vanavond – ik beloof het.'

'Beloof je dat echt?'

Ik zweeg, omdat haar zachte stem me ongerust maakte. Mijn zus was een flamboyante vrouw, en zacht praten zat niet in het pakket.

'Zat je maar niet zo ver weg,' zei ze. 'Zelfs mijn dikke buik voelt zich wat verdrietiger zonder jou.'

'Het is fijn om gemist te worden,' zei ik. 'Luister, het is voorbij voor je het weet. Je hebt zat vrienden die je in de watten kunnen leggen. Begin vast een nestje te bouwen. En maak vast biologische babyhapjes om in te vriezen.' Ik maakte een kokhalsgeluid en ze schoot in de lach.

'Oké, oké, ik red het wel. Maar hou in elk geval contact. Je bent toch niet met een al te gruwelijke zaak bezig, hè? Ik wil niet dat je zo vlak voor de geboorte in iets vreselijks verzeild raakt.'

Ik liet een geveinsd lachje in mijn stem doorklinken en verzon een leugentje. Dat was wel vaker nodig tegenover mijn familie. De details van mijn ergste zaken konden maar beter verdoezeld worden.

'Niks bijzonders. Ik heb al een paar aanknopingspunten en hoop dat ik de zaak snel kan afronden. Fluitje van een cent. Ga nou maar met de benen omhoog zitten, eet een stuk chocola en lees je bult maar een verhaaltje voor namens tante Sadie.'

Met het koperkleurige kompas in mijn zak en het boek in de hand wandelde ik naar The Blether, een pub waar volgens de hotelreceptionist de plaatselijke bevolking 's avonds kwam. Het was ook de pub waar Adriana afgelopen zomer voor zesenhalve pond per uur borden en glazen had afgewassen. Het leek me een goede plek om te peilen hoeveel schade de moord in de gemeenschap had aangericht en om een idee te krijgen van de theorieën die de eilandbewoners daarover hadden.

The Blether lag één straat achter het wereldberoemde ansichtkaartplaatje van Tobermory Bay, je zag de pub pas als je er vlak langs liep. Het café had een rode gevel met kozijnen die ooit blinkend wit waren geweest. Bij binnenkomst kon je kiezen: linksaf naar het restaurantgedeelte, of rechtsaf naar de bar met een allegaartje van tafels en stoelen, een dartbord en een pooltafel. Ik sloeg rechts af en de gesprekken vielen stil.

'Je wilt zeker iets eten,' zei de man achter de bar zonder me iets te vragen, op een gedecideerde toon. 'Dan kun je beter in het andere gedeelte gaan zitten, schat.'

'Nee, het is prima zo,' zei ik. 'Heb je een koud biertje voor me?'

De man, vermoedelijk de eigenaar, grinnikte spottend maar wipte de dop van een flesje pils en schoof het over de bar naar me toe. Ik betaalde en ging aan een tafeltje in de verste hoek zitten, waar ik me verdiepte in mijn nieuwe boek terwijl de gesprekken weer op gang kwamen. Pas na vijf minuten durfde ik op te kijken om de sfeer te peilen.

Vier mannen zaten samen rond een tafeltje. Een van hen herkende ik als een collega van brigadier Eggo. Hij was bij mijn verhoor aanwezig geweest maar had geen stom woord gezegd. Nu negeerde hij me nadrukkelijk. Ik zag een groepje meiden die verveeld om zich heen keken en tegelijkertijd iets geëxalteerds hadden, in vol ornaat met hun valse wimpers, wat me nogal ongepast leek voor een bezoekje aan de plaatselijke pub, de dag nadat een ander tienermeisje dood was gevonden, maar dat hoorde nu eenmaal bij de tienercultuur. Stelletjes zaten hand in hand te praten en twee eenzame drinkebroers zaten achter hun borrel wat heen en weer te wiegen. Een paar anderen keken naar een spelletje darts. De eigenaar had gezelschap gekregen van een vrouw van middelbare leeftijd en een knappe jongen die van hem een amicale klap op de schouder kreeg. Zijn zoon, vermoedde ik. Het groepje meiden begon opeens druk te fluisteren en aan hun haar te frunniken. Ik hield mijn ogen op mijn tafeltje gericht en spitste mijn oren. Er hing iets van drama en intrige in de lucht – het gebruikelijke gefluister en gesmoes in de nasleep van een tragedie.

De deur ging weer open en Harris Eggo kwam binnen, waarna het opnieuw stil werd. Maar dit keer was het een respectvolle, verwachtingsvolle stilte. Ik boog mijn hoofd en sloeg voor de vorm een pagina om, maar met lezen was het nu wel gedaan. De kroegbaas gaf de brigadier een glas whisky dat hij in één keer achteroversloeg. Hij zette het glas neer om zich opnieuw te laten inschenken.

'Nog nieuws?' vroeg een van de dartspelers.

'Niks goeds,' antwoordde Eggo. 'Nog geen aanknopingspunten.'

'Brigadier,' zei de andere politieman zachtjes, maar niet zo zacht dat ik het niet hoorde. Toen ik opkeek keek hij nadrukkelijk mijn kant op, en Eggo's blik volgde de zijne.

'Zo, laat je tegenwoordig iedereen maar binnen, Bobby?' vroeg Eggo.

'Ach, ze ziet er niet slecht uit. Ik dacht dat het de tent wat zou opleuken.' De kroegbaas grinnikte om zijn eigen grapje tot hij een por van zijn vrouw kreeg.

'Mevrouw Levesque,' zei Harris Eggo. 'Bent u misschien ergens naar op zoek?'

'Naar bier,' zei ik. 'Het smaakt goed.'

'Is er geen bar in uw hotel?' vervolgde Eggo.

Ik haalde mijn schouders op en ging verder in het boek dat ik niet aan het lezen was.

'Ik dacht dat u hier was om te werken, niet om vakantie te –'

'Kappen nou, pa,' zei de jongen achter de bar zachtjes. Niet de zoon van de kroegbaas dus. Gewoon een tiener met een bijbaantje om wat extra geld te verdienen.

Harris Eggo keerde zijn zoon de rug toe en sprak vervolgens de mensen aan de bar toe.

'We denken dat het meisje door een toerist is vermoord. Mackinnon's Cave wordt in talloze gidsen vermeld. Gezien de lange tijd tussen haar dood en de ontdekking van het lichaam...' Hij zweeg even. Ik vermoedde dat hij in mijn richting keek voor het theatrale effect, maar gunde hem niet het genoegen op te kijken. '... denk ik dat hij het eiland al heeft verlaten.'

Hoewel zijn uitspraak getuigde van een schokkend gebrek aan professionalisme – in het openbaar een verklaring afleggen over een lopend onderzoek, in een pub nog wel – leek niemand erdoor verrast. De mensen hadden het al voortdurend over de moord, trokken conclusies die nergens op gebaseerd waren en speculeerden er lustig op los. Eggo stelde de behoeften van de gemeenschap op de eerste plaats door ter geruststelling te melden dat de verdachte van buiten kwam, en gaf daarmee aan mij de glasheldere boodschap af bij wie zijn loyaliteit lag.

De vrouw van de cafébaas kwam naar mijn tafeltje met een nieuw flesje bier. Ze zette het vriendelijk voor me neer. Ik bedankte haar met een glimlach.

'Arme kleine Adriana,' zei ze. 'Hoe is het met haar ouders?'

'Het is nog te vroeg om daar iets over te zeggen,' antwoordde ik. 'Heeft Adriana hier gewerkt?'

'Ja, ze werkte hier pas twee maanden. Ze heeft nooit problemen gegeven, kwam altijd op tijd en ze was aardig.'

'Hoe aardig precies?' vroeg Eggo over haar schouder.

Zijn insinuatie beviel me niet, maar ik wist niet zeker of hij het wel zo bedoelde. Hij probeerde me gewoon uit mijn tent te lokken. Niets kon een avond zo vergallen als een wedstrijdje armpjedrukken met een politieman in een klein gat.

'Dat bedoelde ik niet, Harris. Ik heb Adriana nooit op een onbetamelijke manier met klanten zien praten. Waarom zou ze midden in de nacht met een onbekende naar Mackinnon's Cave zijn gegaan?'

'Misschien had ze een paar borrels op, wat wiet gerookt, voelde ze zich eenzaam. Heimwee misschien? Zijn hier de afgelopen twee weken veel Amerikaanse toeristen geweest?'

Tot mijn ergernis moest ik toegeven dat hij met die laatste opmerking wel een punt had. Het deed je iets als je landgenoten tegenkwam, het deed je verlangen naar huis en naar je vertrouwde omgeving.

'We hebben hier vanaf het begin van de zomer elke dag wel Amerikanen binnen gehad. Maar Adriana had het nooit over ze.' Ze gaf een klopje op mijn arm. 'Ik ben Rachel. Als die gasten je dwarszitten, krijgen ze met mij te maken.'

Een man tikte Harris Eggo op de schouder.

'Harris, ik m-moet ergens m-met je over p-praten,' zei hij. Hij was ergens in de dertig, had een dikke bos rossig haar, een ongezonde grauwe huidskleur die normaal gesproken alleen bij diepzeewezens wordt aangetroffen, en hangwangen die elke beschrijving tartten. En hij zweette zo overdadig dat ik hem op een paar meter afstand kon ruiken.

'Morgen,' zei Eggo. 'Ik heb nu geen dienst.'

'Ik w-wil echt...' Hij stak zijn hand uit om Eggo's arm te pakken, maar de politieman deed een stap achteruit.

'Ik handel het wel af, meneer.' Eggo's ondergeschikte kwam erbij staan en trok de man mee. 'Kom, Skittles. We praten buiten wel even.'

'Skittles?' zei ik met een vragende blik naar Rachel.

'Van die snoepjes. Dat is het enige wat we hem ooit hebben zien eten,' zei ze. 'Ik denk dat hij van kleins af aan nog nooit een hap groente naar binnen heeft gewerkt.'

Harris Eggo trok een stoel bij en ging er achterstevoren op zitten, met de benen uit elkaar. Zijn armen rustten op de rugleuning. Hij had te veel Amerikaanse politieseries gezien.

'Dus je bent vandaag bij de familie Clark geweest,' zei hij.

'Ja, dat zijn mijn cliënten,' bracht ik hem in herinnering. 'Staan er trouwens bewakingscamera's op het eiland?'

'O nee, denk maar niet dat je onze spullen mag gebruiken. Informatie wordt niet gedeeld. Ik wil weten wat ze over de jongen hebben gezegd.'

Langzaam deed ik mijn boek dicht en ik boog me voorover. Ik sprak zo zacht als ik kon, omdat iedereen in de pub ons gesprek probeerde af te luisteren terwijl ze allemaal deden of het ze niet interesseerde.

'"Die jongen" heeft een naam. Hij heet Brandon en hij rouwt om zijn tweelingzus. Die heeft trouwens ook een naam: Adriana. De familie heeft het ergst denkbare verlies geleden. Ik weet dat u uw werk moet doen, maar vraag me niet naar vertrouwelijke gesprekken met mijn cliënten.'

'Het is je ook opgevallen,' zei Harris Eggo en hij stak triomfantelijk zijn kin omhoog. 'Die gast is volkomen geschift. Je snapte heel goed wat ik vroeg. Doe maar geen moeite het te ontkennen.'

De brigadier was slim genoeg om gevaarlijk te zijn.

'Adriana en hij zijn hun hele leven al onafscheidelijk. Ik kan me niet voorstellen hoe het is om een tweelingzus te verliezen. Ik denk dat hij zich ook halfdood voelt.'

'Hebben ze je die psychologische onzin op de zogenaamde politieschool geleerd?' vroeg Eggo.

'En hebt u alle stamgasten van de pub al een verklaring afgenomen?' kaatste ik terug.

'Niet nodig. Ik ken die mensen al jaren.'

'Dus al die standaardvragen – wanneer ze Adriana het laatst hebben gezien, wat hun relatie met haar was, of ze misschien heeft gezegd dat ze zich zorgen maakte om iets of iemand – u weet al van tevoren dat niemand hier u daarmee kan helpen?'

'Als mensen die informatie hebben zouden ze vrijwillig naar me toe zijn gekomen.'

'Tenzij ze dat niet willen vertellen of omdat ze iemand willen beschermen. Of bijvoorbeeld verdenkingen koesteren die ze niet graag willen uitspreken?' Ik daagde hem uit. Er verschenen rode vlekken op zijn gezicht.

'Iedere man, iedere vrouw en ieder kind op dit eiland weet dat ze alles tegen me kunnen zeggen. En ze weten dat als ze iets achterhouden ik ze daarvoor ter verantwoording roep.'

'Zo, dus u bent zowel de *good cop* als de *bad cop?* Dat is knap!'

'Meneer,' zei Eggo's ondergeschikte, 'kan ik u even spreken?'

Eggo stond op, maar was even vergeten dat hij omgekeerd op de stoel zat, waardoor hij met gespreide benen achteruit moest lopen. Hij boog zich naar me toe, legde zijn handen op tafel en dempte nu zijn stem. 'Die broer van haar verzwijgt iets. Als je erachter komt wat dat is en het mij niet vertelt, klaag ik je aan wegens medeplichtigheid,' siste hij.

'Ik zal dat juridisch onhoudbare dreigement zeker onthouden,' zei ik. 'Ik geloof dat ze u nodig hebben.' De jongere agent stond op zijn nagels te bijten.

'Oké, ik kom eraan,' zei Harris Eggo. 'Ik wil trouwens niet dat jullie jongeren vanavond alleen naar huis lopen,' zei hij streng terwijl hij op weg was naar de deur, en daarmee ontkrachtte hij zijn terloopse en ongefundeerde bewering dat de dader het eiland al lang had verlaten. Eggo wist dat er een grote kans was dat de dader nog onder hen was.

Ik pakte mijn volle bierflesje en mijn boek en ging bij de bar staan.

'Had Adriana hier persoonlijke spullen liggen?' vroeg ik Rachel.

'We hebben een kleedhok. Daar hangen de medewerkers hun jassen en tassen op. Sommigen laten spullen achter, een weekendtas bijvoorbeeld als ze met vrienden uitgaan. De meiden laten vaak make-up achter. We waarschuwen ze dat ze niks van waarde moeten laten liggen.'

'Zou ik daar even mogen rondkijken? Ik ben niet naar iets speciaals op zoek. Ik probeer alleen te achterhalen waar ze mee bezig was, waar ze misschien naartoe ging.'

Rachel gaf een knikje en wachtte tot haar man zich had omgedraaid.

'Loop maar mee,' zei ze zachtjes.

Het kleedhok was achter in de pub, en je moest een paar treden af, naar een soort kelder. Het was er vochtig en het rook naar natte kleren. Het raamkozijn zag zwart van de schimmel. De ruimte was allesbehalve luxe ingericht en het contrast met Californië had niet groter kunnen zijn. Weer vroeg ik me af waarom de familie zich zo'n ingrijpende verhuizing op de hals had gehaald. Die vraag moest ik ze nog stellen, maar onder de omstandigheden vermoedde ik dat het nog even zou duren voordat we dat gesprek zouden voeren.

'Volgens mij liet ze haar spullen meestal in die hoek achter,' zei Rachel. 'Dat zijn haar laarzen. Ik moet zo weer achter de bar. Kun je de achteruitgang nemen als je weggaat? Mijn man vindt het vast niet goed dat ik je hier heb binnengelaten.'

Dat hoefde ze niet uit te leggen. 'Natuurlijk,' zei ik. 'Dank je voor je hulp.'

Adriana's regenlaarzen waren felgeel. Extraverte meid, uitgesproken kleuren. Ik doorzocht de vijf jassen in het kleedhok maar vond niets wat erop wees dat een ervan van Adriana was. Geen tas. Zelfs geen handschoenen of een sjaal die van haar hadden kunnen zijn. Ik keek in het toilet, waar ik alleen maar zeep, papieren handdoekjes en antibacteriële handgel aantrof.

Adriana's ouders zouden vast haar persoonlijke bezittingen terug willen hebben. Het was nu misschien pijnlijk om daarmee geconfronteerd te worden, maar na verloop van tijd kregen zelfs de kleinste dingen betekenis, en die laarzen moesten hier toch een keer weg. Ik pakte ze op en stopte ze onder mijn arm om ze de volgende dag bij hen te kunnen afleveren. De ene laars was duidelijk zwaarder dan de andere. Ik stak mijn hand in beide laarzen en haalde uit de ene een klein zilverkleurig tasje met een ritssluiting en uit de andere een fluwelen zakje.

In het zilverkleurige tasje zaten eyeliner, mascara, lippenstift en concealer. Niks bijzonders, allemaal spulletjes die essentieel waren voor een tienermeisje, en het was niet meer dan logisch dat ze die in de pub liet liggen om halverwege of aan het eind van haar dienst haar make-up bij te werken. Dat ging niet op voor het fluwelen zakje. Het was paars en zo licht dat ik eerst dacht dat het leeg was. Ik stak mijn vinger erin, en toen ik hem eruit haalde was hij bedekt met een grijs poeder zonder duidelijke geur, behalve dat het wat muf rook, wat niet zo gek was als het zakje een poos onder in een regenlaars had gelegen. Ik overwoog het te proeven, maar besloot het toch maar niet te doen. Want wat het ook was, elke substantie in poedervorm riep onmiddellijk vragen op. De vraag waar ik mee zat was hoe ik het kon laten testen en of ik het wel of niet aan brigadier Harris Eggo moest overdragen. Beide vragen werden beantwoord toen mijn telefoon ging. Ik stopte het zakje en het tasje terug in de laarzen om ze mee te nemen en liep door de achterdeur naar buiten om het telefoontje van Nate Carlisle te beantwoorden.

5

'Adriana had een avulsiefractuur aan haar linkerenkel,' zei Nate.

'Vertaling alsjeblieft.'

'Een van de enkelbanden is van het bot gescheurd. Daarbij is een stukje bot meegekomen, vandaar dat ik het over een fractuur heb,' legde hij uit.

'Kun je zeggen of dat is gebeurd toen ze nog leefde of na haar dood?'

'Moeilijk met zekerheid te zeggen. Dit soort trauma's wordt meestal veroorzaakt door een ongeluk of door sporten. Het zou gebeurd kunnen zijn tijdens een gevecht of toen ze op de vlucht sloeg – dat ze bijvoorbeeld is vastgegrepen of wegrende en dat haar voet daarbij klem kwam te zitten of een onnatuurlijke draai maakte.'

'Oké,' zei ik, terwijl ik me een beeld probeerde te vormen van Adriana's laatste minuten. Ze zou nooit uit eigen beweging zijn gaan zwemmen met een pijnlijke enkel, en ze was in het water aan haar eind gekomen. 'Zou het kunnen dat iemand haar enkel vasthield terwijl ze weg probeerde te komen? Dat er daardoor te veel spanning op het gewricht kwam te staan?'

'Als ze zich los probeerde te rukken of opeens van richting veranderde, dan is dat absoluut mogelijk, ja,' zei Nate.

'Ook in het water, waardoor haar bewegingen vertraagd zouden zijn?'

Nate zweeg even. 'Ik zou zeggen van wel, als de persoon die haar bij de enkel vasthield sterk genoeg was om haar stevig vast te grijpen. Misschien heeft de dader haar enkel verdraaid, en niet Adriana zelf.'

Ik liep verder langs de haven. Het was ondertussen helemaal donker geworden, en voor het eerst kwam de gedachte bij me op dat het riskant was om hier 's avonds in m'n eentje te lopen.

'Ze is niet aangerand door een toerist die het eiland daarna heeft verlaten,' zei ik half tegen mezelf en half om de theorie van Harris Eggo te weerleggen.

'Hoe kun je daar zo zeker van zijn?' vroeg Nate.

'Daarvoor zijn er te veel persoonlijke aspecten aan deze zaak. Als ze was ontvoerd, verkracht en vermoord, zou ik de toeristentheorie accepteren. Maar ze is midden in de nacht het huis uit geslopen. Ze moet degene die ze zou ontmoeten hebben vertrouwd.'

'Misschien werd ze bedreigd?' zei Nate. 'Misschien vond ze dat ze niet kon weigeren om te gaan.'

'Ook dat zou op een langer durende relatie wijzen, denk je niet? Maar die schelp, die is symbolisch. Het was geen gewoon seksueel misbruik. En de dader kan die schelp niet gewoon op het strand hebben gevonden. Die is meegenomen naar de afspraak en bovendien heeft het maken van de zeewierkroon ook wat tijd in beslag genomen. Een gestoorde toerist? Waarom zou die al die moeite doen als Adriana als persoon eigenlijk niet belangrijk was?'

'Ik snap wat je bedoelt,' zei Nate. 'Jammer genoeg is er wat verkrachting betreft geen overtuigend bewijs. Het zeewater, want ze is in zee verdronken en niet in zoet water, heeft haar lichaam behoorlijk grondig schoongewassen. De beschadigingen door de schelp hebben eventueel eerder ontstane vaginale verwondingen gemaskeerd. Dat betekent niet dat verkrachting kan worden uitgesloten, maar het kan nooit worden bewezen.'

Er kwam een auto op me af, de bestuurder deed zijn groot licht aan en minderde vaart toen hij dichterbij kwam. Ik schermde mijn ogen af met mijn hand en drukte mezelf tegen een muur om zo ver mogelijk van de stoeprand te staan. De auto toeterde drie keer en reed toen hard weg. Door het felle licht van de koplampen kon ik het kenteken niet lezen. Ik liep wat sneller door.

'Alles goed?' vroeg Nate.

'Ja hoor. Luister, ik wil je om een gunst vragen. Ik heb iets gevonden en ik wil het laten testen. Kun je me daarmee helpen?'

'Waarom kan de politie dat niet afhandelen? Want het lijkt erop dat dit iets is wat je zou moeten melden. Als het bewijs is –'

'Ik weet niet wat het is,' stelde ik hem snel gerust. 'Het is een fluwelen zakje met een klein beetje poeder erin. Het komt niet van haar lichaam, van de plaats delict of uit haar huis. Ik weet niet eens zeker of het van Adriana is. Het is gewoon iets wat ik heb gevonden in het kleedhokje van de pub waar ze een paar maanden heeft gewerkt.' Het was een leugentje om bestwil, en dat verdiende Nate eigenlijk niet. Maar als ik ermee naar Harris Eggo ging, zou het een kwestie van uren zijn voor geruchten over Adriana's drugsgebruik de ronde deden. Ik suste mijn geweten. 'Kan ik het je opsturen? Mijn hotel heeft een koeriersdienst. Het kan morgenochtend met de veerboot mee, dan heb je het rond het middaguur.'

Hij slaakte een diepe zucht. 'Denk je dat het van haar is?'

'Het is een personeelsruimte. Het lijkt mij dat er heel wat mensen gebruik van maken, inclusief het gezin van de kroegbaas. Ik wil gewoon graag weten of er hier op het eiland misschien een drugsscene is. Ik weet niet waar ze in verstrikt kan zijn geraakt, snap je?'

'Daar kan ik wat meer over zeggen als ik de resultaten van het toxicologisch onderzoek binnen heb. Ik kan je wel zeggen dat ik geen sporen van naalden heb aangetroffen en dat haar tandvlees gezond was. Neustussenschot was intact.'

'Dus wil je me helpen?' vroeg ik, aangekomen bij de deur van mijn hotel.

'Draag vanaf nu handschoenen als je het aanraakt. Verpak het zorgvuldig en laat het poeder in het oorspronkelijke zakje. Het moet aangetekend aan mij persoonlijk worden verstuurd. En ik wil je om een wederdienst vragen.'

Mijn respect voor Nate Carlisle groeide.

'Zeg het maar.'

'Ik heb meneer en mevrouw Clark gevraagd bij wie ik Adriana's medische dossier in de Verenigde Staten kan opvragen. Ze hebben een toestemmingsverklaring ondertekend, maar de zorgverzekeraar zegt dat Adriana niet bij hen bekend is. Er is vermoedelijk sprake van een misverstand, maar ik heb die gegevens dringend nodig. Als ik jou die toestemmingsverklaringen nog een keer mail, kun jij die dan afdrukken en laten ondertekenen, en daarna scannen of er een foto van maken en meteen aan mij terugsturen?'

'Afgesproken,' zei ik. 'Het zal wel een administratieve fout zijn. De systemen van Amerikaanse zorgverzekeraars zijn niet bepaald makkelijk toegankelijk.'

Mijn kamer lag op de begane grond. Het hotel was netjes, maar niet luxueus. De ramen gingen krakend open en om het toilet door te spoelen moest je aan een ketting trekken die zo te zien uit de vorige eeuw stamde. Maar de kamer was warm, het bed had prima kussens en er was betrouwbare wifi.

Het kostte wat tijd om het fluwelen zakje met poeder in verschillende lagen plastic en een envelop met noppenfolie te verpakken en de receptionist te vragen een koerier te regelen. Ondertussen was het in Schotland al elf uur 's avonds, maar in Banff pas vier uur 's middags. Ik belde mijn moeder om haar gerust te stellen en zei toen dat ik naar bed ging. Daarna begon ik met het enige onderzoek dat op dit uur van de dag mogelijk was: via sociale media. Ik had onder pseudoniem een paar nepaccounts aangemaakt die ik jarenlang zorgvuldig had onderhouden, zodat ik zonder argwaan te wekken profielen van tieners kon bekijken. Weglopers bleven selfies posten zolang hun smartphone werkte, en dankzij die foto's en posts had ik de helft van mijn zaken kunnen oplossen.

Meestal vond ik minimaal honderd mogelijke hits voor de naam waar ik op zocht. Maar dat ging niet op voor Adriana Clark. Wel een paar variaties op die naam, maar geen exacte overeenkomst. Ik probeerde een ander platform, met hetzelfde resultaat. En nog een. Adriana had waarschijnlijk een alias gebruikt, wat heel slim was, en goede beveiligingsinstellingen, wat betekende dat ze zich bewust was van gevaar.

Dus de gedachte dat ze midden in de nacht met een vreemde was gaan pootjebaden zonder iemand te vertellen waar ze naartoe ging sloeg helemaal nergens op.

Rob Clark belde de volgende ochtend om negen uur om te zeggen dat hij mijn e-mail had ontvangen en dat ik kon langskomen. Ik wachtte tot tien uur voor ik bij hen aanklopte. We dronken een kop koffie in de keuken. Hij vertelde dat Isabella nog in bed lag en Luna op haar kamer zat te spelen. Over Brandon zei hij niets.

'Heb je de formulieren van de patholoog ontvangen die ik heb doorgestuurd?' vroeg ik.

'Ja hoor, ik heb ze afgedrukt en ondertekend.' Hij liep naar de eetkamer, zocht even tussen wat andere papieren en kwam toen terug en schoof de formulieren over tafel naar me toe. Ik keek ze door terwijl hij de afwasmachine inruimde.

'Dit zou het probleem kunnen zijn,' zei ik. 'Het handschrift is slecht te lezen en normaal gesproken willen ze een volledige handtekening in plaats van een paraaf. Is het heel lastig als ik vraag om ze nog een keer af te drukken en in te vullen?'

'De inkt en het papier van de printer zijn op,' zei hij. 'Ze verkopen de juiste cartridges niet op het eiland. Ik moet ze op het vasteland bestellen.'

'Geen probleem. Ik ben gister in de Tackle & Trade geweest. Ik kan ze daar laten afdrukken en vanmiddag langsbrengen.'

'Prima,' zei hij. 'Je hebt gisteren dus met de patholoog gesproken?'

'Klopt. Wil je weten wat –'

'Nee,' zei hij snel. 'Ik wil alleen dat je degene vindt die dit op zijn geweten heeft. Ik wil er zeker van zijn dat Isabella, Brandon en Luna niets meer van dat monster te vrezen hebben.' Het glas in zijn hand knapte en hij keek naar de vallende scherven alsof hij zich er niet van bewust was geweest dat hij het vasthad.

'Geef maar,' zei ik en ik pakte de restanten van het glas uit zijn hand terwijl hij in een andere kamer op zoek ging naar een stoffer en blik.

'Pap, is alles goed met je?' Brandon snelde de keuken binnen en bleef staan toen hij mij zag. 'Wat doet u hier?'

'Goeiemorgen,' zei ik. 'Ik moest wat formulieren laten ondertekenen. Je vader heeft net een glas laten vallen, dat is alles.' Brandon draaide zich om en wilde weer weglopen.

'Eigenlijk heb ik je hulp nodig. Ik wil graag wat meer over Adriana's onlineactiviteiten weten. Ik kan vaak zien of iemand wordt getrold of gestalkt.'

'Ze zat niet op sociale media,' zei Brandon. 'Wij geen van allen. Ik denk niet dat u dat nodig hebt om de dader te vinden.'

Dat liet ik even bezinken. Brandon keek weg.

'Wie denk je dat het heeft gedaan?' vroeg ik rustig. Spelletjes spelen of vleiende woorden gebruiken had bij hem geen zin. Daar had Brandon geen tijd voor.

'Een van die fucking idioten hier op dit fucking eiland,' zei hij.

'Taalgebruik, Brandon,' zei Rob vanuit de deuropening.

'Wat nou? Addie is dood en ik mag zoiets niet zeggen? Dit is krankzinnig!'

'Ga maar naar je kamer,' zei zijn vader.

Ik wachtte tot Brandons voetstappen op de trap waren weggestorven voordat ik iets zei.

'Ik vroeg Brandon net of Adriana actief was op sociale media. Klopt het dat ze daar geen van tweeën iets aan doen?'

'Ja,' bevestigde Rob. 'We hebben onze kinderen zo opgevoed dat ze veel sporten en vaak in de buitenlucht zijn. Dat is een van de redenen waarom we hierheen zijn verhuisd.'

'En de andere reden?' Vroeg of laat moest ik die vraag stellen.

'Ik werk als accountant voor een grote klant aan de westkust van Schotland. Ze wilden me in de buurt hebben voor vergaderingen.'

'En hoe hield Adriana dan contact met haar vriendinnen in Amerika?'

Hij haalde zijn schouders op en veegde de glassplinters bij elkaar, die door de hele kamer verspreid lagen.

'Mag ik vragen naar welke school ze in Californië gingen? Misschien mailde Adriana met vriendinnen en heeft ze hun informatie gegeven die bruikbaar kan zijn.'

'Ik wil niet dat bekend wordt dat ze overleden is, en zeker niet hoe dat is gebeurd. De moordenaar loopt hier ergens rond. In Schotland. We willen dat je je daarop concentreert. Isabella kan het op dit moment echt niet aan dat mensen contact met haar opnemen om haar te condoleren. We hebben behoefte aan onze privacy.'

'Natuurlijk,' zei ik. 'Wat jullie willen.' Ik zette mijn koffiemok in de gootsteen, vouwde de toestemmingsverklaringen op en stopte ze in mijn jaszak, voor het geval ze toch bruikbaar waren voor Nate. 'Was Addie alleen een koosnaam in de familie, of gebruikten haar vrienden die ook?'

'Alleen in de familie,' zei Rob. 'Hoelang gaat dit duren, denk je, afgaand op jouw ervaring? Ik weet dat dat een stomme vraag lijkt, maar ik weet niet hoelang Isabella dit volhoudt.'

'Het is geen stomme vraag. Het duurt een paar weken voordat de uitslag van het post-mortemonderzoek binnen is. Maar het zou veel helpen als we Adriana's belgeschiedenis hadden.'

'Haar telefoon staat op mijn account, maar ik kan alleen informatie opvragen over uitgaande gesprekken en contractvoorwaarden,' zei hij. 'Ik kan ervoor zorgen dat je die krijgt. De politie zei dat ze om een gerechtelijk bevel hebben verzocht om meer informatie los te krijgen, maar dat kost tijd.'

'Dank je. Kun je me die informatie doormailen zodra je die binnen hebt?'

'Ik ga er meteen achteraan,' zei hij.

'Trouwens, ik heb een kijkje genomen in die pub waar Adriana werkte. Haar regenlaarzen stonden er nog. Ik heb ze maar meegenomen voor jullie. Ze staan bij de buitendeur. En mag ik vragen of jullie Adriana ooit met een klein paars fluwelen zakje hebben gezien?' Rob keek me niet-begrijpend aan. 'Het is niet belangrijk, vergeet het,' zei ik. Er stonden tranen in zijn ogen, en ik liep naar de gang.

'Ik voel me zo schuldig,' zei hij toen ik de deurklink vastgreep.

'Jij hebt hier geen schuld aan.' Dat was overduidelijk, maar soms hielp het om dat ook te zeggen.

Terwijl ik naar buiten liep, hoorde ik het mechanische gezoem en geratel van de printer die weer op gang kwam. Rob deed de deur achter me op slot.

6

Addie. Eerst met twee d's, daarna met één d. Met ie op het eind, en daarna met een y. Niets. Vervolgens ging ik op zoek naar Brandon Clark. Dat zat me niet helemaal lekker, maar ik had nu twee taken. Ten eerste moest ik uitzoeken wie Adriana had vermoord. Ten tweede wilde ik er absoluut zeker van zijn dat de politie niet tot de conclusie zou komen dat haar tweelingbroer verantwoordelijk was voor haar dood.

Het was op dit moment schooltijd in Californië. Ik had drie stapels papier voor me liggen waar ik al de hele dag niet naar had willen kijken, er was geen mailtje van Rob Clark over Adriana's telefoongegevens binnengekomen en er waren te veel losse eindjes.

Zoals die printer.

Ik hanteerde de stelregel dat ik eventuele twijfels over mijn cliënten wegstopte, zoals je op je handen gaat zitten als je wilt stoppen met nagelbijten. Daarom had ik de blanco medische toestemmingsverklaringen die ik bij de Tackle & Trade had afgedrukt nog niet langsgebracht bij de Clarks. En om dezelfde reden had ik het formulier dat ze voor Nate Carlisle hadden ingevuld ook nog niet vergeleken met het document dat ze voor mij hadden ingevuld. Ik had al het gevoel dat ik er niets mee zou opschieten en dat ik uiteindelijk alle middelbare scholen in Carlsbad zou moeten bellen om de administratie te vragen hun jaarboeken na te lopen op zoek naar de tweeling. Maar ik beet me altijd vast in dingen. Mijn moeder zei altijd dat dat mijn dood nog eens zou worden.

Eerst ging ik met de formulieren aan de slag. Op de blanco exemplaren die nog moesten worden ingevuld en opgestuurd naar Nate stond een standaardverklaring gericht aan om het even welke zorgverzekeraar in de Verenigde Staten. Het enige wat moest worden ingevuld was de naam van de zorgverzekeraar, de volledige naam, geboortedatum en het registratienummer van de verzekerde, het laatst bekende adres en de gegevens van de ouders/verzorgers. Simpel en snel. Nu is het natuurlijk wel zo dat als je je kind net hebt verloren, en al helemaal onder zulke gruwelijke omstandigheden, zelfs het koken van water een herculische taak is.

Op het formulier dat de Clarks voor Nate Carlisle hadden ingevuld stond een adres in Carlsbad dat ik ontcijferde als 7109 Jefferson Street, postcode 92008. De cijfers waren slordig neergekrabbeld en liepen in elkaar over, maar het was allemaal net leesbaar. Dat betekende dat er drie openbare middelbare scholen waren waar de tweeling op school kon hebben gezeten. Ik had er helemaal geen zin in, maar onwillekeurig toetsten mijn vingers het eerste telefoonnummer al in. Ik verzon voor elke school een andere smoes, en alle medewerkers waren buitengewoon behulpzaam, maar het kwam erop neer dat de tweeling op geen van die scholen bekend was. Dat sloot niet de mogelijkheid uit dat ze op een privéschool hadden gezeten, maar het personeel op die scholen zou nooit ofte nimmer informatie vrijgeven. In dat deel van Californië woonden miljardairs, oligarchen, politici en playboys. De scholen daar schermden de gegevens van de leerlingen stevig af.

En dan bleef ik nog zitten met de vraag: waarom had Rob gelogen dat zijn printer het niet deed?

Ik wou dat ik hun huis één minuut eerder had verlaten. Ik wou dat ik het gezoem van de inkjetprinter en het zachte geruis waarmee het papier in het plastic opvangbakje gleed niet had gehoord. Want eerlijk gezegd had brigadier Harris Eggo een jeukende bult in mijn brein achtergelaten waar ik steeds moeilijker van af kon blijven: er was iets verontrustends aan Brandon Clark. Ik ademde diep uit. Het voelde als een opluchting om die gedachte vrij baan te geven. Het betekende niet dat hij zijn tweelingzus had vermoord. Maar het verklaarde wel waarom de politie hem had aangemerkt als mogelijke verdachte, en waar ik nu mee zat was dat Rob Clark informatie voor mij leek te verzwijgen om te voorkomen dat ik meer aan de weet zou komen.

Tot slot bekeek ik de handtekeningen en zat daar heel lang op te turen. Dat was het moment waarop ik besefte dat ik met die blanco formulieren weer bij Rob Clark langs moest, met het verzoek duidelijker te schrijven.

Toen ik langs de keramiekwinkel liep zag ik achter de toonbank een oudere vrouw staan en naast haar een van de meiden uit het uitgelaten groepje dat ik in The Blether had gezien. Ik wilde toch al eens een kijkje in de winkel nemen, dus stapte ik naar binnen en mijn aandacht werd meteen getrokken door een schilderij aan de achterwand. Het was een zeegezicht, daar was niets bijzonders aan, die kom je over de hele wereld op elk eiland tegen, maar op dit schilderij stond een oud schip afgebeeld dat in vlammen opging tegen een donker wordende hemel. Het schilderij was indrukwekkend groot en prachtig geschilderd.

'Neem me niet kwalijk, is dit schilderij gemaakt door een plaatselijke kunstenaar?'

De oudere vrouw gebaarde naar het meisje dat ze naar me toe moest komen. 'Ja, maar het is helaas niet te koop. Alle andere dingen wel, maar dit hangt al aan de muur sinds mijn oma de winkel heeft overgenomen, en dat is –' Het meisje kreeg niet de kans om haar zin af te maken.

'Drieënveertig jaar geleden. Sindsdien heb ik twee echtgenoten en een verloofde versleten en ik ben er nog steeds,' vulde de vrouw aan.

'En waarom heeft de verloofde het niet tot echtgenoot geschopt?' vroeg ik.

'Kouwe handen,' zei ze meteen. Ik wachtte. Dit was duidelijk een vraag die haar al vaker was gesteld. 'Hij moest ze altijd opwarmen onder de kleren van andere vrouwen.'

Ik knikte begripvol. 'Lijkt me een circulatieprobleem.'

'De spijker op de kop. Waar komt u vandaan?'

'Uit Canada,' zei ik.

'Oma, dit is de vrouw over wie ik je heb verteld,' fluisterde het meisje.

'O, de privédetective. U ziet er wel erg jong uit.'

'Ik ben ouder dan ik eruitzie. Daar hoort u me niet over klagen, hoor,' zei ik. 'Daar heb ik alleen maar profijt van als ik straks veertig ben. Wat een schitterende fruitschaal.' Hij zag er rustiek uit, was ruw gebakken en beschilderd met eikels en eikenbladeren. 'Alleen vrees ik dat hij de reis naar huis in mijn rugzak niet zal overleven. Mag ik vragen of een van jullie Adriana heeft gekend?'

'Jij en je vriendinnen gingen toch wel met haar om, Lizzy?' vroeg de vrouw. Ze keek me aan. 'Ik noem die meiden de nitwits, wat Lizzy vreselijk vindt, maar in mijn tijd droeg alleen een bepaald type meiden T-shirts die hun middenrif bloot lieten en valse wimpers waardoor je eruitziet als een circusartiest.'

Lizzy zuchtte.

'Waren jullie vriendinnen?' vroeg ik het meisje. 'Ik wil graag weten met wie ze omging en wie ze in vertrouwen nam.' Het meisje beet op haar onderlip. 'Niemand is veilig tot de moordenaar is opgepakt,' ging ik verder. 'Ik ben hier om de familie te helpen, maar dit gaat iedereen aan. Kun jij me iets vertellen?'

Toen kwamen de tranen. Dat was begrijpelijk. Het lastige van een moord in een kleine gemeenschap is dat de mensen toch gewoon naar bed gaan en de volgende dag weer wakker worden. Winkels moeten toch worden geopend. Er is toch melk nodig voor de cornflakes. Het leven gaat toch door. Zelfs wanneer een paar kilometer verderop een levenslustige, knappe jonge meid bruut van haar leven is beroofd.

'We gingen niet de hele tijd met haar om. Ik bedoel, we kenden haar wel, maar ze was ook vaak samen met haar broer. Toen ze in The Blether achter de bar ging werken moest ze meteen na haar dienst naar huis. En het was zeg maar niet zo makkelijk om haar te leren kennen.' Het meisje kwam dichter bij me staan, alsof de winkel vol klanten stond en ze zachtjes moest praten. 'En ze zit niet eens op sociale media. Totaal niet. Hoe raar is dat?'

'Heel raar,' gaf ik toe. 'Had ze een vriendje?'

'Eh, brigadier Eggo heeft gezegd dat we niet met u mochten praten. Voor het geval dat het zijn onderzoek in de war stuurt. Ik wil niks verkeerds doen.'

'Alles wat je tegen mij zegt moet je ook tegen de politie zeggen. Het kan geen kwaad dat zo veel mogelijk mensen proberen uit te zoeken wat er is gebeurd, toch?'

'Nee, dat zal wel niet. Adriana had voor zover ik weet geen verkering. Soms flirtten mensen met haar in de bar. Ze was best wel knap.'

Best wel knap. De complimenten van tieners kwamen vaak akelig dicht in de buurt van een belediging.

'Ken je misschien jonge mannen die al een kind hebben? Iemand die Adriana misschien een foto van zijn zoon heeft laten zien?'

Lizzy schudde haar hoofd. ''k Weet niet waar u het over hebt,' zei ze. 'Wie wil z'n leven nou op die manier verkloten? Wij willen echt geen kinderen op deze leeftijd. Als dat je overkomt, kom je hier nooit meer weg.'

Haar oma wierp haar een toegeeflijke blik toe.

'Zouden de andere meiden in de groep misschien met me willen praten? We kunnen ergens apart afspreken als jullie niet in het openbaar met me gezien willen worden.'

'Ik denk van niet,' zei Lizzy. 'Ze zijn allemaal bevriend met de zoon van brigadier Eggo. Ze hebben geen zin in gelazer met de politie.'

'Snap ik helemaal. Zeg, Lizzy,' zei ik zachtjes, om het gesprek vertrouwelijk te houden, 'even onder ons, hoe zit het hier met de drugsscene? Niemand wil de politie vertellen hoe het daar werkelijk mee zit, maar míj kun je dat wel zeggen.'

'Ik heb nog nooit iets gebruikt!' riep ze uit. 'Ik weet dat anderen dat wel doen, maar ik niet. Ik wil in de Highland Park Zoo met de ijsberen werken. Dat is letterlijk de mooiste plek van de wereld. Ik ga mijn toekomst niet verzieken.'

'IJsberen in Schotland? Dat klinkt fantastisch. En wat fijn voor je. Ik zou zeggen, ga ervoor! Maar ik moet het toch vragen... Hoe zat dat met Adriana? Heb je haar ooit drugs zien gebruiken of in de buurt gezien van iemand die dat deed?'

Lizzy keek over haar schouder naar haar oma, die aandachtig naar een computerscherm zat te staren.

'Belooft u dat u aan niemand doorvertelt wat ik nu ga zeggen?' fluisterde ze.

'Natuurlijk,' fluisterde ik terug. 'Dit is vertrouwelijk.'

Dat was niet waar, maar dat hoefde ze niet te weten.

'Ze was geïnteresseerd in paddo's. Sommige mensen hier gebruiken die omdat ze biologisch zijn of zoiets. Ze komen uit de natuur, dus dan zal het wel veilig zijn, toch?'

'Daar ben ik niet zo zeker van,' zei ik. 'Kun je die hier op het eiland krijgen?'

'Dat mag ik eigenlijk niet...'

'Misschien red je er een leven mee,' bracht ik haar in herinnering. 'Misschien wel het leven van een van je vriendinnen. Dit is een moordzaak, Lizzy. Als je iets weet moet je dat aan een volwassene vertellen.'

Er welden nog meer tranen op in haar ogen. Ze knipperde ze weg. Geheimen bewaren bracht een hoop stress met zich mee.

'De cafébaas van The Blether kan wiet regelen als je dat wilt. Dat zegt iedereen tenminste.'

'Ik zeg tegen niemand wat je me net hebt verteld, oké? Maak je hier alsjeblieft geen zorgen over. Niks aan de hand.'

‘Ik moet weer verder,’ zei ze met een blik op de voorbijgangers door de etalageruit.

‘Ik ook. En als ik je tegenkom op straat of in de pub doe ik net of we elkaar nog nooit hebben gesproken.’

Haar schouders gingen omlaag, en voor het eerst glimlachte ze. ‘Dank u. Wat brigadier Eggo over u zei klopt helemaal niet.’

Die had ik moeten zien aankomen, en ik wist genoeg zelfdiscipline op te brengen om bij het weggaan niet de voor de hand liggende vraag te stellen.

Toen ik voor de tweede keer die dag aankwam bij het huis van de familie Clark, zag ik tot mijn spijt dat de pers was gearriveerd en zich bij de oprit had geposteerd. Ze mochten niet aankloppen of mensen die naar binnen gingen of naar buiten kwamen de doorgang belemmeren. Als je die regels overtrad, volgde er onmiddellijk een gerechtelijk bevel. Camera’s flitsten terwijl ik op het huis afliep. Ik nam niet eens de moeite om ‘Geen commentaar’ te zeggen, maar negeerde hen en liep door. Ik nam het pad langs de zijkant van het huis, en besloot mijn komst telefonisch aan te kondigen. Isabella deed open.

‘Kun je er niet voor zorgen dat de pers hier weggaat?’ vroeg ze, nog voor ik binnen was. ‘We willen ze hier niet hebben.’

‘Ze mogen zich op de openbare weg bevinden zolang ze jullie niet lastigvallen of schade aanrichten. Jullie hoeven niet met ze te praten, maar ze mogen wel foto’s van jullie nemen als ze die nodig hebben voor de krant. Het spijt me. Laat de boodschappen aan huis bezorgen en zeg tegen de bezorger dat hij naar de achterdeur moet komen.’

‘Luna kan niet in de tuin spelen en Brandon kan al helemaal de deur niet uit...’

‘Dat kan hij best, zolang hij maar geen verklaringen aflegt,’ zei ik. ‘Niemand weet hoelang dit gaat duren. Brandon moet het huis uit kunnen. Tieners en huisarrest –’

'Ze mogen geen foto's van hem nemen!' schreeuwde Isabella, en meteen sloeg ze haar hand voor haar mond als om zichzelf het zwijgen op te leggen.

Rob kwam de keuken binnen en zei: 'Kom, lieverd. Ik had toch gezegd dat ik het zou afhandelen. Jij kunt dit niet aan. Ga naar boven en probeer wat te slapen. Sadie doet haar best.'

Dat was aardig gezegd, maar niet helemaal waar. Ik was er zeker van dat ik veel meer zou kunnen doen als ik meer informatie had.

Isabella verdween naar de gang. Rob deed de keukendeur dicht en gebaarde dat ik moest gaan zitten.

'Ik heb die medische toestemmingsverklaringen bij me,' zei ik. 'Is het een idee dat ik die invul? Het is best lastig om alles goed leesbaar in te vullen in die kleine vakjes.'

'Nee,' zei Rob.

'Wil je het zelf doen?'

'Ik ga het helemaal niet doen. Ik heb erover nagedacht, en het is te belastend. Die inbreuk op onze privacy. We maken al genoeg ellende door.'

Ik wreef in mijn ogen en liet dat even bezinken. Hij had gelijk, maar welke ouder zou de onderste steen niet boven willen halen om de moordenaar van zijn dochter te vinden?

'Dat begrijp ik maar al te goed, maar deze informatie wordt niet openbaar gemaakt. Op grond daarvan kan de patholoog-anatoom nieuwe fracturen en verwondingen met oude vergelijken en de resultaten van het toxicologisch onderzoek vergelijken met eventueel voorgeschreven medicijnen. Niets van dat alles zal Adriana in een kwaad daglicht stellen, als jullie je daar zorgen om maken.'

'Wil je daarmee zeggen dat de politie geen toegang krijgt tot die info als ik de patholoog eenmaal toestemming heb gegeven om ze op te vragen?'

'Jawel, die krijgen ze wel.'

'En dan begint het lekken dus. De insinuaties en de speculaties. Dat wil ik niet. Nee, de patholoog moet het maar zonder doen.'

'Dat zal vragen oproepen.' Ik vouwde de blanco formulieren op en stopte ze weer in mijn zak.

'Hoor eens, we hebben wat financiële problemen gehad voor we uit Amerika weggingen. De zorgverzekering was het eerste wat we hebben opgezegd. Die kostte vijfduizend dollar per maand, en ik heb een tijdlang geen werk gehad. De reden dat ik geen inzage kan geven is dat er geen recente dossiers zijn. Ik schaamde me te erg om dat uit te leggen toen ik die eerdere formulieren ondertekende.'

Dat leek plausibel. Vierenveertig miljoen Amerikanen zaten zonder zorgverzekering. Die cijfers kwamen in het politieke debat met een ontmoedigende regelmaat voorbij. Rob Clark zag lijkbleek.

'Ik zal het aan dokter Carlisle uitleggen,' zei ik. 'Excuses dat ik er zo achteraan zat. En als Brandon het huis uit wil –'

'Dat los ik wel op,' zei Rob. Hij stond op om de achterdeur open te doen.

'Prima. Ik heb die mail over Adriana's belgeschiedenis nog niet ontvangen. Ik wil graag wat voortgang voor jullie boeken.'

'Belgegevens,' zei hij. 'Ik ga er meteen achteraan.'

Ik scheurde mijn jeans toen ik over het hek van hun achtertuin op een voetpad sprong om de pers te ontlopen, en bedacht dat het toch wel vreselijk moest zijn als je een punt bereikte waarop je je geen gezondheidszorg meer kon veroorloven. Maar meteen drong de volgende vraag zich op. Hoe was het mogelijk dat je wel een privéschool kon bekostigen maar geen zorgverzekering?

Ik dacht weer aan die paddenstoelen. Het poeder in Adriana's laars. Dat er wiet werd verkocht in de pub waar ze werkte. Dát waren de vragen waar ik nu op moest focussen. Niet op haar familie, die van haar hield. Niet op de kosten van de zorgverzekering en de sociale ongelijkheid in de Verenigde Staten. En niet op Brandon. Als de Clarks zich er werkelijk zorgen over maakten dat hun zoon bij de moord betrokken was, hadden ze mij er nooit bij gehaald.

Vastbesloten om wat verder te komen met het onderzoek besloot ik nog een keer naar The Blether te gaan. Whisky deze keer. Bier leek me opeens niet sterk genoeg.

7

'Hallo Rachel,' zei ik, terwijl ik tegen de bar leunde. 'Wat kun je me aanraden?' vroeg ik, wijzend naar de rij whiskyflessen achter haar.

'Ik pak de Macallan wel,' zei ze.

'Het is stiller vanavond. Alles in orde?'

Er zaten hier en daar wat mensen in de pub, maar er werd amper gepraat.

'Iedereen heeft vandaag een verklaring afgelegd. Er zijn een paar rechercheurs uit Glasgow overgekomen om samen met Harris Eggo zo veel mogelijk mensen te ondervragen. Het was best wel een schok voor ons dat de eilandbewoners niet automatisch van die verplichting werden ontslagen.'

'Die verklaringen zijn alleen bedoeld om een tijdlijn op te stellen en ze moeten er zeker van zijn dat de dagen voor de moord op Adriana goed zijn vastgelegd. Het wil niet zeggen dat iemand wordt verdacht.'

'Door al hun vragen realiseerde ik me hoe weinig ik met haar heb gepraat. Ze heeft hier de hele zomer twee tot drie diensten per week gedraaid en ik kende haar nauwelijks. Ik had haar ouders eigenlijk al lang iets te eten moeten brengen. We hadden als gemeenschap wel wat meer voor ze mogen klaarstaan.' Ze reikte me een glas aan met meer whisky dan ik van plan was te drinken. 'Van het huis. Wat denk je, gaat haar familie nu weg? Ik weet niet of ik zou blijven als mij zoiets afschuwelijks was overkomen.'

'Ik weet niet of ik de plek zou kunnen verlaten waar ik mijn kind voor het laatst in leven had gezien,' zei ik. 'En bedankt voor de whisky.' Ik hief het glas naar haar.

Harris Eggo kwam binnenlopen, geflankeerd door twee agenten.

'Goedenavond,' zei ik.

'O, zijn we hier tegenwoordig stamgast?' vroeg hij.

'Ze is een gast,' zei Rachel. 'Als je het gebruikelijke recept neemt kunnen jullie gaan zitten, dan kom ik het brengen.'

'Het helpt allemaal geen klote,' riep een oude man vanaf de andere kant van de pooltafel. Even schoten er blikken zijn kant op, en toen gingen de gesprekken weer verder, op gedempte toon. Hij sloeg met zijn vlakke hand op tafel. 'Geen sodemieter. Er wordt een hoop geouwehoerd en een hoop beloofd. En wat ben ik ermee opgeschoten?'

Ik keek naar Rachel. Ze keek bezorgd, maar ging door met glazen poetsen terwijl ze hem met een schuin oog in de gaten hield.

De man was dronken. Dat was duidelijk te zien aan het aantal lege glazen op zijn tafeltje en aan zijn onvaste bewegingen. Maar hij was niet zomaar dronken. Er stroomden nu ook tranen over zijn wangen.

'Misschien wordt het tijd om naar huis te gaan, maat,' riep iemand naar hem.

'Naar huis? Waarom zou ik? Mijn huis is leeg!' Hij priemde met zijn vinger naar niemand in het bijzonder. 'Jullie hebben geen flauw benul hoe dat is. Jullie zijn het allemaal vergeten, hè?'

Rachel legde haar droogdoek rustig neer en kwam achter de bar vandaan, zette een glimlach op en liep langzaam op hem af. Ze ging naast hem zitten.

'Jasper, wil je met een taxi naar huis? Ik kan er een voor je bellen.'

Hij greep haar hand stevig vast. Ze probeerde zich niet los te wringen, maar de sfeer in de pub voelde opeens heel anders aan.

Niemand deed meer of hij niet keek. De cafébaas en de zoon van Harris Eggo kwamen uit het andere gedeelte van de pub aanlopen.

Rachel keek op en staarde haar man aan.

'Niks aan de hand,' zei ze.

'Ik heb geen rust,' riep de man uit, en hij pakte Rachels hand nog steviger vast.

'Wil je mijn vrouw loslaten?' vroeg de cafébaas op luide toon.

'Zo is het wel genoeg,' kwam Harris Eggo tussenbeide. 'Kom, Jasper. Een van mijn mensen brengt je wel even thuis.'

'Ik wil helemaal nergens naartoe,' riep hij. 'Ik wil bij mijn vrouw en mijn dochter zijn. Nu is er wéér een meisje dood en niemand heeft het over wat er vroeger is gebeurd. Niet één van jullie!'

Ik schatte hem ergens in de zeventig. Met een zwaar Schots accent waardoor ik moeite had hem te verstaan, maar dat kwam misschien ook door de alcohol en zijn dikke tong. Hij droeg een vrijwel tot op de draad versleten wollen pet, en had zulke diepe groeven om zijn mond en ogen dat het leek alsof er met een mes in een stuk zachthout was gekerfd. De tranen veranderden de rimpels in rivierbeddingen.

Harris Eggo en een andere agent gingen tussen de huilende man en de andere cafébezoekers in staan zodat ze het zicht belemmerden.

'Ga maar opzij, Rachel,' hoorde ik Eggo zeggen. 'Wij handelen dit wel af.'

Stoelen schraapten over de vloer en ze tilden hem ieder bij een arm overeind en manoeuvreerden hem naar de uitgang.

'De politie kwam vandaag weer met dezelfde vragen. Dat heeft toen geen zak geholpen, en nu haalt het ook niks uit.'

'Zo is het wel mooi geweest. Loop nou maar zonder stampei te maken naar buiten,' zei Eggo's collega.

'Zonder stampei?' schreeuwde de man. 'Ze hebben zand in de mond van m'n dochter gedouwd. Zodat ze geen stampei zou maken!'

Harris Eggo keek me recht aan en gebaarde tegen zijn collega dat hij de man naar buiten moest werken. Ik dronk mijn whisky achter elkaar op, zette het glas neer, pakte mijn tas en liep naar de deur.

'Nee,' zei Harris Eggo tegen me.

'Laat me erlangs,' zei ik. 'U hebt niet het recht me tegen te houden.'

'Je moet Jasper met rust laten.'

'Brigadier Eggo, ik wil graag naar buiten. Ik wil dat u opzijgaat.' Ik kon niet zeggen wat ik wilde zeggen, en dat wist hij. Niet alle bijzonderheden over Adriana's dood waren openbaar gemaakt, en dat wilde ik zo lang mogelijk zo houden. 'Zo te horen heeft die man belangrijke informatie. Waarom noteert u zijn gegevens niet?'

'Ik héb zijn gegevens al.' Hij kwam vlak naast me staan en fluisterde in mijn oor: 'Tien jaar voor jij werd geboren is zijn dochter overleden. Hij is eraan kapotgegaan. Het heeft niks met die Amerikaanse te maken.' Er reed een politieauto langs de pub, de sirene gaf één enkele toon en de bestuurder zwaaide naar Harris Eggo. Ik sloeg mijn armen over elkaar. 'Je mag nu naar je hotel gaan,' zei hij terwijl hij opzijstapte.

Ik klemde mijn tanden op elkaar. 'Wilt u proberen te onthouden dat we aan dezelfde kant staan?'

'Jij hebt een cliënt,' antwoordde hij. 'Ik ben maar een gewone politieman.'

Ik liep weg. Het was voor mij een erekwestie om gedurende een onderzoek nooit op iemand te schelden, maar ik stond nu op het punt mijn kalmte te verliezen. Ik leunde even tegen de muur van de pub om diep in en uit te ademen. Iemand zou me vast kunnen vertellen wie die oude man was, maar vanavond niet. Vanavond liepen de emoties te hoog op, die van mij ook.

Ik ritste mijn jas dicht. Zelfs de beste whisky kon een mens niet beschermen tegen de kille zeewind. Het was niet ver lopen, maar vanaf de haven moest ik door een donkere straat. Achter mij hoorde ik voetstappen en instinctief draaide ik me om. Door de bocht in de straat kon ik niet zien wie er achter me liep, en ik werd bang. Van al dat gepraat over zand waren mijn nekharen al overeind gaan staan. Ik versnelde mijn pas en sloeg een smal straatje in dat beter verlicht was. Er is een verschil tussen je kunnen verdedigen en je onoverwinnelijk wanen. Daar had ik me nooit illusies over gemaakt.

Weer voetstappen, maar van iemand die niet gewoon liep maar op zijn tenen. Mijn achtervolger probeerde me stilletjes van achteren te naderen. Mijn polsslag ging omhoog. Ik voelde Adriana's koude vingers weer in mijn hand, voelde dat ze me probeerde mee te trekken. Maar als ik nu ging rennen zou ik niet te weten komen wie het was. En ik wilde het gezicht zien van degene die me volgde.

Ik sloeg een hoek om, dook een portiek in en wachtte daar. De voetstappen gingen nu sneller. Ik haalde veel te snel adem en probeerde mijn angst te bedwingen, mijn hand omklemde het fluitje in mijn jaszak. De gestalte liep langs me heen – een lange man, capuchon over zijn hoofd getrokken, vastberaden tred. Hij bleef stilstaan en speurde de straat af, in beide richtingen. Ik stapte uit de portiek, en zorgde ervoor dat ik genoeg afstand hield.

'Zoek je mij soms?' riep ik hard. Wees zelfverzekerd, blijf op de openbare weg en keer de ander nooit de rug toe. Er zijn regels voor dit soort situaties.

Hij schrok zichtbaar, legde zijn vinger op zijn lippen ten teken dat ik zachter moest praten en deed zijn capuchon af om zijn gezicht te laten zien.

'Zachtjes!' zei hij. 'Als mijn vader erachter komt dat ik met u heb gepraat, maakt hij me af. Ik ben Lewis.'

Lewis Eggo liep terug naar de straat waar we net uit waren gekomen. Ik kwam een paar stappen dichterbij, zodat we konden praten zonder de aandacht te trekken.

'Sorry dat ik u de stuipen op het lijf jaag, maar ik wist niet waar u logeerde, en ik kon het niemand vragen.'

'Oké,' zei ik. 'Wat wilde je zeggen?'

'Ik schaam me voor hoe mijn vader u behandelt. Hier op Mull

werken de dingen anders dan waar u vandaan komt.'

'Dat weet ik nog zonet niet. Ik woon ook in een uithoek die de helft van het jaar wordt overspoeld door toeristen.'

'Dat bedoel ik niet,' zei hij, terwijl hij van het ene been op het andere hipte. 'Eigenlijk zou ik niks moeten zeggen.'

'Jij hebt met Adriana gewerkt, hè? Heb je haar goed gekend?'

'Een beetje,' zei hij. 'Ze praatte niet graag over zichzelf. Ik heb haar wel naar haar leven in Amerika gevraagd, maar dan veranderde ze van onderwerp. Niet bot of zo, maar gewoon wat terughoudend.'

'Is je in de pub ooit iemand opgevallen die speciale belangstelling voor haar had? Heeft er weleens iemand naar haar gevraagd wanneer ze er niet was?'

'Een paar keer, maar ze was nieuw, en dat doen de mensen hier wanneer iemand van buiten op dit eiland komt wonen.'

'En Brandon? Ken je hem?'

'Die ken ik niet,' zei Lewis. 'Ik heb hem weleens gezien. Hij is Adriana een paar keer komen ophalen na haar dienst. Hij kwam nooit binnen maar bleef altijd buiten staan wachten. Ik moet weer terug. Ik heb alleen maar even pauze.'

'Je wilde me iets zeggen, Lewis,' zei ik. 'Wat dan?'

'Dat u op uw hoede moet zijn. Er gebeuren hier dingen waar nooit iemand over praat. Dat is altijd al zo geweest.'

'Kun je wat minder vaag zijn?' vroeg ik.

'U moet met Jasper gaan praten. Hij begrijpt het. Zeg tegen de familie van Adriana dat ik het heel erg voor ze vind.'

'Is Adriana in de problemen gekomen, Lewis? Als dat zo is, moet je het me vertellen. Volgende keer overkomt het misschien iemand die je beter kent, en je wilt vast niet leven met de gedachte dat je meer had kunnen doen om dat te voorkomen.'

Hij slikte moeizaam, en het licht van de straatlantaarn aan de overkant glinsterde in de tranen die zich bij zijn ooghoeken vormden.

'De meiden hier worden compleet gestoord, dat wil ik maar zeggen. Ze raken afgestompt.' Hij veegde met zijn mouw over zijn ogen. 'Wilt u dat ik met u meeloop naar uw hotel?'

Ik glimlachte. 'Nee, het is maar een paar minuten lopen, maar dank je wel. Als je een andere keer verder wilt praten, bel me dan. We kunnen ergens buiten Tobermory afspreken als je wilt. Ik begrijp dat je in een lastig parket zit met je vader.'

Ik had hem harder kunnen aanpakken en hem kunnen vragen wat hij bedoelde met 'compleet gestoord' en over welke meiden hij het had. Maar net zoals tieners hun vaste hangplekken hebben, hebben ze ook hun eigen tempo. Zij bepalen het tempo en ze houden eraan vast, en elke poging sneller te gaan leidt in het gunstigste geval tot vertraging en in het slechtste tot een regelrechte weigering om te communiceren. Maar Lewis had uit zichzelf contact met me gezocht. Hij wilde me duidelijk maken dat er iets mis was. Zou hij de volgende keer wat openhartiger zijn? Als ik zijn tempo respecteerde en bewees dat ik zijn vertrouwen verdiende, zou het zo gaan, hoopte ik. Want Lewis Eggo had me recht in de ogen gekeken en me verteld wat ik eigenlijk moest weten. Dat dit eiland Adriana Clark had vermoord. Niet een willekeurige toerist, niet een onbezonnen nachtelijk bezoek aan een volslagen vreemde, niet haar eigen koppigheid. Ik nam me voor net zo lang te wachten tot Lewis Eggo weer naar me toe kwam.

Hij was verdwenen. Het geluid van zijn gympen op de flagstones echode nog twintig seconden na voor het wegstierf. Ik stak de straat over en keek naar de zee.

De maan scheen helder over Tobermory Bay. De weerschijn rimpelde in de rustige golfslag van het donkere water. Terwijl ik daar stond en bedacht dat het in mijn vak om geduld ging en dat ik daar juist de pest aan had, glipte er een man de plaatselijke museumwinkel uit, dik ingepakt in een jas en sjaal. Het was een tikje kil, maar nog niet echt koud. Zijn outfit werd gecompleteerd door een zwarte hoed en zwarte handschoenen.

Hij keek een paar keer goed om zich heen, stapte toen in een oude aftandse jeep en reed rustig weg. Ik had zijn gezicht goed genoeg kunnen zien om de man te herkennen die twee avonden eerder in de pub had geprobeerd brigadier Eggo's aandacht te trekken. Skittles hadden ze hem genoemd. Hij gedroeg zich die avond nerveus, opgefokt bijna.

Ik onthield zijn kenteken, en kreeg meteen een hekel aan die hoed en die handschoenen. Winterkleren in de herfst. Ik dacht dat Schotten wel tegen een stootje konden.

8

Om vijf uur 's ochtends kwam er een smaragdgroene mist vanaf zee aandrijven. Hij drong door de kieren van het oude raam naar binnen en voerde de geur van zeewier en zout met zich mee. De gordijnen waren klam toen ik ze opentrok, en ik besefte dat ik absoluut niet meer zou kunnen slapen. Niemand op mijn gang wenste op dat tijdstip wakker te worden gemaakt, dus sloop ik zachtjes het hotel uit, begaf me in de richting van de heuvels achter het stadje en wandelde vandaar naar het zuiden.

De hoge, steile kliffen boden een tijdloze aanblik. Eenmaal buiten het stadje werd ik getroffen door de verlatenheid van het landschap. Ik zag slechts hier en daar wat huizen. Bomen die daar al generaties stonden omzoomden het pad dat ik volgde, en de hei onder mijn voeten legde een zacht krakend, verend laagje over de aarde. Boven mijn hoofd hielden de meeuwen me achterdochtig in de gaten, maar het was ze eigenlijk te doen om de vissersboten en de kreeftenfuiken. Het eiland was een van de rest van de wereld afgesneden plek, en hoewel Tobermory daarin een niche van beschaving vormde, deed het stadje geen afbreuk aan de ongerepte natuur. De zee ademde onder het lopen met me mee, in en uit.

Toen ik eindelijk weer terug was in het Last Bay Hotel nam ik een douche, kleedde me aan en besloot me van mijn beste kant te laten zien. Ik ging op pad om te kijken wat de museumwinkel van Mull te bieden had.

Het ooit donkergroene uithangbord was door weer en wind vervaagd en flets en mossig geworden, en zo voelde de atmosfeer binnen ook aan. Het stof was het eerste wat me opviel bij binnenkomst. De plafondverlichting wierp een schemerig licht op het dof geworden glas van vitrinekasten waarin eeuwenoude, fraai uitgelichte artefacten hadden moeten schitteren. Door de reisgidsen en landkaarten en de in folie ingepakte geschiedenisboeken leek de museumwinkel net een bibliotheek die op sterven na dood was. Allerlei prullaria, bedrukt met verschillende Schotse ruitmotieven en voorzien van verbleekte prijskaartjes, waren liefdeloos op glazen planken uitgestald. Portretten, landschappen, een paar opgezette dierenkoppen waarvan mijn maag zich omdraaide. Een haarlok in een met parelmoer ingelegd kistje. De ladinglijst van een schip in een taal die ik niet kon thuisbrengen. De meeste uitgestalde objecten waren voorzien van een minutieus handgeschreven informatiekaartje. De helft was te koop, de rest was bedoeld om toeristen naar binnen te lokken. Niet echt een museum en niet echt een winkel.

Je kon door verschillende kleine ruimten dwalen, die elk een andere periode in de geschiedenis van Mull belichtten. Lage eikenhouten balken, schoon metselwerk en drie kleine maar schitterende open haarden.

'K-kan ik m-mis... misschien h-helpen?' Door het gestotter wist ik meteen wie er achter me stond. Zo dichtbij dat ik zijn lichaamswarmte tegen mijn rug kon voelen.

Ik bleef voor de open haard staan die ik bewonderde maar keek om om hem te antwoorden.

'Hallo,' zei ik, 'ik ben op zoek naar een gids van het eiland.'

'Ik w-weet w-wie je b-bent,' zei hij. Het duurde even voordat die zin eruit was, elk woord was een beproeving. Ik wachtte tot hij was uitgesproken.

Zijn kleren roken vochtig en naar zweet, en hij zou zichzelf weleens wat beter mogen verzorgen. Dat gold ook voor zijn haar en zijn nagels.

'Wat een mooi pand is dit. Hoe oud is het?'

'1820,' zei hij. Ik rook een zurige fruitlucht in zijn adem, en onder het praten bewogen zijn vingers krampachtig. 'Hoe heet je?'

'Sadie.'

'Sadie,' herhaalde hij langzaam.

'Ze noemen jou Skittles, hè?' Hij grijnsde breeduit, en zijn gebit verraadde dat Rachel het bij het juiste eind had wat betreft zijn dieet. 'Heb jij weleens met Adriana gesproken? Is ze hier ooit binnen geweest?'

Zijn glimlach bevroor.

'Ze is d-d-dood,' zei hij. Hij ging erger stotteren en zijn gezicht werd rood van inspanning.

Onder het praten nam ik hem op en ik constateerde dat zijn verstandelijke vermogens beperkt waren. Er was in het verleden vast een diagnose gesteld, maar ik was geen psycholoog. Skittles leek op een vrij laag niveau te functioneren. Hij kon directe vragen beantwoorden, feiten herhalen en aankopen op de kassa aanslaan, maar verder had ik zo mijn twijfels.

'Ken je Mackinnon's Cave, waar ze is gevonden?' vroeg ik.

'Het is d-daar 's avonds p-pikkedonker. D-daar hou ik niet van.'

'O nee?' zei ik. 'Ik dacht anders dat ik je gisteravond laat in je auto heb zien stappen om ergens naartoe te gaan.'

Hij ontweek mijn starende blik.

'Ik pak een g-gids voor je,' mompelde hij en hij liep weg. Ik ging achter hem aan en verweet mezelf dat ik overhaaste conclusies trok, maar het zaadje was al in mijn hoofd geplant en ontkiemde razendsnel.

'Woon je hier ook of werk je hier alleen maar?' vroeg ik, terwijl hij een boek van een plank achter de toonbank pakte.

'Wonen,' zei hij. 'Negen negenennegentig.'

Ik gaf hem een biljet van tien pond en keek toe terwijl hij de toetsen van de ouderwetse kassa langzaam indrukte. Ik nam mijn aankoop mee naar buiten en ging op pad om de plekken langs te gaan waar Adriana vaak kwam, om haar gangen op haar laatste dag na te trekken.

Ik had het personeel gevraagd om de schone handdoeken en het beddengoed voor mijn kamerdeur te leggen, en toen ik die avond terugkwam hadden ze dat ook gedaan. Dat doe ik altijd wanneer ik voor een onderzoek gevoelig of vertrouwelijk materiaal op mijn kamer heb liggen, en al helemaal als ik een rouwende familie in een kleine gemeenschap moet beschermen. Niemand had dus mijn kamer mogen binnengaan, maar ik wist meteen dat dat wel was gebeurd. De vorige keer dat ik die geur van rottende planten had geroken was in Mackinnon's Cave.

Ik griste het drinkglas van mijn nachtkastje en hield het vast bij de bodem, gereed om het stuk te slaan en het in de hals van een eventuele indringer te duwen. Eerst controleerde ik de badkamer, keek achter de deur en verzekerde me ervan dat het raampje goed dichtzat. Daarna keek ik in de kledingkast en onder het bed. Er was niemand, maar ik was toch bang geworden.

Mijn laptop stond waar ik hem had neergezet om op te laden. Hij stond niet aan, en de kans dat iemand mijn drievoudige beveiliging had weten te omzeilen was nihil. Mijn koffer lag op de bodem van de kledingkast en mijn kleren hingen aan haakjes. Met een vies gezicht doorzocht ik voor de zekerheid ook de plastic tas met vuile was die ik aan de klink van de badkamerdeur had gehangen. Niets.

Er ontbrak niets en er was niets verplaatst. Ik gedroeg me paranoïde, maar zo was ik helemaal niet. Die ochtend was ik wel heel vroeg opgestaan en had ik kilometers in m'n eentje gewandeld. Zou het door de vermoeidheid komen dat ik zo overdreven reageerde? Ik deed de deur op slot, schopte mijn gympen uit en zette water op voor een kopje troost van oploskoffie met een cupje koffiemelk. Ik liet me achterover op het bed ploffen en wachtte tot het water kookte.

De stank overviel me zodra mijn hoofd het kussen raakte. Ik

schoot onmiddellijk kokhalzend overeind. Het stonk naar een mix van dode vis, blubber en slijk uit de netten van een trawler en dode insecten. Ik kroop snel naar het voeteneind van het bed en staarde naar het kussen. Daar puilde iets onder uit wat om mijn aandacht vroeg. Ik duwde mijn neus tegen mijn mouw, pakte de pen die op mijn nachtkastje lag, stak hem voorzichtig onder het kussen en schoof het opzij.

Uit een groenbruine krans was roestkleurig water op de lakens gedropen en toen ik wat beter keek schoot er een insect dat ik niet kon thuisbrengen van het licht naar de donkere spleet tussen de matras en het hoofdeinde.

Iemand had mij een kroon gebracht.

Ik keek nog eens goed om me heen, alsof ik de indringer misschien over het hoofd had gezien, verstopt achter een gordijn of in elkaar gedoken in een hoekje. Er was op dit moment niemand, maar dat had net zo goed wel het geval kunnen zijn.

Uit mijn koffer pakte ik een stel handschoenen en een doorzichtige plastic zak. Eerst nam ik een paar foto's van de krans op de plek waar hij lag. Ik was beslist geen expert, maar zo op het oog was hij van dezelfde soort zeewier gemaakt als de kroon van Adriana.

Het voorwerp, een vlechtwerk van verschillende stukken zeewier, bezat een morbide soort schoonheid, maar was bedoeld voor een dode. Dat was ongetwijfeld de boodschap die daarmee werd overgebracht. Er waren ondertussen genoeg mensen die de geruchten hadden opgevangen over wat Adriana was aangedaan. De politie wist ervan, zowel de agenten op het eiland als die op het vasteland. Dan had je nog het team van Nate Carlisle. En daarbuiten nog een bredere kring van administratief medewerkers. En dan de pers natuurlijk nog, en die zouden ook wel hun bronnen hebben. Dus degene die Adriana had vermoord was natuurlijk niet de enige die bij wijze van waarschuwing een kroon voor me had kunnen fabriceren. Mijn aanwezigheid viel sowieso niet goed bij de eilandbewoners.

Het was een koud kunstje om uit te zoeken in welk hotel die Canadese privédetective verbleef, en dan moest je nog wel weten in welke kamer ze zat. Maar wie weet waren de schoonmakers, het barpersoneel, de bediening en de receptionisten loslippig geweest.

Ik keek naar de sleutel die ik aan de binnenkant in het slot had laten zitten. Een echte sleutel, geen keycard. Het hotel beschikte ongetwijfeld over duplicaten voor noodgevallen en voor het schoonmaak- en onderhoudspersoneel. Ik had me voor mijn werk al in talloze steden toegang tot hotelkamers verschaft, en in de meeste gevallen ging dat veel te makkelijk. Met een originele sleutel die je leende of kopieerde zou het misschien riskant zijn, maar heel goed mogelijk.

Twee dingen zaten me dwars terwijl ik de zeewierkroon in de plastic zak stopte en mijn handen over het stukje handenarbeid liet glijden, waarvan de bladeren glad en glibberig aanvoelden in hun nieuwe verpakking. Het eerste was waar ik vanavond moest slapen. Het tweede was het motief van degene die dit afschuwelijke cadeau voor mij had achtergelaten.

Iemand, of misschien wel meer dan één persoon, had ontdekt waar ik logeerde. Het was ze gelukt mijn kamer binnen te komen. Ze hadden geweten dat ik er niet was – tenminste, daar ging ik van uit, want aan het alternatief, dat ze hadden gehoopt me de kroon persoonlijk te kunnen overhandigen, wilde ik niet denken. Dat kon ook betekenen dat ik in de gaten was gehouden toen ik die ochtend het hotel had verlaten. En dat er nu misschien ook naar me werd gekeken.

Ik liep snel naar het raam en rukte de gordijnen open, half in de verwachting dat er een gestalte naar binnen stond te loeren. Buiten mijn raam stonden een paar struiken en bomen zachtjes in de wind te wiegen, met daarachter de weg en de zee. Niemand te zien.

Had er iemand op mijn bed gelegen? Wat had die persoon nog meer in mijn kamer uitgespookt? Ik snakte naar een borrel, maar ik moest nuchter blijven. Ik pakte mijn telefoon.

'Nate Carlisle,' zei hij.

'Hallo, met Sadie Levesque. Stoor ik?'

'Altijd,' zei hij. 'Ik krijg geen moment rust. Wat kan ik voor je doen?'

Ik ademde diep in en weer uit om de emotie uit mijn stem te houden. 'Ik wilde alleen even uitleggen waarom je die toestemmingsverklaringen niet hebt ontvangen. Mijn cliënten hebben een tijdlang geen ziektekostenverzekering gehad. Door financiële problemen hebben ze hun verzekering moeten opzeggen, en ze schaamden zich om dat te zeggen. Het is toch al zo'n zware, stressvolle tijd voor ze.'

'Snap ik,' zei hij. Ik hoorde hem tijdens het praten op het toetsenbord van zijn computer typen, en begreep dat hij het druk had.

'En weet je al iets meer over het poeder? Ik weet natuurlijk niet precies hoelang het duurt om zoiets te analyseren.'

'Waarschijnlijk nog een paar dagen. Hangt ervan af welke andere zaken het lab op z'n bord heeft. Omdat dit geen officieel bewijsstuk is kon ik er geen spoedopdracht van maken. Ik bel je zodra ik iets weet.'

'Dat is fijn... en, eh... Ik vroeg me ook af wat je me kunt vertellen over het zeewier rond Adriana's hoofd.'

Het typen stopte. 'Is alles goed met je? Je klinkt een tikje geagiteerd.'

'Ik vroeg me af of je vingerafdrukken van zeewier kunt halen? Of misschien andere sporen, zoals huidcellen?'

'Er zijn nergens vingerafdrukken gevonden op Adriana – niet op het zeewier, niet op de schelp en ook niet op haar huid – maar ze is dan ook in het water geweest en haar lichaam heeft dagenlang open en bloot in die grot gelegen.'

'Zijn er omstandigheden waaronder je vingerafdrukken van zeewier af zou kunnen halen?' vroeg ik.

'Nauwelijks. De olie van de huid blijft er niet echt aan plakken, tenzij die oud en uitgedroogd is. Heb je iets ontdekt dan?'

Ik zuchtte. Het was stom van me om dit aan niemand te willen vertellen. 'Iemand heeft een zeewierkroon onder mijn kussen gestopt,' zei ik. 'Ik probeer nu te bedenken wat ik ermee zal doen.'

'In je hotelkamer?'

'Ja.'

'Zeg me dat je je kamer al uit bent en de politie hebt gebeld,' zei Nate.

'Er is niks gestolen en niks beschadigd. Er zijn geen sporen van braak. Het halve eiland kent ondertussen de bijzonderheden rond Adriana's dood –'

'Die staan morgen in de krant,' bevestigde hij. 'Ik ben vandaag al door drie journalisten gebeld voor commentaar. Iemand heeft gelekt.'

'Dus misschien is dit een foute grap of bedoeld om me te pesten.'

'Of een bedreiging,' vulde hij aan. 'Is het zeewier nog nat?'

'Ja, het is echt goor. Het is zo vers dat ik er iets uit zag kruipen.'

'Het is zinloos om naar contactsporen te zoeken. Hotelkamers zitten stampvol huidcellen en DNA. Ik maak me op dit moment meer zorgen over je veiligheid. Wat ben je van plan?'

'Kijken of ik een andere kamer kan krijgen,' zei ik. 'Maak je geen zorgen. Ik heb een uitgebreide training in zelfverdediging en wapengebruik gehad.' Dat was allemaal waar, maar dat zou me niet helpen om straks in slaap te vallen. 'Kan ik je die kroon opsturen? Ik vind eigenlijk dat die bij Adriana hoort.'

'Alleen als ik brigadier Eggo mag vragen of hij even bij je komt kijken.'

'Geen sprake van,' zei ik. 'Ik wil geen getuige zijn in deze zaak. Als dat gebeurt kan ik niks meer doen voor de familie Clark, en die hebben me hard nodig. De situatie hier is behoorlijk gespannen. Brandon is nog steeds verdachte en de Clarks hebben zich verschanst in hun huis vanwege de fotografen. Ik wil ze dat niet allemaal zelf laten oplossen. En ik heb ook eindelijk het gevoel dat ik wat vorderingen maak.'

'Daarom maak ik me juist zorgen,' zei Nate.

'Luister, ik red me wel. Ik stuur je dit walgelijke ding morgenochtend met de eerste koeriersdienst op. Als ik die kroon niet aan jou kwijt kan, gooi ik hem in zee.'

'Stuur maar op,' zei hij zuchtend. 'Maar neem een andere kamer. Liefst in een ander hotel. Stuur me morgenochtend om acht uur een appje zodat ik weet dat alles goed met je is. Anders laat ik de politie dat controleren, of je wilt of niet.'

'Vooruit dan maar,' zei ik. Het was grappig dat ik me meteen een stuk beter voelde door een sprankje bezorgdheid van een medemens. Of misschien kwam het doordat Nate Carlisle het zei. Ik mocht hem graag. En het was alweer een tijdje geleden dat ik zoveel voor een man had gevoeld als ik nu voor Nate begon te voelen. Maar zolang ik op zoek was naar de moordenaar moest mijn privéleven even op de waakvlam, om ethische dilemma's te vermijden. Ik hing op.

Ik legde de plastic zak met de zeewierkroon op mijn schoot en vroeg me af wat die betekende. Een kroon was voor een prinses of een koningin. Voor iemand die je aanbad of misschien voor iemand die zichzelf belangrijk vond. Was het als spot bedoeld of was het een bizarre fantasie?

Daar zou ik nooit achter komen tot ik degene vond die Adriana had vermoord, en dat zou niet lukken zonder risico's te nemen. Als ik nu een andere kamer nam, was dat een stap terug. Als de gulle gever de eerste keer mijn kamer had weten te vinden, zou dat nu weer lukken. Zou die persoon misschien opnieuw de sleutels te pakken krijgen. Ik wilde niet op de bovenste verdieping zitten als het zover kwam.

Geen roekeloze of stomme dingen doen – dat waren mijn regels. Zorgvuldige, weloverwogen beslissingen nemen. Ik wist dat ik me prima kon weren. Ik moest ervoor zorgen dat mijn mobiel was opgeladen en dat ik de berenspray paraat had. En ik moest waakzaam zijn. Moest ik dan echt een andere kamer nemen?

Ik was al vaker in gevaar geweest. En toen was ik er ook niet voor weggelopen.

9

Ik had de zware leunstoel uit de hoek van de kamer tot voor de deur gesleept en alle kieren afgedicht waar licht van de gang doorheen kwam. In zwarte kleren en met de bivakmuts op die ik altijd bij me had voor als ik er 's nachts op uit moest, ging ik zo dicht mogelijk bij het raam zitten en wachtte.

Geduld vergt veel van een mens. Ook wanneer er veel minder op het spel staat, maar ja, recherchewerk is doorgaans sowieso een weinig opwindende bezigheid. Zo heb ik eens vier dagen lang op een station in Vancouver zitten wachten op een passagier uit Toronto. Er leek geen eind aan te komen en tegelijk was ik doodsbang dat ik mijn doelwit over het hoofd zou zien. Wanneer er een jonge vrouw is vermoord en de moordenaar mogelijk wil dat jij de volgende bent, wordt wachten een regelrechte marteling. Ik rook het vocht dat uit het rottende zeewier in mijn matras was gesijpeld. Ik kon het beeld van mijn hoofd op dat kussen, met de zeewierkroon door mijn blonde haar gevlochten, met moeite uit mijn gedachten bannen.

Door een beweging in de struiken aan de rand van mijn gezichtsveld werd mijn keel dichtgesnoerd, en ik kreeg nauwelijks adem. Er was net genoeg maanlicht om de bladeren in het struikgewas te kunnen zien bewegen. Ik hield de camera klaar. Achter me klonk het geluid van voetstappen op de gang die steeds dichterbij kwamen. Ik deed mijn uiterste best om rustig adem te halen zodat het raam niet besloeg, omdat ik mezelf anders zou verraden. De voetstappen kwamen steeds dichterbij. Ik ademde diep in en hield mijn adem vast.

Ik wachtte...

Een konijn schoot onder de struiken vandaan over het grasveldje vlak onder mijn raam, waardoor de buitenverlichting aanfloepte. Mijn maag maakte een duikvlucht. Ik dwong mezelf mijn adem te laten ontsnappen, legde een bevende hand op het raam en liet mijn hoofd tegen het glas rusten terwijl ik mijn zelfbeheersing hervond. De voetstappen op de gang waren weggestorven.

Het was halftwaalf. Ik had hier drie uur zitten wachten om het gezicht van mijn stalker te zien, en het enige wat ik bereikt had was een stijve rug en een gevoel van gêne.

Het konijnenkadaver trof het raam precies op de plek waar ik net nog met mijn voorhoofd tegenaan had geleund. Hard genoeg om het raam te laten trillen. Ik deinsde met een gil achteruit. Plukjes van de donsachtige pels bleven plakken aan de bloederige contouren op de ruit. Het arme beestje viel met een doffe klap op de grond. Ik schoof het raam met een ruk omhoog, stak eerst mijn rechter- en daarna mijn linkerbeen naar buiten en sprintte over het gras tussen de bomen door. In de verte verdween een gestalte om de hoek van het hotel. Ik ging er zonder nadenken achteraan: ik zat vlak bij een gebouw vol mensen, die me zeker zouden horen als ik gilde, en ik was fit genoeg om te vluchten als dat nodig was. Het enige wat ik wilde was de klootzak die achter me aan zat in de ogen kijken.

Hij of zij – normaal postuur en atletisch – rende weg over de oprit, dwars door de bloembedden, en lag een heel stuk op me voor. Met één sprong nam de gestalte een laag stenen muurtje en verdween in de bomenrij buiten het bereik van de hotelverlichting, en ik besefte dat ik een te groot risico nam als ik er nu achteraan ging. Ik liep nog een paar meter door, bleef toen stilstaan en stond met mijn handen op de knieën uit te hijgen. Mijn bloed kookte, en dat helpt meestal niet bij het nemen van rationele beslissingen. Ik had mijn raam wagenwijd open laten staan en mijn kamer onbewaakt achtergelaten. Mijn telefoon trilde in mijn broekzak en vloekend liep ik op een sukkeldrafje terug naar mijn kamer.

'Met Sadie,' zei ik, terwijl ik me door de bosjes heen wurmde.

'Brandon heeft problemen met de politie. Ik kan Isabella hier niet alleen laten. Kun jij misschien kijken wat er aan de hand is?'

Rob Clark, met trillende stem. Ik wierp een snelle blik achter me voor ik op het konijnenkadaver bij mijn raam afliep.

'Waar is hij nu?' vroeg ik. Ik pakte het konijn op en inspecteerde het beestje. Zijn kopje hing naar één kant, zijn nek was gebroken.

'Mackinnon's Cave. Brandon heeft mij eerst gebeld, daarna werd ik gebeld door brigadier Eggo die vroeg of ik daarheen wilde komen, maar die persmuskieten liggen hier nog steeds voor de deur. En ik maak me ook zorgen om Luna.'

'Ik ga wel,' zei ik. 'Laat brigadier Eggo weten dat ik eraan kom.'

Ik liet het dode konijn op de grond vallen, klom door het raam weer naar binnen en inspecteerde snel of er niets weg was. Ik verstopte de bivakmuts, pakte mijn laptop en andere noodzakelijke spullen mee en racete in mijn huurauto naar Mackinnon's Cave.

Na ruim dertig kilometer rijden over smalle landweggetjes volgde ik het spoor van blauwe zwaailichten en daalde af naar de ingang van de grot.

Het handjevol politiemensen van Mull was aanwezig, samen met de agenten van het vasteland die voor het onderzoek naar de moord op Adriana op het eiland waren achtergebleven. De eerste agent stak zijn hand omhoog en zei dat ik niet verder mocht.

'Er is een incident gaande, mevrouw. U moet terug naar uw auto.'

'Ik ben hier om brigadier Eggo te spreken,' zei ik. 'En om Brandon Clark te helpen. Ik ben door zijn ouders gevraagd hierheen te komen.'

'Dit is een actieve situatie. De verdachte heeft een wapen. Stap alstublieft achteruit.'

'Wat voor wapen?' vroeg ik.

'Dat kan ik helaas –'

'Brigadier Eggo!' riep ik. 'Sadie Levesque hier. Laat mij met Brandon praten.'

Harris Eggo kwam onderaan het pad achter de rotsen tevoorschijn.

'Laat haar erdoor,' droeg hij de agent met een hoorbare zucht op. Ik liep naar hem toe. 'Moet ik u nog een keer uitleggen dat u hier geen enkele status hebt?'

'Rob Clark heeft me gebeld. Hij durft zijn vrouw en dochter niet alleen thuis te laten en hij wordt lastiggevallen door de pers. Ik sta hier namens hem. Brandon is minderjarig.'

'Hij heeft de afgezette ruimte van een plaats delict betreden en dus de pd verstoord. Hij heeft de aanwijzingen van de agent hier ter plekke genegeerd en hij heeft een aanvalswapen bij zich. Hij mag dan pas zeventien zijn, maar hij zit zwaar in de problemen.'

'Heeft hij het wapen gebruikt?' vroeg ik. Eggo zette zijn handen in zijn zij en gaf geen antwoord. 'Heeft hij iemand met het wapen bedreigd?'

'Een van de redenen waarom ik hier een agent had neergezet was dat ik wist dat de moordenaar vroeg of laat zou terugkeren naar de pd. Dat doen ze altijd.'

'O ja? Ik dacht dat de moordenaar een anonieme toerist was die al lang was verdwenen.'

'Niet te bijdehand hè, dame.'

'O sorry, dat zijn jullie hier natuurlijk niet gewend,' kaatste ik terug. 'Waarom is dit een actieve situatie? Wat is er aan de hand?'

'De jongen is in de grot en weigert naar buiten te komen. Zegt dat hij zijn keel doorsnijdt als we dichterbij komen. De grot is donker, kleine ingang, en ik wil niet het risico lopen dat mijn mensen worden aangevallen. We hebben contact met hem. Ik heb zijn ouders gebeld in de hoop dat ze hierheen zouden komen om hem tot rede te brengen.'

'Shit. Ik denk niet dat Rob Clark doorhad hoe ernstig de situatie was. Hij zei alleen maar dat Brandon in moeilijkheden zat –'

'Dat is ook zo,' zei brigadier Eggo.

'Ach, kom op, die jongen is kapot van verdriet en hij is hiernaartoe gekomen om dichter bij zijn zus te zijn. Dat mes heeft hij waarschijnlijk bij zich omdat hij al serieus van plan was zelfmoord te plegen.'

'Zijn moeder heeft gelogen toen ze hem een alibi verschafte. Waarom zou ze dat doen als ze hem al niet verdacht?'

'Ik weet niet of ze heeft gelogen. Ik was er niet bij, maar nu ben ik er wel. Hij is nog maar een kind. Als hij een slagader doorsnijdt en doodbloedt terwijl wij hier staan te bekvechten, komt u er niet best af bij een intern onderzoek.'

'Twee minuten. Op eigen risico. Niks aanraken.'

'Dat is niet nodig,' antwoordde ik terwijl ik naar binnen liep. 'Dat heb ik de eerste keer al gedaan toen ik hier was.'

Het was donkerder in de grot dan ik me herinnerde, maar bij mijn eerste bezoek was ik goed voorbereid geweest met een klimhelm en meerdere hoofdlampen. Nu moest ik het doen met het licht van de paar lampen waarmee de politie naar binnen scheen, en mijn eigen zaklamp.

'Brandon,' riep ik. 'Sadie hier. Je vader heeft me gevraagd te komen. Ik kom nu naar binnen.'

Geen antwoord.

'Je ouders willen dat ik je veilig thuisbreng. Als jij me je mes geeft, kan ik brigadier Eggo vast wel zover krijgen dat hij zich terugtrekt.' Al pratende liep ik verder, luisterend of hij antwoord gaf. 'Ik weet dat je ouders het niet aankunnen, Brandon. Dat is ook bijna onmogelijk. Maar ik sta aan jouw –'

'Laat me met rust,' zei hij. Hij zat maar twee meter van de plek waar ik Adriana's lichaam had gevonden. Die was afgezet met vlaggetjes op de bodem. 'Ik weet wat ze hebben gedaan.'

Ik zette de laatste paar stappen naar voren en keek over zijn schouder. Het mes in zijn hand weerspiegelde het licht vanuit de ingang van de grot.

'Iedereen was altijd jaloers op Addie. Ze was te mooi, te slim of te zelfverzekerd, snapt u?'

'Brandon, de politie wordt zenuwachtig van je actie. Zenuwachtige politiemensen doen domme dingen. Ze overreageren, nemen foute beslissingen. Ik heb niet veel tijd om je hieruit te krijgen.'

'Ze horen er allemaal bij,' zei Brandon. 'D'r klopt niks op dit eiland. Ze hadden vanaf het begin de pest aan Addie.'

'Wie?' vroeg ik.

'Allemaal. En ze werkten samen.'

'Laten we naar buiten gaan en dit gedoe met de politie oplossen. Ik wil graag alles horen wat je weet, en degene vinden die dit Adriana heeft aangedaan. Maar niet hier.'

'Komt u naar buiten?' riep Eggo. 'Mevrouw Levesque, ik begin mijn geduld te verliezen.'

'We komen eraan,' riep ik. 'Nog één minuut graag!'

'Een halve minuut,' riep Eggo terug.

'Brandon,' zei ik. 'Ik ga je helpen, dat beloof ik, maar je ouders hebben je nodig. Je vader probeert zich groot te houden voor je moeder, maar hij is de strijd aan het verliezen. Luna's grote zus is er niet meer. Je moet naar haar toe. Ze is nog zo klein. Ze heeft je nodig.'

'Op dit eiland geven ze je voordat je sterft iets wat behekst is, om je te brandmerken,' fluisterde hij. 'Dat heb ik gehoord.'

'Om je te brandmerken... voor de dood?' vroeg ik voor alle duidelijkheid. 'Ben je daarom hierheen gekomen? Om te zien wat ze Addie hadden gegeven?'

Hij knikte.

'Oké,' zei ik. 'Ik begrijp het.' In mijn hoofd telde een stopwatch de seconden af. Eggo's mannen konden elk moment de grot binnenstormen en Brandon had nog steeds een potentieel dodelijk mes in zijn handen. 'Maar je moet me je mes geven. Ze zullen je arresteren, maar dat los ik wel op. Verzet je niet. Laat mij m'n werk doen.'

'Addie miste haar vroegere vrienden en was op zoek naar nieuwe. Daar hebben ze misbruik van gemaakt.' Hij gaf me het mes, dat ik in mijn zak liet glijden voor ik opstond.

'Blijf hier, Brandon. En leg je handen op je hoofd. Ik zorg ervoor dat je niks overkomt.'

Ze kwamen snel en geruisloos. Ik zei tegen ze dat ik het mes had. Brandon deed wat hem gezegd werd. Ze legden hem op zijn buik op de grond, en ik kon ze niet tegenhouden. Vervolgens reden we in colonne naar het politiebureau van Tobermory. Een agent reed de auto van Brandon terug, en ik reed achter hen aan, in de hoop dat ik mijn belofte om te helpen kon waarmaken.

Ik bleef voor het bureau een halfuur in de auto zitten wachten om voor ik binnen mijn kunstje ging doen hen het papierwerk te laten afhandelen. Ik leverde het mes in, legde een gedetailleerde verklaring af waarin ik zei dat Brandon daar alleen maar was om te zoeken naar iets waarvan hij dacht dat Adriana het was kwijtgeraakt, en maakte hun duidelijk dat er geen sprake was van dreiging. Ik verzekerde Harris Eggo dat ik ervoor zou zorgen dat Brandons ouders morgen medische hulp voor hem gingen zoeken. Vervolgens wist ik de brigadier af te leiden door over het dode konijn te beginnen dat tegen het raam van mijn hotelkamer was gegooid. De inbraak en de zeewierkroon liet ik weg uit het verhaal.

Het was een goedkope truc, maar het werkte. Eggo stond erop dat er de rest van de nacht een agent voor mijn raam zou staan, en Brandon mocht naar huis en kwam ervanaf met slechts een waarschuwing.

Tegen de tijd dat ik terug was op mijn kamer was ik doodop. Ik bedacht dat ik Rob Clark toch maar moest vragen om zijn zoon psychiatrisch te laten onderzoeken. Als Brandon niet alleen intens verdrietig was maar met dieperliggende psychische problemen kampte, kon de zaak snel uit de hand lopen. Dat bracht me bij de vraag of hij misschien al langer psychische problemen had. Het feit dat geen enkele school in Carlsbad gegevens over hem had was al merkwaardig genoeg, maar daar kwam nog eens bij dat er überhaupt geen medische gegevens over hem bestonden en dat hij nergens te vinden was op sociale media. Er klopte iets niet.

Het dode konijn en de zeewierkroon waren slechts de kers op de taart van vandaag, wat alleen maar kon betekenen dat ik een stukje dichter bij de waarheid was gekomen.

Ik smeet een deken en een schoon kussen in het bad en ging daar slapen, dromend van een beeldschoon meisje met een druipende zeewierkroon op, dat zich tegoed deed aan zand.

10

'Bel me wanneer je wakker bent,' luidde het appje dat ik Nate Carlisle had gestuurd. Dat was om halfzes 's ochtends. Mijn telefoon ging acht minuten later.

'Alles goed met je?' vroeg hij zonder omhaal.

'Om eerlijk te zijn weet ik niet eens wat ik daarop moet antwoorden. Ik leef nog, wat ik als een pluspunt beschouw. Wanneer dit allemaal voorbij is kom ik met een kratje Labatt Blue naar Glasgow en dan drinken we tot laat in de nacht om elkaar sterke verhalen te vertellen.'

'Labatt Blue?'

'Canadees bier. Ik merk dat ik je wat Canadese cultuur moet bijbrengen. Maar voor het zover is –'

'Je gaat vast zeggen: "... wil ik je om een gunst vragen"?'

Als ik het type was dat snel bloosde, had ik nu gebloosd.

'Is dit het moment waarop ik zeg: "Je voelt me goed aan?"' zei ik lachend.

'Wat heb je van me nodig?' Ik hoorde het getinkel van een theelepeltje in een glas, een ijskast die open- en dichtging en een radio op de achtergrond. Alledaagse geluiden. Ik werd heel even overvallen door heimwee en vroeg me af wat ik in godsnaam deed op Mull, waar ik achter een moordenaar aan zat die het tegelijkertijd op mij had voorzien.

'Ik denk dat er ooit een ander meisje op Mull is vermoord. Veel bijzonderheden heb ik niet. Het moet ongeveer veertig jaar geleden zijn gebeurd, maar hou voor de zekerheid een marge aan van tien jaar. De ouders zijn geboren en getogen op het eiland en de moeder is intussen overleden. Het is een moordzaak die nooit is opgelost en waarin zand ook al een rol speelde.'

'Wacht je geduldig tot ik alle inlogprocedures heb doorlopen, of moet ik naar je gezucht luisteren?'

'Ik zal me gedragen, dat beloof ik.' Ik zette mijn waterkoker aan en hoopte dat er nog genoeg van die cupjes houdbare koffiemelk over waren om een fatsoenlijke kop koffie te zetten.

'Oké, het systeem komt tot leven. Fijne avond gehad?'

'Brandon Clark dreigde met zelfmoord in Mackinnon's Cave. Iemand heeft voor mijn hotelraam een konijn geslacht en het kadaver tegen mijn raam gegooid. En om veiligheidsredenen heb ik in bad geslapen. En jij?'

'Netflix,' zei hij. 'Als je ondertussen de politie niet hebt verteld wat er allemaal aan de hand is, dan ga ik ze nu bellen, of je dat nou goedvindt of niet.'

'Nee, nee, dat is niet nodig.' Ik hoorde hem iets intikken. 'Ik heb brigadier Eggo er alles over verteld. En, heb je al iets gevonden?'

'Er zijn de afgelopen honderd jaar gelukkig heel weinig moorden op Mull geweest, dus als er iets is dan vind ik dat wel. Hoe ben je dit op het spoor gekomen?'

'Zoals ik aan al mijn waardevolle info kom: in de pub. Daar zat de vader van het slachtoffer en hij was behoorlijk overstuur.'

'Dat moet Jasper Kydd zijn geweest. Ik heb hier vrijwel geen bijzonderheden staan omdat oudere dossiers alleen ingekort in het systeem zijn opgenomen. Negenendertig jaar geleden is er een zestienjarig meisje op het eiland omgekomen, zonder twijfel moord. Geen veroordeling. Ik zal een heleboel spitwerk moeten verrichten om de bijzonderheden van die zaak boven tafel te krijgen. Ze heette Flora. Doodsoorzaak was verstikking.'

'Negenendertig jaar.' Mijn hersens kraakten. 'Dus als je aanneemt dat Flora's moordenaar destijds achttien was, zou hij nu ongeveer achtenvijftig zijn. Het zou kunnen.'

'Je moet er eerst nog heel wat meer over te weten zien te komen voor je zo'n verregaande conclusie trekt,' zei Nate.

'Daar ben ik al mee bezig.' En dat was zo. Het enige wat ik nodig had was de naam Flora Kydd. Het was dan wel een cold case, maar de lange vingers van internet reikten tot ver in het verleden en konden de zaak boven water halen. 'Dank je wel, Nate. Ik hou je op de hoogte.'

Ik vond wel iets over de verdwijning van Flora Kydd, maar de krantenverslagen waren niet online beschikbaar. Daarvoor moest ik naar een bibliotheek met een microfichelezer. Wat ik wel op internet vond was een artikel dat twintig jaar na Flora's voortijdige dood was geschreven, en waarin de vraag werd gesteld waarom haar moordenaar nooit was geïdentificeerd en waarin de autoriteiten werden aangespoord de zaak te heropenen nu de forensische opsporingsmethoden zoveel beter waren. Het artikel was geschreven door een journalist die Lance Proudfoot heette. Die leefde gelukkig nog en hij hield in Edinburgh een nieuwsblog bij. Als hij zo bij de zaak betrokken was dat hij er twintig jaar later nog over had geschreven, was er een redelijke kans dat hij zich nu nog behoorlijk wat details kon herinneren.

Op zijn blogsite stonden een e-mailadres en een mobiel nummer om actueel nieuws aan te dragen. Ik staarde uit het raam. Het donzige witte staartje van het dode konijn was vaag zichtbaar in de ochtendmist die van zee kwam aandrijven. De persoon die gisteravond voor mijn raam had gestaan was misschien wel of misschien niet de moordenaar van Adriana, en op een roestvrijstalen tafel in het mortuarium lag een meisje met in haar mond nog wat zandkorrels die waren blijven plakken. Dat nieuws was in mijn ogen actueel genoeg.

Ik toetste het nummer van Proudfoot in en liet de telefoon overgaan. Toen ik zijn voicemail kreeg, brak ik af en belde opnieuw. De derde keer nam hij op.

'Dit wordt het verhaal van de eeuw zeker?' zei hij. Zijn stem klonk slaperig en zacht, het accent was zachter en melodieuzer dan dat van Nate.

'Flora Kydd,' zei ik. Er viel een stilte en ik hoorde de klik van een lamp die werd aangedaan.

'Oké, ik luister.'

Ik legde uit wie ik was, gaf zo veel mogelijk details voor zover die al waren vrijgegeven, en vroeg naar de oude man die ik in The Blether had zien huilen. Lance Proudfoot zuchtte.

'Flora's vader, Jasper, was een goeie vent. Ze beschouwden hem natuurlijk als verdachte toen ze vermoord was. Naaste familie komt bij de politie altijd meteen in het vizier. Ze was hun enige dochter. Haar moeder is twintig jaar later veel te vroeg gestorven na een hartaanval. Dat is een van de redenen waarom ik die terugblik heb geschreven. Het is vreselijk om je kind door geweld te verliezen. Dat je nooit te weten komt waarom of door wie, zodat je die bladzijde nooit kunt omslaan en je je verdriet een plaats kunt geven. Dan houdt de nachtmerrie nooit op. Maar mijn artikel heeft niks geholpen. De politie heeft haar eigen staart een paar maanden achternagezeten en leek het toen op te geven.'

'U lijkt geen fan te zijn van de politie.'

'O, ik heb een stel goeie vrienden in die beroepsgroep. Maar er zitten ook rotzakken bij die mijn botten hebben gebroken. Politiemensen zijn een wonderlijk samenraapsel van de menselijke soort, heb ik ontdekt. Goed, zullen we ter zake komen? Als u de zaak-Adriana Clark onderzoekt, belt u vast met een reden. En die is?'

Ik had niet veel manoeuvreerruimte. Om informatie te krijgen moest ik zelf ook iets prijsgeven, maar een journalist in vertrouwen nemen druiste in tegen al mijn principes.

'Lance – mag ik je bij je voornaam noemen?'

'Ik ben wel voor erger uitgemaakt. Ga je gang.'

'Dank je. Ik heb een verzoek. Wat kun je me over de zaak-Kydd vertellen? Elk detail dat je je nog herinnert? Ik wil me een goed beeld kunnen vormen van die zaak. Ik zeg op dit moment nog liever niet waarom. Eerlijker kan ik niet zijn, en jij lijkt me een van degenen die aan de goeie kant staan, dus ik lieg liever niet tegen je.'

'Je ouders hebben je goed opgevoed,' zei Lance, waardoor ik voor de tweede keer overvallen werd door heimwee. 'Goed. Ik heb de neiging lang van stof te zijn, dus kuch maar beleefd als je er genoeg van krijgt.'

'Dat zal ik doen,' zei ik. Lance Proudfoot was de aardigste onbekende gespreksgenoot die ik ooit aan de telefoon had gehad, en ik betrapte mezelf erop dat ik het jammer vond dat hij niet op Mull woonde, zodat ik hem bij een kop koffie in vertrouwen had kunnen nemen.

'Ik heb twee keer over deze zaak geschreven. De eerste keer toen het net gebeurd was, en een poos later nog eens. Flora Kydd was een heel lief meisje. Dat vond iedereen. Leraren en leraressen, vriendinnen en haar baas bij de kwekerij waar ze in het weekend werkte. Het was het enige aspect aan de zaak waar iedereen het over eens was. Het was een zachte zomer. Ik herinner het me nog heel goed. Het was het eerste jaar dat ik voor de *Glasgow Daily News* werkte. Ik moest mijn toon nog vinden en leren hoe ik mijn eigen werk moest verbeteren, en ik beschouwde het leven nog als vanzelfsprekend. Ik weet niet waarom ze mij naar Mull stuurden, waarschijnlijk kwamen ze die week handen tekort, maar ik ging erheen als een jongen en kwam terug als een man. Als je dat gelul vindt, dan leg je het naast je neer, maar voor mij is dat de beste manier om te omschrijven wat die zaak met mij deed. Flora Kydd verdiende het niet te sterven. Dat geldt voor ieder slachtoffer van moord, maar zij verdiende het al helemaal niet op die manier te sterven. Ik ben tegen de doodstraf, Sadie. Stem over het algemeen keurig links van het midden. Maar het monster dat Flora's leven nam had geen recht van bestaan. Geen enkel recht.'

Terwijl Lance zijn verhaal vertelde maakte ik aantekeningen. Zijn woorden riepen beelden bij me op. Ik hoorde geen bladzijden omslaan of getik op een toetsenbord. Het verhaal over de dood van Flora Kydd stond in technicolor in zijn geheugen gegrift, en gaandeweg begreep ik waarom.

Flora ging op een ochtend naar de kerk. Dat deed ze altijd voor ze naar de kwekerij ging waar ze planten water gaf, zaailingen in potjes deed, mulch in de plantenbedden schepte, onkruid wiedde en de gewassen verzorgde in de rijen kassen in Kintra aan de westkust. Mull was dunbevolkt en voor tieners viel er weinig te beleven. Op haar school zaten evenveel leerlingen als er op het vasteland in één klas zaten. Maar Flora Kydd was geen kind dat rottigheid uithaalde als ze zich verveelde. Dan ging ze mensen helpen. Ze deed strijkwerk voor ouderen wier handen krom stonden van de artritis. Ze deed boodschappen voor bejaarde vissers die door de tientallen jaren op zee een zwakke gezondheid hadden gekregen. Paste op kinderen van de paar jonge moeders die zodra ze daar de leeftijd voor hadden Mull niet waren ontvlucht.

Ze is die dag nooit in de kerk aangekomen. Haar ouders waren niet gelovig, ze waren thuisgebleven. In de kerk dachten ze dat Flora misschien ziek was of andere dingen te doen had. Niemand keek raar op. Ze verscheen ook niet op haar werk, maar ze was zo'n oplettend meisje dat haar baas niet moeilijk deed toen ze een keertje niet kwam opdagen. In zijn verklaring schreef hij dat hij hoopte dat ze eindelijk eens een date had of wat tijd voor zichzelf had genomen. Dat verdiende ze. Hij zei dat hij de rest van zijn leven spijt zou hebben van die gedachten.

Toen het tegen de avond liep, dachten Flora's ouders dat ze na haar werk bij een vriendin langs was gegaan of iemand was gaan helpen. Het kwam niet bij ze op om bezorgd te zijn.

Dit was Mull. Flora kende het eiland. Het gezin kende iedereen daar. Het was mooi weer, een gewone junidag. Dus wachtten ze.

Om acht uur 's avonds begonnen ze zich zorgen te maken. Om negen uur keken ze om de paar minuten op de klok. Om tien uur belden ze de eigenaar van de kwekerij om te vragen of Flora had gezegd waar ze na haar werk naartoe zou gaan. Om drie minuten over tien belden ze de politie in Tobermory, en trommelden ze de buren op. Dat was op zich al een lastige taak. Het was ondertussen pikkedonker geworden en er stak een storm op. Toch dachten ze diep in hun hart dat ze haar nog zouden vinden, van haar fiets gevallen, in een greppel met een gebroken been, maar verder ongedeerd.

Ze vonden de fiets, halverwege haar huis en de kerk, maar niet het meisje.

Mull bracht de politie op het vasteland op de hoogte, maar in het donker kon zonder bewijs dat er sprake was van een misdaad toch weinig worden gedaan. Iemand sprak dat uiterst kwalijke zinnetje uit dat eerder levens kost dan dat het levens redt: 'Ze is waarschijnlijk gewoon weggelopen.'

Toen de politie haar lichaam twee dagen later vond, kon het volgende worden gereconstrueerd: Flora was inderdaad op weg geweest naar de kerk. Haar fiets was niet beschadigd, dus het was onwaarschijnlijk dat ze een ongeluk had gehad. De zorgvuldig geplukte veldbloemen die her en der rond de fiets verspreid lagen duidden erop dat ze bloemen had geplukt om in de kerk in een vaasje te zetten. Ze was niet meer op haar fiets gestapt, maar er was op die plek geen bloed of kleding aangetroffen en voorbijgangers hadden ook niets ongewoons opgemerkt. Het was mogelijk dat iemand was gestopt om de weg te vragen, en dat Flora, die lieve, argeloze Flora, die zich nooit iets aan had hoeven trekken van waarschuwingen als 'Pas op voor vreemden' of 'Wees niet te goed van vertrouwen', zo dichtbij was gekomen dat ze de auto in was gesleurd en ontvoerd.

Misschien was ze de daaropvolgende twee dagen in de auto vastgehouden of had de ontvoerder haar meteen meegenomen naar de afgelegen baai waar haar lichaam werd gevonden. Maar Flora had blijkbaar veel pijn geleden. Haar polsen en enkels vertoonden diepe snijwonden van het touw waarmee ze was geboeid. De wonden op haar rug en billen wezen erop dat ze was gegeseld. En dan was er nog het zand dat in haar mond was gepropt. Steeds meer, tot ze geen adem meer kon halen, en zelfs toen ze door haar neus probeerde te ademen kwam er zand in haar longen, tot ze er helemaal vol mee zat.

De vrouw die haar had gevonden toen ze daar met haar hond wandelde was de eerste die ter plekke had overgegeven toen ze Flora's lichaam omdraaide. De eerste, maar niet de laatste. Agenten hadden tranen in hun ogen. Het forensisch team werkte in absolute stilte. In het openbaar zweeg de eilandgemeenschap erover, maar achter gesloten deuren moeten de mensen erover gefluisterd hebben terwijl ze hun geliefden stevig tegen zich aan drukten en wensten dat ze zoiets nooit hadden hoeven meemaken.

De lieve, onschuldige Flora was gestikt door het zand van het eiland dat ze liefhad. Als enige van haar leeftijdgenoten had ze nooit weg gewild, hunkerde ze niet naar avontuur in de grote wijde wereld. Zij zag de schoonheid van de natuur en de constant veranderende lucht. Die dag was voor iedereen op het eiland een eind gekomen aan de zomer. Maandenlang werden er tranen vergoten. De angst galmde na in elk gehucht. Mull was verlamd en had zijn onschuld voorgoed verloren.

En toen verstreek de tijd. Opeens was Flora's dood een jaar geleden. Er werd een herdenkingsdienst gehouden. Toen was het twee jaar geleden en werd er voor haar gebeden in de kerk. Drie jaar na de moord vond men het beter de verschrikkelijke herinneringen niet meer op te rakelen maar zich te concentreren op het helingsproces. Vier jaar na dato kwamen de ouders van Flora Kydd nog nauwelijks hun huis uit, behalve om hun land te bewerken of om boodschappen te doen. Het leven ging door.

'Nou, dat is het,' zei Lance Proudfoot. Tijdens het vertellen van het verhaal had hij het te kwaad gekregen, en dat was goed. Ook ik had tranen in mijn ogen. 'Zonde van zo'n mooi leven. De ondergang van een hechte gemeenschap. Als het vandaag de dag was gebeurd, nu de forensische wetenschap zoveel verder is dan destijds en de procedures van de politie zoveel strakker zijn, hadden ze de dader zeker gepakt. Ik ben een maand lang op Mull gebleven om de zaak te verslaan. Ik werd er een tijdlang door geobsedeerd. Ik wilde gerechtigheid voor haar ouders, wilde dat iedereen zich weer veilig voelde, dat degene die tot zoveel haat en geweld in staat was niet vrij rondliep en hetzelfde opnieuw zou kunnen doen. De krant riep me terug naar Glasgow. Ik ging pas toen ze zeiden dat ik anders mijn baan zou kwijtraken.'

Ik veegde de tranen uit mijn ogen en haalde diep adem. 'Zou het kunnen dat de dader terug is, denk je?'

Lance zweeg een hele poos. 'Waarom zeg je dat?' vroeg hij.

'Ik vind het heel lullig van mezelf omdat je me zo goed hebt geholpen, maar ik moet het toch vragen in het belang van mijn cliënten: kan ik je dit in vertrouwen vertellen?'

'Akkoord,' bevestigde hij.

'Adriana is gevonden met haar mond vol zand,' legde ik uit. 'Doodsoorzaak was verdrinking. Het zand is naderhand in haar mond gepropt. En post mortem heeft er een vorm van verkrachting plaatsgehad. Daarom heb ik je gebeld.'

'Natuurlijk,' zei Lance. 'Dat begrijp ik. Heb je even?'

Het geluid van voetstappen, een deur die openging, een lopende kraan en gespetter van water. Opnieuw voetstappen en de telefoon werd weer opgepakt.

'Sorry,' zei hij. 'Of het mogelijk is dat dezelfde persoon dit heeft gedaan? Dat zou kunnen. Maar de dader zou nu op z'n minst achter in de vijftig zijn, mogelijk ouder, dus ik zou niet weten waarom Adriana het huis uit zou glippen om die figuur in het holst van de nacht te ontmoeten. De echte vraag luidt waarom er een gat van veertig jaar tussen de twee moorden zit. Ik ben al te lang misdaadverslaggever om te geloven dat iemand die daartoe in staat is zijn persoonlijkheid zo lang verborgen kan houden. In de tussenliggende jaren zijn er geen vrouwen of meisjes op Mull vermoord.'

'Misschien is de dader op reis gegaan. Op vakantie naar het soort landen waar met geld alles te koop is. Reizen door Europa. Hoe weten we dat de dader niet ergens anders heeft toegeslagen?'

'Excuseer m'n taalgebruik, maar als de dader van Mull komt en de moord op Flora Kydd hem heeft geleerd dat hij niet moet schijten waar hij eet, waarom neemt hij dan het risico Adriana te vermoorden en oude wonden open te rijten? Het is zo'n kleine gemeenschap dat de plotselinge terugkeer van iemand die lang geleden vertrokken was daar groot nieuws zou zijn.'

'Dat weet ik niet,' zei ik. 'Ik heb dit nog niet goed doordacht. Maar je moet toegeven dat de overeenkomsten krankzinnig zijn. Dit is geen toeval. Dat kan niet. Je had Flora's vader moeten zien. Hij was radeloos van verdriet, zei dat haar met zand het zwijgen was opgelegd.'

'De zaak-Flora Kydd heeft veertig jaar geleden een hoop publiciteit gekregen. Misschien hebben we te maken met een copycat.'

'Moordtoerisme? Denk je dat er iemand geobsedeerd is geraakt door de manier waarop Flora is vermoord en naar Mull is gekomen om een ander meisje op dezelfde manier te vermoorden? Jezus!'

'Het hoeft geen toerist te zijn. Kleine eilanden hebben een goed geheugen,' zei Lance. 'En hoe gruwelijker de herinnering, hoe langer die beklijft. Als je aandachtig genoeg luistert, kun je de echo ervan nog altijd horen.'

11

Lance Proudfoot beloofde het adres van de boerderij van Jasper Kydd te mailen. In plaats van in mijn kamer te zitten wachten besloot ik naar het stadje te wandelen en een ontbijt te halen bij de bakker aan de boulevard. Deze keer volgde ik een pad ten westen van het stadje, en genietend van het uitzicht stapte ik stevig door en zo kregen mijn benen een flinke work-out in het heuvelachtige landschap. Toen de mist eenmaal was opgetrokken was de hemel blauw, met hier en daar schapenwolkjes die voor wat reliëf zorgden. Mull bestond uit allerlei nuances van groene en blauwe kleuren. Het was een nieuwe dag en ik had werk te doen. Nadat ik een croissant en een meeneemkoffie had gekocht liep ik terug naar het hotel en bereidde ik me voor op de rit naar Kintra. Pas toen ik de banden van mijn huurauto zag, besefte ik dat ik mijn plannen voor die dag zou moeten omgooien.

Alle vier waren ze lekgestoken. De zeewierkroon en het dode konijn hadden me de stuipen op het lijf gejaagd, maar nu was ik razend. Iemand wilde me hier weg hebben, waardoor ik alleen maar nog vastbeslotener was om te blijven. Er waren natuurlijk geen beveiligingscamera's op de parkeerplaats. De receptionist staarde me aan alsof ik een diva in een bontmantel was met een enorme zonnebril op die net vanuit New York was ingevlogen en klaagde dat de ijsblokjes niet koud genoeg waren. Ik belde de plaatselijke garage die beloofde dat ze de auto rond het middaguur zouden ophalen. Pas om halfzeven 's avonds belden ze om te zeggen dat ze de banden erop hadden gezet, en om zeven uur had ik betaald en stond ik klaar met de sleutels in mijn hand.

In het donker deed ik anderhalf uur over de negentig kilometer naar Kintra. Twee keer schoten er dieren over de weg en moest ik hard remmen. Ik wilde niet nóg een dood konijn op mijn geweten hebben. Er liep maar één weg naartoe. Uiteindelijk bleek ik de boerderij voorbijgereden te zijn en liep de weg dood bij een rijtje huizen dat uitkeek over zee. In wat blijkbaar een voortuin was – een met mos begroeid stukje groen bezaaid met grote keien – stond een eenzame vissersboot. In Kintra was je visser of boer. Deze plek had het einde van de wereld kunnen zijn.

Windridge Farm was een witgestucte boerderij van twee verdiepingen waarvan het pleisterwerk al zo lang door zeenevel was geteisterd dat het niet lang meer zou duren voor het loskwam. De boerderij lag vijfhonderd meter van de weg en de ramen waren donker, alsof het gebouw de ogen had gesloten voor de beschaving daarbuiten. Ik zou van tevoren hebben gebeld als dat had gekund, of een briefje in de bus hebben gedaan als ik meer tijd had gehad. Nu liet ik de auto op de oprit staan en klopte op de eikenhouten deur. Ik realiseerde me dat meneer Kydd misschien al in bed lag. Hij moest tegen de tachtig lopen, en wat viel er 's avonds te doen als je alleen woonde? De man die ik in The Blether had gezien leek me niet het type dat 's avonds naar een serie op dvd keek. Hij was ontroostbaar geweest. Het nieuws van Adriana's dood had al het verdriet dat hij zo diep mogelijk had weggestopt weer naar de oppervlakte gebracht, en weer net zo rauw en schrijnend blootgelegd als op de dag dat zijn dochter niet was thuisgekomen. Misschien sliep hij niet. Misschien was hij tot de conclusie gekomen dat hij al die verschrikkingen niet nog een keer wilde meemaken. Of misschien was de natuur uiteindelijk zelf genadig geweest.

Ik keek over mijn schouder naar de auto. Het was het verstandigst om nu terug te rijden naar het hotel en brigadier Eggo morgenochtend te vragen of hij een kijkje wilde nemen bij het huis van Jasper Kydd. Maar dat kon weleens te laat zijn – het stemmetje in mijn hoofd dat zich op dit soort momenten altijd liet horen en nooit goed nieuws bracht, liet zich niet het zwijgen opleggen. Stel dat hij een hersenbloeding had gehad? Wie weet lag hij daar nu hulpeloos.

'Ach, wat kan het me ook verrekken, ik pak een zaklamp,' zei ik tegen mezelf.

Gewapend met de lamp liep ik eerst naar de schuur en pakte een schop. Het verbaasde me telkens weer hoe vaak mensen het gereedschap dat je nodig hebt om bij hen in te breken zomaar klaar hebben liggen in een klein, slecht afgesloten schuurtje op een paar meter van hun achterdeur. Windridge Farm was minstens honderd, waarschijnlijk wel tweehonderd jaar oud. Ik hoefde de schop alleen maar tussen het kozijn en het raam te zetten en de steel omlaag te duwen om het keukenraam open te wrikken. Daarna wurmde ik mijn vingers in de spleet en duwde het raam omhoog.

'Meneer Kydd?' riep ik. 'Ik ben Sadie Levesque. Ik wil even kijken of alles goed is met u.' Ik wachtte en luisterde. 'Hallo?' Niets. 'Meneer Kydd, ik kom nu naar binnen. Niet schrikken alstublieft.' Het raam was te hoog om mijn been over het kozijn te kunnen tillen. Ik trok mezelf omhoog, over de vensterbank heen en klom over het aanrecht naar binnen.

Het huis was koud en stil. Alleen het geluid van de wind was te horen, een constant geruis in het duister. Ik liet mijn zaklamp langs de muren glijden tot ik een lichtknopje vond. Het gelige peertje wierp slechts een flauwe lichtbundel op de rode tegelvloer. Ik riep nog eens, maar mijn stem stuitte op een diepe stilte, alsof het huis zelf dood was.

'Meneer Kydd?' riep ik weer, maar ook al deed ik nog zo mijn best om opgewekt en gemoedelijk te klinken, de woorden werden geabsorbeerd door de droefenis die alle muren leek te bedekken, als stug behangpapier dat je er nooit meer af kreeg. Ik had vandaag zo lang zitten nadenken over Lance Proudfoots beschrijving van Flora's dood dat mijn fantasie nu op volle toeren draaide.

Binnen had het huis een balkenplafond en was het metselwerk witgekalkt. Alleen de keuken al, die tegelijk dienstdeed als eetkamer, was een toonbeeld van diepe treurnis. Op tafel lag een placemat met één mes en één vork. Peper en zout. Verder niets. Ik probeerde me voor te stellen hoe het zou zijn om hier in je eentje te wonen. Vrouw dood, dochter dood, elke maaltijd alleen eten.

Eén mes, één vork.

Ik vroeg me af hoeveel maaltijden je zou moeten doorstaan voordat je ook mocht sterven en eindelijk van de herinneringen verlost zou zijn.

'Jasper?' riep ik hard, ervan overtuigd dat hij thuis was maar ergens aan een balk bungelde. Want daar zou ík voor kiezen als ik dit leven had moeten leven.

Boven sloeg een deur dicht en ik schreeuwde het uit van schrik, deed eerst struikelend een stap achteruit en stormde meteen daarna met twee treden tegelijk de trap op. De overloop zag er kaal uit. Geen schilderij, geen foto, geen enkele decoratie. De deur aan het eind stond open en gaf toegang tot een badkamer. Aan mijn beide kanten waren twee andere kamers. Ik liep de kamer rechts van me binnen.

De lucht die ik binnenkreeg was misschien wel veertig jaar lang niet ingeademd. Mijn zintuigen speelden een spelletje met me, en ik rook verse bloemen en parfum, de zware zoete lucht van lipgloss en de chemische geur van hairspray. Maar dat was onmogelijk, hoewel ik al die dingen in de kamer zag liggen. Op de kaptafel voor de spiegel lag een schelpenarmbandje. Het bed was opgemaakt, de lakens waren ingestopt, het dekbedovertrek was bedrukt met madeliefjes en had een bijpassende kussensloop. Op het nachtkastje lag een boek, en tussen de bladzijden zat een boekenlegger, intrigerend dicht bij het eind. Flora zou nooit weten hoe het verhaal afliep. Een stapel opgevouwen wasgoed lag klaar op een stoel om in de kast te worden opgeborgen en mijn vingers jeukten om die kleren op te hangen, elk shirt en elk paar sokken in de juiste lade te leggen. Dat zou Flora zeker hebben gedaan als ze ooit was thuisgekomen.

De vloer in de gang kraakte en mijn adem stokte in mijn keel. Het is het huis dat werkt, hield ik mezelf voor. Blijf kalm.

'Is daar iemand?' riep ik voor de zekerheid en ik keek de gang in maar zag niemand.

Als ik je vertelde dat ik achter me een aanwezigheid voelde, zou je me niet geloven. Ik zou mezelf ook niet geloven. De doden leven voort in de gedachten van de levenden, maar dat is echt de grens van hun aardse bestaan. Toch huiverde ik terwijl ik om me heen keek en op het punt stond om Flora's naam uit te spreken. De kamer was leeg. Ik bleef even staan om me te herpakken en staarde met mijn handen in mijn zij naar het plafond. De balken in Flora's kamer waren bezaaid met donkere vlekjes – markeringen. Overal zag ik piepkleine kikkervisvormige stipjes. Eerst leken ze deel uit te maken van de houtnerf, maar toen ik dichterbij kwam zag ik dat ze een andere textuur hadden. Ik legde de stapel schone was op Flora's bed en klom op de stoel om het beter te kunnen zien. Onder mijn vingertoppen voelden de stipjes korrelig en schilferig aan, en er bleef een heel klein beetje zwart stof op mijn vingers achter. De geur was ontegenzeggelijk die van houtskool.

Schroeiplekken.

Ik maakte er foto's van, zette de stoel weer op z'n plaats, legde de was terug en streek het bovenste kledingstuk glad.

'Ik vind het heel erg wat jou is overkomen, Flora,' zei ik tegen de kamer. Niet omdat ik dacht dat ze daar bij me in die kamer was, maar gewoon omdat ik me beter voelde door het hardop te zeggen.

Ik trok de deur zachtjes achter me dicht en keek omhoog. Nu het me eenmaal was opgevallen bleken alle balken vol kikkervisvormige stipjes te zitten. En boven elke deur hing ondersteboven een klein droogboeketje, de steeltjes gewikkeld in een jutezakje. In tegenstelling tot de brandvlekken waren de boeketjes onlangs nog ververst. Elk boeket bestond uit vijf verschillende planten. Diep in mijn geheugen roerde zich een herinnering. Ik borg die herinnering op voor later en besloot eerst mijn zoektocht af te maken en daarna weg te gaan.

Ik dwong mezelf de laatste kamer binnen te gaan en greep de deurklink vast. Het raam stond wijd open, wat de dichtslaande deur verklaarde – een lesje om mijn ongebreidelde fantasie te leren beteugelen.

De slaapkamer van meneer Kydd was een heiligdom. Een schilderij van zijn vrouw en dochter sierde de wand tegenover het bed. De vrouw in de dertig, het meisje in haar vroege tienerjaren. Ze omhelsden elkaar lachend. Het was een moment van pure liefde. Het schilderij was waarschijnlijk op basis van een foto gemaakt. Verder was elk stukje muur bedekt met foto's. Een meisje, van haar geboorte tot haar dood, elke maand, elke emotie. Slapend, springend, etend, studerend, wijzend, met een hoed op, in badpak, in een mooie jurk, op de fiets, in een vliegtuig, in een boot. Hij aan het bed van zijn vrouw, bleek en mager, met een poging tot een glimlach om de lippen. Wat bijna lukt. Dat was wat hartzeer met je deed: het pakte je je glimlach af en gaf die nooit meer echt terug. Je spande alleen je gezichtsspieren aan om je gezicht in de gewenste plooi te brengen.

De inbreuk op zijn privacy werd me te veel. Ik trok de slaapkamerdeur achter me dicht, gerustgesteld dat Jasper Kydd niets was overkomen. Op de overloop leken de schroeiplekken me vanaf de balken dreigend aan te staren. Ik liep snel de trap af en de zitkamer door. Daar zag ik ze ook op de balken zitten en ik voelde mijn nekharen overeind komen, in het besef dat ik het licht uit moest doen voor ik wegging, gruwend van de gedachte dat ik dan moest vertrouwen op het zwakke schijnsel van mijn zaklamp. Hierbeneden hingen de boeketjes boven elk raam, lichtjes bewegend in de tocht vanwege de slecht sluitende kozijnen. Ik reikte omhoog en griste het boeketje boven het keukenraam mee voor ik naar buiten klom.

12

Het eiland

Het gefluister begon op de dag waarop Adriana Clark en haar broer op het eiland arriveerden, aanvankelijk kleine flarden, maar later regen die zich aaneen tot een slinger van roddels. Een tweeling. Amerikanen. Buitenlands en exotisch met hun zongebruinde huid, donkere haar en hagelwitte tanden. Hun ouders waren nogal op zichzelf. Het kleine zusje zou mettertijd interessanter worden. Maar die tienerlijven – rijp voor de jacht, de strijd en de paringsdaad – vormden het werkelijke middelpunt van ieders aandacht.

De eilanders wierpen Adriana blikken toe en bezwangerden de lucht met hun heftige emoties. Meiden keken stiekem om een hoekje en gluurden vol afgunst en wrok door een spleet in de gordijnen. Moeders zagen het aan en voorspelden problemen en rivaliteit, dachten dat ze arrogant was. En de mannen voelden dat brandende verlangen dat alleen een mooie jonge vrouw teweeg kan brengen. Lust en begeerte.

Adriana zag hen staren en glimlachte terug, vrijmoedig en onschuldig. Brandon zag hun taxerende en oordelende blikken en zijn eigen ogen vulden zich met haat. Hij wilde Addie het liefst opsluiten. Hij wilde haar wegstoppen en bij zich houden. Zo jong als hij was wist hij dat er ellende aan zat te komen.

Lang voordat één man het niet langer aankon naar Adriana's

schoonheid te kijken zonder die ook te willen aanraken.

Lang voor ze werd vermoord.

In de herinnering van de mensen was Flora Kydd de enige die ook zo had geleden. Maar de herinneringen van het eiland gaan terug tot het begin der tijden en vervagen niet. Het eiland heeft te veel slachtingen gezien in naam van de liefde en uit jaloezie. De evolutie heeft vrouwen de wreedste klap toebedeeld. Met de ene hand schonk zij de vrouw een gezicht dat adoratie afdwong en met de andere schonk zij haar een fragiel en kwetsbaar lichaam dat te gemakkelijk gebroken kon worden door dominante, heerszuchtige mannen.

Flora Kydd was afgeslacht door een man, in opdracht van een vrouw. Ze was al zingend bloemen aan het plukken om mee te nemen naar de kerk. Glimlachend liep ze op de automobilist af die was gestopt om de weg te vragen. Ze bleef beleefd toen hij haar langzaam van top tot teen opnam terwijl ze uitlegde hoe hij moest rijden. Ze was standvastig toen ze weigerde in het bestelbusje te stappen.

En ze gilde toen het wegreed met haar achterin, zo stevig geboeid dat na een paar minuten alle gevoel uit haar handen en voeten was verdwenen, met een vettige lap in haar mond gepropt. Het eiland gilde met haar mee.

Vogels vlogen op van hun rustplaats en wormen kwamen kronkelend uit de aarde tevoorschijn. Egels rolden zich op in de hoop dat hun stekels het lawaai zouden buitensluiten. Bokken en hindes gingen dicht om hun reekalfjes heen staan om het kwaad in de lucht af te weren. Maar mensen hoorden haar niet. Haar liefhebbende ouders hadden geen voorgevoel van wat er stond te gebeuren. Op dat fatale moment kwam er niet net een getuige de bocht om.

Ze werd naar een stille uithoek van deze toch al afgelegen plek op de wereld gereden. De jonge vrouw die een zwakke, boosaardige man had gevonden om haar bevelen uit te voeren liet de prop in Flora's mond zitten. Niet opdat haar geschreeuw niet zou worden gehoord, maar opdat de man niet zou zwichten voor haar smeekbeden.

Ze werd naakt, huiverend van de kou, vastgebonden tussen twee bomen, en om beurten geselden ze haar met een oude waslijn waarin om de paar centimeter knopen waren gelegd om haar zo veel mogelijk pijn toe te brengen.

Flora huilde en bad, huilde en bad.

Het vooruitzicht dat ze zou sterven schrikte Flora volstrekt niet af. Tegen die tijd verwelkomde ze het einde. Haar geloof zou haar naar een betere plaats zonder pijn of angst leiden. Haar ouders zouden door vrienden en buren worden overladen met liefde. En ze geloofde rotsvast dat ze vanuit de hemel naar hen kon kijken, hun gezicht kon zien en daar zou wachten tot hun zielen zich bij de hare voegden.

Flora Kydd maakte zich geen zorgen over het hiernamaals. Maar ze was wel bang voor de uren voordat ze zou sterven. Dat die uren gepaard zouden gaan met een hoop geweld en pijn was onvermijdelijk. Dat ze onteerd zou worden leek steeds waarschijnlijker. Maar er waren ook nog andere dingen.

De crucifix die van haar hals was gerukt.

De eindeloze stroom van onbegrijpelijk gebrabbel die de vrouw in haar oor siste.

De ingewanden van een of ander beest die in een bepaald patroon op de grond lagen uitgespreid.

De kom met zand te midden van dat alles. Wachtend.

Er is geen emotie die onopgemerkt aan het eiland voorbijgaat. Elke emotie doet een nieuwe knop ontluiken of laat een tak afsterven. Flora veranderde van een levend meisje in een herinnering, haar gezicht vervaagde steeds meer in de gedachten van degenen die haar hadden gekend, zachtjes wervelend als suiker die oplost in water.

Decennia volgden, niet zonder verlies. Er waren baby's die de moederschoot niet levend zouden verlaten. Tieners die bij gebrek aan een baken op weg naar volwassenheid op drift raakten in de storm. Volwassenen wier leven werd afgebroken door ziekten waartegen geen remedie bestond. Pijn in dagelijkse doses, soms van voorbijgaande aard, maar vaak genoeg permanent. En op zichzelf allemaal even verschrikkelijk. Maar toen kwam Adriana Clark.

Addie, voor haar dierbaren. Addie, die iedereen zo wist te betoveren dat ze haar nooit meer konden vergeten, en wier lach als een schitterend juweel glinsterde in de grijze zeemist van Mull. Ze had ook geheimen, waardoor ze mysterieus overkwam. Een verleden waar niemand veel over wist. Het bruin van haar benen was een mengeling van melk en honing, koffie en karamel. Adriana Clark was simpelweg verrukkelijk.

Doden in zee brengen een ziedend tij met zich mee. Golven slaan stuk op de romp van boten, zeelieden worden van bakboord naar stuurboord gesmeten en vissen spartelen zo hard dat ze de netten vernielen. Schelpen worden verbrijzeld en laten gemene scherven achter voor zorgeloze voeten op het strand. Zoute tranen vormen een oceaan.

Adriana's kleren scheurden toen ze aan haar haren over het strand werd gesleurd, de ijzige diepten in. Ze onderdrukte de impuls om te gillen, hield haar mond dicht tot ze weer boven was en een hap lucht kon nemen. Ze schopte en kronkelde. Maaide woest om zich heen.

Het eiland hoorde het geschreeuw dat ze zelf niet kon uiten. Het waste haar pijn in zijn wateren. Addie had spijt van haar domheid. Van haar verlangen vrienden te maken en erbij te willen horen. Van haar warmte en openheid. Ze had spijt van het baantje dat ze had aangenomen waarmee ze zichzelf in de etalage had gezet, zodat iedereen haar kon zien, en sommigen haar begeerden.

Toen ze besefte dat ze zou sterven had ze al een gescheurde enkelband en graaide ze zonder dat het zin had naar het zeewier. Het enige waarnaar ze verlangde was terugkeren naar het land dat ze miste. Om haar oma nog een keer te zien en in de schaduw van een palmboom te wachten tot de zon onderging.

Geweld heeft een prijs. Die kan niet worden vereffend door de wegsijpelende dagen achter tralies. Nee, die prijs wordt betaald met een verloren jeugd en een verloren onschuld. Op een moorddadig eiland heerst een giftige atmosfeer. Het gif wordt geïnhaleerd, geabsorbeerd en weer uitgeademd. De aandoening is besmettelijk. Sadie Levesque moet er ook aan geloven.

Het eiland voelt het allemaal.

13

Nadat ik het laatste licht in het huis had uitgedaan volgde de duisternis me naar mijn auto. Ik legde mijn zaklamp en het boeketje op de passagiersstoel en reed terug naar Tobermory. De A849 was een tweebaansweg waarvan hele stukken omzoomd werden door steekbrem en op andere plaatsen door eeuwenoude stapelmuurtjes. Voorbij Ardchrishnish liep de weg pal langs de kust, met links van me de onmetelijke intimiderende zee.

Bij de kruising voorbij Loch Beg kwam een auto me op hoge snelheid tegemoet. Ik stopte op een vluchthaven om hem te laten passeren, blij dat ik even stil kon staan. De waakzaamheid die het huis ademde had me een unheimisch gevoel gegeven en ik maakte me toch zorgen om Jasper Kydd. De auto minderde vaart om langs de mijne te kunnen manoeuvreren, en reed toen snel door. Ik reed weer verder want ik moest nodig iets eten en had behoefte aan rust. De gebroken nacht van gisteren eiste zijn tol, en in de loop van de dag had ik besloten niet meer koppig te zijn en een kamer op een bovenverdieping te vragen. Iemand die aan een sleutel kon komen zou zich daar niet door laten weerhouden, maar dan hoefde ik me in ieder geval minder zorgen te maken over het raam op de begane grond.

Koplampen zwaaiden van links naar rechts in mijn binnenspiegel en kwamen toen heel snel dichterbij. Ik gaf gas om de bumperklever voor te blijven. De idioot achter het stuur liet niet los en begon toen met zijn lichten te knipperen. Ik werd verblind, stuurde de auto hard remmend de berm in en knipperde één keer met mijn rechterrichtingaanwijzer om aan te geven dat de bestuurder erlangs kon. In plaats daarvan volgde hij mijn voorbeeld en stopte achter me.

Ik gaf een dot gas en ging ervandoor. Mijn achtervolger moest de achtervolging voortzetten of me laten gaan. Binnen een paar seconden hing hij weer aan mijn bumper. Ik probeerde me op de weg te concentreren om kuilen en overstekend wild te ontwijken. Het was zinloos. Ik moest nog kilometers ver rijden en tot Tobermory was er amper bebouwing. Vloekend ging ik weer aan de kant, stopte en pakte een busje berenspray uit mijn tas. Niet zo effectief als pepperspray, maar goed genoeg om iemand tijdelijk uit te schakelen als je hem in het gezicht wist te raken, en bovendien mocht je het legaal op zak hebben. Ik hield de spuitbus in mijn linkerhand en klemde de autosleutels in mijn rechtervuist, waarbij ik de punt van de sleutel tussen twee vingers uit liet steken. In Canada had ik een vergunning om een vuurwapen bij me te dragen als ik in m'n eentje aan het werk was. In Schotland was dit het beste wat ik kon doen.

Ik liet het raampje zakken en keek achterom. De andere auto kwam twintig meter achter me eveneens tot stilstand. Ik stapte uit en liep langzaam naar de bestuurderskant. Achter het stuur zat een gestalte, duidelijk een man. Hij draaide zijn raampje omlaag toen ik op gelijke hoogte met hem kwam, en ik bleef op twee meter van de auto staan. Hij droeg een zwarte hoody. Ik hield de spuitbus omhoog zodat hij hem kon zien.

'Wil je dit uitleggen?' vroeg ik.

'Zenuwachtig?' kaatste hij terug. Ik deed een stap naar voren om zijn gezicht beter te kunnen zien. Dat had iets bekends, maar ik kon het niet meteen plaatsen. Wat me wel opviel waren de gruwelijke littekens op de rug van zijn rechterhand.

'Wat had je vanavond in Kintra te zoeken?'

Ik klemde mijn hand steviger om de spuitbus.

'Hoelang volg je me al?'

'Er is jou gezegd dat je Jasper Kydd met rust moest laten,' zei hij. 'Waarom krijgen we dan meldingen dat jouw auto op zijn oprit stond?'

De puzzelstukjes vielen op hun plaats. Hij was de agent die op de avond dat ik de vondst van Adriana's lichaam had gemeld op het politiebureau aanwezig was.

'Je bent van de politie. Doe je capuchon af. Ik zie graag met wie ik spreek.'

Hij deed wat ik hem vroeg, zwaaide het portier open en stapte uit de auto. 'Je hebt wel lef voor iemand die zo klein van stuk is.' Hij liep op me af en bleef op minder dan een meter van me staan.

'Ik ben aan het werk. Is er een reden dat je geen uniform draagt én in een gewone auto rijdt?'

'We hebben maar twee politieauto's op het eiland en die zijn vanavond allebei in gebruik. Ik kreeg deze melding op het moment dat ik geen dienst had. Er wonen maar achtentwintighonderd mensen op het eiland, mevrouw Levesque, en niemand houdt van rondsnuffelende buitenstaanders. Wij zorgen voor elkaar.'

'Maar ze vinden het geen bezwaar dat er een moordenaar op vrije voeten rondloopt?' Ik had hem niet moeten uitdagen, maar hij deed uit de hoogte en ik vond hem te dichtbij staan met zijn lange lijf.

'Laat die bus zakken,' zei hij. 'Je bedreigt op dit moment een politieman.'

'Verbeeld je maar niks. Dreigen doe ik alleen wanneer ik echt bang ben. Dus als je me niet van een misdrijf beschuldigt en me niet wilt arresteren, stap ik weer in mijn auto en ga ik naar mijn hotel. Ik was niet aan het rondneuzen, ik was aan het werk, en ik maakte me zorgen over meneer Kydd.'

'Jasper Kydd heeft jou niet nodig om op hem te letten. Je had helemaal niet in Kintra moeten zijn. Zo veroorzaak je alleen nog meer onrust,' zei hij.

'Jij hoeft mij niet te vertellen waar ik wel en niet mag gaan en staan. Ik heb meneer Kydd in The Blether gezien en ik kreeg toen niet de indruk dat er ook maar iemand naar hem luisterde. Hij werd in een politieauto geduwd en afgevoerd naar huis zodat niemand last hoefde te hebben van zijn verdriet.' Ik stopte de berenspray in mijn zak en draaide me om. Zijn hand raakte mijn schouder van achteren toen ik het portier van mijn auto opendeed.

'Ik zou je kunnen aanklagen voor roekeloos rijgedrag,' zei hij. 'Misschien moet je proberen wat vriendelijker te zijn.'

Ik weerstond de verleiding hem met de berenspray kennis te laten maken. In plaats daarvan draaide ik me om en wierp hem mijn liefste glimlach toe. 'En hoe vriendelijk wil je precies dat ik ben?'

'Nou, je draagt geen trouwring en van brigadier Eggo heb ik begrepen dat je wat problemen had in je hotel. Zou het misschien handig zijn om 's nachts voor de veiligheid een man in de buurt te hebben?'

Dus ik zag eruit als een makkelijk doelwit. Dat had ik al vaker meegemaakt. Ik had lang blond haar dat ik in een paardenstaart droeg als ik aan het werk was. En ik was ook nog eens tamelijk klein van stuk, waardoor mannen graag wilden laten zien hoe groot ze waren vergeleken met mij. Iemand heeft me ooit omschreven als 'die meid die eruitziet als een cheerleader'.

'Ik denk dat ik geen gebruikmaak van je aanbod,' zei ik, terwijl ik achter het stuur kroop en het portier dichtsloeg. 'Trek het je niet aan. Ik hou van mannen met wat meer intellectuele en morele bagage.'

'Smerige opgeilster,' zei hij. 'Net als die dooie meid om wie je je zo druk maakt.'

Ik stak de sleutel in het contact. 'Die dooie meid om wie *wij* ons zo druk maken,' verbeterde ik hem. 'Maar nu ik je zo over haar hoor praten... Ze laat je dus koud?'

'Wil je de waarheid over je cliënt weten? Ze flirtte maar *wát* graag, maar ze hield de boot altijd af, zo gaat het gerucht. Vrouwen die dat doen komen in de problemen.'

'Heeft ze problemen met jou gehad?'

Ik moest het vragen. Hij liet me geen keus.

'Ze was half zo oud als ik. Ik hou van vrouwen met wat meer ervaring.' Hij boog zich voorover zodat onze gezichten op gelijke hoogte waren. 'Brigadier Eggo slikt misschien alles wat je zegt en doet, maar je moet wel oppassen.'

'Wie verspreidde die geruchten over Adriana?' drong ik aan.

'Het was algemeen bekend,' zei hij. 'Als jij je werk goed zou doen, was je daar ondertussen zelf wel achter gekomen.'

Hij liep weg, ingenomen met zichzelf. Ik liet hem als eerste wegrijden. Het hele incident was eerder mijn fout dan die van hem. Natuurlijk zou iemand 's avonds een onbekende auto in een klein gat aan het uiterste puntje van een eiland melden. Ik was onvoorzichtig geweest, maar ik wist nu wel iets meer over Adriana. Iemand in Tobermory had niet veel met haar opgehad.

De receptionist kon me die avond geen andere kamer bieden, maar zegde toe het de volgende dag te regelen, wanneer de kamermeisjes hun ronde gingen doen. Ik haalde een biertje in de bar en ging naar mijn kamer om uit te rusten, maar mijn hoofd zat te vol. De zeewierkroon was per koerier naar Nate opgestuurd, maar de herinnering zat nog in mijn lakens. Ik nam een bad, waste de resten weg van mijn confrontatie met de zogenaamde wetshandhaving van Mull, en zette toen mijn laptop aan.

Mijn foto's van de markeringen op de houten balken leverden geen hits op toen ik ze door de beeldherkenning haalde. Het waren slechts vage vormen die nauwelijks opvielen.

Ik richtte mijn aandacht op het kleine droogboeketje. In de beslotenheid van mijn warme kamer kon ik het ruiken. De salie en dille waren makkelijk te herkennen. Het identificeren van de koningskaars, bijvoet en vlierbes kostte meer tijd. Ze kwamen stuk voor stuk algemeen voor in het wild, maar ik had ze nog nooit zo in een boeketje gezien en ondersteboven boven deuren of ramen zien hangen.

Het was laat. Te laat om iemand te bellen die ik eigenlijk niet goed kende. Toch toetste ik het nummer van Proudfoot in. Hij nam meteen op.

'Hi Lance,' stak ik van wal. 'Sorry dat ik je weer lastigval. Je spreekt met Sadie Levesque.'

'Geeft niet,' zei hij. 'Ik vroeg me al af of je nog zou bellen. Een ogenblik.' Zijn stem klonk gedempt toen hij zich omdraaide en naar iemand riep. 'Ik moet dit gesprek even aannemen. Maak die andere fles rood maar vast open.' Ik hoorde zijn voetstappen en een deur die zachtjes dicht werd gedaan. 'Goed, wat kan ik voor je doen?'

'Ik kan morgen wel terugbellen hoor,' zei ik, maar dat meende ik natuurlijk niet. 'Je hebt bezoek.'

'Ach, mijn vriend is politieman, dus hij begrijpt het wel. Bovendien staat hij zo dik bij me in het krijt dat hij wel even kan wachten. Ik maakte me al zorgen om je. Hoe staan de zaken ervoor?'

'Ik ben naar de boerderij van Kydd gereden. Jasper deed niet open, en toen werd ik ongerust en ben ik via een keukenraam naar binnen geklommen. Dat had ik beter niet kunnen doen, natuurlijk, maar –'

'Nee, dat had je beter niet kunnen doen. De boeren daar hebben jachtgeweren. Je had tegen een schot hagel aan kunnen lopen.'

'Die waarschuwing komt een beetje te laat. Maar goed, ik bel je omdat ik een paar dingen heb gezien die ik niet begrijp. Het is een gokje, maar ik denk dat jij meer van de tradities op het eiland weet dan ik.'

'Wat heb je gezien?' vroeg hij.

'Het klinkt nu een beetje stom, maar het huis leek wel een soort tijdcapsule. Ik had ook niet anders verwacht eigenlijk. Maar boven elke deur en elk raam hingen van die vreemde bosjes kruiden, ondersteboven en in jute gewikkeld.'

'Verder nog iets?' Proudfoots stem klonk nu wat zachter.

Ik ging op mijn rug op bed liggen. 'Ja, op alle balken zijn een soort schroeiplekken aangebracht in de vorm van kikkervisjes. Die zijn niet recent, je ziet dat ze oud zijn, en ze zijn diep ingebrand. In elk geval zijn ze niet bedoeld als decoratie. Alles bij elkaar maakte het een nogal obsessieve indruk, alsof Jasper Kydd de weg kwijt was.'

Lance zuchtte. 'Hij is ook de weg kwijt,' zei hij. 'Begrijpelijk. Maar ik denk niet dat wat je beschrijft op psychische problemen duidt.'

'Waar duidt het dan wel op?'

'Luister Sadie, er gingen indertijd geruchten. Dat heb je altijd bij moorden met een element van rituele marteling. Laat je daar niet door afleiden. Adriana – en Flora trouwens ook – is vermoord door mensen van vlees en bloed die hun gestoorde fantasieën op hen botvierden. Al het andere is slechts mythe en bijgeloof.'

'Wat wil je me niet vertellen?' vroeg ik.

'Ik heb er altijd voor gewaakt me in dat moeras te wagen toen ik verslag deed van de moord op Flora, maar er gingen praatjes rond over kwade geesten, over... Ik weet niet... Een soort vloek. Er was een vage verwijzing naar een volksverhaal waarin een vrouw met zand het zwijgen wordt opgelegd om haar ervan te weerhouden de geheimen van het eiland prijs te geven, maar dat is een oud verhaal, en het is allemaal niet echt gebeurd. Wat je in de boerderij van Kydd hebt gezien lijkt daar ook iets mee te maken te hebben.'

'Dat is krankzinnig,' zei ik. 'Waarom zou iemand in de eenentwintigste eeuw een eeuwenoud ritueel willen uitvoeren met een jong meisje?'

'Ten eerste is de moordenaar van Adriana Clark geen rationeel denkend of redelijk mens, dus die daad valt onmogelijk als normaal te definiëren. En iemands mond volstoppen met zand? Dat vindt tegenwoordig nog net zo goed weerklank als vroeger. Het is een rigoureuze manier om iemand monddood te maken. Je voorkomt ermee dat dingen die in een intiem moment zijn gefluisterd uitgroeien tot een roddelverhaal en je straft de vertelster ermee.

De geschiedenis kent genoeg andere voorbeelden van vrouwen die door een of andere vorm van marteling tot zwijgen zijn gebracht.'

'Maar die schroeiplekken en die kruidenboeketjes, dat heeft meer weg van voodoo. Wie gelooft er tegenwoordig nog in dat soort dingen?'

'De bewoners van Mull kunnen hun familie soms wel tot honderden jaren terugvoeren. Ze kennen de naam en de geschiedenis van de clan waar ze van afstammen. Ze hebben andere goden vereerd dan die we tegenwoordig kennen. Ze hebben meer ontberingen doorstaan en ik denk dat ze meer op de natuur moesten vertrouwen dan wij. De getijden, de oogsttijden, de maan, de regen. Dankzij de natuur hebben ze kunnen overleven, maar diezelfde natuur kon ook hun einde betekenen. Dus het is eigenlijk niet meer dan logisch dat ze de natuur een goddelijke status hebben toegekend.'

'Dat is heel wat om over na te denken,' zei ik. 'Ik laat je nu met rust. Je wijn staat op je te wachten.'

'Je mag me altijd bellen, en neem mijn advies ter harte: hou op een gezonde manier rekening met de geschiedenis van het eiland, maar laat je er niet door meeslepen. Soms moet je het verleden laten voor wat het is.'

'Dank je, Lance. Drink er een op mijn gezondheid.'

Ik doorzocht het internet opnieuw, dit keer gewapend met nieuwe kennis. Het leverde meteen resultaat op.

De kruiden vormden een combinatie die al eeuwenlang werd gebruikt voor het bezweren van boze geesten. De demonen hielden kennelijk niet van de geur en samen waren ze sterk genoeg om het kwaad buiten de deur te houden. Datzelfde gold voor de schroeiplekken, maar dan op een andere manier. Vroeger was het de gewoonte om permanente tekens aan te brengen op de balken of muren van je huis om het kwaad af te weren, vaak al tijdens de bouw. Diezelfde merktekens zijn ook in sommige delen van de Londense Tower aangetroffen. Maar deze schroeiplekken dienden een specifiek doel, namelijk om de bewoners van het huis te beschermen tegen hekserij.

Op elk ander moment, op elke andere plaats zou ik hebben gelachen. Maar liggend op het kussen, terugdenkend aan een rottende zeewierkroon op de plek waar ik mijn hoofd zou neerleggen en met de herinnering aan Adriana's ijskoude vingertoppen nog vers in mijn geheugen, kwam het idee van hekserij me plotseling helemaal niet zo grappig voor.

14

De deuren van het politiebureau zaten op slot. Op een briefje stond dat het vanaf 11.00 uur open zou zijn. Dat was om woest van te worden, maar hopelijk waren brigadier Eggo en zijn mannen op dit moment op pad om aanknopingspunten in de zaak-Adriana Clark na te trekken. Omdat ik nu toch tijd overhad ging ik nog eens naar de museumwinkel van Mull. Als ik meer te weten wilde komen over de mythen en legenden van het eiland moest ik daar zijn.

De deur stond open, maar Skittles was nergens te zien. Dat vond ik helemaal niet erg en ik liep meteen door naar de boekenafdeling. Er stonden heel veel boeken waarin de geschiedenis van Mull tot in detail was beschreven, en een paar boeken over de British Fisheries Society die in 1788 het stadje Tobermory had gesticht. Maar ik vond niets over moorden of mysteries op het eiland.

Terloops checkte ik de balken van de winkel. Geen schroeiplekken en geen kruidenboeketjes boven de deuren. De achterste kamer was gewijd aan een schip dat in de haven van Tobermory was gezonken. De San Juan de Sicilia, die deel uitmaakte van Spaanse Armada, was daar in 1588 in brand gevlogen en vergaan. Sindsdien gingen er geruchten over goud en andere schatten die nog op de bodem zouden liggen. Mijn oog viel op een ganzenveer op een plank, niet op de ganzenveer zelf, maar op de plek ervóór. De verklarende tekst stond op een piepklein bordje: 'Ganzenveer afkomstig van een eerdere berging van het scheepswrak door de hertog van Monmouth, samen met een schelp die vermoedelijk als inktpot werd gebruikt.'

Ik haalde net mijn camera uit mijn zak toen een paar mensen de winkel binnenstapten. Skittles kwam via een andere deur tevoorschijn en nam plaats achter de kassa.

Stof is onze vijand, hebben we altijd geleerd. Het is afkomstig van de menselijke huid en ontstaat door gebrek aan hygiëne en te weinig schoonmaken. Stof wil zeggen dat we de boel laten verslonzen. Maar soms kan de afwezigheid van stof ook als bewijs dienen waarmee je kunt aantonen dat ergens dingen hebben gelegen die nu verdwenen zijn. Op de plank, vlak voor de ganzenveer, was de omtrek van een grote schelp zichtbaar, zo'n achttien centimeter lang en zo te zien net zo breed. Omdat ik de schelp waarmee Adriana Clark was verkracht van dichtbij had gezien, vroeg die lege plek op de plank om een serieuze verklaring.

Ik schakelde de flits van de camera in, hoopte dat ik daarmee niet Skittles' aandacht trok en nam snel een foto van de plek waar de schelp had moeten liggen. Op weg naar buiten liep ik langs hem heen en zag ik dat hij met zijn duim in zijn mond uitdrukkingsloos uit het raam staarde, een kind opgesloten in een volwassen lichaam.

Ik liep naar een rustig bankje aan de haven en belde Nate Carlisle.

'Sadie, ik ben net op weg naar de rechtbank om een getuigenis af te leggen,' zei hij.

'Ik zal het kort houden. Ik heb de tritonshoorn nodig. Ik denk dat ik weet waar die vandaan kwam, maar om het zeker te weten moet ik de vorm vergelijken met de afdruk op een plank.'

'Die schelp kan ik niet uit handen geven. Het is een bewijsstuk in de zaak als die ooit voorkomt, en als blijkt dat ik de integriteit van het bewijsmateriaal in gevaar heb gebracht kan hij niet meer als bewijs dienen. Ik kan hem wel door een agent bij brigadier Eggo laten bezorgen, dan kun jij hem je theorie voorleggen zodat hij die verder kan onderzoeken.'

'Als ik dat doe en dat verhaal doet hier de ronde, dan is de kans verkeken om de afdruk in het stof te vergelijken met de vorm van de schelp. Het is nu al riskant.' Ik dacht snel na. 'Zeg, kun je anders een gipsafdruk maken en die aan mij opsturen? Ter reconstructie. Dan kun je de echte schelp gewoon in bezit houden.'

Het bleef even stil. 'Ik denk dat dat misschien wel kan,' zei Nate.

'En ik sms je de naam van een man die met de schelp te maken heeft. Heb je toegang tot de politiedatabase om dat na te gaan?'

'Ik ken wel mensen die dat voor me willen doen, maar dat is vertrouwelijke informatie. Als er iets relevants naar voren komt, mag ik dat alleen doorgeven aan brigadier Eggo. En dan is het aan hem om te beslissen wat hij je vertelt, dus misschien gaat het sneller als je hem rechtstreeks vraagt die naam na te trekken.'

'Prima,' zei ik. Ik wist wanneer ik het op moest geven. 'Bedankt, Nate. Ik laat je met rust.'

'Sadie, wacht, ik heb positief nieuws voor je. Je zorgen over eventueel drugsgebruik door Adriana blijken ongegrond. De toxicologische tests waren negatief. Geen sporen in haar lichaam van de nacht dat ze stierf en de haaranalyse sluit langdurig gebruik van verdovende middelen uit.'

'Zelfs geen alcohol?' vroeg ik.

'Ze was helemaal clean,' zei hij. 'En het poeder in dat fluwelen zakje was ook geen drug. Je kunt haar ouders geruststellen dat ze niet betrokken was bij iets waar zij niets van wisten. Nu misschien een schrale troost, maar later zullen ze het waarderen.'

'O,' zei ik. Die theorie kon dus in de prullenbak. Ergens had ik gehoopt dat Adriana straalbezopen was toen ze stierf. Dat ze zich amper bewust was van wat er gebeurde. Jammer genoeg was zelfs dat haar niet gegund. 'Wat voor poeder was het dan?'

'Het duurde even voor het lab het had uitgezocht, maar het bleek bot te zijn. Vergruisd en fijngemalen.'

Mijn maag draaide zich om.

'Gemalen bot? Zeg me dat het geen menselijk bot is.'

'Dat wordt nog uitgezocht. Daar kan ik je de komende dagen meer over vertellen. Sorry, ik word opgeroepen. Later vandaag zal ik me over die gipsafdruk buigen.'

Gemalen bot in een fluwelen zakje, verstopt in Adriana's laars in het café waar ze werkte. Nate vond dat misschien goed nieuws, maar het zat me niet lekker. Ik kon geen reden bedenken waarom Adriana bewust botgruis in haar eigen laars zou hebben verstopt, en de enige andere mogelijkheid was dat iemand anders dat had gedaan.

Ik liep naar de keramiekwinkel en glimlachte naar Lizzy's oma die achter de toonbank zat.

'Goeiemorgen,' zei ik opgewekt.

'Goeiemorgen, alles weer in orde met je auto? Het gerucht gaat dat je gisteren problemen hebt gehad.'

'Dat klopt, maar het kon snel verholpen worden.' Ik hield een glimlach op mijn gezicht geplakt. Ik vond het geen prettige gedachte dat kennelijk heel wat mensen wisten waar ik mee bezig was. Geroddel bemoeilijkte mijn werk alleen maar. 'Zeg, ik was net in de museumwinkel en daar raakte ik aan de praat met de man die daar werkt, maar ik ken hem alleen als Skittles en ik vind het vervelend om hem met zijn bijnaam aan te spreken. Weet u wat zijn echte naam is? Dan hoef ik de volgende keer niet zo onbeleefd te zijn.'

'Hij heet Rhys Stewart. Bemoeit zich met niemand. Heeft leerproblemen en af en toe last van woede-uitbarstingen. Zijn vader was eigenaar van de museumwinkel en Rhys weet de zaak net draaiende te houden met hulp van de gemeenschap hier.'

'Rhys,' herhaalde ik. 'Dat zal ik onthouden. Werkt Lizzy vandaag niet?'

'Nee, haar vriendinnen wilden bloemen leggen voor Adriana. Ze mogen natuurlijk niet naar Mackinnon's Cave, dus zijn ze ergens anders heen om haar samen te herdenken.'

'Weet u toevallig waar en wanneer?' vroeg ik. 'Ik wil haar ook graag de laatste eer bewijzen.'

'Ik denk dat ze van plan zijn daar de hele middag en avond door te brengen. Je weet hoe die tieners zijn, met alles erop en eraan. Ze zijn bij Lochbuie. Het staat op de kaart.'

Vanaf de haven liep ik in noordelijke richting naar het huis van de Clarks. De familie had recht op nadere informatie, en als er iets bekend zou worden gemaakt over een verband met de dood van Flora Kydd, wilde ik dat ze dat eerst van mij hoorden.

Het perskamp had zich uitgebreid, maar omdat ik er deze keer op voorbereid was nam ik het voetpad naar de achterkant van het huis en sprong daar over het hek. Nog voor ik op de achterdeur had geklopt merkte ik dat de sfeer nu anders was. Er heerste een nieuwe stilte. Meestal stond de tv aan, of hoorde ik Brandon op zijn computer typen of Luna lawaai maken. Nu reageerde niemand op mijn geklop. Ik belde Rob Clarks nummer, maar hij nam niet op. Hun auto stond niet op de oprit, maar het huis had een vrijstaande garage waarvan ik wist dat Rob die op slot hield vanwege de invasie van de pers, en ik kon daar niet naar binnen om te kijken of de auto er misschien stond.

Ik liep naar de bloempot waar ik Rob eerder een reservesleutel van de achterdeur had zien verstoppen, en ging zachtjes roepend naar binnen.

Beneden was niemand. De computer stond uit. De gordijnen aan de voorkant waren allemaal dicht, maar dat was al zo sinds Adriana's dood. Geen kooklucht in de keuken, geen afval in de vuilnisbak. Ik ging de trap op en riep hun namen nog eens. Alle kamers waren leeg. Op de vloer van Luna's kamer lagen een paar poppen, maar verder zag alles er keurig netjes uit. Geen sporen van braak of een worsteling. Dat riep de vraag op waar de familie Clark in godsnaam was. Waren ze in veiligheid? Als ze onder dwang hun huis hadden verlaten had ik tekenen van een gevecht verwacht, maar mensen bieden opvallend weinig verzet als ze in de loop van een pistool kijken of als hun kind wordt bedreigd. Ik besloot snel verder te zoeken en zo nodig de politie in te schakelen. Ik hoopte vurig dat dat niet nodig zou zijn.

Vanaf de rand van Brandons bed staarde ik naar een foto op zijn nachtkastje, waarop Adriana en hij met de armen om elkaar heen midden in een overvol stadion stonden en breed naar de camera lachten, met op de achtergrond een band op het podium. De tweeling zag er uitgelaten uit. Ik telde tot tien, woog de voors en tegens van mijn volgende stap af, en toen ik bij tien nog niet op andere gedachten was gekomen opende ik Brandons laden een voor een.

Ik vond een aansteker en sigaretten. Homeopathische slaaptabletten, maar geen andere drugs. Meisjeskleding – een sweatshirt en een wollen muts met een pompon – van Adriana, vermoedde ik. Daarna doorzocht ik zijn kledingkast, waar ik niets ongewoons aantrof. Tot slot keek ik onder het bed en voelde met mijn hand langs de houten ombouw. Als de Clarks nu binnenkwamen, zou het heel lastig worden om mijn gedrag te verklaren. Ze zouden alle vertrouwen in mij verliezen. Als privédetective hanteerde je de gulden regel dat je je cliënt nooit mocht compromitteren, maar ik kon me toch niet aan de indruk onttrekken dat ze iets voor me verborgen hielden. Ik stond een poosje te luisteren, wachtend op gekraak op de trap of zachte voetstappen op het tapijt, maar hoorde alleen mijn eigen hartslag des te duidelijker. Ik verspilde hiermee alleen maar tijd, en de kans ontdekt te worden werd alleen maar groter. Als ik dit ging doen moest ik het snel doen. Als bij toverslag raakte mijn hand een plastic zakje dat aan de houten bodem van het bed was vastgeplakt. Tieners dachten dat ze slim waren, maar in feite verstopten ze hun smokkelwaar allemaal op dezelfde plaats.

Paddenstoelen met lichtbruine verschrompelde hoedjes en dunne steeltjes. Lizzy had al gezegd dat Adriana ernaar op zoek was geweest. Misschien waren ze van Adriana en had Brandon ze uit de kamer van zijn tweelingzus meegenomen om te voorkomen dat haar ouders ze zouden vinden, of misschien waren broer en zus van plan geweest samen iets nieuws te proberen. Ik stopte ze in mijn zak. Of Brandon het nu leuk vond of niet, zijn ouders wilden dat ik zorg droeg voor zijn veiligheid. Als de politie na dat incident in Mackinnon's Cave besloot om alsnog het huis te doorzoeken, zouden die paddenstoelen alleen maar meer belastend bewijs tegen hem opleveren. Ik kon ze maar beter bij me houden tot de verdenkingen tegen de familie van de baan waren of tot die verdenkingen inderdaad gegrond bleken.

Ik was al eerder in Adriana's kamer geweest toen de familie me net had ingehuurd, maar nu ging ik er weer binnen. Het besef dat ze dood was maakte het allemaal nog droeviger. Ze had een kalender aan de muur hangen waarop ze haar werktijden blauw had gemarkeerd en haar andere verplichtingen groen – school, de dokter. Op haar bureau lag een keurig stapeltje prospectussen van universiteiten. Adriana hield van bloemengeuren en felgekleurde lippenstift. Naast haar bed hing een foto van haar en Brandon met Luna tussen hen in; liggend op een picknickkleed lachten ze naar de fotograaf. Ze was pijnlijk mooi in vergelijking met het opgezwollen en geschonden lichaam in de grot. Ik onderdrukte mijn emoties en liep naar de kamer van Rob en Isabella.

Die was uitgesproken sober ingericht. Er was weinig moeite gedaan om het gezellig te maken. Het dekbedovertrek was effen wit. Geen schilderijen aan de muur. Geen make-up of sieraden op de kaptafel, alleen wat papieren. Het geheel maakte een liefdeloze indruk.

Ik aarzelde even voordat ik de laden van de nachtkastjes opentrok. Ze bevatten de gebruikelijke rommel die mensen nu eenmaal verzamelen. In de derde la lag een stapeltje paspoorten. Ik opende ze een voor een, zag de bekende gezichten en namen en legde ze weer terug, liep naar de badkamer en liep toen weer terug om de paspoorten nog een keer te bekijken. Ze waren echt, daar was ik zeker van, maar ze bleken allemaal op dezelfde datum te zijn afgegeven, vijf maanden geleden. Voor de tweeling was dat logisch. Hun paspoorten waren tegelijk aangevraagd en tegelijk verlengd. Het was ook nog voorstelbaar dat Rob en Isabella hun eerste paspoort op dezelfde datum hadden gekregen, als je ervan uitging dat ze voor hun huwelijksreis allebei voor het eerst naar het buitenland waren gereisd. Maar afgezien daarvan, hoe kon het dat vijf familieleden hun paspoort tegelijkertijd lieten verlengen?

Ik liep weer terug naar de kamers van Adriana en Brandon om datgene te zoeken waarvoor ik al vergeefs met Californië had gebeld – de jaarboeken van school. Ikzelf had al mijn jaarboeken bewaard, en ik kende niemand die dat niet deed. Jaarboeken waren het tastbare bewijs van een overgangsritueel, een bevestiging dat je volwassen werd.

Geen jaarboeken op hun kamer. Ook geen foto's van anderen dan familie. Geen dagboeken of kalenders van hun tijd in Amerika. Het was alsof ze niet hadden bestaan voor ze op Mull waren aangekomen.

Ik liep net de trap af toen mijn telefoon ging. Mijn hart klopte iets te snel toen ik opnam.

'Hoi Rob,' zei ik. 'Alles goed? Ik ben bij jullie huis.'

'Ja, sorry, ik had moeten bellen. De pers werd opdringerig en na wat er met Brandon is gebeurd besloten we dat we daar weg wilden. We zijn midden in de nacht vertrokken met alleen het hoognodige,' legde hij uit.

'Waar zijn jullie nu?'

'We hebben voor een maand geboekt in een vakantiehuisje net buiten Tobermory. Ik stuur je het adres wel. Kan ik je ergens mee helpen?'

Ik liep door de keukendeur naar buiten en deed die zachtjes achter me op slot.

'Ik wilde alleen maar even bijpraten,' zei ik. 'Er is een cold case die misschien van belang is en waar ik met de politie over wil praten, maar die zaak speelde lang geleden. Daar hoeven jullie je nu niet mee bezig te houden. Verder zijn de resultaten van de toxicologische tests binnen. Adriana had geen sporen van drugs of alcohol in haar lichaam. Dokter Carlisle wilde dat ik dat aan jullie doorgaf. Hoe is het met Brandon?'

Er viel een lange stilte. 'Niet zo goed,' zei hij uiteindelijk. 'Met geen van ons, eigenlijk. We snakken gewoon naar een soort afsluiting.'

'Dat begrijp ik. We boeken vooruitgang, echt, maar het zijn allemaal losse eindjes bewijs die samen moeten worden gebracht. Het spijt me.'

Ik beëindigde het gesprek, want er viel niets meer te zeggen.

Het enige waar ik zeker van was toen ik de telefoon neerlegde, was dat mijn cliënten meer informatie voor me achterhielden dan ze me toevertrouwden. En ik vroeg me af waarom.

15

Mijn volgende gang was naar het politiebureau. Een vrouw verscheen achter de balie toen ik binnenkwam.

'Goedemorgen,' zei ik. 'Kunt u mij helpen? Ik wil graag een agent spreken, maar ik heb zijn naam niet goed verstaan toen hij me aan de kant zette. Lang, slank, midden dertig, litteken op de rug van zijn rechterhand.'

'Dat moet agent Bathgate zijn.'

'Die is het! Is hij er op dit moment?'

'Zijn dienst loopt om vijf uur af. Misschien is het makkelijker als ik uw vraag doorgeef aan een agent die wat meer tijd heeft,' stelde ze voor.

'Ik heb maar even nodig. Kunt u hem zeggen dat Sadie Levesque hier is? Ik wil hem bedanken voor zijn hulp.'

De vrouw verdween door de deur achter haar en riep zijn naam. Een minuut later ging de deur weer open en Bathgate verscheen.

'Wat moet je?' snauwde hij.

'Je doet niet erg vriendelijk, agent. Gisteravond leek je nog te denken dat we een behoorlijk hechte relatie hadden. Ik heb alleen een gunst van je nodig. Ik wil graag wat meer over een bepaalde persoon weten. Jij hebt toegang tot de database van de Nationale Politie. Kun je even voor me kijken?'

Hij boog zich over de balie en fluisterde in mijn oor: 'Hoe haal je het in je botte hersens dat ik voor jou ook maar een vinger zou uitsteken?'

Ik glimlachte hoofdschuddend en zwaaide vermanend met mijn wijsvinger. 'Wat een nare woorden uit zo'n mooie mond,' zei ik luid en ik ging op fluistertoon verder: 'Want als je me niet helpt, speel ik de geluidsopname af die ik gisteravond met mijn telefoon heb gemaakt. Het gezag van je functie misbruiken om burgers onder druk te zetten om seks met je te hebben? Dan zou je zomaar binnen vierentwintig uur ontslagen kunnen worden. Zullen we de proef op de som nemen?'

'Laat zien,' eiste hij.

'De eerste keer dat ik dit afspeel is voor brigadier Eggo en iedereen die ik hier kan vinden. Er staat ook een kopie in de cloud te wachten op verzending naar een journalist die ik ken, Lance Proudfoot, uit Edinburgh. Zoek hem maar op. Wil je zien of ik bluf?'

Hij keek me woedend aan, en ik bleef vriendelijk glimlachen. Agent Bathgate had natuurlijk moeten onderhandelen, maar de angst om zijn baan te verliezen was te groot.

'Wie is het?' siste hij.

'Rhys Stewart van de museumwinkel.'

'Kom op, is dat alles wat je de Clarks te bieden hebt? Je pikt de enige vent in Tobermory eruit met leermoeilijkheden en een ontwikkelingsstoornis, en concludeert dat hij de dader is? Stap eens over je vooroordelen heen.'

'Ga jíj nou een morele preek tegen me afsteken?' zei ik lachend. 'Misschien wil ik hem alleen uitsluiten als verdachte. Ga je me nou nog helpen of niet?'

Hij wierp een boze blik op zijn horloge. 'Loop maar mee,' zei hij. Hij klapte een deel van de balie omhoog en opende de deur daarachter.

We liepen naar een kantoortje met het bordje met BRIGADIER H. EGGO op de deur. Bathgate ging achter het bureau zitten en begon driftig iets in te tikken op Eggo's computer.

'Dit is chantage,' zei hij tijdens het typen.

'Ik heb geen idee waar je het over hebt. Ik heb hulp gevraagd bij een onderzoek. Jij bent bevoegd om iedereen op te zoeken in die database. Tot nu toe heb je geen gegevens met me gedeeld. Er is geen misdaad gepleegd. Je hebt me tot nu toe nul informatie gegeven.'

'De brigadier kan elk moment terugkomen,' zei hij.

'Schiet dan maar op.'

Toen hij klaar was met typen, begon de interne ventilator van de computer te zoemen en werd de printer actief. Ik reikte naar het vel papier.

'Nee, afblijven,' zei hij, terwijl hij het uit de printer trok. 'Ik eerst.' De koppige verveelde uitdrukking op zijn gezicht maakte plaats voor verwarring en daarna bezorgdheid. 'Wat weet jij dat wij niet weten?' vroeg hij.

'Nee, jij eerst,' zei ik.

'Hij heeft een strafblad voor het in bezit hebben van aanstootgevende beelden categorie C. Hij heeft een jaar voorwaardelijk gekregen.'

'Hij woont in jullie gemeenschap. Waarom wist de politie hier niets van?'

'Hij staat niet in het register van zedendelinquenten en deze overtreding heeft op het vasteland plaatsgevonden, niet hier. Bovendien was hij destijds negentien. Nu is hij vierendertig. We hadden geen reden om hem na te trekken.'

'Nu dus wel. Heeft hij een verklaring afgelegd over zijn alibi op de avond dat Adriana werd vermoord?'

'Heeft wie een verklaring afgelegd?' vroeg brigadier Eggo vanuit de deuropening.

Agent Bathgate en ik keken elkaar aan, en wisselden in een oogwenk van rol: van vijanden naar samenzweerders.

'Mevrouw Levesque kwam binnen en vroeg naar Rhys Stewart,' zei Bathgate.

'Ja, en nu schijnt agent Bathgate iets in uw systeem gevonden te hebben wat hij niet met me wil delen,' loog ik. Ik mocht Bathgate niet, maar ik wilde hem niet verlinken nu hij me had gegeven wat ik wilde. 'Ik sta erop dat u relevante informatie met mij deelt. Mijn cliënten hebben het recht geïnformeerd te worden over het lopende onderzoek.'

'U moet doen wat u niet laten kunt,' zei Eggo. 'U moet alleen wel weten dat we niet verplicht zijn ook maar een snippertje informatie met u te delen. Agent, ik handel dit verder af. Uw dienst zit er sinds tien minuten op.'

Bathgate liep weg, zijn eerdere woede had plaatsgemaakt voor opluchting. Eggo ging zitten en nam de eerdere veroordeling van Rhys Stewart door. Hij ademde diep in, knarste met zijn tanden en staarde me toen aan.

'Wat staat erin?' vroeg ik. Ik kon maar beter doorgaan met het toneelstukje.

'Rhys Stewart heeft Adriana Clark niet vermoord,' zei Eggo. 'Hij moet alle zeilen bijzetten om die winkel elke dag te openen en te sluiten. Half Tobermory helpt hem met de boekhouding en financiën uit respect voor zijn vader. Zijn boodschappen worden bezorgd, zijn was wordt voor hem gedaan. Skittles kan amper voor zichzelf zorgen, laat staan een jonge vrouw ontvoeren en vermoorden.'

'Waarom houdt u hem uit de wind?' vroeg ik. 'Er staat iets belangrijks op dat papier. Ik zag het aan het gezicht van Bathgate en ik zie het ook aan u.'

'Bezit van afbeeldingen categorie C – dat zou ik u niet eens moeten vertellen. U ziet graag het slechtste in de mensen hier, maar zelfs u moet snappen hoe absurd de sprong is van een veroordeling wegens het in bezit hebben van porno naar een seksueel gemotiveerde moord. Hij heeft de afgelopen twaalf jaar zelfs nog geen verkeersboete gehad. Die veroordeling voor het in bezit hebben van porno heeft plaatsgevonden in een periode dat Rhys op het vasteland woonde. Als ik het me goed herinner zat hij in een project voor begeleid wonen in de buurt van Glasgow, waar mensen met een verstandelijke beperking de kans krijgen om gedeeltelijk zelfstandig te wonen. Vlak daarna kwam hij terug en sindsdien heeft hij geen problemen meer veroorzaakt.'

'U bedoelt dat hij nergens voor gepakt is. Niet hetzelfde,' corrigeerde ik hem. 'Hoe definieert u categorie C-beelden?'

'Geen penetratie, geen marteling, geen dieren, geen geweld. Het gaat meer over de context waarin de beelden worden gebruikt,' zei Eggo.

'Maar het blijft illegale porno.'

'Wie zegt dat hij nooit porno heeft gekeken is of een leugenaar of een heilige.' Eggo vouwde het strafblad van Rhys Stewart op en propte het in zijn bureaula.

'Mag ik u citeren tegenover de pers?' vroeg ik.

'U zult niemand bereid vinden om uw belachelijk vergezochte conclusies af te drukken.'

'Daar zou ik niet zo zeker van zijn. Ik volg elk mogelijk aanknopingspunt en daar verontschuldig ik me niet voor. Dat zou elke fatsoenlijke politieagent moeten doen.'

Harris Eggo sloeg zijn armen over elkaar. 'Prima. In het licht van deze veroordeling zal ik hem een verklaring af laten leggen en vraag ik hem of hij vrijwillig zijn DNA wil laten onderzoeken. Ik zal zelfs zijn alibi controleren. Maar ik garandeer je dat we niets vinden. Ik ken deze mensen, en ik ken mijn stad.'

'Ik wil ook dat zijn auto wordt onderzocht op Adriana's DNA. Ze moet in een auto naar Mackinnon's Cave zijn gebracht. Het is te ver om te wandelen of te fietsen. Laatst zag ik hem 's avonds laat naar buiten komen, helemaal in het zwart gekleed – hoed, handschoenen, alles.'

'Ben je daarom hier? Om een paar handschoenen? Dit is Schotland, meisje. We zonnen zelfs met handschoenen aan.'

Ik overwoog hem te vertellen over de schelp. Waarschijnlijk had ik dat moeten doen. Maar Eggo had al besloten dat Rhys niet in staat was tot de gruwelijke moord op Adriana en ik wist dat het geen zin had tegen zijn koppigheid in te gaan. Als de schelp inderdaad op die plek had gelegen, zou ik ermee verdergaan. Tot dan kon ik de museumwinkel beter met rust laten. Ik gunde Eggo deze slag en spaarde mijn energie voor de komende oorlog.

Ik reed langs de kust naar Craignure. Van daaruit lag Lochbuie in zuidwestelijke richting. Op de kaart was Moy Castle de dichtstbijzijnde toeristische bezienswaardigheid. Terwijl ik daarheen reed realiseerde ik me dat ik niet eens wist waar ik naar zocht. Lochbuie bestond uit een paar huizen en het kasteel was verlaten, geen bezoeker te zien. Toch vond ik de feestvierders makkelijker dan ik had verwacht, gewoon door op de muziek af te gaan. Het was zo'n plek waar ik, als er niemand was geweest, uren voor me uit had kunnen zitten kijken. Het landschap zag er schitterend uit, waar je ook keek, en boven de menhirs uit torende de berg Ben Buie. Ik kon met moeite mijn blik losmaken. Het viel niet te vergelijken met Stonehenge, maar de acht stenen, waarvan er één van recenter datum was, en de drie granieten blokken die iets verder weg lagen, maakten grote indruk. In een volmaakte cirkel met een doorsnee van twaalf meter reikten ze naar de hemel. Ik had nog niet de kans gehad om er iets over te lezen, maar op grond van het weinige dat ik van vergelijkbare monumenten wist moesten ze minstens drieduizend jaar oud zijn, misschien nog veel ouder. Het was een adembenemende plek. Ver genoeg van de beschaving om je het gevoel te geven dat je alleen was. Esoterisch genoeg om je een gevoel van opwinding te bezorgen. Zoals ik al zei, tieners kiezen zo hun plekken. Dit was een uitstekende keus.

Tussen de menhirs zag ik een groep van zeker vijftig dansende, zingende en met elkaar dollende tieners. Ik herkende meteen Lizzy van de keramiekwinkel, maar bleef op een afstandje in de schaduw van de bomen staan, vlak bij de menhirs. Het was niet zo dat ik me echt verstopte, maar ik maakte mijn aanwezigheid niet kenbaar. Er waren geen andere volwassenen in de buurt, en ik zou daar niet welkom zijn. Ik zag een paar andere gezichten uit Tobermory. De meidengroep van die eerste avond in The Blether, dansend in afgeknipte topjes en ultrakorte shorts. Lewis Eggo, die rustig een biertje zat te drinken met een groepje jongens. Een paar jongeren die 's avonds en in het weekend in mijn hotel werkten. Geen spoor van Brandon Clark, hoewel deze tieners van zijn leeftijd waren.

Ik trok me verder terug tussen de bomen, uit het zicht van de tieners, en ging op het met takjes bezaaide mos zitten. Ik weet niet op wie of wat ik wachtte. Een uur lang zat ik daar te mijmeren over hoe heerlijk het was om jong te zijn, en hoe jammer het was dat die periode in je leven vaak gepaard ging met onzekerheid en wanhoop. Een uur om mijn blik af te wenden van die ronddraaiende tienerlijven en de jonge mannen die elkaar probeerden af te troeven om de gunst van de mooiste meiden te winnen. Een vol uur om te proberen me te herinneren wanneer ikzelf voor het laatst zoveel lol had gehad en me zo vrij had gevoeld. Maar een uur was voor mij niet lang genoeg om daar antwoord op te kunnen geven.

Tegen de tijd dat de zon al wat lager aan de hemel stond kwam een van de meisjes overeind en riep om stilte. Ze had glanzend witblond haar en haar huid had een gezonde, stralende teint. Een jongen met hertenogen rende naar haar toe met een krat waar ze op kon staan. Zij was die avond ook in de pub geweest, realiseerde ik me. Een vriendin van Lizzy. Misschien ook van Adriana.

'Harder, Catriona,' riep een jongen die het dichtst bij mij in de buurt stond.

Catriona – die naam paste bij haar – zette haar handen aan haar mond om voor iedereen verstaanbaar te zijn.

'We zijn hier voor Adriana!' De menigte begon te fluiten en te juichen. 'Om voor haar te feesten omdat ze dat zelf niet meer kan. Om voor haar te dansen omdat zij dat nooit meer zal doen. Om te leven omdat zij dat niet meer kan.' Ze zette een fles aan haar lippen en nam een slok pure whisky. Ik was onder de indruk van haar, en vroeg me tegelijkertijd bezorgd af of ze straks zelf naar huis zou rijden. 'Op Adriana!' Catriona hield de fles omhoog en ze stonden allemaal tegelijk op, hieven hun drankje en spraken de naam uit van het overleden meisje. Toen begon het huilen.

De meisjes vielen elkaar snikkend in de armen, en de jongens probeerden hen te troosten, hetzij uit opportunisme, hetzij uit nobeler motieven. Ik scande de menigte op zoek naar de voyeurs en de buitenbeentjes. Ik hoopte maar dat geen van de meisjes zich zou laten meevoeren naar een stil plekje, waar de verwachting van een romantisch samenzijn zou kunnen omslaan in iets dodelijks. Iets stils.

'Ik had kunnen weten dat je hier zou zijn,' fluisterde een man achter me.

'Agent Bathgate,' zei ik. 'Ik dacht dat je dienst erop zat. Ben je hier om het feest mee te vieren?'

'Een bezorgde ouder vroeg me een oogje in het zeil te houden, officieus. Niemand wil deze tieners arresteren wegens alcoholgebruik. Dit zijn geen slechte kinderen.'

'Een van hen misschien wel,' zei ik.

Een groepje jongens rolde al worstelend onze kant op en instinctief verplaatsten we ons naar een boom wat verder bij hen vandaan.

'Ik dacht dat jouw verdachte aan het werk was in de museumwinkel,' zei Bathgate.

'Ik hou alle opties open,' antwoordde ik.

Een luidspreker kwam krakend tot leven en een jonge vrouw zong 'Died for Love'. We luisterden zwijgend naar de tekst. Een lied over verloren liefde en dood. Ik vroeg me af wie het nummer had gekozen en wat hij of zij wist dat ik niet wist.

Het massale gesnik hield op en de groep vormde met de armen om elkaars schouders geslagen een grote kring rond de stenen, en begon zachtjes heen en weer te deinen.

'Doen ze dit vaak?' vroeg ik.

'Alleen wanneer een van hen is overleden. Vorig jaar is een jongen van vijftien gestorven aan kanker. En twee jaar geleden is een meisje van de weg geraakt tijdens een hevige onweersbui. Zo verwerken ze hun verlies.'

Vijftig meter verderop stapte een gestalte tussen de bomen vandaan, met een verbeten trek om zijn mond terwijl hij tranen uit zijn ogen wreef. Ik zag hem voordat hij mij zag.

'Hé, nog even over vanmorgen...' zei ik tegen Bathgate. 'Ik had je niet moeten chanteren om die informatie te krijgen. Het was tactloos en dom.' Ik sprak snel en veel luider dan nodig was. Brandon Clark aarzelde even en verdween toen tussen de bomen door in de richting van de weg. Agent Bathgate fronste zijn wenkbrauwen en draaide zijn hoofd in de richting van het geluid van de krakende takken. 'Kunnen we opnieuw beginnen?'

'En dan vergeet je wat ik gisteravond tegen je zei?' Hij klonk oprecht ongelovig.

'Iedereen maakt weleens een fout,' zei ik. 'En we staan aan dezelfde kant, toch?'

'Klopt,' zei hij.

'Nou, ik ben blij dat dat dan geregeld is.' Ik keek op mijn horloge. 'Weet je wat, ik ben hier al anderhalf uur. Jij kunt het hier alleen wel af. Het is goed om te weten dat iemand zorgt dat deze jongeren niks overkomt. Ik rij nu terug naar de stad.'

'Oké. Zullen we telefoonnummers uitwisselen? Om onze aantekeningen naast elkaar te leggen of zo?'

Ik was er niet happig op hem mijn nummer te geven, maar wist dat te verhullen met een dankbare glimlach.

'Goed idee,' zei ik en ik gaf hem mijn mobiel om zijn nummer in te toetsen. 'Straks app ik je dat van mij.'

'Doe het nu, dan weten we allebei zeker dat het is aangekomen,' zei hij. 'De ontvangst op het eiland is niet altijd geweldig.'

Ik had geen keus. Zijn telefoon zoemde meteen. Geen problemen met het bereik in Lochbuie, helaas.

Ik nam afscheid, liep tussen de bomen door weg en begon toen pas te rennen. Brandon Clark en ik moesten nodig eens praten.

16

Brandon was nergens te zien toen ik bij de weg aankwam, en ik had geen idee welke kant hij op was gegaan. Ik hield mezelf voor dat de vragen die ik voor hem had beter morgen konden worden gesteld wanneer hij goed geslapen had en besefte dat ik aan zijn kant stond, en reed terug naar mijn hotel. Daar kon ik tot mijn opluchting de sleutel van mijn nieuwe kamer in ontvangst nemen. Mijn spullen waren al naar de tweede verdieping gebracht en ik hoefde me geen zorgen meer te maken over indringers die met hun hand onder mijn kussen hadden gezeten.

Bovenaan de lijst van ingekomen mails stond een bericht van Rob Clark met als bijlage de laatste drie maanden van Adriana's belgeschiedenis. Ik deed mijn deur op slot, schoof er een ladekast voor om te voorkomen dat de deur vanaf de gang kon worden geopend en hoopte maar dat er 's nachts geen brand zou uitbreken waardoor ik snel naar buiten zou moeten vluchten.

Ik begon bij de oudste gesprekken en werkte vandaar naar de dag van haar dood toe.

Het eerste wat opviel toen ik de lijst even snel doornam was dat er geen gesprekken naar Amerikaanse nummers tussen zaten. Adriana had geen van haar vroegere vriendinnen gebeld. Dat zou niet zo vreemd zijn als ze toegang tot sociale media had gehad, maar nu leek het alsof Adriana radicaal alle banden met Amerika had doorgesneden. Daardoor was ze zich waarschijnlijk eenzaam gaan voelen en was ze kwetsbaarder geworden, en misschien zelfs wanhopig op zoek gegaan naar gezelschap.

In de maand voor haar dood had ze niet vaak gebeld. Ik beschikte alleen over de telefoonnummers, niet over de namen die ze in haar contactenlijst had staan. Alle uitgaande gesprekken waren naar mobiele nummers in het Verenigd Koninkrijk. Het langste gesprek duurde een kwartier, het kortste slechts een paar seconden. Geen urenlange gesprekken in het holst van de nacht waarin geliefden elkaar zoete woordjes toefluisteren.

Ik klapte mijn laptop dicht, deed het licht uit en lag in het halfduister naar het balkenplafond te staren. In mijn verbeelding zwommen er kikkervisachtige vormen over het gebeitste hout. Meisjes dansten uitdagend voor jongens rond een steencirkel die ooit dienst had gedaan als begraafplaats of altaar of misschien als zonnewijzer. Adriana vocht in bitterkoud water voor haar leven en probeerde te ontsnappen aan degene die haar enkel in een dodelijke greep hield. Een oude stoffige schelp die ooit als inktpot was gebruikt was van een glasplaat verdwenen.

De volgende ochtend werd ik naakt en huiverend wakker in de badkuip.

Een warme douche verlichtte de pijn in mijn lijf. Sinds mijn tienerjaren had ik niet meer geslaapwandeld, maar als kind deed ik dat heel vaak. Ik ben teruggevonden op straat, in de auto van mijn ouders, in een kleerkast en in de boomhut in onze achtertuin. Ik had zelfs hypnose geprobeerd, maar ook dat hielp niet. En op een dag was het opeens over. Was er een of ander diep, duister trauma in mijn verleden waar ik voor op de loop was geweest? Nee. Maar soms waren mijn dromen zo levensecht dat daarbij vergeleken het leven overdag flets en levenloos afstak. Als kind sliep ik nooit geweldig. Zelfs nu nog memoreert mijn moeder weleens – maar nu op een vertederde toon – hoe weinig slaap ze vroeger kreeg. Ik wist nooit hoe ik op die rare plekken terecht was gekomen. Ook die paar stappen van gisteravond stonden me niet meer bij. Maar de kast stond nog voor de deur, en daar was ik blij om.

Die ochtend stond ik om tien uur bij het nieuwe, geheime adres van de familie Clark – een klein vakantiehuisje langs een weg ten westen van de stad – met melk, vers brood en een hoop vragen.

Isabella liet me binnen.

Het huisje was benauwd en krap. We gingen in de woon-eetkamer met open keuken zitten en ik haalde mijn laptop tevoorschijn. Isabella drentelde onrustig heen en weer om de melk in de koelkast te doen en brood te snijden tot Rob haar zachtjes naar de bank leidde.

'Wat heb je ontdekt?' vroeg hij me.

'Veertig jaar geleden is hier op dit eiland ook een moord gepleegd, waar niemand voor veroordeeld is. Toen is een zestienjarig meisje vermoord, waarschijnlijk was het een zedenmisdrijf. Ze werd gevonden met zand in haar mond.' Isabella wendde haar blik af en dat begreep ik heel goed. Elk woord dat ik zei zou voor altijd in het geheugen van deze mensen gegrift staan, dus hield ik het kort. 'Waarschijnlijk gaat het niet om dezelfde dader, omdat er intussen tientallen jaren zijn verstreken. Het is aannemelijker dat iemand dat aspect van de moord gekopieerd heeft. Het is iets wat specifiek bij het eiland hoort.'

'Dus dan komt de moordenaar van Mull. Dan moet het iemand zijn die goed op de hoogte is van de geschiedenis, ja toch?' Rob omvatte de hand van zijn vrouw en kneep er stevig in.

In het licht van wat ik net had gezegd vond ik dat een merkwaardig gebaar. Het had iets hoopvols. Er sprak iets van opluchting uit dat gebaar. Ik staarde onwillekeurig naar Robs hand. Als ik in zijn schoenen stond, als ik mijn dochter vanwege mijn werk had meegesleept naar een eiland aan de andere kant van de wereld en ze was daar vermoord, had ik net als brigadier Eggo liever gehad dat de dader een toerist was. Dat het om een actief, rondtrekkend roofdier ging. Dat het Adriana evengoed in Schotland, San Francisco, Spanje of Senegal had kunnen overkomen.

'Sadie?' spoorde Rob me aan.

'Sorry, ik was even aan het nadenken. Wat zei je?'

'Ik vroeg of er al verdachten in beeld zijn,' zei hij.

'Ik heb een aanknopingspunt...' Het viel me zwaar om de zin af te maken. '... dat verband houdt met de schelp. Er is een man met een strafblad en dat is misschien van belang, maar ik wil niet te snel conclusies trekken, tenzij er een duidelijk verband is.'

Brandon kwam binnenlopen. 'Hoe is het met je?' vroeg ik snel, voor hij weer weg kon glippen.

'Gaat wel,' zei hij. 'Nog bedankt voor... Nou ja... Het oplossen van dat gedoe bij de grot.'

Gedoe bij de grot. Alsof het een onbelangrijk voorval was. Geen woord over zijn gemoedstoestand van gisteren, toen ik hem bij Lochbuie zag opduiken.

'Brandon, waarschijnlijk kun jij mij beter helpen dan wie dan ook. Waren Adriana en jij bevriend met dezelfde mensen in Tobermory?'

'Ze had geen vrienden, dat heb ik u al verteld,' zei hij.

'Maar er waren wel mensen met wie ze belde, toch?'

Hij haalde zijn schouders op.

'De afgelopen maand heeft ze veel gebeld, allemaal nummers in het Verenigd Koninkrijk, dus niet met vriendinnen van vroeger,' zei ik.

Niemand zei iets.

'Dit kan cruciaal zijn om erachter te komen wat er met Adriana is gebeurd. Ik weet dat het pijnlijk is. Ik weet dat de suggestie dat haar telefoon belangrijke informatie bevat jullie het gevoel kan geven dat de schuld bij het slachtoffer ligt, alsof ze contact had met de dader of door haar gedrag om problemen vroeg. Maar geloof me, niets is minder waar. Het gerechtelijk bevel voor de provider kan nog wel even op zich laten wachten, dus alles wat je weet, ook het kleinste detail, kan helpen.'

Isabella keek Rob strak aan, die haar blik ontweek. 'Zeg het haar,' zei ze.

'Bella, we waren het erover eens.'

'Ze zei dat het zou kunnen helpen,' zei Isabella. 'Dus vertel het gewoon.'

Ik wachtte.

'Ik heb Addies telefoon gevonden,' zei Rob. Ik deed mijn best om neutraal te kijken. 'De politie heeft sowieso al een gerechtelijk bevel aangevraagd, dus die informatie krijgen ze toch wel. Het is niet zo dat we iets achterhielden.'

Zijn gezicht zei iets anders.

'Kun je me vertellen waarom je dat besluit hebt genomen?' vroeg ik zachtjes.

'We zijn als gezin erg op onszelf. Ik wilde niet dat de politie Addies privacy nog meer zou schenden dan nodig was. Ze kan onmogelijk medeschuldig zijn aan wat haar is overkomen, dus het leek ons niet relevant,' zei Rob. 'Er staan familiefoto's op, e-mails en persoonlijke dingen die niets met de moord te maken hebben.'

Isabella mompelde afkeurend en keek een andere kant uit.

'Ik begrijp waarom dit als een enorme inbreuk op jullie privacy voelt,' zei ik. 'Maar hebben jullie haar berichten gelezen, gekeken of ze sociale media gebruikte waar jullie niets van afwisten?'

'Ik kon het niet...' zei Rob. De woorden stokten in zijn keel. Hij kreeg tranen in zijn ogen, probeerde zijn emoties de baas te worden en ging verder. 'Ik kon het niet aan. En het was me trouwens toch niet gelukt, want ik weet de pincode van haar telefoon niet.'

'Ik wel,' zei Brandon. 'Je hebt me er nooit naar gevraagd! Waarom heb je me niet verteld dat je hem hebt gevonden?'

'Jij hebt al genoeg te verstouwen gehad,' zei Rob. 'Ik heb een beslissing genomen waarvan ik dacht dat die voor ons allemaal het beste was.'

'Bullshit,' zei Brandon. 'Ik wil die telefoon nu zien!'

Rob haalde de telefoon van boven, en een oplader. Brandon toetste de pincode in, en we kregen toegang.

Er waren een paar berichten binnengekomen op de dag van haar verdwijning, waaronder drie van hetzelfde nummer, een contact dat Adriana 'Wicked' had genoemd. Ik liep de rest van haar contacten langs. Er zaten vrijwel geen gewone namen bij.

'Dat deed Addie altijd,' zei Brandon. 'Ze gaf iedereen een bijnaam. Zodat anderen nooit precies wisten wie haar belde. Een geintje, dat vond ze gewoon leuk.'

De berichten liepen uiteen.

'Hoi, zin om mee te gaan vanavond laat? Gebruikelijke plaats en tijd.'

Of: 'Echt, hij is het niet waard.'

En van iemand anders: 'Ik hoorde dat hij zijn laatste vriendin jeuk aan d'r mossel heeft gegeven.' Ik vermoedde dat 'jeuk aan d'r mossel' tienerjargon was voor chlamydia, maar dat moest ik opzoeken. De verwijzing naar schelpen beviel me trouwens niet. Dat kwam me net even te dichtbij.

Een dag later: 'L en ik eten vanavond vegetarisch.'

'Sneak naar buiten. Middernacht. Bospad.' Dat was twee weken voor haar verdwijning. Daarna nam de frequentie van de berichten toe en werd er meer codetaal gebruikt. Tot slot ontving ze op de dag dat haar ouders haar voor het laatst hadden gezien het volgende bericht: 'Verzamelen om 01.00 u, alleen meiden, *happy's*. Del x' Dat bericht was afkomstig van hetzelfde contact. Ik moest die 'Wicked' zo snel mogelijk te spreken zien te krijgen.

Adriana had niet geantwoord.

'Ken jij iemand die Del heet?' vroeg ik Brandon. 'Dat zou best een afkorting kunnen zijn voor Delia, Delilah of Derek, of misschien is het wel een bijnaam.'

Hij snoof verachtelijk. 'Del is geen naam, het betekent delete. Dat heeft Addie kennelijk niet gedaan. Geef me het nummer maar,' zei Brandon, en hij pakte zijn eigen mobiel. Hij tikte het nummer op zijn eigen telefoon in maar vond het niet terug in zijn contactenlijst. 'Niks,' zei hij uiteindelijk.

'Ik wil echt niet dat Brandon zo onder druk wordt gezet,' zei Rob.

'Zou ik even met Brandon alleen kunnen spreken?' vroeg ik aan Rob en Isabella. 'Het is iets van tieners. Hij weet waarschijnlijk het best welke spullen ze heeft verzameld sinds jullie hier zijn komen wonen, en welke ze al had.' Ik liep naar de deur. 'Onder vier ogen.'

Brandon wierp me een wrevelige blik toe maar stond wel op.

'Hij is kwetsbaar,' riep Isabella uit. 'En doodop. Ik weet niet of dit een goed idee is.'

'Ik kan het echt wel aan, mam,' zei Brandon.

Ze stond op en begon in het Spaans te ratelen, waar ik niets van verstond.

Brandon liep op haar af, legde zijn arm teder om haar schouder en kuste haar zacht op de wang. 'Ik ben oké, mama. Maak je geen zorgen om mij.' Toen keek hij naar mij en zei: 'Kom. We kunnen op mijn kamer praten.'

Hij liep langzaam de trap op en ik kwam achter hem aan. Op zijn kamer liet Brandon zich op het eenpersoonsbed vallen, dat kreunde onder het plotselinge gewicht.

'Ik vind het wel erg voor je dat je je huis uit moest. Dat maakt het allemaal nog rottiger voor jullie,' zei ik.

'Dat is mijn huis niet,' zei hij kortaf. 'Dit eiland, dit land. Ik heb hier niks te zoeken.'

'Wil je terug naar Amerika?'

'Dat gaat niet... Vanwege het werk van mijn vader. Wilt u het over gisteren hebben?'

'Ja. De man die naast me stond is van de politie. Je had van de week al een aanvaring met ze. Hij was in Lochbuie om te kijken of iemand zich verdacht gedroeg of opviel. Ik moest hem afleiden om te voorkomen dat hij je zag, Brandon.'

'Kan me geen fuck schelen,' zei Brandon. 'Ik heb niks verkeerds gedaan.'

'Oké dan.' Ik ging op de vloer zitten, met mijn rug tegen de muur. 'Dus wat deed je daar gisteren?'

'Ik wilde horen wat ze over Addie zeiden. Het zijn allemaal hypocrieten. Niemand vond haar echt aardig. Ze speelden spelletjes. Ik was kwaad omdat ze opeens doen alsof ze hun beste vriendin was. Gisteren gebruikten ze haar als excuus om dronken te worden en een wip te maken.'

'Ik snap dat je er zo over denkt,' zei ik. Er viel geen speld tussen te krijgen. 'Ik wil het nog over iets anders hebben, en dat ga je niet leuk vinden.' Hij sloeg zijn armen over elkaar en keek verveeld naar het plafond. 'Ik heb een zakje met paddo's onder je bed gevonden. Ik was op zoek naar alles wat met je zus te maken kon hebben, dus ik ga me niet verontschuldigen. Die paddenstoelen kunnen me niks schelen, maar iemand heeft me verteld dat Adriana ernaar op zoek was. En dat begrijp ik niet, want haar toxicologische tests waren allemaal negatief.'

'U had mijn kamer niet binnen mogen gaan!' zei Brandon.

'Jij had niet naar Lochbuie mogen gaan zonder het tegen je ouders te zeggen,' was mijn slappe antwoord.

Hij haalde zijn schouders op. 'Ik heb ze uit haar kamer gehaald. Ik heb na haar verdwijning haar kamer doorzocht. Ik wist dat de politie dat ook zou doen en ik wilde niet dat mijn moeder nog meer overstuur zou raken, dus heb ik ze onder mijn bed verstopt. Ik had ze gewoon weg moeten gooien.'

'Ik ben blij dat je dat niet hebt gedaan. Degene die ze haar heeft bezorgd heeft misschien meer informatie. Dat laatste bericht dat ze kreeg? Ik denk dat het woord "happy's" op paddo's slaat.'

'Zou kunnen,' zei hij.

'Nog één ding,' zei ik terwijl ik opstond. 'Je zei laatst in Mackinnon's Cave dat er een vloek over Adriana was uitgesproken.'

'Dat weet ik niet meer. Ik had wodka van huis meegenomen en pijnstillers geslikt. En nu wil ik slapen.' Hij ging op zijn zij liggen, met zijn gezicht naar de muur.

'Brandon, is hier iets of iemand op het eiland waar je bang voor bent?'

Hij liet een kort, verbitterd lachje horen. 'Waar zou ik bang voor moeten zijn? Ik heb niks meer te verliezen.'

17

Die middag ging ik weer naar The Blether, op zoek naar tieners die mij meer wilden vertellen over Adriana's sociale leven. Ik had al geprobeerd het nummer van 'Wicked' te bellen om erachter te komen wie het was, maar er werd niet opgenomen en ik kon ook geen voicemailbericht inspreken.

Rachel, de barvrouw, zei meteen dat er niets van dat plan terecht zou komen. De meesten van het groepje tieners dat regelmatig in The Blether kwam hadden zich op school ziek gemeld vanwege een mysterieuze buikgriep, vertelde ze – waarbij ze met een zucht haar wenkbrauwen veelbetekenend optrok. De wake bij de menhirs van Lochbuie was kennelijk nog tot diep in de nacht doorgegaan.

'Bent u op zoek naar iemand in het bijzonder?' vroeg Lewis Eggo zachtjes.

Rachel gaf hem een klopje op zijn schouder en liep naar de keuken om ons alleen te laten.

'Ken jij iemand die Wicked wordt genoemd?' vroeg ik. 'Of heb je Adriana die naam weleens horen gebruiken?'

'Nee, sorry.'

'Jij was er ook gisteravond. Hoe komt het dat jij niet zo brak bent als de anderen?'

'Hoe kan het dat u mij wel hebt gezien, maar ik u niet?' kaatste hij terug.

'Ik wilde me niet opdringen,' loog ik. 'En ik hoorde daar eigenlijk niet te zijn.' Lewis deed wat aarzelend, en ik wilde hem niet onder druk zetten.

'Ik hoorde daar eigenlijk ook niet te zijn. Wanneer je vader hoofd is van de politie, kun je je in het openbaar geen al te gekke dingen veroorloven. Bovendien wil ik dit baantje niet kwijtraken. Ik ben aan het sparen voor de universiteit,' zei hij. 'Wilt u eigenlijk wat drinken?'

Ik wilde niets drinken maar bestelde toch maar iets. Hij reikte me het glas aan over de bar.

'Weet jij waar Adriana paddo's kan hebben gekocht? Of waarom? Ik had de indruk dat ze niet zo stom was om zich aan drugs te wagen, maar dit is nu al een paar keer ter sprake gekomen.'

'De meeste mensen zien paddo's niet als drugs,' zei hij. 'Ze zijn niet moeilijk te krijgen.'

'Heeft ze die hier misschien gekocht?' drong ik zachtjes aan.

Hij zette een rek met vuile glazen in de afwasmachine onder de bar en nam me mee naar een ouderwetse jukebox in de hoek van de pub.

'Ik heb u al gezegd dat ik dit baantje nodig heb. U moet niet te diep gaan graven en Rachel in de problemen brengen. Zij is aardig. Wat haar man verder doet...'

Ik stopte een paar munten in de jukebox en Chrissie Hyndes fluwelen stem zong 'Hymn to Her', waardoor ons gesprek werd overstemd.

'Ik lig er niet wakker van wanneer een pub een handvol mensen aan verboden middelen helpt, Lewis. Ik denk dat je vader dat allang weet.' De jongen keek ongemakkelijk een andere kant op. 'Ik ben er alleen in geïnteresseerd voor zover het met Adriana te maken heeft.' Ik legde een hand op zijn arm en hij keek me aan. Groene ogen met gouden spikkels. Gebruinde huid met wat sproeten. Lang, vriendelijk. Totaal anders dan zijn vader.

'Ik geloof dat Adriana... wat aan het experimenteren was. Die paddo's hoorden daarbij, denk ik. Echt, dit is zo stom. Het is gewoon voor de lol, het is allemaal heel onschuldig,' zei hij.

'Waar experimenteerde ze dan mee?'

'Dat zou u toch niet begrijpen.'

'Weet je hoe ze is overleden, Lewis?'

Hij schudde zijn hoofd. 'Mijn pa heeft me geen details verteld. Hij wilde niet dat ik overstuur zou raken.'

Omdat ik op het punt stond vertrouwelijke informatie prijs te geven wilde ik er zeker van zijn dat het iets zou opleveren.

'Iemand heeft haar mond volgepropt met zand. De dader heeft haar verdronken en haar dood achtergelaten in een grot waar de krabben haar lichaam hebben aangevreten.'

Eén hand ging naar zijn mond en de andere greep naar zijn maag. 'Ik wist –' Hij hapte naar adem. 'Ik wist alleen dat iemand haar had verzopen.'

'Waar ze ook mee bezig was, ik wil het allemaal weten. Iemand moet lef tonen. Ben jij dat?'

Er viel een korte stilte voor het volgende nummer begon, en terwijl de Crash Test Dummies zongen over twee ridders en maagden en over toverdrankjes en hemelvuur wachtte ik tot hij een besluit nam. Ik had ze het nummer live horen spelen in de Deerfoot Inn in Calgary en die drie minuten in mijn leven zou ik nooit meer vergeten. Ik liet me door de muziek meeslepen en vroeg me af welke muziek er op Adriana's begrafenis zou worden gedraaid – wanneer die zou plaatsvinden.

'Ga maar eens met pastoor Christophe van de Saints of the Tideskerk praten. Ik weet dat ze daar af en toe naartoe ging. Vlak voor haar dood ging ze vaker. Ik denk dat ze met vragen zat.'

'Dank je.' Ik legde mijn hand op de zijne om te voorkomen dat hij wegliep en haalde een stukje papier uit mijn zak. 'Dit telefoonnummer. Herken je dat?'

Lewis bekeek het nadenkend. 'Hoezo?'

'De nacht dat ze is overleden heeft iemand haar een appje gestuurd. Om ergens af te spreken. Is dat iemand van hier?'

'Weet mijn vader hiervan?' vroeg hij.

'Als hij het nog niet weet, is hij binnenkort op de hoogte. Wiens nummer is het, Lewis?'

'Dit ga ik niet doen. Ik kan niet geloven dat mijn vrienden iemand zoveel pijn kunnen doen. Ik ga mijn vrienden niet verlinken.'

'Het lijkt erop dat u de hand van mijn zoon vasthoudt,' zei Harris Eggo op luide toon achter ons.

Lewis werd vuurrood, en ik trok mijn hand terug.

'U hebt me betrapt,' zei ik. 'Ik probeerde een paar diep weggestopte geheimen van Tobermory boven water te krijgen, maar uw zoon verleent geen enkele medewerking. Hoe zeggen ze dat ook alweer? Een aardje naar z'n vaartje?'

Lewis sloop weg. Hij had opeens iets dringends te doen achter de bar.

'Nate Carlisle heeft dit voor u opgestuurd.' Hij gaf me een pakket, en aan het afgescheurde plakband zag ik dat iemand het al had geopend en geïnspecteerd. 'Hij wilde er zeker van zijn dat u het veilig in handen zou krijgen.'

'Bedankt dat u het persoonlijk komt brengen,' zei ik.

'En wat bent u van plan ermee te doen?' vroeg brigadier Eggo.

'Mijn werk,' antwoordde ik. 'U hebt een aardige zoon. De Clarks zijn ook ouders, net als u. Ze hebben recht op antwoorden.'

Ik liep weg. Binnenkort zou ik het telefoonnummer aan de politie moeten geven en ze laten uitzoeken van wie het was, maar die informatie zouden ze niet met mij delen. Ik wist niet of ik er goed aan deed, maar ik besloot dat moment nog een dag uit te stellen en een poging te doen de afzender van het bericht zelf op te sporen, niet in de laatste plaats omdat ik van Rob Clark niet mocht onthullen dat hij Adriana's telefoon in bezit had. Ik hoopte dat ik geen spijt van dat besluit zou krijgen.

Buiten zocht ik het adres van de Saints of the Tides-kerk op en ging op weg om pastoor Christophe te spreken. De kerk was een laag gebouwtje van het soort dat je in een Amerikaans trailerpark zou verwachten. De blauwe verf aan de buitenkant was afgebladderd, maar binnen was het mooi en er ging rust van uit. De kleine ruimte, met aan de ene kant een altaar en een paar rijen stoelen, was eerder functioneel dan overdadig ingericht, en oogde daardoor wel zo prettig.

'Kan ik u helpen?' vroeg een man.

'Pastoor Christophe?'

'Ja. Ik geloof niet dat we elkaar kennen,' zei hij en hij stak zijn hand uit.

'Ik ben Sadie Levesque, ik werk voor de familie van Adriana Clark.' Hij gaf me een warme, stevige hand. Hij had opvallend lichtblauwe ogen en spierwit haar, hoewel hij niet ouder kon zijn dan vijfendertig, en hij had knappe, markante trekken.

'U bent de Canadese over wie ik al heb gehoord. Wilt u niet even zitten?'

'Eigenlijk zou ik liever een stukje willen wandelen, meneer pastoor. Ik heb vandaag al te lang binnen gezeten.'

'Goed idee,' zei hij. Hij liep het gebouw uit zonder de deur op slot te doen.

'Is dat wel veilig?' vroeg ik.

'De misdaadcijfers op het eiland zijn heel laag en ik vind dat iedereen de kerk in moet kunnen wanneer hij dat wil, voor zover we plaats voor ze hebben.'

'Ook wanneer er misschien een moordenaar op vrije voeten rondloopt?'

'Vooral wanneer er een moordenaar op vrije voeten rondloopt. Ik kan me geen omstandigheden voorstellen waarin onze gemeenschap Gods hulp meer nodig heeft dan nu.'

We wandelden door Breadalbane Street, in zuidelijke richting. Pastoor Christophe liep ontspannen naast me met zijn handen in zijn zakken, alsof hij me de hele dag al had verwacht.

'U hebt geen Schots accent,' merkte ik op.

'Frans-Guyana. Ik stam af van een lange lijn van missionarissen. Toen ik jong was wilde ik met die traditie breken en formule 1-coureur worden, maar kennelijk had God andere plannen met me.'

'Hoelang woont u hier al?'

'Drie jaar, en ik ben nog steeds aan het wennen.'

'Ik heb begrepen dat Adriana bij u in de kerk kwam?'

'Dat klopt, vooral om te biechten. Ze kwam bijna nooit naar de kerkdiensten.'

'Kunt u me vertellen waar ze het met u over had?'

'U weet vast wel wat ik daarop ga antwoorden,' zei hij en hij stak zijn handen nog dieper in zijn zakken. 'Het biechtgeheim is absoluut. Volgens het kerkrecht is schending van de vertrouwensrelatie tussen boeteling en biechtvader strafbaar.'

'Adriana is dood. Als ze u nu kon zien of horen zou ze u uw indiscretie zeker vergeven.'

'Alleen God kan vergeven, en ik weet niet zeker of Hij uw argument overtuigend zou vinden.'

'Ik heb met mensen gesproken die denken dat Adriana ergens in verwikkeld was geraakt waarbij ze zich niet prettig voelde. Misschien was ze meegesleept door een vriendengroep die drugs gebruikte? Het is belangrijk, meneer pastoor. Wellicht komen we de dader daardoor op het spoor.'

'Ik weet niet goed wat u van me verwacht,' zei hij. 'Ik heb u al gezegd dat ik geen enkele informatie kan geven die Adriana mij heeft toevertrouwd.'

Ik zuchtte.

'Goed. Vertelt u eens over het leven op Mull. Welke aspecten van het leven hier zou een tiener die hier net is komen wonen aantrekkelijk of juist afschuwelijk kunnen vinden? Ik ben gewoon op zoek naar inside-information.'

'Probeert u een achterdeurtje te vinden?' vroeg hij met een glimlach.

'Achterdeurtjes zijn voor advocaten. Ik heb een foto in mijn zak van een meisje dat is vermoord, en ik zal niet rusten voor het recht zijn loop heeft gekregen.'

'Schotland heeft een lange geschiedenis die teruggaat tot de prehistorie. Het is eeuwenlang goddeloos geweest en voordat het christendom zijn intrede deed is er ook nog eens eeuwenlang aan afgoderij gedaan. De geschiedenis heeft ons geleerd dat waar een religieuze leegte is mensen andere dingen vergoddelijken.'

'Zoals?'

Hij schudde zijn hoofd. 'Dat is alles wat ik u kan zeggen.'

'U lijkt helemaal niet geschokt,' zei ik. Hij keek me vragend aan. 'De moord op Adriana was beestachtig, maar toch lijkt u het kerkrecht belangrijker te vinden dan doen wat nodig is. Ik zie geen God in uw besluit, ik zie een verlangen uw Kerk te beschermen. Wat zou u doen als de moordenaar deel uitmaakte van uw gemeente en bij u te biecht zou gaan?'

'Ik zou mijn best doen die persoon ervan te overtuigen zichzelf aan te geven, berouw te tonen en het kwaad van die daad in te zien.'

'Hoe kunt u 's nachts slapen als u denkt dat dat een afdoende antwoord is?'

'Denkt u dat mensen nog zouden komen biechten als ze dachten dat hun pastoor zich tegen hen kan keren? De hele structuur van de Kerk zou uiteenvallen. In de biechtstoel zijn wij Gods oor. En daarna bewaren we Gods stilte.'

'Welk doel dient Adriana's dood precies volgens uw God?' Mijn geduld was op en ik werd steeds kwader.

Hij bleef stilstaan en keek me recht aan. 'Haar dood heeft al mensen naar de Kerk teruggebracht. Een gewelddadige dood herinnert ons aan onze kwetsbaarheid. Een moord drukt ons met onze neus op het feit dat onze samenleving ziek is, en dat het geloof de enige remedie is. Adriana's overlijden kan worden gezien als een lichtbaken voor de ziel, dat andere tienermeiden ervan weerhoudt op dezelfde rotsen van thaumaturgie te pletter te slaan.'

Hij raakte in vervoering door zijn eigen verhaal. Ik nam me voor de betekenis van dat moeilijke woord later op te zoeken. Pastoor Christophe leek in extase te verkeren, maar ik zag alleen iemand die op een gruwelijke manier de dood van een jonge vrouw gebruikte om parochianen naar de kerk te lokken.

Rhys Stewart, alias Skittles, kwam ons tegemoet en ik voelde het gewicht van de gipsen tritonshoorn in mijn zak.

'Kent u hem?' vroeg ik pastoor Christophe, in een poging hem los te rukken uit zijn griezelig aandoende bekeringsdrang.

'Oppervlakkig. Hij is geen lid van onze kerk. Maar we laten onze gebeden natuurlijk ook uitgaan naar...' Hij zocht naar een politiek correcte term. '... mindervaliden.'

Skittles stak over en sloeg een zijstraat in, terwijl hij nog eens nadrukkelijk naar me keek. Pastoor Christophe en ik gingen ook ieder ons weegs. Ik voelde een enorme afkeer van de man. Hij was alleen maar eerlijk geweest, in aanmerking genomen dat zijn geloof hem zekere beperkingen oplegde, maar hij zag ook de bijkomende voordelen van Adriana's dood. Hij had er heel koel en zakelijk op gereageerd. Het deed me denken aan een discussiepanel waaraan ik ooit had deelgenomen, over de strafbaarheid van verkrachting binnen het huwelijk. De kunst was daarbij in de discussie kalm te blijven en je niet van je stuk te laten brengen, en tegelijkertijd had ik de pest gehad aan de mensen die dat inderdaad konden. Pastoor Christophe was als student vast en zeker de ster van het debatingteam geweest, ongeacht het onderwerp.

Omdat je het ijzer moet smeden als het heet is volgde ik de route die Skittles had genomen. Het had geen zin om het uit te stellen. Als brigadier Eggo niet van plan was om de eerdere veroordeling van Skittles na te trekken, moest ik de zaak in eigen hand nemen.

18

Het eiland

Mens en dier hebben een opmerkelijk aantal eigenschappen gemeen. Ze bezitten het vermogen hun jongen goed groot te brengen, maar soms gaan ze er ook gewoon vandoor. Ze kunnen vriendelijk zijn, niet alleen voor hun eigen soort, maar ook voor andere soorten. Ze kennen angst, maar tonen ook moed. Ze ervaren zowel genot als pijn. Dieren rouwen net als mensen. Ze kibbelen en vechten om de macht. Sommige zijn wreed. Katten kunnen uren met een halfdode muis spelen, tijgers doden voor de lol, mensen doden voor seksueel genot en dominantie.

Maar hypocrisie is bij uitstek een menselijke eigenschap.

De dag waarop Adriana Clark in Tobermory arriveerde zat een groepje tienermeiden op een bankje langs de haven. Ze droegen nepdesignertassen en waren zo overdadig opgemaakt, duidelijk afgekeken van onlinetutorials, dat er bijna geen stukje blote huid te zien was. De meiden vonden haar onmiddellijk een pretentieuze aandachtsjunk die vol was van zichzelf, terwijl ze zelf ondertussen hun haar naar achteren gooiden en keken of voorbijgangers hen bewonderende blikken toewierpen. Ze zeiden dat Adriana zichzelf heel wat vond, terwijl ze de saaie meiden, de onaantrekkelijke meiden, de niet zo slanke meiden die voorbijliepen geen blik waardig keurden. Ze zeiden dat Adriana echt een secreet was.

The Blether was al net zomin een toevluchtsoord. Jongens die bij het bestellen van een pint zo hun best hadden gedaan haar blik te vangen mompelden tegen hun vriendin dat die nieuwe barmeid maar een ijskonijn was. Oudere mannen fluisterden tegen hun vrouw dat Adriana gegarandeerd voor problemen zou zorgen, terwijl ze tegelijkertijd fantaseerden over de lange donkere nachten waarin ze zich aan haar warme jonge lijf warmden. Vrouwen heetten haar welkom op hun eiland, bij haar nieuwe baan, in de gemeenschap, ook al wensten ze dat ze nooit was gekomen omdat ze de blik van hun partner hadden zien afdwalen. Oudere vrouwen dachten terug aan de oorlog en zaten in zichzelf wat te mopperen en te sputteren over Amerikanen, al wensten ze diep in hun hart dat ze zelf de kans hadden gehad om te reizen en onbekende kusten te verkennen.

Bezoekers kwamen en gingen en lieten een spoor van vernieling achter, maar ook geld dat iedereen hard nodig had. Ze deden neerbuigend tegen de eilanders en zetten hen weg als een bekrompen en kleinburgerlijk volkje. Ze reden te hard over de smalle wegen, lieten te veel rommel achter en vertrapten tere planten. Maar ze kochten wel souvenirs en reisgidsen. Betaalden voor maaltijden in de pubs en voor overnachtingen in pensions. Zagen het eiland als een soort speeltje en trokken daarna weer verder.

Misschien was dat de reden waarom de vreemdelingen niet echt van harte welkom waren. Ze moesten eerst maar eens laten zien dat ze bleven, dat ze de juiste mentaliteit hadden voor het leven op het eiland.

Pastoor Christophe, voor eilandbegrippen zelf een relatieve nieuwkomer, had zijn parochianen verzocht de Clarks welkom te heten. En wat gaf het dat hij in het verleden weleens had gezegd dat hij Amerikanen in moreel opzicht tekort vond schieten? Wat gaf het als hij Adriana tijdens de biecht een ongemakkelijk gevoel had gegeven over haar te korte rokje of te strakke topje? Daarmee deed hij toch alleen maar zijn plicht tegenover God en de gemeenschap?

Harris Eggo, de hoogste politieman van het eiland, snakte naar meer. Wat had hij graag carrière gemaakt in een van de Schotse steden, waar misdrijven moesten worden opgelost die veel verder gingen dan joyriden, rijden onder invloed, kruimeldiefstallen en overtreding van de sluitingstijd. En toch wenste hij nu dat een andere politieman de moord op Adriana op zijn bord had gekregen. Het team Zware Misdrijven hield vanaf zijn comfortabele plek op het vasteland weliswaar toezicht op de zaak, maar híj was opgezadeld met het vuile werk. Met het wantrouwen, de woede en het dreigende gevaar van eigenrichting. Eindelijk kreeg hij de kans om te schitteren, maar het enige wat hij wilde was het licht uitdoen en onder de dekens kruipen.

Het eiland keek toe en huilde.

19

Om tien voor halfzes ging Skittles de museumwinkel binnen, zonder het licht aan te doen – terwijl het al begon te schemeren – of het bordje aan de deur om te draaien, hoewel de zaak meestal tot zes uur open was. Ik had moeten rennen om hem in te halen en was hem op een afstandje stilletjes gevolgd tot hij binnen was, waar hij de kassa passeerde en door de deur daarachter verdween. Ik haalde diep adem en sloop naar binnen, haalde de tritonshoorn uit mijn zak en liep via een lange smalle ruimte aan de linkerkant door naar het kleinere vertrek achterin.

Toen ik boven voetstappen hoorde kon ik me even ontspannen bij de gedachte dat de bewoner zich kennelijk niet bewust was van mijn aanwezigheid. Terwijl ik zorgde dat ik niets omgooide controleerde ik alle hoeken van het plafond op camera's, maar zag niets.

Op de glazen planken van de vitrinekasten waren allerlei objecten uitgestald. In een halfslachtige poging tot beveiliging waren sommige vitrines voor de vorm afgesloten met een piepklein slotje dat nauwelijks weerstand zou bieden. Andere vitrines waren open, zodat je de objecten op de planken ook vast kon pakken. De inktpotschelp had in een open vitrine gelegen omdat de lokale historische waarde kennelijk groter werd geacht dan de financiële. Ik had mijn telefoon op stil gezet en de camera geactiveerd. Als de gipsafdruk van de schelp overeenkwam met de omtrek in het stof wilde ik een filmpje hebben om als bewijs aan brigadier Eggo te laten zien. Op dat moment ging de deur van de winkel weer open.

Ik dook weg achter een boekenkast en wachtte tot een stem Skittles naar beneden riep. De winkeldeur sloot vrijwel geruisloos en ik hoorde de zachte voetstappen van meerdere mensen. Gefluister, een gesmoorde uitroep, een 'sst'. Handen die over een plank gleden in de lange smalle ruimte naast het vertrek waar ik me bevond. Ik kon niet zeggen met hoeveel ze waren, maar minstens met z'n tweeën. Mijn instinct zei me dat het er meer waren. Ik vloekte inwendig en lette scherp op de geluiden boven mijn hoofd. Het leek of Skittles bezig was in de keuken, en dat was geruststellend. Hij was druk in de weer en lette niet op, maar de stemmen in de naastgelegen ruimte – duidelijk vrouwenstemmen – klonken steeds luider en onvoorzichtiger. Vroeg of laat zou hij ze horen.

Ik wilde mijn aanwezigheid niet kenbaar maken, want ik had meer tijd nodig in de winkel. Ik sloop naar voren en keek het andere vertrek in. Ze waren met z'n vieren, hadden allemaal een capuchon over hun hoofd getrokken en wezen naar een hoge kast. Ik herkende Lizzy, voelde namens haar grootmoeder even iets van teleurstelling en dook toen weer weg achter de boekenkast. Ik had mijn telefoon nog in mijn hand en besloot twee vliegen in één klap te slaan. Lewis Eggo had het mobiele nummer duidelijk herkend toen ik het hem liet zien. Dat betekende dat het het nummer van een van de tieners in het lokale vriendengroepje was. Ik moest er alleen nog achter komen van wie.

Ik schakelde de nummerherkenning uit en belde het nummer van degene die Adriana op die fatale avond een berichtje had gestuurd. Vanuit de andere ruimte doorbrak een boos gezoem plotseling de stilte.

'Cat,' snauwde iemand, 'zet je fucking telefoon uit!'

'Wegwezen!' riep een ander. 'Kom op!'

Ze gingen ervandoor zoals ik al had gehoopt. Lichte maar gehaaste voeten liepen naar de deur, en toen viel er iets kapot op de stenen vloer.

'Shit, shit, shit!' riep een van de meiden.

Boven me knalde een deur dicht. Ik hoorde haastige voetstappen op de trap, de winkeldeur vloog open. En ik zat vast in de achterkamer.

'L-laat m-me m-met rust,' stotterde Skittles tegen de duisternis. Buiten kwam de regen met bakken naar beneden, alsof die Skittles' boosheid voelde, en ik maakte me zo klein mogelijk en durfde nauwelijks adem te halen. De winkeldeur sloeg dicht. Ik hoorde een sleutel in een slot omdraaien, en daarna dat er een grendel werd verschoven. Het gerammel van een sleutelbos en daarna een doffer geluid toen die in een broekzak werd gestoken. 'M-míjn winkel,' mompelde hij keer op keer. 'M-míjn winkel.'

'Ach jezus,' fluisterde ik in het donker.

Het geluid van een bezem en het onmiskenbare gekletter van gebroken serviesgoed. Maar het verbaasde me dat Skittles de politie niet belde. Misschien was hij eraan gewend dat plaatselijke herrieschoppers het op hem gemunt hadden of misschien trok hij op dit moment liever niet de aandacht van de politie. Het geluid van Skittles' voetstappen stierf weg op de trap naar de woning boven de winkel.

Terwijl ik wachtte tot Skittles weer tot rust was gekomen en mijn hart niet meer zo luid bonsde, appte ik Isabella Clark om haar op de hoogte te brengen van deze tot nu toe belangrijkste doorbraak in de zaak.

'Laatste bericht aan Adriana kwam van een tiener die Catriona heet. Ze komt regelmatig in The Blether en woont in Tobermory. Brandon moet haar kennen. Kun je dat aan hem vragen? We spreken elkaar morgen. Sadie.'

Ik liep terug naar de vitrinekast waar de schelp had gelegen, maar het zwakke schijnsel van de verlichting achter de kassa reikte niet ver genoeg om een scherpe foto te maken. Met een nog steeds bonzend hart deed ik het lampje op mijn telefoon aan en liet het afgietsel van de tritonshoorn heel voorzichtig op z'n plek zakken.

De lengte klopte, maar de vorm niet. Ik draaide de schelp honderdtachtig graden. En bingo!

Elke welving en elk uitsteeksel paste tot op de millimeter. Ik haalde het afgietsel weer weg om foto's van de uitsparing in het stof te maken. Daarna filmde ik mezelf terwijl ik het afgietsel terugplaatste. Ik deed een paar passen achteruit om een foto van de hele vitrinekast te maken en zag toen pas dat het bijbehorende informatiebordje weg was. Het enige bewijs dat de schelp daar ooit gelegen had was de foto die ik bij mijn eerste bezoek had genomen, toen ik focuste op de uitsparing in het stof en niet op het bordje, waardoor de tekst niet goed leesbaar was.

Ik vervloekte mezelf, liep terug naar de voordeur en wierp een blik op de hoge kast waar ik de meiden voor had zien staan. Op de bovenste plank lag een kluwen van handgedraaid touw met veren en droogbloemen erdoorheen gevlochten. Aan de andere kant lag een dolk met een gegraveerd lemmet en een houten heft. In het midden lag een steen en met het bijschrift BLAUW APATIET. Ik had geen idee waarnaar ze op zoek waren geweest, maar de kast was afgesloten. Hun bezoekje had niets opgeleverd.

Bij de deur kon ik de grendel opzijschuiven, maar voor het slot had ik een sleutel nodig. En de ramen konden niet open. Daardoor bleef er maar één weg naar buiten over. Ik moest door de deur die Skittles had genomen en ergens een achterdeur zien te vinden.

Achter de deur lag een trap. Ik kon kiezen tussen naar boven lopen naar het woongedeelte of naar beneden, waar een soort kelder moest zijn. Naar beneden dus. Elke stap ging gepaard met gekraak en gesteun van de houten trap. Ik probeerde mijn gewicht zo min mogelijk op de treden te laten rusten door met mijn handen op de trapleuningen te leunen. Beneden deed ik een deur open en stapte de absolute duisternis in.

Ik had gehoopt dat daar een kelderraam zou zijn, maar ik zag niets. Dat betekende niet dat er niet ergens een dichtgetimmerd raam was, maar wel dat ik ernaar zou moeten zoeken. Ik durfde het licht niet aan te doen. In plaats daarvan zette ik het lampje op mijn telefoon weer aan, me pijnlijk bewust van het feit dat de batterij nu sneller leeg raakte, en ging op jacht. Er waren verder geen andere deuren, zoveel was duidelijk. Tegen de muren stonden enorme houten platen en stukken karton. Die zette ik opzij, op zoek naar een uitgang, maar dat leverde niets op.

Ik maakte een kist open waarin gereedschap bleek te liggen – een ijzerzaag, hamers, schroevendraaiers en messen – en stak een hobbymes in mijn zak. Ik kon geen kant op, zodat ik alleen nog maar een plek kon zoeken om me te verstoppen.

In de hoek stond een grote houten kist, afgedekt met een doek, die niet openging. Hij was zo oud en al zo vaak geschilderd dat hij als het ware door de verflagen was verzegeld. Uit de gereedschapskist pakte ik een koevoet, zette die onder het deksel en wrikte het open. Ik scheen er met mijn lamp in om te kijken of ik me daarin kon verstoppen.

Ik sloeg mijn hand voor mijn mond om een schreeuw te onderdrukken, wierp een snelle blik op de deur om te zien of ik daar iets zag bewegen en dwong mezelf toen om de inhoud van de kist nogmaals te inspecteren. Te midden van een slordige stapel botten lag een schedel, overduidelijk van een mens. Daar had ik Nate Carlisle niet voor nodig. Ik was niet van plan te onderzoeken of het om een man of een vrouw ging, maar het skelet was in elk geval van een volwassene. Geen kleren, geen huidresten, geen haar. Het hobbymesje in mijn zak leek opeens niet groot genoeg om me te verdedigen als ik werd aangevallen. Ik deed het deksel dicht, trok de doek er weer overheen en ging met mijn rug tegen de deur zitten. Er restte me slechts één uitweg.

Ik belde het nummer van agent Bathgate.

'Ik had geen telefoontje van je verw–'

'Ik heb hulp nodig,' onderbrak ik hem. 'Ik zit in de kelder van Rhys Stewart. Hij weet niet dat ik er ben, en ik kan niet naar buiten.'

'Wat ben je daar in godsnaam aan het –'

'Geen tijd. Kom hiernaartoe. Ga naar zijn appartement en leid hem af. Zorg dat hij de winkeldeur open laat staan. Doe het snel. Er liggen menselijke resten in zijn kelder.'

'Waar heb je het over? Wiens resten?'

'Ik moet zachtjes doen,' fluisterde ik. 'Ik heb geen idee wat hij doet als hij me hier vindt. Kom alsjeblieft gauw.'

Op dat moment liet mijn telefoon drie piepjes horen en een knipperende waarschuwing liet zien dat de batterij bijna leeg was. De zaklampfunctie werd uitgeschakeld en ik zat in het donker.

20

Een kwartier lang zat ik daar nagelbijtend te wachten, met mijn oor tegen de deur en het mesje in de aanslag. Toen ik geklop op de winkeldeur hoorde was mijn eerste gedachte dat Skittles meteen naar de kelder zou rennen om de botten te verstoppen. Ik hoorde zijn voetstappen op de trap en kon wel huilen toen ik hem naar de winkel hoorde lopen. Daarna hoorde ik Bathgates stem die kalm maar op luide toon vroeg of hij even boven mocht komen om met Skittles te praten, en terwijl ze allebei de trap op liepen vroeg de agent – wat geniaal was – of Skittles een kop thee voor hem wilde zetten. Hoe zenuwslopend het ook was, ik wachtte nog zestig seconden tot ik gekletter van serviesgoed hoorde en de waterkoker waarschijnlijk aan stond voordat ik de trap op ging en door de winkel naar buiten liep.

Terug op mijn kamer legde ik mijn telefoon aan de oplader en stuurde Bathgate een berichtje. 'Ik ben veilig. Kom naar de bar van het Last Bay Hotel.'

Een halfuur later kwam hij binnenlopen met een gezicht dat donkerder was dan de donderwolken boven Mull. Voor hij iets kon zeggen schoof ik hem een glas Laphroaig toe.

'Geef me één reden waarom ik je niet zou arresteren,' zei hij terwijl hij ging zitten.

'Ik heb niet ingebroken. De winkeldeur was niet op slot en ik heb niks gestolen of kapotgemaakt.'

'Skittles zei anders dat er vanavond problemen in de winkel waren, dat er iets kapot was gevallen en dat de dader was ontkomen,' zei hij.

'Nou, ik was niet de enige in de winkel. Na mij zijn er een paar jongeren binnengekomen.'

'Weet je wie het waren?'

Ik dacht aan Lizzy en haar oma, en bedacht dat ik nog moest uitzoeken hoe het kon dat Catriona op de avond van de moord Adriana had geappt. Het laatste wat ik wilde was die tieners in de verdediging dwingen.

'Het was donker, en ik stond in een andere ruimte.'

Hij liet de whisky in het glas walsen, nam een slokje en vroeg: 'Wat deed je daar?'

'Moet jij je niet eerder zorgen maken over die botten in die kist in zijn kelder?'

'We doen het stap voor stap. Ik moet eerst zeker weten dat ik je niet heb geholpen bij een misdrijf. Je hebt me vanavond in een lastige positie gebracht.'

'Dat weet ik. Het spijt me...' Ik realiseerde me dat ik zijn voornaam niet eens wist.

'Simon,' vulde hij voor me in.

Ik werd onpasselijk bij de gedachte dat we nog intiemer met elkaar zouden worden als ik hem in het vervolg bij zijn voornaam zou noemen, maar ik had iemand bij de politie nodig, anders zou mijn onderzoek stil komen te liggen. Eén ding was zeker: Harris Eggo zou nooit een bondgenoot van mij worden, dus moest ik het met Simon Bathgate doen. Ik verdrong de herinnering aan zijn eerdere gedrag en deed mijn werk. 'Sorry, Simon. Brigadier Eggo heeft me dit vandaag bezorgd.' Ik haalde de gipsafdruk van de tritonshoorn uit mijn zak en legde hem op tafel. 'De patholoog, dokter Carlisle, heeft die voor me gemaakt van het oorspronkelijke bewijsstuk. In de museumwinkel lag eerst een schelp – die is ooit in een scheepswrak gevonden – met een informatiekaartje erbij. Op de plek waar die schelp heeft gelegen was alleen nog de omtrek zichtbaar in het stof, en ik wilde zien of die qua vorm en grootte overeenkwam met deze gipsafdruk. Dat blijkt het geval te zijn.'

'Kun je dat bewijzen?'

Ik haalde mijn telefoon tevoorschijn en opende het filmpje waarop ik de gipsen schelp op de stofvrije plek legde. Hij tuurde ernaar, speelde het twee of drie keer af, en schudde zijn hoofd.

'De kwaliteit is onvoldoende om als bewijs te kunnen dienen. En waar is het informatiekaartje dat erbij hoort?'

Ik zuchtte. 'Dat is verdwenen. Ik denk dat Skittles het heeft weggehaald.'

'Heb je gezien dat hij dat deed?' vroeg Bathgate.

'Nee,' gaf ik toe.

'Ik heb hem naar zijn vroegere veroordeling gevraagd met als smoes dat we een tip hadden gekregen en dat we de zaak wilden ophelderen. Hij legde uit dat zijn kamergenoot misbruik van hem had gemaakt door hem te vragen wat beelden te downloaden.'

'Maar die schelp dan, en die botten...'

'Ik moet brigadier Eggo ervan zien te overtuigen dat we die botten onderzoeken, maar dan hebben we het probleem dat we moeten uitleggen hoe we aan die informatie zijn gekomen.'

'Anonieme bron?' suggereerde ik.

'Dat is niet genoeg voor een huiszoekingsbevel. We kunnen Skittles vragen of hij ons wil binnenlaten, maar als hij weigert krijgt hij de kans om die botten weg te halen voor dat gerechtelijk bevel er is.'

'Dat is absurd! Hij heeft een kist met menselijke resten in zijn kelder en jullie hebben een moordslachtoffer op een snijtafel in Glasgow liggen. Is dat soms niet genoeg?'

'Het kunnen nepbotten zijn geweest. Voor Halloween of zo. Een anatomisch model van een skelet dat uit elkaar is gehaald. Wat zat er nog meer in die kist?'

'Niks,' zei ik zachtjes. 'Die botten leken me heel oud.'

Ik pakte mijn eigen glas en dronk het leeg. Ik was misschien geen echte whiskydrinker voordat ik in Tobermory arriveerde, maar ik was het ondertussen wel verdomd lekker gaan vinden.

'Moet ik me zorgen om je maken?' vroeg hij zachtjes. 'Je zult wel bang zijn geweest.'

'Ik vraag me eerder af waarom jij je geen zorgen lijkt te maken over het feit dat de schelp die in Adriana's lichaam is gevonden uit de museumwinkel komt. Kan het jou eigenlijk wel wat schelen?'

Hij leunde voorover en plantte zijn ellebogen op zijn knieën. 'Je hebt me al verteld dat je de replica op dezelfde plek op de glazen plank hebt kunnen terugleggen. Dus hij lag niet achter slot en grendel?'

'Klopt,' zei ik.

'Dat betekent dat iedereen die de museumwinkel binnen kon – een toerist, een zeeman die aan wal was of een eilandbewoner – die schelp kan hebben gestolen. En denk je zelf niet dat Skittles de laatste is die dat ding bij een misdrijf zou hebben gebruikt omdat het rechtstreeks tot hem te herleiden is? Er is natuurlijk wat mis met hem, maar hij is slim genoeg om dat te bedenken.'

Ik wreef in mijn ogen. 'Ja,' zei ik. 'Maar die schelp moet een speciale betekenis hebben voor degene die hem gestolen heeft en hem op die manier gebruikt heeft. Het was niet zomaar een actie.'

'Ik laat de psychologie graag aan de specialisten over. Daar word ik niet goed genoeg voor betaald. Als je nog overstuur bent wil ik je wel even naar je kamer brengen.' Ik dacht aan het voorstel dat hij me laatst langs de weg had gedaan, aan mijn onmiddellijke afkeer van hem én aan het feit dat ik nu nog steeds in Skittles' kelder had gezeten als hij me niet gered had. 'Zonder bijbedoelingen,' zei hij, mijn gedachten radend. 'Je bent me veel te lastig.'

'Ik red me wel,' zei ik. 'Maar bedankt. Echt. Ik zal niet vergeten wat je vanavond voor me hebt gedaan.'

'Ik heb alleen mijn werk gedaan. En jij kunt mijn werk een stuk makkelijker maken door niet op plaatsen te komen waar je niet hoort te zijn. Hou je mobiel morgen aan. De brigadier wil je misschien spreken over die botten.'

Simon Bathgate ging weg en ik trok me terug op mijn kamer. Ik had iets stoms gedaan en was kwaad op mezelf. Het bewijs waarvoor ik naar de museumwinkel was gegaan kon in de prullenbak en ik had de politie moeten bellen om me te redden. Een dubbele blunder. En nu wilde ik ook nog dat ze een stapel botten onderzochten die ik nooit had mogen vinden. Een totale puinhoop. Ik trok mijn kleren uit, liet het bad vollopen en lag een halfuur gedachteloos in het warme water. Toen ik eruit kwam was het al na negenen en ik was doodop, maar ik wilde toch Catriona nog een keer bellen. Ik liet de batterij voldoende opladen en kroop toen in bed om het telefoontje te plegen.

Dit keer zette ik mijn nummerherkenning niet uit. Catriona had het recht te weten wie ik was, en dat betekende dat ik open kaart moest spelen. Ik had wat pittige vragen voor haar. Er werd niet opgenomen. Ik wachtte een paar minuten en probeerde het opnieuw. Dit keer had ik beet.

'Dag Catriona. Je spreekt met Sadie Levesque. Ik onderzoek Adriana's dood, en uit haar belgeschiedenis blijkt dat jij haar hebt geappt op de avond van haar –'

Er klonk een snik, onmiskenbaar van een vrouw, en het geluid van een stokkende adem. Toen werd de verbinding verbroken.

'Shit,' mompelde ik terwijl ik het nummer nog een keer belde, maar ze had haar telefoon uitgezet. Ze was overvallen door mijn telefoontje en ze wilde duidelijk niet met me praten, en daarom was ik er nu helemaal van overtuigd dat ik haar moest spreken.

Ik zocht het nummer op van de keramiekwinkel, bereidde me voor op een bitse reactie en belde Lizzy's oma.

'Goedenavond, neem me niet kwalijk dat ik zo laat bel. U spreekt met Sadie Levesque. Ik probeer Lizzy te pakken te krijgen.'

'Geen probleem hoor,' antwoordde Lizzy's oma. 'Een ogenblikje.'

Ik hoorde geritsel van papier. 'Nu ik u toch aan de lijn heb, zou u me met iets anders kunnen helpen? Ik ben ook op zoek naar Catriona, een vriendin van Lizzy. Weet u haar achternaam misschien?'

'Catriona Vass. Vroegrijp, maar geen slechte meid.' Ze las Lizzy's nummer voor me op.

'Dank u,' zei ik. 'U hebt niet toevallig het adres van de familie Vass?'

'Ik weet niet of ik die informatie zomaar mag geven. Dat soort inlichtingen is denk ik het terrein van de politie.' Ze klonk nu minder vriendelijk en ik begreep dat ik te ver was gegaan.

'U hebt gelijk, dat had ik niet mogen vragen. Excuus.' Ik rondde het gesprek af en belde Lizzy.

'Met wie spreek ik?' vroeg Lizzy toen ze opnam.

'Lizzy, met Sadie Levesque. Ik moet Catriona dringend spreken. Ze nam de telefoon wel op, maar toen ik uitlegde wie ik was verbrak ze de verbinding. Ik weet dat dit moeilijk ligt, maar ik ben niet van de politie. Alles wat zij tegen mij zegt kan op geen enkele manier als bewijs dienen en is niet belastend voor haar of voor anderen. Ik beschuldig haar zelfs nergens van.'

'Waarom wilt u haar dan spreken?' vroeg Lizzy.

Ik aarzelde. Lizzy stond op het punt om op te hangen en onmiddellijk Catriona te bellen. Maar als ik het waarheidsgehalte van Catriona's antwoorden wilde kunnen beoordelen moest ik haar zo min mogelijk tijd gunnen om zich voor te bereiden. Ik moest tijd zien te rekken.

'Ik weet dat ze vanavond na sluitingstijd in de museumwinkel was. Jij ook, denk ik. Jullie zijn waarschijnlijk allebei bang dat het uitkomt, maar meneer Stewart heeft niet officieel aangifte gedaan.'

'Ik was er niet bij,' zei Lizzy snel.

'Lizzy, ik stond buiten toen jullie de winkel uit renden. Ik weet dat jullie mij niet hebben gezien, maar ik heb jullie gezichten wel gezien. Jullie hebben een groot risico genomen toen jullie daar binnengingen, en ik wil graag weten waarom.' Stilte. 'Ik geef jullie namen niet door aan de politie als jullie bereid zijn om met me te praten. Het gaat om jullie veiligheid. In mijn werk probeer ik vaak tieners te helpen. Dat doe ik liever nu, voordat jullie in de problemen raken, dan wanneer het al te laat is.'

Gesnotter. Tranen, vermoedde ik.

'Ik wilde eigenlijk helemaal niet mee naar binnen,' zei ze.

'Het is niet erg,' stelde ik haar gerust. 'Ik moet de eerste tiener nog tegenkomen die nooit een fout heeft gemaakt. Dat soort kleine dingen zeggen niets over wie je bent, Lizzy. Ze maken je alleen duidelijk waar de grenzen liggen waarbinnen je je op je gemak voelt.'

'Ik wilde gewoon...' Ze begon te snikken. '... ik wilde gewoon bij de groep horen.'

'Dat begrijp ik. Kun je zeggen waar jullie naar op zoek waren? Jullie kwamen met lege handen naar buiten, dus jullie zijn niet naar binnen gegaan om zomaar iets mee te grissen. Wat was er zo belangrijk dat jullie bereid waren om daarvoor de wet te overtreden?'

Ik rilde van mijn eigen huichelachtigheid en van de intimidatie achter mijn vriendelijke woorden. Ik doe nu heel aardig, maar onthoud dat je in de problemen kunt komen met de politie. Dus je kunt beter meewerken.

'Ik weet niet of ik dat wel mag zeggen,' zei ze.

Tijd om de duimschroeven aan te draaien.

'Lizzy, er zullen geruchten de ronde doen over wat er vanavond is gebeurd. Skittles gaat andere mensen in Tobermory vast vertellen dat er een poging tot diefstal is gedaan. Ik meende ook te horen dat er binnen iets kapotviel, dus dan hebben we het over opzettelijke vernieling. Je moet me vertrouwen. Misschien kan ik je raad geven.'

Ze haalde snel adem. Het arme kind was niet gewoon overstuur, ze was doodsbang.

'Ze wilden een kristal,' zei ze. 'Die blauwe steen.'

'Is die veel waard?'

'Hij was te duur om te kopen,' zei ze zachtjes. Ik had het prijskaartje niet gezien, maar dat ging ik uitzoeken zodra ik had opgehangen. 'Ik wil geen problemen. Dat zouden mijn ouders verschrikkelijk vinden.'

Tijd om haar eerlijkheid te belonen met wat geruststellende woorden.

'Je komt niet in de problemen. Vertel niemand waar je gisteravond bent geweest. Geen appjes of telefoontjes. Zorg ervoor dat de anderen ook niks loslaten. Jullie hebben niks gestolen, het was gewoon een stomme vergissing. Was de winkel open toen jullie naar binnen wilden?' Ik wist dat dat zo was, en dat hielp.

'Ja!' zei Lizzy en voor het eerst klonk ze wat opgewekter. 'Ja, hij was open.'

'Dus jullie liepen gewoon naar binnen en jullie wisten niet dat de winkel gesloten was. Dat is alles wat je hoeft te zeggen. Als iemand er ooit achter komt dat jij en je vriendinnen het waren maak je gewoon je excuses en bied je aan het ding te vergoeden dat kapotviel toen jullie naar buiten gingen. Dan komt het vast wel goed. Het is goed dat je met me hebt gepraat.'

'Dank u,' zei ze met een bibberige stem waarin dankbaarheid doorklonk. Als het niet zo belangrijk was geweest, had ik me bijna schuldig gevoeld.

'Graag gedaan,' zei ik. 'Ik wil nog wel met Catriona praten, het liefst onder vier ogen. Zou je haar willen bellen om haar uit te leggen dat ik echt alleen maar wil helpen?'

'Wilt u dat ze u terugbelt?' vroeg Lizzy.

'Het is al laat. Ik denk dat ik haar liever een keer persoonlijk spreek, zodat ze mijn gezicht ziet en weet dat ze me kan vertrouwen. Morgen zou goed zijn.'

'Misschien kan ik haar overhalen,' zei Lizzy langzaam. 'Maar ik kan niks beloven.'

'Dat begrijp ik. Maar ik heb belangrijke dingen met haar te bespreken. Belangrijker dan 's avonds een winkel binnenglippen.' Dat liet ik even bezinken. 'Catriona en Adriana waren best close met elkaar, klopt dat?'

'Eh...' Lizzy deed haar uiterste best het juiste antwoord te geven.

'Weet je, het is eigenlijk niet eerlijk jou hierover uit te horen. Daarom wil ik Catriona graag persoonlijk spreken. Ik vraag het haar liever zelf dan dat ik de politie vraag met haar te praten. Dat lijkt me nogal intimiderend. Wat denk jij?'

'Zeker weten,' zei Lizzy.

'Goed, daar zijn we het dan over eens. Vraag Catriona of ze me belt, dan kunnen we morgen afspreken. Fijn dat je me hiermee helpt, Lizzy. Jij bent duidelijk de verstandigste van je vriendinnen.'

'Dat probeer ik te zijn. Maar soms luisteren ze gewoon niet naar me,' vertrouwde ze me toe.

'Dat geloof ik graag. Zeg, heb jij Catriona's adres voor me zodat ik haar morgen weet te vinden?'

'Natuurlijk. Ze woont in The Wash House aan Viewpoint Drive. Ik bel haar meteen even. Dank u wel, mevrouw Levesque. Ik voel me al een stuk beter.'

'Graag gedaan, Lizzy,' zei ik. 'Fijn dat ik je heb kunnen helpen.'

21

De volgende ochtend werd ik wakker toen een kamermeisje op mijn deur klopte. Kreunend draaide ik me om en ik probeerde mijn ogen scherp te stellen op de klok. Vijf over halfelf.

'Nee hè,' mompelde ik en ik schoot uit bed en rende naar de badkamer. 'Kunt u straks terugkomen?' Het schoonmaakkarretje reed rammelend en piepend verder.

De angstige momenten van de afgelopen avond hadden hun tol geëist. Ik had donkere wallen onder mijn ogen alsof daar een monstertruck had geparkeerd, en zelfs in het zwakke licht van de badkamerspiegel zag mijn huid er vaal en grauw uit. Ik was van plan geweest om halfacht op te staan en aan het werk te gaan, maar de wekker was niet afgegaan. Toen ik op mijn telefoon keek realiseerde ik me waarom: ik was met de telefoon in mijn hand in slaap gevallen en vergeten hem op te laden. Ik vloekte zachtjes en legde hem aan de oplader om er een paar kostbare procentjes bij te krijgen terwijl ik mijn e-mails beantwoordde.

Mijn zus had me een opname gestuurd van de hartslag van de baby, en ik werd een beetje duizelig van dat uitzinnig bonzende hartje. Ik antwoordde met een selfie waarop ik een kus naar de camera blies, in de hoop dat Becca de glinstering in mijn ogen niet zou opmerken. Ik verlangde naar huis, maar ik kon hier pas weg als ik deze zaak had opgelost. Die baby zou alles voor ons betekenen. Een nieuw leven als goedmaker voor de sluipende dementie van mijn vader, iemand van wie Becca kon houden als troost voor de hartenpijn nu ze in de steek was gelaten, een reden voor mij om dichter bij huis te blijven. Ik kon niet wachten tot ik haar in mijn armen kon nemen.

Twintig minuten later wierp ik een blik op de lijst met inkomende gesprekken en zag dat Catriona me niet had gebeld. Dat verbaasde me niet echt. Nadat ze gisteravond had opgehangen had ik wel verwacht dat ze haar telefoon een tijdje uit zou laten. Maar dat was nu geen probleem omdat ik haar adres had.

Omdat het ondertussen te laat was geworden om in het hotel te ontbijten ging ik eerst naar de bakker bij de haven. Ik rende vanaf het hotel het hele eind ernaartoe, en daar aangekomen zag ik aan het eind van de havenkant een hele rij auto's staan, waarvan sommige met blauwe zwaailichten, en agenten af en aan lopen, terwijl de eilandbewoners en mensen van de pers eromheen stonden en toekeken.

Ik liep langzaam verder langs de promenade in de richting van de museumwinkel. Dichterbij gekomen zag ik vier mensen van de technische recherche in plastic overalls een grote kist naar buiten dragen. De mengeling van triomf en schuldgevoel die ik voelde liet een nare nasmaak achter. Niet dat ik medelijden met Skittles had – ik wist niet wat hij met die botten deed, maar veel goeds kon het niet zijn – maar het was wel zo dat ik ze had ontdekt doordat ikzelf de wet had overtreden en daarna agent Bathgate met een probleem had opgezadeld.

Nate Carlisle belde op het moment dat ik bij de politieafzetting was aangekomen.

'Je hebt gisteren zeker een drukke avond gehad?' vroeg hij. 'Geen naweeën?'

'Met mij is alles goed. Hoe heb je het gehoord?'

'Ik ben opgeroepen om via een videoverbinding toe te zien op het veiligstellen van de resten. Brigadier Eggo leek behoorlijk uit z'n hum. De botten worden zo snel mogelijk naar Glasgow overgebracht. Hoe wist je dat die in de kelder lagen?'

Nate kende dus niet het hele verhaal, waardoor ik me afvroeg hoeveel agent Bathgate aan Eggo had verteld.

'Bij toeval ontdekt,' zei ik. 'Op het juiste moment op de juiste plaats, zoiets. En die gipsafdruk komt perfect overeen met de schelp die uit de museumwinkel is gestolen. Bekijk die botten maar eens grondig, Nate. Ik weet zeker dat er iets mis is met die Rhys Stewart.' Naast me startte een politieauto, die vervolgens langzaam wegreed. Op de achterbank drukte Skittles zijn voorhoofd tegen de ruit en keek me woedend aan. 'Nate, ik moet ophangen.'

Ik zag brigadier Eggo in de museumwinkel staan en wachtte tot hij míj in het oog kreeg. Na een paar minuten zag hij me staan en rolde nadrukkelijk met zijn ogen. Hij stapte naar buiten en onmiddellijk begonnen de camera's te draaien. Ik deed mijn best om niet op te vallen.

'Jij,' zei Eggo, wijzend naar mij. 'Naar binnen.' Ik dook onder het afzetlint door en ging de winkel binnen. 'Jij hebt iets uit te leggen.'

'Hoe hebt u zo snel een huiszoekingsbevel losgekregen?' vroeg ik.

'We hebben een andere methode gebruikt. Die heet "vriendelijk vragen". Skittles heeft ons gewoon binnengelaten, zonder dramatische toestanden. Maar jíj hebt alleen maar problemen veroorzaakt sinds je hier bent. Kun je me wijzen waar dat zogenaamde bewijs van die schelp zou moeten liggen?'

Ik negeerde zijn stekelige opmerking en wees naar links, naar het achterste vertrek. In het voorbijgaan wierp ik weer een blik op de blauwe apatiet. De steen van twintig centimeter lang en vijf centimeter breed was een echte blikvanger, en dat gold ook voor de prijs – 549 pond.

In de achterste ruimte ging ik Eggo voor naar de glazen plank.

'En wat zou ik hier moeten zien?' vroeg hij.

De ganzenveer lag er nog, maar zonder informatiekaartje wees niets erop dat er nog iets anders op de plank had gelegen. De omtrek van de schelp in het stof was nu vervaagd en vlekkerig geworden door mijn vingerafdrukken, doordat ik de gipsafdruk een paar keer had opgepakt en weer neergelegd. Ik kon me wel voor mijn kop slaan dat ik zo slordig en onvoorzichtig was geweest, ook al waren de omstandigheden lastig.

'Gisteravond was het duidelijker te zien,' zei ik. 'U moet Skittles maar naar die schelp vragen wanneer u hem verhoort.'

'Bedankt voor het deskundige advies,' zei Eggo. 'Dat stel ik enorm op prijs van een vrouw die gisteravond door een van mijn agenten moest worden gered. Klopt het dat je moest huilen?' Ik sloeg mijn armen over elkaar en liet hem zijn zegje doen. 'Hou je nog ander bewijs achter dat van belang is voor mijn onderzoek?'

'Ik dacht dat we geen informatie uitwisselden,' zei ik. Ik zei het op een kregelige toon, maar dat verdiende hij ook.

'Jij je zin, maar jij zet hier geen stap meer binnen. En je laat Skittles met rust. Van nu af aan praten alleen mijn agenten nog met hem. Begrepen?'

'Geloof me, ik wil niets liever. Kan ik nu gaan?'

'Dat is waarschijnlijk het verstandigste wat je hebt gezegd sinds je hier bent aangekomen,' zei Eggo.

Buiten stond pastoor Christophe bezorgd toe te kijken. Hij stak zijn hand naar me uit, alsof ik verwelkomd moest worden bij mijn terugkeer in de wereld. Ik glimlachte naar hem en wuifde zijn hand weg. Voorlopig hoefde ik niet meer gered te worden. Ik wilde net weglopen toen Harris Eggo op de pastoor afliep om even met hem te praten.

'Ik hoorde dat er botten zijn gevonden,' hoorde ik pastoor Christophe zeggen 'Ik dacht dat ik misschien van dienst kan zijn met een zegening...'

Dat was het moment waarop ik met grote passen wegliep. Het leek erop dat iedereen in Tobermory ondertussen had gehoord wat ik in de kelder van Skittles had gevonden.

Ik kreeg de Clarks meteen aan de lijn. Een zo te horen dodelijk vermoeide Brandon nam op en riep zijn moeder om haar het gesprek te laten voeren. Isabella's stem klonk gespannen toen ze aan de lijn kwam.

'Ik wil jullie alleen even op de hoogte brengen. Een zekere Rhys Stewart wordt momenteel door de politie ondervraagd. Ze hebben een kist met botten in zijn kelder gevonden. Die zullen door dokter Carlisle worden onderzocht om te zien of er een verband is met Adriana's zaak. Ik wilde dat jullie het nieuws van mij hoorden.'

'Is dat die man van de museumwinkel?' vroeg Isabella.

'Dat klopt. Kennen jullie hem?'

'Addie heeft bij hem naar een baantje gesolliciteerd in dezelfde tijd dat ze werk zocht bij The Blether. Ze is er geweest om haar cv af te geven en daarna nog een keer om wat vaart achter de sollicitatie te zetten. Maar hij gaf haar een ongemakkelijk gevoel, zei ze. Dus is ze er niet meer achteraan gegaan.'

'Goed om te weten,' antwoordde ik. 'Heeft Adriana weleens iets in de winkel gekocht? Een kristal of een kunstvoorwerp?'

'Niet dat ik weet. Ik geloof niet dat ze erg enthousiast was over de spullen die hij daar verkoopt.'

'Goed. Ik spreek jullie morgen wel weer,' zei ik.

'Wacht, ik wil nog iets vragen.'

Ik wachtte, maar het bleef stil.

'Je kunt me alles vragen wat je wilt,' zei ik.

'Is er iets wat ik had kunnen doen, wat ik had moeten doen? Ik vraag me voortdurend af wat ik over het hoofd heb gezien. Je hebt appjes gevonden en Brandon heeft me verteld over de paddenstoelen die Adriana had. Ik begrijp niet dat ik niet gemerkt heb dat ze in de problemen zat.' Aan haar trillende stem hoorde ik dat ze vocht tegen haar tranen. Ik had haar liever face to face gesproken. Dit soort gesprekken kon je beter niet via de telefoon voeren.

'Isabella, geen enkele ouder die een kind is kwijtgeraakt vraagt zich niet hetzelfde af. Je had dit op geen enkele manier kunnen zien aankomen. De dood van een tiener komt als een bliksemschicht. Je hebt het gevoel dat er een storm op komst is, maar je weet nooit precies wat er gaat gebeuren.'

'Heb jij zelf kinderen? Dat heb ik je nooit gevraagd.'

'Nee, die heb ik niet,' bekende ik en ik had het gevoel dat ik Isabella in de steek liet op het moment dat ze me het hardst nodig had. 'Maar binnenkort word ik tante, en eerlijk gezegd heb ik het gevoel dat dat mijn hele leven weleens zou kunnen veranderen.'

'Zo is het ook,' zei Isabella. 'In dat kind zit een piepklein deel van jou, en elke blauwe plek, elke nare opmerking, elke tegenslag die dat kind moet incasseren doet pijn en laat krassen achter op je ziel. En dat vind je vreselijk, tot je op een dag beseft dat het allemaal voorbij is, dat de liefde die je hebt gevoeld is gestold in de tijd. Dat die niet meer kan veranderen, groeien of beschadigd raken. En dan verlang je ernaar die dagelijkse pijn weer te voelen, want die pijn stond voor leven. Die vreselijke pijn blijkt dan het mooiste te zijn wat je ooit hebt gevoeld.' Ze haalde diep en raspend adem, en ik vroeg me af of ik ooit nog een andere zaak zou aannemen. Waarschijnlijk niet.

Ik vermande me en zei wat er gezegd moest worden. 'Er is niets wat je had kunnen doen. Niets. Sommige mensen moorden nu eenmaal. Hoe ze hun slachtoffer kiezen kunnen we pas achteraf reconstrueren. Jouw liefde voor je dochter leeft in jou verder. Die zal nooit minder worden of slijten.'

Ze hing op en ik nam me voor dat ik mijn zus ging bellen en mijn moeder, en dat ik haar zou vragen de telefoon bij het oor van mijn vader te houden en dat ik daarna al mijn vrienden zou bellen om ze te zeggen hoeveel ik van ze hield.

De batterij van mijn telefoon was weer bijna leeg. Als ik Catriona Vass nu belde was de kans groot dat mijn toestel het midden in het gesprek liet afweten, wat haar een excuus zou geven niet met me te willen afspreken. Het was beter als we elkaar in de ogen konden kijken. Ik nam de weg langs The Blether en liep vandaar naar Viewpoint Drive. Catriona woonde in een van de laatste huizen, maar nog net binnen de bebouwde kom. Het was ook een van de kleinste en armoedigste huizen en het stak schril af tegen het imago dat het zelfverzekerde, sprankelende meisje uitstraalde. Ik klopte aan en wachtte.

Een oudere vrouw deed open. Ze had een kromme rug en maakte een uitgebluste indruk.

'Wat is er?'

'Goedemiddag,' zei ik glimlachend, in een poging haar te ontdooien. 'Is Catriona thuis?'

'Nee. Die meid was de deur al uit toen ik hier vanmorgen aankwam. Komt waarschijnlijk pas na het donker thuis. Haar vader ziet haar tegenwoordig nauwelijks meer. Ik heb gezegd dat hij haar wat beter in de gaten moet houden, maar mijn neef laat zich door mij niks zeggen.'

'Is hij wel thuis?' vroeg ik.

'Nee, domoor!' Ik deed mijn best om mijn wenkbrauwen niet op te trekken. 'Hij is visser. Hij vertrekt voor dag en dauw en hij komt terug wanneer de netten vol zitten. Ik kom hier om schoon te maken en eten te koken. Catriona is oud genoeg om dat te doen, maar haar hoofd zit vol gekkigheid, dus steek ik een handje toe. En wie ben jij?'

'Sadie,' zei ik. 'Weet u misschien waar Catriona zou kunnen zijn?'

'Dat weet ik net zomin als jij. Ik kan proberen haar te bellen als je wilt.'

'Dat is heel aardig van u,' zei ik en ik stapte naar binnen.

Vanbinnen was het huisje volledig vervallen. Aan de afbladderende verf op de muren te zien waren er vochtproblemen waar nooit iets aan gedaan was. De vloer liep scheef en in de deuropeningen waaruit de deuren al lang verdwenen waren zag ik scharnieren zitten. Er hing een vage lucht van doorgekookte groenten, en de natte was die op de radiatoren was gepropt zou er dagen over doen om droog te worden. Geen wonder dat Catriona liever ergens anders was. Opgroeien in armoede was slecht voor een kind. Je zag dingen die voor jou onbereikbaar waren. Vrienden die spullen hadden waarvan je nooit zou toegeven dat je die ook wel wilde. En een toekomst voor je die voor jou moeilijker te bereiken was dan voor de mensen in je omgeving.

Terwijl Catriona's oudtante op een stuk papier tuurde en de cijfers een voor een intoetste op een telefoon, stak ik mijn hoofd om de hoek van de slaapkamer. Ik zag posters aan de muur en een bureautje dat bezaaid was met make-upspullen. De spiegel van een gammele kaptafel werd omlijst door foto's. Ik herkende Lizzy, een paar andere meiden uit de pub, en een foto van Lewis. En nog een, en nog een. Lewis achter de bar, op het strand, in een auto. Zittend op een muurtje, te midden van andere jongens. Ik moest erom glimlachen. Arm of niet, Catriona kon gelukkig nog wel genieten van de gewone dingen in het leven. Zoals verliefd zijn op een jongen en urenlang over hem wegdromen. Ik trok een lade open en doorzocht die stilletjes. Brieven, ansichtkaarten, schelpen, droogbloemen.

'Hallo?' riep Catriona's oudtante.

Ik liep terug naar de gang. 'Ik keek even naar de foto's op haar kamer. Volgens mij hebben die tieners hier het heel leuk met elkaar.'

'Aye, nou ja, het is niet makkelijk om op een eiland te wonen. Ze moeten hun eigen pleziertjes organiseren. Ze neemt helaas niet op. Als je haar ziet, zeg dan maar dat er eten in de oven staat en dat ze haar kamer moet opruimen.'

'Ik zal het doorgeven,' zei ik. 'Dank u voor uw hulp.'

Ik ging alle winkels in het stadje af en wierp ook een blik naar binnen in The Blether, maar Catriona was nergens te vinden. Omdat het ondertussen lunchtijd was ging ik terug naar mijn hotel.

Online zocht ik informatie over blauwe apatiet op. Het was een kristal dat als het werd gepolijst en verlicht een prachtige blauwgroene kleur had. Nog indrukwekkender waren de kwaliteiten die eraan werden toegeschreven. Van zuivering van je aura, aanscherping van je perceptie, paranormale gaven tot het oplossen van problemen tijdens je slaap. Ik ging bijna denken dat ik ook zo'n stuk kristal nodig had. Ik vermoedde dat de tienermeiden het wilden hebben omdat het zo'n ongelooflijk mooie steen was.

Maar het ging me niet om de apatiet, ik moest me concentreren op de tritonshoorn. Als iemand de moeite had genomen om die uit de museumwinkel te pikken, wilde die persoon daarmee een boodschap afgeven. Ik probeerde me te herinneren wat er op het kaartje bij de ganzenveer en de schelp had gestaan. Iets over een schip dat deel uitmaakte van de Spaanse Armada, wist ik nog. Daar zou de tritonshoorn vandaan zijn gekomen.

Na een paar keer doorklikken belandde ik regelrecht in een konijnenhol. De San Juan de Sicilia was in Tobermory Bay aangemeerd op zoek naar voorraden en proviand. Het was moeilijk voorstelbaar dat een schip van de Spaanse Armada een piepklein Schots haventje was binnengevaren. Wat zouden de inwoners hebben gedacht toen het schip in zicht kwam met zijn donkerogige bemanning en hun zangerige taal? Historici hebben berekend dat het galjoen bijna driehonderd soldaten, zestig zeelieden en meer dan twintig kanonnen aan boord had. Het schip zou gezonken zijn na een explosie waardoor brand uitbrak, en er zouden geen overlevenden zijn geweest. Het moest een grimmige dood zijn geweest. Een gruwelijk einde wanneer je op zoek naar hulp een vijand trof.

Er waren verscheidene bergingsoperaties op touw gezet waarvan er een paar succesvol waren geweest. En daar waren verschillende legenden uit voortgekomen, sommige gebaseerd op historische feiten, andere aangedikt en steeds mooier gemaakt. Het verhaal over een Spaanse prinses en een Schot kwam het vaakst voorbij. Volgens de overlevering had de prinses over een mooie man op een eiland gedroomd en was ze stapelverliefd op hem geworden. Ze was met de Armada meegereisd aan boord van de San Juan de Sicilia en had bij het aanmeren de man van haar dromen op de kade opgemerkt. De vrouw van de Schot had de blik in de ogen van de Spaanse prinses gezien en de hulp van de heks van Mull ingeroepen om het vaartuig te vernietigen. Brandend ging het schip ten onder, en gevangen tussen de vuurzee aan dek en de ijskoude golven had de prinses een voortijdig graf in de zee gevonden.

Het was een mythe, een verhaal, bedoeld om keer op keer te worden verteld bij een kampvuur en tijdens lange nachten op zee. Maar nu, eeuwen later, vroeg ik me af of er een verband was met die schelp. Een Spaanse prinses en een jonge latina, allebei vreemdelingen op Mull. Koninklijk bloed en een kroon van zeewier. Longen vol zout water. Het einde van een reis naar een onbekend land. Een tritonshoorn die met een Spaanse prinses zou zijn meegereisd en haar secretaire had gesierd, en die nu een rol speelde in een andere mysterieuze dood.

Schroeiplekken op de balken in Flora's huis die aan hekserij deden denken. Een zakje gemalen botten in het bezit van Adriana. Een wake die in een steencirkel werd gehouden. En de suggestie dat Adriana bij iets geheimzinnigs betrokken was waar ze geen greep op had. Opnieuw vroeg ik me af wat Adriana daar precies aan pastoor Christophe had opgebiecht. Waarin was ze verstrikt geraakt dat zo'n ondraaglijk schuldgevoel had opgewekt? Ik herinnerde me nu ook dat ik de betekenis van het woord thaumaturgie moest opzoeken – dat pastoor Christophe vermoedelijk expres had gebruikt zodat ik hem zou vragen wat het betekende, maar mijn trots had me daarvan weerhouden.

Thaumaturgie. Wonderdoenerij, zei het woordenboek, maar ik vond ook minder onschuldige definities: gebruik van magische krachten, bezweringen, duivelskunsten, tovenarij, zwarte kunst, voodoocultus en hekserij. Ik was er zeker van dat pastoor Christophe het ergste vermoedde over de duistere zaken waar Adriana bij betrokken was, en dat hij – ondanks het biechtgeheim waar hij zich op beriep – dat vermoeden aan mij had willen overbrengen.

22

Het gebons op mijn deur begon om twee uur 's nachts. Ik had een paar whisky's gedronken om in slaap te komen waardoor het even duurde voor ik helemaal wakker was.

'Ik kom eraan,' riep ik. 'Even wachten, ja?' Ik schoot een spijkerbroek en een hoody aan voor ik de veiligheidsketting van de deur haalde en de gang in tuurde. Brigadier Eggo stond me op te wachten, met zijn handen in zijn zij en een gezicht als een donderwolk. 'Wat is er aan de hand?'

'Catriona Vass wordt vermist,' zei hij. 'We moeten praten.'

Ik deed de deur helemaal open en liet hem binnen. 'Wat kan ik doen?' vroeg ik.

'Niks. Ik wil dat je helemaal niks doet. Ik wil alleen weten waarom je gisteren bij haar huis bent geweest.'

'Meent u dat nou serieus? Word ik hier nu ondervraagd?'

'Ik meen het verdomd serieus. Haar vader heeft haar gisterochtend niet gezien omdat hij vroeg naar zijn boot ging en haar niet wakker wilde maken. Ze is 's avonds niet thuisgekomen en niemand kan haar bereiken. Er zijn teams naar haar op zoek, maar we weten niet eens hoelang ze al vermist is.'

Voor het eerst kwam de gedachte bij me op dat Skittles misschien toch een paar meiden had herkend toen ze de winkel uit renden en dat hij geen aangifte had gedaan omdat hij van plan was de kwestie zelf op te lossen.

'Ik wil niet dat er iemand in de problemen komt,' zei ik. 'Beloof me dat.'

'Ik beloof helemaal niks. Je vertelt me onmiddellijk alles wat je weet of ik zoek iets om je aan te klagen en dan moeten de Clarks maar een andere detective inhuren.'

Helaas stond Harris Eggo dit keer volledig in zijn recht.

'Eergisteravond was Catriona in de winkel van Skittles. Niet alleen, maar met vriendinnen. Toen ik ze stoorde renden ze weg, waarbij ze iets kapot lieten vallen. Skittles kwam naar beneden gestoven en ging ze achterna, maar hij heeft ze niet te pakken gekregen. Kennelijk besloot hij het niet te melden, want hij heeft alleen de scherven opgeveegd en de deur op slot gedaan. Ik ben gisterochtend bij Catriona's huis langsgegaan om er met haar over te praten.'

'Verdomme,' zuchtte Eggo. 'En je vond het niet nodig om me dat te vertellen toen we elkaar eerder op de dag spraken?'

'Ik kon op dat moment onmogelijk weten dat Catriona werd vermist. Ik dacht dat het niet belangrijk was.'

'Dat is het?' vroeg hij.

'Dat is het,' bevestigde ik. Als ik bijgelovig was geweest, had ik achter mijn rug twee vingers gekruist.

'Jij blijft hier,' zei hij. 'Ik wil niet dat je het hotel verlaat. De situatie op het eiland is al gespannen genoeg. Je lijkt hier alleen maar ongeluk te brengen.'

'Ongeluk? Ik ben hier omdat er een meisje werd vermist. Dat ik haar heb gevonden was geen ongeluk, brigadier, dat was degelijk recherchewerk en nu we het daar toch over hebben, kunt u misschien uitleggen waarom u al die tijd dat Adriana werd vermist vrijwel niets hebt gedaan. En dat u, nu een meisje van hier haar telefoon een dag niet opneemt, het hele eiland mobiliseert?'

'Waar beschuldig je me nu precies van?'

'Ik weet het niet, brigadier, waar maakt u zich schuldig aan? Aan racisme misschien? Had het te maken met het feit dat ze Amerikaanse was waardoor het wat minder prioriteit had? Of dat ze een latina was? Of was alleen het feit dat ze niet van het eiland kwam voor u al voldoende reden om er niet te veel aandacht aan te geven?'

'Je gaat te ver!' schreeuwde hij.

'Mijn kamer uit,' zei ik. 'U hebt niet het recht hier in mijn kamer tegen mij tekeer te gaan.'

'Het is mijn eiland,' zei hij op een zachte, dreigende toon. 'Blijf verdomme bij mijn mensen vandaan. Je bent vervloekt.' Hij liep weg en knalde de deur achter zich dicht, en ik hoorde andere deuren op de gang langzaam sluiten. Blijkbaar hadden we het hele hotel wakker gemaakt en had iedereen de kans gegrepen om mee te luisteren.

Een halve minuut later realiseerde ik me dat ik ernstig in gebreke was gebleven. In zowel moreel als professioneel opzicht was ik tekortgeschoten en als ik de situatie niet onmiddellijk rechtzette zou ik waarschijnlijk ook de wettelijke consequenties moeten dragen. Mijn gedrag was beneden peil.

Ik rende naar het trappenhuis en sprong met twee treden tegelijk de trap af, sprintte langs de receptie naar buiten en de tuin in. Geen spoor van Eggo. Ik rende verder naar de parkeerplaats, waar ik te laat besefte dat ik vergeten was mijn gympen aan te trekken. Op het parkeerterrein reed een auto met groot licht weg. Toen hij me passeerde kon ik nog net een klap op de motorkap geven, die harder aankwam dan de bedoeling was. Eggo trapte op de rem en gooide het portier open.

'Je staat onder arrest –'

'Ik wilde met Catriona praten omdat ze Adriana op de avond dat ze vermist raakte een appje had gestuurd om ergens af te spreken. Toen ik haar daarover wilde spreken verbrak ze de verbinding. Sindsdien kan ik haar niet meer bereiken. Het is mogelijk dat ze meer weet over de moord op Adriana en bang werd toen ik haar belde, en zich nu schuilhoudt.'

Eggo zuchtte. 'Ik weet van dat appje. Gister is het gerechtelijk bevel voor Adriana's belgeschiedenis binnengekomen. Ik was van plan er vandaag zelf met Catriona over te praten. Maar ik ken Catriona Vass al haar hele leven en het is onmogelijk dat ze betrokken is bij een moord. En nu is haar vader in alle staten. Hij heeft geen idee waarom zijn dochter zo ineens is verdwenen. Hij heeft haar in z'n eentje grootgebracht sinds zijn vrouw jaren geleden is overleden. Wat weet je nog meer dat zou kunnen helpen?'

'Alleen het tijdstip,' zei ik. 'Ik heb haar eergisteravond om iets over halftien gebeld en toen verbrak ze de verbinding. Dat is de laatste keer dat ik contact met haar heb gehad.'

'Bedankt,' zei Eggo. 'Je voeten bloeden. Ga naar binnen en doe je deur op slot. Je praat alleen met mij. Je hebt vijanden in de stad gemaakt. Eerst Skittles, en nu Catriona. Het is een puinzooi.'

'Hebt u hem vrijgelaten nadat u hem hebt verhoord?' vroeg ik. 'Hebt u hem gevraagd of hij Catriona eergisteravond heeft gezien?'

'Je hebt geen recht op antwoord,' zei Eggo. 'Je gaat niet naar de museumwinkel of naar het huis van Vass, en ook niet naar The Blether. Je zult daar niet hartelijk ontvangen worden.'

Harris Eggo stapte weer in zijn auto en reed weg. Ik wachtte tot mijn hart weer normaal klopte en liep toen langzaam terug naar mijn kamer. Het ergste was dat ik het idee begon te krijgen dat Eggo het weleens bij het juiste eind kon hebben.

Ik deed het licht in mijn kamer uit en keek door het raam naar het stadje. Achter alle ramen brandde licht, mensen liepen met zaklantaarns over straat en de hemel werd verlicht door de koplampen van auto's.

De Clarks zouden zich wel afvragen wat er aan de hand was. Zelfs aan de rand van de stad moesten ze iets van al die activiteiten hebben meegekregen. Ik belde Rob Clark.

'Wat is er aan de hand?' vroeg hij.

'Catriona Vass is verdwenen. Dat is het meisje dat dat laatste appje aan Adriana heeft verstuurd. Ik heb brigadier Eggo net gesproken. Het zou kunnen dat Catriona iets weet over Adriana's dood.'

'Je moet haar koste wat kost vinden,' zei Rob. 'Als zij antwoorden heeft, moet je achterhalen waar ze naartoe is gegaan.'

'Ik heb net te horen gekregen dat ik mijn hotel niet uit mag,' legde ik uit. 'Gisteren ben ik bij Catriona thuis langs geweest om haar te spreken en ik denk dat mijn aanwezigheid daar tot de nodige speculatie heeft geleid.'

'Speculatie? Zij weet misschien wie mijn dochter heeft vermoord. Je bent hier om je werk te doen, dus tenzij brigadier Eggo wettelijk het recht heeft om van je te eisen dat je binnenblijft, doe je waar ik je voor betaal om antwoorden te vinden.' De verbinding werd verbroken.

'Kut!' Ik stond mezelf die ene krachtterm toe, liet me achterover op bed vallen en sloeg mijn handen voor mijn ogen. Ik kon dus blijkbaar niets doen zonder dat dat consequenties had. Om verder te komen met mijn onderzoek voor de Clarks moest ik de grenzen van de wet opzoeken, en dat betekende dat ik dingen geheim moest houden. Om Catriona Vass recht te doen had ik beloften aan zowel de Clarks als Lizzy moeten verbreken en hun vertrouwen beschaamd.

'Waarom zou ze ervandoor gaan?' vroeg ik aan het plafond. Het zei niets terug maar de mogelijke antwoorden lagen voor de hand: om iemand te beschermen van wie ze hield, uit angst voor iemand die haar bang had gemaakt of omdat ze vreesde voor de gevolgen van haar betrokkenheid bij Adriana's dood. Weglopen voor mijn vragen had totaal geen zin. Catriona had kunnen weten dat haar verdwijning gemeld zou worden en dus ook dat de reden voor haar vlucht aan de politie zou worden doorgegeven. Ze had er beter aan gedaan te blijven en met een verklaring te komen.

Tenzij iemand anders niet wilde dat ze zou praten.

De kille werkelijkheid van die gedachte overviel me.

Ik had haar gebeld. Ze had opgenomen, naar adem gehapt, gehoest alsof ze ademnood had. Toen was de verbinding verbroken.

Zelf had ze geen woord gezegd. Ik was meteen gaan praten toen ze opnam.

Ik stond op en staarde naar de deur. Brigadier Eggo had me gewaarschuwd – me in feite opgedragen – om in het hotel te blijven. Niemand in Tobermory wilde mijn gezicht zien of mijn vragen beantwoorden, en Skittles al helemaal niet.

Ik trok mijn zwarte kleren en mijn wandelschoenen aan, voelde of ik handschoenen bij me had en pakte mijn berenspray en mijn hoofdlampjes. Ik liep stilletjes naar de parkeerplaats en keek om me heen in de hoop dat niemand me zag. Rob Clark had gelijk. Ik was daar om een job te doen en zolang ik de wet niet overtrad had brigadier Eggo niets over mij te zeggen.

Het kostte me een uur om aan de andere kant van het eiland te komen. Ik had de wegen rond Tobermory nog nooit zo druk gezien, en dook steeds zo ver mogelijk weg achter het stuur wanneer andere auto's passeerden. Vijftien kilometer buiten de stad was er geen verkeer meer en had ik de weg en de natuur voor mij alleen. Rond Tobermory was de politie nog bezig alle plekken na te trekken waar Catriona regelmatig kwam: bij vrienden thuis en de gebruikelijke hangplekken voor jongeren. Omdat haar familie het niet breed had, had Catriona geen auto. Dat was de reden dat de politie dicht bij haar huis was gaan zoeken en het zoekterrein geleidelijk uitbreidde. Dat was een prima idee – logisch zelfs – maar ik ging altijd uit van het slechtste scenario.

Toen ik de auto langs de weg had gezet, zo dicht mogelijk bij het voetpad naar Mackinnon's Cave, was ik elk besef van tijd verloren. Ik werd onverbiddelijk voortgedreven door een adrenalineboost die alleen kan ontstaan door een combinatie van slaapgebrek, angst en wanhoop. Terwijl ik me al afvroeg waar ik eigenlijk mee bezig was, besefte ik dat dit een krankzinnige plek was. Het was nog steeds een plaats delict, afgezet met in de wind flapperende stukken tape. Ik klauterde langs de rotsen naar beneden en ging door de smalle ingang de grot binnen waar ik Adriana dood had gevonden.

Deze avond was het kouder dan de eerste keer, en enger dan die keer dat ik Brandon hier weghaalde. De wind gierde om mijn hoofd en deed pijn aan mijn oren. De golven waren dichterbij en sloegen dreigend tegen de buitenkant van de grot. Zout drong mijn neus en mond binnen, deed mijn ogen tranen en prikte pijnlijk in mijn gezicht en hals.

Niets te zien bij de ingang. Geen enkel teken van leven, op wat rondscharrelende krabben na, die verstoord reageerden omdat ik met mijn licht hun territorium was binnengedrongen. Ik liep verder naar binnen, de echo van mijn voetstappen vergezelde me als trommelslagen.

'Hallo?' riep ik. Geen antwoord. Met de berenspray in mijn hand liep ik verder, me ervan bewust dat ik hierbinnen niets aan mijn telefoon had en dat ik een effectiever wapen mee had moeten nemen in plaats van alleen een spray. Ik wist dat het stom was om bij donker in mijn eentje de grot binnen te gaan. Maar als ik eenmaal mijn zinnen ergens op gezet had kon niets of niemand me nog tegenhouden.

Ik liep naar de volgende ruimte en bleef staan toen ik iets zag glinsteren. Ik bukte om te kijken wat het was, zonder het aan te raken. Daar lag een oorbel zonder het stekertje, maar ik kon me niet herinneren of Adriana volgens haar familie oorbellen had gedragen toen ze verdween. Ik maakte een van de drie lampjes van mijn hoofdband los en legde dat naast de oorbel zodat ik hem weer zou vinden als ik terugliep. Daardoor bleef er minder licht over om goed om me heen te kijken, maar het betekende wel dat de uitgang alvast verlicht was, en dat was ook wat waard. Via een nog smallere doorgang kwam ik in de grootste ruimte, waar het, zo diep in de grot, nog veel kouder was.

'Is hier iemand?'

Ik bewoog mijn hoofd van links naar rechts door de grot en ving een glimp op van blond haar en het profiel van een meisje dat tegen een rotsblok geleund zat.

'O, Catriona, goddank!' schreeuwde ik terwijl ik me naar haar toe haastte. 'Geen zorgen, je bent veilig. Niet bang zijn.'

Ze zat rechtop met haar rug schuin naar me toe en haar rechterarm rustte op de achterkant van het rotsblok waar ze tegenaan leunde, alsof ze even tijd nam om na te denken. Ook al stond ik maar een meter van haar af, ik had vanuit die hoek niet kunnen zien dat ze dood was – afgezien van de rommelige knoedel zeewier op haar hoofd, waaruit zoute tranen langzaam over haar naakte rug druppelden. En toen ik om haar heen liep zag ik pas haar geopende, levenloze ogen.

'Catriona,' zei ik zacht, maar het was zinloos. Ik wenste dat ik op mijn kamer was gebleven en dat ik de tijd terug kon draaien zodat ik dit arme meisje nooit had hoeven zien, dood, achteroverleunend tegen een rotsblok, het gezicht vertrokken van afgrijzen.

Haar kleren waren nergens te zien. In één oor zat nog een oorbel, een knopje met een helder steentje erin. Ik bleef daar zo lang mogelijk naar kijken voor ik mijn ogen de kant op liet glijden waar ze uiteindelijk heen moesten.

Ze was blootgesteld aan de elementen, haar benen waren wijd gespreid, en er was haar geen enkele vernedering bespaard gebleven. Haar kaak was ruw naar beneden getrokken en haar mond zat propvol zand, dat langs haar kin omlaagsijpelde. Ik kokhalsde, maar wist mezelf weer onder controle te krijgen. Mijn blik gleed over haar lichaam om de bron van de donkerrode rivier op de grond te vinden. Haar linkerkant was intact, maar haar rechterkant was verminkt. Verwoest. De borst was helemaal verdwenen.

Ik gilde, slikte braaksel weg en kreeg tranen in mijn ogen.

In de smalle lichtbaan van de hoofdlampen zag ik het antwoord op mijn volgende vraag in Catriona's linkerhand. Haar rechterborst was zorgvuldig in haar handpalm gelegd, alsof ze de wereld liet zien hoezeer ze geleden had.

Ik vergat alle professionalisme, verloor mijn zelfbeheersing en rende de grot uit.

23

Deze keer bleef ik niet buiten de grot wachten. In plaats daarvan sprintte ik terug naar mijn auto en voordat ik de politie belde wierp ik eerst een blik naar binnen om te kijken of daar geen onaangename verrassingen in zaten. Ik had daar moeten blijven tot ze eraan kwamen en ik was eigenlijk niet in staat om te rijden, maar het enige wat ik op dat moment kon bedenken was zo ver mogelijk weg zien te komen.

Zodra ik de auto bij het hotel had geparkeerd belde ik Nate Carlisle.

'Ik heb het al gehoord,' zei hij voor ik iets kon zeggen. 'Ben je op een veilige plek?'

'Hotel,' antwoordde ik. 'Kom je hierheen?'

'Ik ben nu op weg naar de helikopter.' Ik keek op mijn horloge en zag dat het vijf uur 's ochtends was. 'Ik heb de rest van de dag waarschijnlijk geen tijd.'

'Maakt niet uit. Ik wilde je alleen waarschuwen. Het is erg. Een van haar borsten is weg. Afgesneden. En haar mond...' Ik haalde diep adem om niet te kokhalzen. '... nog meer zand.'

'Ik zal goed voor haar zorgen, Sadie,' zei hij. 'Pas jij nou maar op dat je niets overkomt. Maar het zal niet zo gaan als met Adriana. Háár ouders hadden me toestemming gegeven om met jou te praten. Over dit slachtoffer kan ik minder informatie met je delen.

Maar ik wil je wel graag zien, als we daar allebei de tijd voor hebben. Gewoon om er zeker van te zijn dat je nog ongedeerd bent.'

'Ja, dat zou ik fijn vinden,' antwoordde ik. 'Goeie vlucht, Nate.'

Mijn volgende telefoontje was naar de Clarks. Het werd een kort en ongemakkelijk gesprek. Op de achtergrond hoorde ik Isabella snikken terwijl ik uitlegde dat er nog veel meer pers op het eiland zou komen. Moord op een jonge vrouw trekt sowieso de aandacht. Als je daar nog een volgend slachtoffer bij optelt en het woord 'seriemoordenaar' valt, dan wil iedereen er alles van weten. Gelukkig was hun nieuwe adres nog niet bekend, zodat ze iets langer in de luwte konden blijven.

Daarna pakte ik een notitieblok en begon aantekeningen te maken, scheurde de bladzijden eruit en spreidde ze uit op de grond, waar ze een enorme, chaotische puzzel van feiten, tijdstippen, namen en plaatsen vormden. Toen ik daarmee klaar was had ik een lijst met namen die nader onderzocht moesten worden. Ik ging niet erg professioneel te werk en sommige notities waren niet eens te rechtvaardigen, maar door mijn instinct te volgen had ik twee vermoorde meiden gevonden en daarom besloot ik mezelf te vertrouwen.

Ondertussen was het halfzeven. Vroeg of laat zou Lance Proudfoot tot bezinning komen en mijn nummer blokkeren, maar zolang hij dat nog niet had gedaan vond ik dat ik hem wel kon bellen.

'Ik heb geen wekker meer nodig, geloof ik,' was zijn openingszin. Alleen al door zijn hartelijke stem voelde ik me een stuk beter. 'Zeg maar hoe ik je kan helpen, Sadie.'

Het was zijn welwillende toon die het hem deed. De vriendelijkheid van een vreemde die je hulp aanbiedt zonder daar iets voor terug te verwachten. Ik wist de eerste tranen nog weg te slikken, maar toen ik probeerde adem te halen kwam er een snik mee en kon ik niet meer ophouden. Ik bleef vijf minuten lang huilen. Het kon me niets meer schelen dat ik als professional aan deze zaak werkte en geacht werd een zekere afstand te bewaren. Al die tijd troostte Lance me met onbenullige maar sussende woordjes. Hij gaf me niet alleen de ruimte om te huilen, maar ik móést juist huilen van hem. Ik had nog nooit van mijn leven zoveel tederheid van een vreemde ervaren.

'Het gaat al beter,' zei ik met haperende stem. 'Je moet niet denken dat ik altijd zo ben, hoor.'

'Dat hoop ik juist wel,' zei Lance. 'Ik hoop dat je de empathie, oprechtheid en openhartigheid die je zojuist liet zien nooit kwijtraakt. Neem het van een oude rot aan: telkens als je jezelf probeert te harden stop je je gevoel zo diep mogelijk weg en doe je alsof het niet bestaat en wordt het steeds makkelijker om je emoties te negeren. En dan breekt opeens het moment aan waarop dat een automatisme wordt en je verhaal alleen nog maar uit woorden bestaat. Tegen de tijd dat je er volledig onaangedaan onder blijft ben je jezelf kwijt. Dus verontschuldig je niet, Sadie. Als we huilen, laten we de beste versie van onszelf naar de oppervlakte komen.'

'Een wijs mens en ook nog eens matineus. Ik wist wel dat ik je zou mogen.' Ik slaagde erin door mijn tranen heen te glimlachen.

'Dat zeg je alleen maar omdat je me nog niet hebt ontmoet. Vertel me eens wat er aan de hand is – en ja, alweer off the record. Als ik straks de telefoon neerleg herinner ik me geen woord van wat je hebt gezegd, dat beloof ik.'

'Deze keer wil ik juist wel dat je het onthoudt. Ik heb eigenlijk een heel grote gunst van je nodig, of liever gezegd, ik zou je willen vragen of jij iemand anders om een gunst wilt vragen. De vorige keer dat we elkaar spraken had je een vriend op bezoek die bij de politie werkte, zei je. Er is weer een meisje vermoord, Lance. Ik heb haar afgelopen nacht in dezelfde grot gevonden waar ik Adriana Clark dood heb aangetroffen. Alleen is bij dit meisje veel meer geweld gebruikt. Haar rechterborst was afgesneden en vervolgens heeft de moordenaar die in haar linkerhand gelegd, alsof ze ermee wilde pronken.'

'Zeg je nou dat jij haar gevonden hebt? Was je alleen?'

'Inderdaad, en ja, ik was alleen. Maar ik ben nu terug in het hotel en ik krijg het heel druk, dus ik hoef er niet aan te denken. Zou je me willen helpen? Want ik voel me hier nogal eenzaam en ik ben ook behoorlijk bang.'

'Dat je bang bent lijkt me een volstrekt natuurlijke en logische reactie als je vastzit op een eiland met een seriemoordenaar. Ik pak even een notitieblok.' Ik hoorde hem laden opentrekken en rondlopen. 'Oké, laat maar horen.'

'Ik heb een paar namen die ik wil laten natrekken. Alles wat je kunt vinden aan de hand van krantenartikelen of met hulp van de politie.'

'Ik wil niks zeggen, maar is er een reden waarom je dat niet aan de politie daar kunt vragen?' vroeg Lance.

'Dat wordt nog duidelijk. Schrijf maar op. Rhys Stewart, begin dertig, woont in de museumwinkel van Mull. Ik heb botten in zijn kelder gevonden. Hij is eerder veroordeeld voor het bezit van pornografie.'

'Dat wordt een makkie,' zei Lance.

'De volgende wordt lastiger. Agent Simon Bathgate.'

Lance floot zacht terwijl hij de naam noteerde. 'Daarmee is mijn vraag beantwoord,' zei hij. 'Kun je me zeggen waarom?'

'Hij heeft me aangehouden vanwege een zogenaamde verkeersovertreding en stelde voor om samen terug te rijden naar mijn hotel en daar het bed in te duiken. Ik heb hem gechanteerd door net te doen alsof ik het gesprek had opgenomen en daardoor weet ik dat Rhys Stewart ooit is veroordeeld. Bathgate dook ook onverwacht op bij een wake die de tieners van het eiland voor Adriana hadden georganiseerd, en waar Catriona – het meest recente slachtoffer – een belangrijke rol speelde, maar eigenlijk had hij toen geen dienst.'

'Zijn er nog meer dingen die tegen hem pleiten?' vroeg Lance.

'Ja, ik denk dat hij tegenover Rhys Stewart mijn naam heeft laten vallen en heeft gezegd dat ik in Rhys' kelder was geweest. Ik weet niet zeker of dat per ongeluk of met opzet was.'

'Je bent gevaarlijk bezig. Nog meer namen?'

'Op deze naam ben ik niet trots. Wellicht ligt het aan mijn vooringenomenheid, maar ik heb een slecht gevoel over een priester hier, pastoor Christophe, van de Saints of the Tides-kerk. Adriana ging bij hem te biecht, maar de kerkdiensten bezocht ze niet. Hij weet iets over waar ze hier mee bezig was, die indruk gaf hij me, maar hij wil niet precies zeggen wat het was. Hij was...' Ik zocht naar het juiste woord. '... lyrisch over de positieve gevolgen van haar dood. Dat de mensen weer vaker naar de kerk gingen en dat de angstige gemeenschap het geloof had teruggevonden. Maar hij gaf geen enkele blijk van rouw of verdriet. Ik kreeg spontaan de koude rillingen van hem.'

'Ik kan eens kijken,' zei Lance. 'Als er iets in zijn verleden is gebeurd, is de kans groot dat het opgeschoond en toegedekt is.'

'Weet ik,' zei ik. Ik beet op mijn tong. Ik had nog een naam voor hem, maar de ethische grens die ik daarmee overschreed was enorm.

'Wat is er?' vroeg Lance.

'Sorry, ik weet niet zeker of ik deze naam wel moet noemen.'

'Doe het toch maar. Als ik niets vind, dan is er niets aan de hand. Als ik wel iets relevants vind, dan red je daarmee misschien een leven.'

Lance had gelijk, maar ik kon mezelf er amper toe brengen om de naam hardop te zeggen.

'Brandon Clark. Je mag echt nooit tegen iemand zeggen dat ik je dit heb gevraagd.'

'Je cliënt?' vroeg hij.

'De zoon van mijn cliënt, Adriana's tweelingbroer. Ik kan over geen van de twee iets op sociale media vinden of over de scholen waar ze op hebben gezeten, en er zijn ook geen medische gegevens over hen bekend, hoewel de vader als accountant voor een oliemaatschappij heeft gewerkt en zich dus echt wel een ziekteverzekering kon veroorloven. Bovendien zijn hun paspoorten allemaal op dezelfde dag afgegeven. Hoe groot is die kans voor een familie van vijf die over de hele wereld heeft gereisd?'

'Klein,' zei Lance. 'Waar verdenk je ze van?'

'Ik denk dat er een luchtje zit aan hun vertrek uit de VS, en ik wil zeker weten dat het niets met Brandon te maken heeft – dat hij misschien eerder gewelddadig gedrag heeft vertoond en dat ze hem het land uit hebben geloodst.'

'Oké, maar stel dat ik iets vind. Heb je erover nagedacht wat je dan gaat doen? Spreek je je cliënten er dan op aan of stap je naar de politie? Je kunt niet het risico lopen om Brandon ernaar te vragen.'

'Die hobbel neem ik wel als het zover komt, en hopelijk breekt dat moment nooit aan. Zeg dat ik ernaast zit, dan trakteer ik je als ik hier klaar ben op een dikke biefstuk voor bij de whisky die je al van me tegoed hebt,' beloofde ik. 'Denk je dat je vriend wil helpen?'

'Dat weet ik zeker. Hij is een goeie vent. Doe voorzichtig, meisje. De dader loopt nog steeds vrij rond. Vertrouw niemand. Ik bel je later op de dag terug, maar ik laat mijn telefoon aan voor het geval je me nodig hebt.'

'Zal ik doen. Bedankt, Lance. Jij bent ook een goeie vent. Ik bel je als ik je nodig heb.'

Als ik erom had moeten wedden, zou ik gezegd hebben dat ik de volgende vierentwintig uur onmogelijk had kunnen slapen, maar door de schok en het verdriet tuimelden mijn gedachten zo over elkaar heen dat ik onmiddellijk in een diepe slaap wegzonk. Toen ik wakker werd zag ik dat er een briefje onder mijn deur door geschoven was.

'Zit in kamer 214 verderop in de gang. Wilde je niet storen. Ben tot middernacht wakker maar moet morgen weer vroeg weg. Nate.'

Ik probeerde mijn verwarde brein te ordenen en keek op mijn horloge. Een volle minuut lang wist ik niet of het nu ochtend of avond was. Het bleek acht uur 's avonds te zijn: de etenslucht van beneden was van het avondeten, niet van het ontbijt. Ik had een hele dag geslapen en daarmee een week van slapeloze nachten en nachtmerries ingehaald. Ik schoot snel wat kleren aan, haalde geen kam door mijn haar, nam niet eens de moeite mijn schoenen aan te trekken en sloop door de gang naar Nates kamer.

De man die de deur opendeed leek ouder te zijn geworden sinds onze eerste ontmoeting. Of misschien was ik zelf ouder geworden.

'Kom binnen,' zei hij. 'Je ziet eruit zoals ik me voel.'

Ik ging op het bankje onder het raam zitten en trok mijn knieën onder me op. Nate schonk voor ons allebei een drankje in en reikte me er een aan.

'Ik heb de hele dag geslapen,' zei ik. 'Ik snap er niks van.'

'Je bijnieren hebben te veel cortisol aangemaakt. Het was onvermijdelijk dat je na zo'n zware schok in slaap zou vallen.'

'Hoe ga jij daarmee om? Ik bedoel, ik heb zelf ook wel het een en ander meegemaakt, maar zoveel wreedheid, zoveel lijden – het is onmogelijk om daar onberoerd onder te blijven.'

Nate ging op zijn bed zitten en strekte zijn benen. 'Officieel heet het dat wij de doden en hun families bijstaan. Wij zijn hun beste hoop op een verklaring, gerechtigheid, afsluiting – hoe je het ook wilt noemen. Zodra je je emoties laat meespelen of op een bepaalde manier reageert, kun je je job niet zo goed doen als zou moeten.'

'En onofficieel?'

'Ik herinner me het gezicht van elk slachtoffer dat door geweld om het leven is gekomen. Ik vergeet ze niet. Ze staan op mijn netvlies gebrand. Er zijn ook nog andere tragedies – auto-ongelukken, niet-gediagnosticeerde ziekten, overdoses, woningbranden. Allemaal verschrikkelijk. Allemaal onnodig verlies van mensenlevens. Maar geweld laat een soort stress achter op het lijk die moeilijk valt te omschrijven. Alsof de angst als laatste is achtergebleven, zelfs nadat het hart is gestopt met kloppen. Voor mij is die angst ook een identificeerbare wond, niet anders dan een kogelwond of een messteek.'

Hij droeg een wit T-shirt en een grijze joggingbroek, en heel even wenste ik dat ik hem in een après-skibar in Banff tegen het lijf was gelopen, waar we voor de open haard zouden kletsen en onbekommerd konden lachen en afspreken welke berg we de dag daarop zouden doen. Maar voorlopig zat dat er niet in. Beroepshalve lag er een kloof tussen ons, en dat moest zo blijven.

'Kun je iets zeggen over vandaag?' vroeg ik zacht.

'Wil je dat echt?'

'Wat ik zou willen is een wandeling maken. Ik heb behoefte aan frisse lucht. Het is hierbinnen te warm en ik voel me opgesloten. Heb je zin om mee te gaan?'

'Zeker,' zei Nate. 'Misschien een goed idee om dan wel schoenen aan te trekken.'

Ik trok behoorlijke kleren aan en wachtte hem op in de lobby. We liepen langzaam, zonder te praten, in de richting van de haven. De wegen die de stad uit liepen waren 's avonds eigenlijk te donker om te wandelen.

De stad was in diepe stilte gehuld. Niet dat het doorgaans op dit uur van de dag druk was op straat, maar nu zag je niemand de fish-and-chipszaak in of uit lopen. En in de buurtsuper brandde geen licht. Afgezien van Nate en mij was er geen sterveling bij de haven te zien. We liepen langzaam, en plotseling drong het tot ons allebei door dat er iets niet klopte. Tobermory was in een vreemd landschap veranderd, stil en waakzaam.

Ik haalde adem om iets te zeggen en wilde Nates hand pakken, maar op hetzelfde moment stak hij zijn arm uit om me tegen te houden, en beseften we allebei hoe onnatuurlijk stil het was.

Uit een zijstraat kwamen twee gewapende mannen tevoorschijn en achter ons doken er nog twee op, alle vier vreemden voor me. Nate ontspande, stak zijn handen in zijn zakken en knikte de man die het dichtstbij stond vriendelijk toe.

'Goedenavond,' zei hij. 'Wat is er aan de hand?'

'Er geldt voor alle vrouwen onder de vijftig op het eiland een avondklok. Vanaf een uur na zonsondergang tot zonsopgang,' antwoordde de man. 'Zij mag niet buiten komen.'

Het ergerde me dat ze over mij in de derde persoon spraken, maar ik was zo verstandig om mijn verontwaardiging niet te laten blijken. Nate zou waarschijnlijk een hogere prijs moeten betalen dan ik als hier gedoe van kwam.

'Juist. Ik ben Nate Carlisle, forensisch onderzoeker. Ik ga alles doen wat ik kan om ervoor te zorgen dat de moordenaar van Adriana en Catriona wordt geïdentificeerd en vervolgd.'

'Wat doe je bij haar? Ze steekt haar neus in ieders zaken sinds ze hier is aangekomen,' zei een van de andere mannen.

Nate haalde relaxed zijn schouders op. 'Mevrouw Levesque doet hetzelfde als ik. Ze probeert erachter te komen wat hier aan de hand is, zodat de meiden en vrouwen weer veilig zijn.'

Een van de mannen sloeg met het uiteinde van een honkbalknuppel op zijn handpalm, maar het enige wat hij ermee bereikte was dat hij eruitzag als de slechterik in een tekenfilm.

'Waar dient die voor?' vroeg ik hem.

'Wij patrouilleren bij toerbeurt, schat,' antwoordde hij. 'Tot jullie hier eindelijk doen waarvoor je bent aangenomen moet iemand de boel hier veilig houden.'

'Dat hebben jullie dan goed georganiseerd,' mompelde ik. 'Is brigadier Eggo met dat idee gekomen?'

'Harris Eggo heeft niet kunnen voorkomen dat Catriona Vass werd afgeslacht, hè? We hebben zijn toestemming niet nodig om te patrouilleren.'

'Nee, natuurlijk niet,' zei Nate. 'En jullie hebben gelijk dat we ons nu niet op straat moeten wagen. We gaan maar eens terug.'

'Nog even niet. We hoorden dat zij gisteren voor het huis van de familie Vass stond, rond het tijdstip dat Catriona is verdwenen.' Hij sprak tegen Nate maar knikte in mijn richting. 'Daar wil Billy haar nog eens stevig over aan de tand voelen.'

'Is dat Catriona's vader?' vroeg ik. Nate legde waarschuwend een hand op mijn arm. 'Zeg dan maar tegen hem dat ik hem graag wil spreken. Ik heb niks te verbergen en ik wil graag helpen.'

'Niemand wil jou hier,' zei een van de mannen achter ons.

Ik draaide me naar hem om, me ervan bewust dat het nogal riskant was een boze man met een honkbalknuppel de rug toe te keren.

'Jullie kunnen beter een zoektocht organiseren,' zei ik. 'Iemand heeft ergens kleren verstopt, die van Adriana en Catriona. Iemand heeft die meiden in een auto meegenomen. Denk daar maar eens over na. Ken je toevallig mensen die pas hun auto vanbinnen hebben schoongemaakt, misschien om DNA-sporen te verwijderen?'

De mannen keken elkaar aan. Het minste wat ik voor Nate kon doen was ze zodanig afleiden dat we weg konden voor het uit de hand liep.

'Als je iets te binnen schiet, neem dan contact op met brigadier Eggo of bel anoniem met de tiplijn van de politie. Je kunt het zelfs aan mij vertellen als het je hoog zit. Bedankt, jongens,' zei ik, terwijl ik Nate een arm gaf en met een boogje om de mannen heen liep, in de richting van ons hotel.

'Dat loopt uit op geweld,' zei Nate. 'Burgerwachten beschuldigen vrijwel altijd de verkeerde mensen.'

'De stad heeft een kookpunt bereikt. Het is begrijpelijk.'

'Ben je echt bij Catriona thuis geweest?' vroeg hij.

'Ja, maar ik had toen geen idee dat ze werd vermist. Heb jij het tijdstip van haar dood kunnen vaststellen?'

'Ze is overleden in de nacht voordat jij haar vond. Ik kan het nog niet precies zeggen, maar ongeveer tussen tien uur 's avonds en vier uur 's ochtends.'

'Dan was ze dus al dood toen ik bij haar thuis was. Heeft de politie het wapen gevonden op de plaats delict?' vroeg ik.

'Nee. Er is een heel team bezig om de rotsen en het struikgewas tussen de grot en de weg uit te kammen, maar tot nu toe is er niets gevonden.'

In het hotel liepen we zonder iets te zeggen naar Nates kamer en we gingen automatisch op dezelfde plek zitten als daarvoor.

'Hoeveel kun je me vertellen?' vroeg ik.

'Je hebt het lichaam gezien, dus je weet bijna alles al.'

'Ik heb haar op haar rug gezien. Dat was het eerste wat ik zag, haar haar in het licht van mijn zaklamp. Maar als ze verdronken is en diep de grot in is gesleurd, hoe komt het dan dat ze nergens schrammen had? Haar huid zag er gaaf uit.' Ik zag mijn vergissing in. 'Haar ene kant, bedoel ik.'

'Ze is niet verdronken,' zei Nate. 'Hetzelfde soort zeewier in haar haar, ook zand in haar mond, maar mijn voorlopige bevinding, in afwachting van de autopsie, is dat ze is overleden aan een hartstilstand, veroorzaakt door bloedverlies. Er was gewoon niet meer genoeg bloed in haar lichaam om het hart aan de gang te houden.'

'Maar dat zou betekenen...' De haartjes op mijn armen en in mijn nek gingen overeind staan.

'Ja. Ze leefde nog toen hij haar borst afsneed. Als ze al dood was geweest, had ze niet zo enorm veel bloed verloren.'

'Hoe?' Ik wilde eigenlijk een duidelijker vraag stellen, maar dat was het enige wat ik kon uitbrengen.

'Ik kan het in dit stadium niet met wetenschappelijke zekerheid zeggen, maar ik denk dat hij zijn arm van achteren om haar nek heeft gelegd en met zijn andere hand heeft gesneden. Op die manier kon hij haar in bedwang houden terwijl zij doodbloedde.'

'Maar waarom die borst in haar linkerhand leggen? Het is iets symbolisch, maar wat zou het betekenen?' vroeg ik.

'Als je dat raadsel kunt oplossen, laat het me dan weten,' zei Nate. 'Ik kan je wel vertellen hoe ze is gestorven, maar mijn studieboeken geven geen antwoord op de vraag waarom mensen zo kwaadaardig en destructief zijn.'

Met die gedachte liep ik de paar meter naar mijn eigen kamer en ik besefte dat Nate gelijk had. De technische aspecten van deze misdrijven kon ik overlaten aan de politie, de forensisch experts en de patholoog. Maar om de moordenaar van Adriana en Catriona te identificeren moest ik het werkelijke motief zien te achterhalen.

24

Toen ik de volgende ochtend het hotel verliet om langs te gaan bij de familie Clark en ze meer uitleg te geven over de omstandigheden rond Catriona's dood, stuitte ik op een stoet donker geklede, somber kijkende mensen die allemaal dezelfde kant op liepen. Ik liep met gebogen hoofd achter hen aan, treuzelde een beetje en deed alsof ik toevallig ook die kant op moest. Een paar minuten later zag ik de rouwstoet de Saints of the Tides-kerk binnengaan. Pastoor Christophe stond op zijn post bij de ingang en begroette de mensen met een stevige handdruk of een klopje op de schouder. Het was geen begrafenisplechtigheid. Catriona's lichaam zou voorlopig niet worden vrijgegeven, in ieder geval niet voordat de politie alles in het werk had gesteld om haar moordenaar voor het gerecht te slepen. Dit was meer een samenzijn voor een rouwende gemeenschap om solidariteit te betuigen met haar familie. Dat was een mooie gedachte, het enige juiste wat je kon doen. Alleen had niemand eraan gedacht om Adriana's familie dezelfde steun te bieden.

Ik stond een eindje verder tegen een boom geleund en vroeg me af hoelang je in een eilandgemeenschap moest wonen voor je als een van hen werd gezien. Een jaar? Tien jaar? Of moest er minstens een generatie overheen gaan? De Clarks zouden er nooit achter komen.

'Wat is er aan de hand?' Ik draaide me om en zag Brandon vlak achter me staan, alsof zijn plotselinge aanwezigheid hier door mijn gedachten aan zijn familie was opgeroepen.

'Ze houden een dienst voor Catriona,' legde ik uit.

Brandons mond vertrok zich tot een grimas. 'Weten ze dat Catriona de dood van mijn zus op haar geweten heeft?'

'Brandon, dit is niet het goede moment of de juiste plaats. Catriona's familie heeft hetzelfde verlies geleden als jullie.' Ik zei het vriendelijk maar beslist.

Er kwamen nog een paar laatkomers aanlopen.

'Vindt u dan niet dat wij recht hebben op een verklaring waarom ze mijn zus vroeg om midden in de nacht ergens af te spreken en niet de moeite heeft genomen om dat tegen de politie te zeggen? Deze mensen moeten de waarheid horen voordat ze in die kerk gaan zitten,' ging hij op luide toon verder. Een stel dat op dat moment net de weg overstak wierp ons een paar scherpe blikken toe.

Ik pakte Brandon bij zijn arm en trok hem mee. 'Als je deze mensen tegen je in het harnas jaagt, wordt het alleen maar moeilijker om gerechtigheid te vinden voor Adriana. Ik weet dat dit in jouw ogen zo scheef is als wat, maar ik vraag je om nu naar huis te gaan. Doe dat alsjeblieft. En laat mij m'n werk doen.'

'Uw werk? Weet u wel hoe jaloers Catriona op Addie was? Tot mijn zus hier kwam wonen was zíj het middelpunt van alle aandacht. Mooiste meisje van het dorp, waarschijnlijk van het hele eiland. En net zo verknipt en geschift als al die andere meiden hier. Mijn zus maakte geen schijn van kans.'

'Maar zij is nu ook dood,' zei ik. 'Op een beestachtige manier vermoord.' Hij verstijfde, de woede trok uit zijn gezicht. 'Ik weet niet waar Catriona mee bezig was, maar ze heeft daar wel een prijs voor betaald.'

Brandon zweeg. Hij was innerlijk verscheurd. Ik voelde hetzelfde. Ik was op zoek gegaan naar Catriona in de hoop dat ze me wat kon vertellen over Adriana's dood, en nu was ik mijn enige aanknopingspunt kwijt.

'Ik ga al,' zei hij met trillende stem. Ondanks zijn volwassen voorkomen en zijn woede was hij eigenlijk nog maar een kind. Met gebogen hoofd liep hij weg.

'Hé,' zei ik. Ik liep hem achterna en pakte hem bij de arm. 'Ik heb het gevoel dat jij iets weet wat ik niet weet. Dit is het moment om ermee voor de draad te komen.'

Hij trok zijn arm los, maar het was eerder uit nukkigheid dan uit agressie. 'Ze hebben een vloek over haar uitgesproken,' zei hij. 'En iedereen in die kerk weet dat.'

Ik keek hem na.

Het had belachelijk moeten klinken: het onsamenhangende gebazel van een intens verdrietige broer die zoveel boosheid in zich had dat hij zijn verlies alleen maar kon dragen door het op een gigantische samenzwering met monsters en hekserij te gooien.

Maar dan waren er nog de dingen die ik in het huis van Flora's vader had gezien. De kruiden. De schroeiplekken. Het was me nog niet gelukt om Jasper te spreken, en ik wist nog steeds niet waarom Harris Eggo zoveel moeite had gedaan om me daarvan te weerhouden. Al die dingen hielden me bezig, plus een huiveringwekkend, sinister gevoel in mijn onderbuik en een schaduw aan de rand van mijn gezichtsveld die telkens verdween wanneer ik mijn hoofd omdraaide.

'Kom je ook?' riep agent Bathgate vanaf de overkant van de weg. Hij wierp een snelle blik op Brandon die in de verte verdween en keek mij weer aan. 'Het begint zo.'

'Ja, oké,' zei ik. Een koude zweetdruppel sijpelde langzaam langs mijn rug naar beneden.

'Gaat het wel goed met je? Je ziet er niet best uit,' zei Bathgate. 'Wil je even gaan zitten?'

Heel even kreeg ik geen lucht en vervaagde de wereld om me heen, alsof ik die vanuit een draaimolen zag. Een paar seconden later kwam alles weer scherp in beeld. 'Nee hoor, het gaat wel,' zei ik en ik probeerde het gevoel van me af te zetten. 'Geen ontbijt gehad,' legde ik uit.

Hij gebaarde dat ik voor hem uit naar binnen moest en deed toen de deur achter ons dicht. Iemand begon piano te spelen. Ik zocht een plekje helemaal achterin, verstopte me in de menigte. De kerk zat stampvol. De weinige zitplaatsen werden in beslag genomen door familie en naaste vrienden. Catriona's vader zat helemaal vooraan en werd door onder anderen zijn tante getroost. Als je de smartphones en de designerschoenen van de rouwenden wegdacht, zou je je in een andere eeuw wanen.

Iemand begon een lied te zingen, een mannenstem, zuiver en helder als bronwater. Pastoor Christophe wachtte geduldig achter in een hoekje van de kerk, ogenschijnlijk in gebed verzonken tot het lied was afgelopen. Toen kwam hij naar voren.

'Vrienden,' begon hij. 'William.' Hij richtte zijn blik op Billy, de vader van Catriona, en knikte. 'Velen van jullie zullen van God willen weten hoe het kan dat we hier vandaag samen zijn. Waarom, als er een God is, zou Hij zoiets verschrikkelijks laten gebeuren in onze liefdevolle gemeenschap?' Er klonk wat instemmend gemompel bij die woorden. 'En ik wil ook antwoord geven op jullie vragen. Maar eerst wil ik jullie vragen om samen te bidden, opdat ons geloof ons een helderder inzicht biedt.' Hij boog het hoofd en begon op zangerige toon een gebed op te zeggen dat door ruwweg de helft van de aanwezigen werd meegepreveld. Ik hield mijn ogen open en keek om me heen. Harris Eggo was er ook. Hij maakte een uitgeputte indruk en zag asgrauw. Ik vermoedde dat hij een aantal lastige vragen zou moeten beantwoorden na zijn stellige bewering dat de moord op Adriana een opzichzelfstaand incident was en geen enkele bedreiging vormde voor de andere eilandbewoners. Dat kon hij niet langer volhouden. Er waren nog meer gezichten die ik herkende uit The Blether. Catriona's vriendinnen zaten dicht naast elkaar en deden hun best om hun gesnik te onderdrukken.

Na afloop van het gebed knikte pastoor Christophe tevreden. 'Hier zitten we dan,' zei hij. 'Bijeengekomen om elkaar tot steun te zijn. Ieder van ons vervuld van nederigheid terwijl wij stilstaan bij onze sterfelijkheid en bij de broosheid van ons eigen leven en dat van onze dierbaren. Terwijl wij er tragisch genoeg aan herinnerd worden dat we onze liefde voor elkaar elke dag weer moeten uiten. Terwijl ons duidelijk wordt gemaakt dat we niet meer dan deze ene dag als een gegeven kunnen beschouwen. Catriona is op dit eiland geboren. Ze heeft hier haar hele leven gewoond. Ze is door een onbeschrijfelijk kwaadaardige daad van ons weggenomen.'

Daar werd van alle kanten instemmend op gereageerd, met steeds luider klinkende stemmen.

'Dus waarom heeft God dit laten gebeuren? Hoe kon het dat dit kind aan Zijn blik ontglipte op het moment dat ze Hem nodig had? Waarom werd ze niet beschermd?' vervolgde Christophe. Hij klonk veel stichtelijker dan ik had gedacht. De aanwezigen wachtten met ingehouden adem op zijn antwoord. Harris Eggo draaide zich om om de stemming te peilen en ving mijn blik. Zijn opgetrokken wenkbrauwen spraken boekdelen.

'Het antwoord luidt dat het kwaad vandaag de dag nog net zo aanwezig is als altijd. Weliswaar heeft een mens het mes gehanteerd waarmee Catriona's lichaam is verminkt...' Ik hield mijn blik strak op Harris Eggo gericht om te zien wat hij zou doen. De mensen zaten zo kort na wat er gebeurd was toch zeker niet op een donderpreek te wachten? De politieman klemde zijn tanden op elkaar en bestudeerde de flagstones. '... maar denken jullie dat de Heer zich in een vacuüm manifesteert waarin alleen Hij als enige aanwezig is? Nee. Nee, zo is het niet.'

Er ging een gegons door de kerk. De lucht zinderde van emotie.

'Het kwaad komt ons nu zo vertrouwd voor dat we niet langer geschokt zijn als we het zien. Als er pornografische beelden op ons beeldscherm verschijnen, als de naam van de Heer ijdel wordt gebruikt, als jonge mensen gemeenschap met elkaar hebben zonder oog te hebben voor de moraal of de gevolgen. Het kwaad is overal om ons heen. Als we het eenmaal hebben binnengelaten, nestelt het zich daar. Het kwaad corrumpeert de geest. Het beheerst de zintuigen. Het kwaad is onze gemeenschap binnengedrongen.'

Na die woorden volgden er uitroepen van instemming, hier en daar klonk zelfs applaus. Pastoor Christophes gezicht gloeide. Alle ogen waren op hem gericht. Zelfs de tieners waren opgehouden met huilen. Ze kregen een reddingsboei toegeworpen. Wil je die gruwelijke, holle zinloze emotie kwijt? Verwelkom dan de haat en de schuldvraag, je bètablokker tegen verdriet.

'Dit kwaad, deze vernietiging, dit... sadísme...' Het laatste woord schreeuwde hij uit. '... is niet hier geboren. Het is hierheen gereisd. Het kwaad is voortdurend op zoek naar nieuwe plekken om zich te nestelen. Kleine daden van kwaadaardigheid zijn als druppels kwik. Ze vinden elkaar, vloeien samen en vormen een massa. Die sijpelt in de spleten en vergiftigt, vernietigt, verwoest. Het is een onbekend element dat aan de buitenkant glimmend en mooi lijkt – we zien zelfs ons eigen gezicht erin weerspiegeld – maar het is wel degelijk gif.'

De gelovigen lieten hun adem ontsnappen. Pastoor Christophe liet de sfeer even op hen inwerken. Als iedere andere goede spreker wist hij dat hij eerst wat gas moest terugnemen voordat hij ze naar de climax voerde.

'Laten we Catriona in ons hart sluiten. Opdat we haar terugzien op alle plekken waar ze op ons eiland geweest is. Opdat ze in onze herinnering voortleeft als iemand die al die goede, zuivere daden verrichtte die betamelijk zijn voor een jonge vrouw.'

Eerst gingen mijn feministische nekharen overeind staan van die woorden, en onmiddellijk daarna wakkerden ze mijn onderzoekersinstinct aan. Het was een merkwaardige opmerking, hoe je het ook bekeek. Gedateerd en patriarchaal, ja, maar ook bizar. Wat voor 'goede, zuivere' daden werden de dorpelingen geacht zich te herinneren? En in tegenstelling tot wat Catriona verder had gedaan? Dezelfde dingen misschien die Adriana aan pastoor Christophe had opgebiecht?

'We moeten waakzaam blijven in onze gemeenschap, ons huis

en ons geweten. We moeten diegenen verstoten die bij ons binnenvallen, onze tradities ontwrichten en onze persoonlijke bespiegelingen verstoren.'

Blikken gingen mijn kant op. Ik had het moeten zien aankomen. De buitenstaander, de boodschapper van onheil. Ergens links van me fluisterde iemand 'bitch' en niemand nam de moeite om zijn afkeuring te laten blijken. Gebedshuis of niet, er hing opeens een lynchsfeer en ik voelde een dringende behoefte om naar buiten te gaan. Maar de enige deur was voorin en ik was niet van plan om nu dwars door de rouwende menigte en langs Catriona's vader naar de uitgang te lopen.

'We moeten diegenen die God niet in hun ziel ontvangen verwerpen en het zwijgen opleggen. Ons uitspreken tegen diegenen die het atheïsme of nog erger aanhangen, en hen verstoten. Brandmerk hen die zich onder ons bevinden maar die niet zijn als wij.'

Mijn handpalmen voelden zweterig aan. Pastoor Christophe was in zijn element. Als ik dit had geweten zou ik geen stap in die kerk hebben gezet.

'Zij die onze jonge vrouwen en meiden een slecht voorbeeld geven. Zij die ongevraagd en wederrechtelijk ons huis en onze werkplek betreden en zich een oordeel aanmatigen over wat ze niet begrijpen.'

Bij die woorden keek pastoor Christophe mij recht aan. Hij doelde duidelijk op die keer dat ik in Skittles' kelder terecht was gekomen, en ik vroeg me opnieuw af hoe die informatie hem ter ore was gekomen.

'We zullen gerechtigheid zoeken voor Catriona,' zei hij. Geen woord over Adriana. Helemaal niets. Ondertussen was ik al net zo kwaad als Brandon. 'God zal gerechtigheid laten geschieden. Hij zal er via ons voor zorgen dat de dader wordt gevonden en gestraft. Wij vragen of Hij onze andere jonge vrouwen wil beschermen. Ik vraag u daaraan mee te werken door de jonge vrouwen en meiden binnen te houden, veilig, onder het toeziend oog van hun vaders, broers en echtgenoten.'

Hij zweeg. Een lange, dramatische pauze die recht uit een handboek voor spreken in het openbaar kwam. Ik klemde mijn kaken op elkaar.

Uiteindelijk, zo zacht dat ik het amper hoorde, en op een toon waarin zoveel droefheid, eerbied en mildheid doorklonk dat het leek alsof ik me de voorafgaande donderpreek had ingebeeld, zei hij: 'Laat ons bidden.'

Hoofden werden gebogen. Ik bleef recht voor me uit kijken. Te veel lichamen in die krappe ruimte, en dat was te ruiken. Na het amen zeggen stond Billy Vass als eerste op. Pastoor Christophe liep met hem mee en de rest van de aanwezigen bleef respectvol staan wachten terwijl ze bij de deur een privémoment hadden.

Daarna schuifelde iedereen naar de uitgang. Het ging tergend traag en omdat ik helemaal achteraan stond zou ik als een van de laatsten naar buiten komen. Zodra er een opening in de rij ontstond stapte ik naar voren en luisterde naar de gesprekjes en uitingen van medeleven en ontzetting. Ik was bijna bij de deur toen ik iets warms en nats in mijn nek voelde. Ik voelde met mijn hand op die plek en besefte dat iemand me had bespuugd. Ik deed een stap opzij en draaide me om naar degene die achter me liep, klaar om een eventuele confrontatie aan te gaan. Want sommige dingen pikte ik gewoon niet.

Maar op dat moment pakte Harris Eggo mijn elleboog vast en loodste me tegen mijn zin naar buiten, mompelend: 'Niet nu, niet hier.' Toen we eenmaal buiten stonden bleef hij staan en stak beide handen in de lucht alsof hij zich overgaf. 'Ik zag wat er gebeurde maar niet wie het deed, en ik vind dit heel erg. Maar op dit moment is het niet verstandig om een scène te maken. De gemoederen zijn behoorlijk verhit.'

Achter ons hoorden we een klinkende klap en verrast draaiden we ons tegelijk om.

Een oudere vrouw stond tegenover pastoor Christophe, die zijn hand tegen zijn wang hield. Agent Bathgate stapte naar voren om haar weg te trekken. De meeste rouwenden waren al weg, maar de overgeblevenen stonden stil en verbijsterd toe te kijken.

'Wie is dat?' vroeg ik aan Harris Eggo, maar hij was al met grote stappen op het groepje afgelopen en trok de vrouw mee over het pad, de andere kant op.

Ik bleef staan waar ik was en zag Simon Bathgate een broederlijke hand op Christophes schouder leggen. Pastoor Christophe knikte en leek even te knipogen.

Onderweg naar het hotel speelde ik die scène in gedachten nog eens af. Geen van beide mannen leek zich over die klap te verbazen. Er was niet aan pastoor Christophe gevraagd of hij wist waar het op sloeg. Voor hen was de context van die klap onmiddellijk duidelijk. Er hing een samenzweerderige sfeer tussen die twee waarvan ik onpasselijk werd.

25

Het eiland

Elke drie maanden kwamen de meiden zoals ze altijd hadden gedaan naar Aros Castle. Sommigen reisden daarvoor vanuit Tobermory naar het zuiden, voor anderen was de reis korter vanuit Salen naar het noorden. Zwijgend naderden ze de ingestorte kasteelmuren om vanuit het midden van de eeuwenoude ridderzaal over de baai van Mull te kunnen kijken. Al zevenhonderd jaar lang kwamen hier vrouwen samen, en door de eeuwen heen had het kasteel voorspoed gekend, had het oorlogen doorstaan, was het als troostprijs van de ene aan de andere clan doorgegeven en was het uiteindelijk afgebrokkeld tot een ruïne waaraan van zijn trotse geschiedenis niets meer te herkennen was.

Voor sommige meiden was die geschiedenis belangrijk, maar voor andere was de plek slechts een verzameling stenen. Een plek waar ze samenkwamen om stil te zijn en niet te hoeven denken aan de strijd thuis. Een plek om hun ruzietjes, problemen, behoeften en verlangens te vergeten. Om simpelweg even te zíjn in de nacht – wanneer de toeristen geen foto's maakten en de locals hen niet stonden aan te gapen. In het duister was het eiland hun enige getuige.

De wind speelde opzwepende muziek door de spleten in de muren en de zee zorgde voor het slagwerk met het geknisper en geruis van golven die aan de vloedlijn schelpen over de kiezels lieten rollen.

Ze legden een groot vuur aan tegen de enige nog overeind staande kasteelmuur. Daar hadden ze droog hout voor meegenomen en lucifers, hoewel het vuur eigenlijk met een vuursteen moest worden ontstoken. Het moderne leven deed zich gelden, zo ging dat nu eenmaal. Ze droegen geen make-up, hadden geen parfum op. Hun haar hing los en was niet gestyled. Hun kleren waren simpel en eenvoudig. Vanwege de bittere kou konden ze niet naakt zijn. Niet dat ze zich iets aantrokken van de temperatuur. Het vuur in hun bloed hield hen warm. In die nachten stroomde er meer dan genoeg dopamine en adrenaline door hun aderen om hun lichaam van brandstof te voorzien.

Ze arriveerden in kleine groepjes, de meiden begroetten elkaar met een innige omhelzing, voelden de hartslag van hun zusters, laafden zich aan de sfeer van saamhorigheid. Ze hadden thermosflessen met warme, kruidige, met honing gezoete wijn meegenomen. Toen iedereen er was begon het: ze gooiden handenvol gedroogde kruiden in de vlammen en vormden een halve cirkel met hun gezicht naar het bouwwerk dat al die eeuwen had getrotseerd. Adem in.

Ze stelden zich de majestueuze, schrille klanken van doedelzakken voor die vroeger boven op de klif werden bespeeld. Adem in, adem uit.

Ze lieten hun lichaam geselen door de wind, hun losse kleren veranderden in uitzinnig flapperende vleugels, slierten haar sloegen tegen hun gezicht, nek en rug. Het zoute stuivende water striemde hun gezicht. Hun huid tintelde van kou en levenslust. Adem in, adem uit.

Achter hen verscheen een oudere vrouw. Ze liep op het vuur af, knielde en haalde haar hand door het heetste deel van de vlam, deed daarna met geheven arm een stap achteruit zodat haar huid in de lucht kon afkoelen. De meiden gingen dichter bij elkaar staan, gaven elkaar een hand en staarden in het vuur. Adem in, adem uit.

De lucht was bezwangerd met de geuren van een ander tijdperk.

Houtskool, paarse heide, moerasspirea, bloedwortel en wilde gagel. Van de inheemse kruiden op het eiland ontbrak alleen het sintjanskruid, waarvan gezegd werd dat het tegen heksen beschermde. Onzin, maar voor negativiteit was geen plaats bij een dergelijke ceremonie. Adem in, adem uit.

De oudere vrouw haalde een mes uit haar zak, pakte het verweerde stenen heft stevig vast, draaide haar verbrande handpalm naar de hemel en maakte een snee. Een voor een kwamen de meiden naar voren, drukten hun duim in het opwellende bloed en tekenden een lang ovaal op hun voorhoofd. De cirkel van het leven, tot het uiterste opgerekt maar standhoudend, die zijn kracht ontleent aan zijn bereidheid om te buigen.

Vervolgens begon het geschreeuw.

Een van de meiden begon, gevolgd door een ander en weer een ander. *Banshees* die niet het verlies van een dierbare beweenden, zoals de folklore dat wilde, maar het verlies van zichzelf in het moederschap, het huwelijk, het huishouden, de ondergeschiktheid, tradities en stereotypen. Het verlies van de vrijheid om te dragen wat ze wilden, zonder ervan beticht te worden dat ze daarmee onheil over zichzelf afriepen. Het verlies van het recht over hun lichaam te beschikken, zonder oordeel, roddel, geruchten en etiketten. Het verlies van het recht de heersende normen en waarden te verwerpen en een vrije geest te blijven.

Daarna nam het geschreeuw af en begonnen ze te dansen, eerst langzaam, de armen en benen losjes en soepel bewegend. Daarna sneller, heftiger, waarbij hun lijven met elkaar versmolten en het maanlicht niet langer krachtig genoeg was om de een van de ander te onderscheiden. Ze stopten even om een paar slokken wijn te nemen. De drank stroomde over hun lippen, langs hun hals naar beneden en over hun kleren. Ze draaiden in het rond en schaterden het uit, kronkelend, gierend van de lach. Ze lieten zich uitgeput op de grond vallen, met hun gezicht op het platgetrapte gras, en wreven met hun wangen door de modder.

'Stil blijven liggen,' zei de oudere vrouw.

Allemaal tegelijk bleven ze daar doodstil liggen, roerloos, en lieten elke spier van hun lichaam versmelten met dat aardse bed.

'Kijk nu naar boven,' zei ze.

Allemaal tegelijk rolden ze zich op hun rug en staarden naar de onmetelijke hemel, onbezoedeld door het licht van de stad. Het vuur was bijna gedoofd, de maan was zo vriendelijk zich achter wolken te verschuilen en de sterren werden weerspiegeld in de ogen van de meiden. En ten slotte kwamen de tranen, en schreeuwden ze de minachting, de beschimpingen, de pesterijen, de schendingen, de ruzies en de inbreuken van zich af.

De oudere vrouw liep naar het vuur, gooide er nieuwe houtblokken op en wakkerde de vlammen weer aan. Ze haalde een rood kristal uit haar zak, legde dat op een houtblok midden in het vuur en noemde elk meisje bij haar naam. Ze gingen weer rechtop zitten, verschrikt, alsof ze op een onbekende plek uit een diepe slaap ontwaakten, en kropen op handen en voeten naar het vuur.

Elk van hen fluisterde een naam tegen het kristal en haalde een afbeelding tevoorschijn – een tekening, een foto of een slordig in elkaar geknutselde pop. Elk van hen had haar eigen redenen, sommigen wat betere dan de anderen. Het eiland luisterde, hoorde het aan en kende de waarheid van hun klachten. De oudere vrouw pakte de hand van elk meisje vast en samen hielden ze de afbeelding in de vlammen, waar die verbrandde. Daarbij schroeiden ze de toppen van hun vingers en vormden zich blaren. Voor wraak moest een prijs worden betaald. Niets voor niets in de natuur.

Verzadigd trapten ze het vuur uit, haalden het kristal eruit, raapten hun thermosflessen op, namen met een omhelzing afscheid van elkaar en gingen ieder huns weegs. Aros Castle bleef, zoals altijd, standvastig op zijn plek, verwelkomde zwijgend de schepen die terugkeerden na het vissen, na ontdekkingsreizen en zeeslagen, beschermde de inwoners van Mull en waakte over de kust.

26

Ik trapte op het briefje dat onder mijn deur door was geschoven, waardoor het papier verkreukelde. Ik pakte het op en smeet het zonder het open te vouwen op mijn bed, haalde een veel te klein flesje wodka uit de minibar, schroefde de dop eraf en dronk de inhoud in één keer op. De drank brandde in mijn keel en smaakte tegelijkertijd nergens naar, maar hij had wel het gewenste effect. Ik pakte het briefje op, liet me op bed vallen en begon te lezen.

> Geachte mevrouw Levesque, ik besef dat uw verblijf in ons hotel nog niet ten einde is, maar ik vrees dat wij u niet langer onderdak kunnen bieden. U zult ongetwijfeld begrijpen dat de gebeurtenissen op het eiland nu zwaarder wegen dan onze overeenkomst om u logies te verschaffen. U kunt hier vannacht natuurlijk nog blijven slapen, maar ik zou u willen verzoeken om uw kamer uiterlijk om tien uur morgenochtend te verlaten.
> Met dank,
> de manager van het Last Bay Hotel

Ik zou liegen als ik zei dat het briefje als een complete verrassing kwam, maar het was wel confronterend. Aangezien er al één keer eerder was ingebroken in mijn kamer, was het misschien geen slecht idee om elders onderdak te zoeken. Ik belde de andere hotels op het eiland. Het eerste nam geen nieuwe reserveringen aan. Het tweede ook niet. En tegen de tijd dat ik het derde had geprobeerd had ik de boodschap al begrepen. Mull was op dit moment gesloten. Ze wilden geen journalisten, fotografen, ramptoeristen of buitenstaanders. En mij wilden ze al helemaal niet.

Begrijpelijk. Maar de Clarks wilden mij wel, en zij hadden nu meer dan ooit iemand nodig die voor hen opkwam. Ik moest voorbereidingen treffen en mensen spreken. Geen tijd te verliezen.

Eerst ging ik naar een buitensportwinkel aan de rand van het stadje, een kleine maar uitstekend gesorteerde zaak met een eigenaar die vanaf het moment dat ik er binnenstapte niet meer ophield met praten. Dat bood me de kans uit te leggen dat ik op het punt stond Mull te verlaten en spullen nodig had voor een trektocht op het vasteland voordat ik terugkeerde naar Canada. Ik verliet de winkel met een makkelijk op te zetten eenpersoonstentje in camouflagekleuren. Omdat ik geen winterse temperaturen hoefde te trotseren had ik genoeg aan een lichtgewichttent. Nates berichtje kwam binnen toen ik bezig was mijn slaapzak op te rollen en in de hoes te proppen.

'Testresultaten zijn binnen. Grijs poeder uit Adriana's laars – vermalen kattenbotten. Verkocht als nepdrugs misschien?'

'Om drugs mee te versnijden misschien,' typte ik terug.

Drugsproducenten gebruikten van alles en nog wat om drugs mee te versnijden. Ik had al heel wat voorbij zien komen, variërend van talkpoeder, waspoeder, cafeïne en aspirines tot gruis van bakstenen, kwarts, glucose en benzocaïne. Sommige daarvan versterkten het effect van de drug en soms was het middel waarmee de drug werd versneden dodelijker dan de drug zelf. Maar meestal ging het om dealers die hun winstmarge wilden vergroten door hun klanten te belazeren. Van gemalen dierenbotten had ik nog nooit gehoord. Het leek me veel te veel werk om materiaal te gebruiken dat je eerst moest schoonmaken en daarna moest vermalen tot het enigszins bruikbaar was.

Maar een andere mogelijkheid tekende zich al als een donkere wolk af in mijn hoofd. Om die mogelijkheid nader te onderzoeken moest ik weer naar The Blether. Ik hoopte dat ik daar in elk geval een paar vriendelijke gezichten zou zien.

Rachel stond achter de bar en Lewis was bezig de tafels af te nemen. Ik was allang blij dat zij er waren en bestelde een sandwich met een glas mineraalwater ter compensatie van mijn ongepaste alcoholgebruik zo vroeg op de dag, en ging zitten.

Rachel kwam me mijn sandwich brengen en keek me ongerust aan.

'Is alles goed met je? Ik heb het een en ander gehoord.' Haar understatement deed me glimlachen.

'Het is wat het is.' Ik haalde mijn schouders op, leunde voorover met mijn ellebogen op tafel en zei zacht: 'Er gaan geruchten, niks concreets hoor, maar ik heb zo het idee dat Adriana en Catriona, en misschien zelfs Flora Kydd indertijd, betrokken waren bij een soort – ik weet het niet zeker – cultus of zo?'

'Ach welnee, dat zijn verhalen die we aan kleine kinderen vertellen om te zorgen dat ze op tijd naar bed gaan en zonder morren hun eten opeten. Allemaal onzin. De toeristen smullen natuurlijk van verhalen over de heks van Mull. Maar je zult het toch met me eens zijn dat die arme meiden niet vermoord zijn door een bovennatuurlijke macht?'

'Nee, dat geloof ik ook niet. Moet je luisteren, ik mocht van jou de spullen van Adriana doorzoeken in de kleedruimte voor het personeel. Maar heeft Catriona daar weleens iets laten liggen?'

'Gisteren heeft agent Bathgate namens Billy Vass al haar spullen opgehaald. Maar ik mag je daar niet meer binnenlaten. Mijn man heeft me opgedragen om de boel af te sluiten.' Rachel wierp een snelle blik op de buitendeur. 'Maar hij is vandaag naar het vasteland om inkopen te doen, dus je zit voorlopig goed.'

'Ik waardeer het enorm dat je me nog bedient,' zei ik. 'Als je me nog één keer van dienst wilt zijn, dan blijf ik voortaan uit de buurt en hoef je me niet meer uit de brand te helpen. Wie heeft Catriona het best gekend? Is er iemand met wie ik even kan praten en die me iets anders kan vertellen dan haar vriendinnenclubje?'

Ze keek over haar schouder en wenkte Lewis. 'Hij kan je misschien helpen. Catriona is een tijdje smoor op hem geweest. Ze zat hier de hele tijd zwijmelend naar hem te kijken terwijl hij aan het werk was. Ik weet niet zo goed wat er gebeurd is, maar uiteindelijk is het als een nachtkaars uitgedoofd, geloof ik.' Lewis kwam bij mijn tafeltje staan terwijl hij nog een glas afdroogde.

'Sadie wil je wat vragen,' zei Rachel op gedempte toon en ze overhandigde me een menukaart. 'Niet gaan zitten en hou het kort.' Ze gaf me een knipoog.

Ik wierp een snelle blik op de kaart en wees lukraak iets aan voordat ik hem een vraag stelde.

'Is de cottagepie lekker?' vroeg ik.

'Ja, als je tenminste geen vegetariër bent,' antwoordde hij. 'Wat wilt u weten?'

'Als Catriona een appje had gestuurd aan Adriana om ergens af te spreken, zou Adriana dan gekomen zijn, denk je?'

'Dat hangt ervan af. Ik weet wel dat Adriana erbij wilde horen, dat ze hier vrienden wilde maken. En Catriona was altijd het middelpunt. Dus als zij jou oké vond, zouden de anderen je waarschijnlijk ook accepteren. Maar de echte vraag luidt: waarom zou Catriona haar een appje sturen?'

'Hoe bedoel je?'

'Ik kreeg de indruk dat Catriona een hekel had aan Adriana. Ik heb het al eerder gezegd – het leek alsof ze jaloers was omdat er nog een andere mooie meid rondliep. Catriona duldde geen concurrentie.'

Het was de tweede keer dat ik dat hoorde.

'Maar stel dat Catriona had bedacht dat ze samen als vriendinnen meer aandacht zouden krijgen dan ieder apart? Samen zouden ze meer opvallen.'

'Ik moet weer aan het werk,' zei hij. 'Maar Catriona was niet erg goed in delen. Als ze al had besloten om aardig te doen tegen Adriana, dan was dat omdat ze iets wilde. Klopt het dat u haar gevonden hebt?' Ik knikte. 'Ik snap niet wat er is gebeurd. Mijn vader zei dat ze niet op dezelfde manier geëindigd is als Adriana. Denkt u dat ze de dader zullen pakken?'

'Ja,' antwoordde ik. 'Vroeg of laat duikt er forensisch bewijs op, of een getuige. Het is vrijwel onmogelijk om onzichtbaar te blijven, zeker in zo'n kleine gemeenschap. Catriona was een tijdje verkikkerd op jou, hè?'

'Dat zei iedereen, maar we hebben nooit gedatet. Catriona was best cool maar niet mijn type. Ik wil niets zeggen...' Hij dempte zijn stem. 'Dat voelt nu niet eerlijk.'

'Had ze een vriendje?'

Hij keek even over zijn schouder. Er was niemand in de buurt.

'Een paar,' zei hij. 'Haar vader was vaak weg, zat soms dagenlang op zee. Ik denk dat ze zich eenzaam voelde. Dat vond ik wel erg voor haar. Mijn vader denkt dat ze misschien met de verkeerde persoon in aanraking is gekomen. Haar vriendinnen kunnen daar vast meer over vertellen dan ik.'

'Ik ga met ze praten. Maar nog even dit: in Adriana's laarzen is een zakje poeder aangetroffen. Dat bleken gemalen kattenbotten te zijn. Zegt jou dat iets?'

Simon Bathgate kwam binnenlopen en ging aan de bar zitten.

'Shit, ik moet gaan. Gemalen kattenbotten, dat klinkt als zo'n stom geintje dat Catriona en haar vriendinnen soms uithaalden. Ze hebben me een keer een soort gemberthee laten drinken, en toen heeft een van hen later aan een vriend van me verklapt dat het als liefdesdrank was bedoeld.'

'Gewoon voor de lol of zo?' vroeg ik.

'Zo lollig was het anders niet. Ik ben er een paar dagen goed ziek van geweest. God weet wat ze erin hadden gestopt.'

Lewis pakte het menu en liep terug naar de bar.

Agent Bathgate wachtte een paar minuten voordat hij met zijn biertje naar me toe liep. Hij kwam dichter bij me zitten dan strikt noodzakelijk. Ik schoof een eindje op.

'Lewis is een knappe gast. Val jij soms op jong?'

'Weet Harris Eggo dat jij zo over zijn zoon spreekt? Volgens mij zou hij dat niet erg waarderen.'

'Ik wist niet dat Canadezen zo weinig gevoel voor humor hebben,' zei hij terwijl hij het laatste restje bier opdronk.

'Er gebeurt hier op Mull op dit moment niet veel waarom ik moet lachen,' zei ik. 'Pastoor Christophe en jij zijn zo te zien heel close met elkaar. Heb jij hem verteld dat ik in de kelder van Skittles opgesloten zat?'

'Dat moest ik wel doen, beroepshalve. De botten die je daar hebt gevonden moeten fatsoenlijk begraven worden wanneer ze officieel zijn geïdentificeerd.'

'Tenzij ze als bewijsmateriaal dienen in een onderzoek naar een misdrijf, en dan nog was het niet nodig dat je mijn naam noemde.' Het bleef stil. 'Wie was die vrouw die hem die welgemikte klap verkocht?'

'Dat is voor jou niet interessant. Iemand met persoonlijke grieven. Pastoor Christophe heeft aangegeven dat hij geen aanklacht wil indienen. Hij is een goed mens. Iemand die de gemeenschap weet te inspireren.'

'Tja, ik vraag me alleen af of hij de vrouwen niet iets te graag wil opsluiten en dat de mannen hier weer de baas zijn.'

Bathgate schoof wat dichter naar me toe en fluisterde in mijn oor. 'Als Catriona Vass thuis was gebleven en er iemand op haar gelet had zou ze nu nog leven. Als Adriana Clark er niet midden in de nacht tussenuit was geknepen zou ze nu biertjes staan tappen achter die bar. Misschien is het niet zo'n slecht idee om onze meiden op te sluiten.'

Ik schoof het restant van mijn sandwich van me af en stond op. 'En toch zit jij hier je bierkegel in mijn gezicht te blazen in plaats van op zoek te gaan naar hun moordenaar. Heb je pastoor Christophe al gevraagd wat hij over Adriana weet? Ze ging bij hem te biecht.'

Aan Bathgates opengesperde ogen zag ik dat hij daar niet van op de hoogte was.

'Ik hoorde dat je van plan bent morgen te vertrekken,' zei hij. Het roddelcircuit van Mull was dus inderdaad betrouwbaar. Ik vroeg me af hoelang de winkelier had gewacht nadat ik mijn tentje had gekocht, om de telefoon te pakken en het verhaal door te brieven. 'Jammer. Jij en ik hadden vrienden kunnen worden.'

'Heb ik even pech,' zei ik. 'Maar ik ben er zeker van dat je snel genoeg een lief eilandmeisje weet te vinden dat doet wat haar gezegd wordt.'

Mijn volgende bezoek was aan de keramiekwinkel omdat ik Lizzy wilde spreken. Het arme kind stond met rode ogen van het huilen achter de toonbank terwijl haar grootmoeder bezig was een al brandschone vloer te stofzuigen. Het had geen zin om te doen alsof ik voor iets anders kwam dan informatie inwinnen.

'Ik wil niet praten,' zei Lizzy, nog voordat ik de kans kreeg iets te zeggen.

'Natuurlijk wil je dat niet, Elizabeth,' zei haar grootmoeder. 'Maar ik ben bang dat het toch moet. Niemand is veilig tot deze moordenaar is gepakt. Wat wilt u weten, mevrouw Levesque?'

'Het gaat over Catriona,' zei ik. 'Over haar privéleven. Kunnen we ergens praten waar minder ramen zijn?'

Vijf minuten later zat de winkel op slot, was het bordje op de deur omgedraaid en zaten we in de boven de winkel gelegen woning – met een paar eenvoudige maar gezellige kamers die even veilig en idyllisch aanvoelden als de buitenwereld woest en wreed leek. Ik wachtte tot de koffie werd ingeschonken voor ik begon te praten.

'Had Catriona een vriendje, Lizzy?'

'Nee. Nou ja, een paar, maar geen speciaal vriendje. Er waren een paar jongens met wie ze soms afsprak.'

'Iemand die jullie niet kenden? Iemand van buiten het eiland of iemand die ouder was dan zij?'

'Nee, alleen maar jongens van hier. Bijna allemaal idioten. Gewoon om wat lol te maken,' legde Lizzy uit.

'Heeft ze het nooit gehad over iemand die ze had leren kennen via sociale media?'

'Welnee, wie neemt nou de moeite om helemaal naar Mull te komen? Daarom hadden we het er altijd over dat we hier weg wilden. Alsof je zin hebt om met een van die gastjes hier te trouwen.'

'En Lewis?' vroeg ik, terwijl ik een hap van een koekje nam. 'Vond Catriona hem niet leuk?'

'Jawel, iedereen vindt hem wel leuk. Maar ze hebben nooit gedatet.'

'Omdat hij daar geen zin in had, of zij?' Lizzy haalde haar schouders op maar gaf geen antwoord. 'Hebben jullie hem ooit een soort liefdesdrankje toegediend? Iets wat verkeerd viel, waardoor hij ziek werd?'

'Dat waren gewoon wat kruiden en Cat deed het alleen maar voor de lol. Die gast neemt zichzelf veel te serieus,' zei ze schamper.

'Wie heeft het hem gegeven?' vroeg ik.

'Dat ben ik vergeten, maar het was Catriona's idee. Wat heeft hij dan over haar gezegd? Hij hoort geen slechte dingen over haar te zeggen nu ze –'

'Hij heeft niets slechts gezegd. Ik vroeg hem hoe goed hij haar kende. Hij heeft me alleen verteld wat hem te binnen schoot. Wist jij dat op de avond dat Adriana is vermoord Catriona haar heeft geappt om te vragen of ze wilde afspreken?'

'Dat heeft ze zeker weten niet gedaan. Dat geloof ik niet,' zei Lizzy gedecideerd en ze keek me nu recht in de ogen.

'Hoe kun je daar zo zeker van zijn?' vroeg ik.

'Dan zouden ze niet met z'n tweeën zijn geweest. Wij waren Cats beste vriendinnen. Catriona reageerde echt ontdaan toen ze hoorde wat er gebeurd was. Als zij Adriana die nacht had gezien of met haar had afgesproken, dan zou ze ons dat hebben verteld.'

'Het appje kwam van Catriona's telefoon. Ik heb de lijst met berichten en gesprekken gezien. Ik heb het nummer zelfs gebeld om het te checken, en Catriona nam op.'

'Gelul,' zei Lizzy. 'U kunt wel denken dat Catriona iets heeft gedaan, maar ik zeg u dat dat onmogelijk is.'

'Zat er iets van een beveiliging op Catriona's telefoon, voor zover jij weet? Een code of een vingerafdruk, of zoiets?'

'Haar telefoon werkt met gezichtsherkenning. Niemand anders had daarbij gekund. Haar telefoon zat altijd in haar zak, behalve wanneer hij moest worden opgeladen. Het is een Android, net als die van mij, maar dan een wat ouder model. We hebben voor de lol een keer geprobeerd elkaars telefoon te ontgrendelen met ons gezicht, maar dat lukte niet. Misschien is ze gehackt?' opperde ze.

'Dat is heel lastig,' antwoordde ik. 'Sorry, ik heb nog één vraag. Je bent vast doodop.' Het meisje knikte droevig. 'Over die avond dat jullie de museumwinkel binnengingen – dat blauwe apatiet dat jullie wilden pikken –, waar wilden jullie dat precies voor gebruiken?'

Een lange stilte. Lizzy beet op haar nagels. 'Dat weet ik niet meer. Catriona wilde hem ergens voor. Ik voel me niet lekker. Nana, mag ik alsjeblieft gaan liggen?'

Haar grootmoeder keek mij eerst aan.

'Ik ben klaar,' zei ik. 'Fijn dat je even met me wilde praten.'

Lizzy verdween en ik dronk mijn koffie op.

'Er wordt gepraat,' zei haar grootmoeder. 'Ze zeggen dat jij altijd op het verkeerde tijdstip op de verkeerde plek bent en dat je te veel lijkt te weten. Ze hebben ons gewaarschuwd dat we je niet bij onze meiden in de buurt moeten laten.'

'Waarom doet u dat dan wel?'

'Schotland brengt sterke vrouwen voort. Ik ben niet gek. Mijn kleindochter zou 's avonds niet buiten moeten komen zolang die maniak nog niet gepakt is. Maar ik bepaal zelf wie er in mijn huis komt. Geen man kan mij vertellen wat ik moet doen. De meeste vrouwen die ik ken denken er ook zo over, ook al zijn ze op dit moment te verdrietig om daar ophef over te maken. Ik hoop dat je je niet laat wegjagen door de mannen hier.'

'Het is makkelijker als ze denken dat ik wegga,' antwoordde ik. 'Voorlopig tenminste.'

'Pak hem, alsjeblieft. Voor ons. Ik kan het niet aan door ons stadje te lopen zonder me af te vragen of een van de mannen die ik al veertig, vijftig jaar ken tot dit soort gruweldaden in staat is.'

'Ik doe mijn best,' zei ik. 'Hou de deuren op slot. Hou Lizzy veilig. Vertrouw niemand.'

Ik had zo verstandig moeten zijn om die raad zelf ook ter harte te nemen.

27

Ik haalde het maximale uit mijn laatste nacht onder een echt dak door een warme maaltijd in het restaurant te bestellen, een bad te nemen en zo veel mogelijk slaap te pakken. Ik werd vroeg wakker, pakte mijn rugzak in en glipte ongezien het hotel uit. Ik had de familie Clark al laten weten dat ik wegging, en aangezien zij de rekening betaalden hoefde ik alleen de sleutel op de onbemande receptiebalie achter te laten. Het was halfacht en het was nog donker. Vanaf zee kwam een kille mist aanzetten en ik realiseerde me dat de komende dagen of weken – afhankelijk van hoelang ik nog op Mull moest blijven – niet makkelijk of comfortabel zouden worden. Maar daar maakte ik me niet zo druk om. Er brandde een vuur in mijn buik dat niets te maken had met de aangebroken fles Lagavulin in mijn rugzak.

Om acht uur ging de buurtsuper open en deed ik inkopen – basisvoedsel dat lang meeging en makkelijk te dragen was, zoals rijst, melkpoeder en havermout. Daarna leverde ik mijn auto in bij het verhuurbedrijf, en vertelde daar dat ik hem niet meer nodig had en of ze wisten wanneer de ferry ging, dit om de indruk te versterken dat ik het eiland ging verlaten. Die truc zou niet lang succes hebben, maar ik had tijd nodig om rustig na te denken. De Clarks waren de enigen aan wie ik de waarheid had verteld. De komende dagen zou ik alleen telefoontjes beantwoorden van hen, van

Nate Carlisle en van mijn nieuwe journalistenvriend Lance Proudfoot.

De bibliotheek lag achter de middelbare school van Tobermory. De enige bibliothecaresse was bezig tafels af te stoffen die helemaal niet afgestoft hoefden te worden en begroette me met een knikje waarmee ze me tegelijkertijd duidelijk maakte dat ik moest zwijgen. Ik snapte niet zo goed waarom. Er was verder niemand.

Ik hing een tijdje rond bij de afdeling romans en loerde ondertussen naar de planken met boeken over de lokale geschiedenis. De bibliothecaresse wierp me zo nu en dan een blik toe terwijl ze een aftands karretje tussen de gangpaden voortduwde en een handvol boeken weer op hun plek terugzette. Een bibliotheekkaart zou ik niet zomaar kunnen bemachtigen, maar ik kon hier ook niet de hele dag zitten lezen nu ik nog heel wat kilometers moest lopen.

Ik liet in het voorbijgaan een boek onder mijn hoody glijden en voelde meteen mijn schuldgevoel opspelen. Ik had niks met stelen. Als ik gewoon naar de museumwinkel had kunnen gaan om daar een boek over de folklore van Mull te kopen, dan had ik dat zeker gedaan. Nood breekt wet, maar toch nam ik me voor om het boek terug te brengen wanneer ik op de terugweg Tobermory weer aandeed. Ik stak de weg over en liep naar een bankje in het Memorial Park om even rustig te kunnen bellen. Lance Proudfoot nam zoals gewoonlijk op nadat zijn telefoon slechts één keer over was gegaan.

'Als je me belt om te vertellen dat je weer een lijk hebt gevonden, dan neem ik de eerstvolgende ferry om je daar weg te halen,' zei hij.

Ik lachte. Dat iemand bereid was om hier onmiddellijk naartoe te komen om me te redden was precies wat ik wilde horen.

'Niet nodig,' antwoordde ik. 'Ik ben taaier dan je denkt.'

'Daar twijfel ik niet aan, maar ik weet ondertussen wat meer van wat daar allemaal speelt. Avondklokken en burgerwachten, gewapende kerels op straat – hoe kun je dan weten wie goed is en wie kwaad in de zin heeft?'

'Daar probeer ik nu achter te komen,' zei ik. 'Ik ben mijn hotel uit gezet, Lance. Ik ben van nu af aan alleen bereikbaar op mijn mobiel, en hou er rekening mee dat mijn telefoon niet altijd is opgeladen en dat ik niet overal bereik heb. Dus raak niet meteen in paniek als ik je pas een dag later terugbel.'

'Waar ga je heen?' vroeg hij.

'Ik ga kamperen. Ik ben aan veel zwaardere weersomstandigheden dan deze gewend, en ik heb al ik weet niet hoeveel nachten in een tent doorgebracht. Zo ben ik er zeker van dat niemand weet waar ik zit. Eerlijk gezegd kijk ik er zelfs een beetje naar uit. De natuur is voor mij de beste remedie tegen stress en gepieker.'

'Zou je niet liever tussen vier stevige muren zitten?' vroeg Lance.

'Ik heb sneeuwstormen op berghellingen overleefd nadat ik al mijn spullen was kwijtgeraakt. Ik red me wel.' Moeder Natuur was weliswaar wreed, maar ze was nu eenmaal geen bloeddorstige man met een mes.

'Goed dan. Je bent vast wel benieuwd naar wat ik heb gevonden. Het antwoord is: bijzonder weinig. Wat die politieagent van je betreft, Simon Bathgate, ik heb alleen maar informatie over de arrestaties en incidenten waarbij hij betrokken was. Mull kent een laag misdaadcijfer. Bathgate heeft een paar arrestaties verricht, kleine dingen. Mijn politievriend heeft wel een ouder verslag gevonden over een geval van huiselijk geweld. Een ex-vriendin van Bathgate belde het alarmnummer vanwege een incident toen ze allebei in Glasgow woonden. Toen de politie aankwam was de situatie weer onder controle en zei de vrouw dat ze overdreven gereageerd had. Geen proces-verbaal en geen arrestatie. Het werd afgedaan als een storm in een glas water. Dat was negen jaar geleden.'

'En hoe zit het met pastoor Christophe?'

'Is vanuit Frans-Guyana voor zijn studie verhuisd naar Schotland. Is cum laude afgestudeerd in de psychologie en heeft daarna nog theologie gedaan. Als geestelijke heeft hij in heel wat verschillende parochies gewerkt, maar ik kan er niet achter komen of hij ergens op een vervelende manier is weggegaan, tenzij ik er zelf naartoe ga om wat dieper te graven. Zijn carrière leek trouwens wel in de lift te zitten.'

'Dus pastoor worden in een kleine parochie op Mull ligt niet in de lijn der verwachtingen,' merkte ik op.

'Misschien wilde hij dichter bij God komen en meer tijd hebben voor contemplatie,' opperde Lance.

'Ja, of misschien wil hij gewoon graag heersen over zijn eigen kleine koninkrijkje,' zei ik. 'Ik ben nog steeds geïnteresseerd in Brandon Clark. Wat weet je over hem?'

'Dat is me niet gelukt,' zei Lance. 'Er is niks, en dan bedoel ik echt helemaal niks over hem bekend. We hebben zelfs de lijsten van Interpol gecheckt voor het geval ze naar een ander land waren gevlucht om een rechtszaak te ontlopen.'

'Ik was al bang dat je dat zou zeggen. Ik had normaal gesproken documenten of gegevens over hen in Californië moeten vinden, maar daar kwam helemaal niets uit.'

'Je hebt me eerder iets over hun paspoorten gevraagd – die zijn allemaal op dezelfde dag uitgegeven. Dat gebeurt bijna nooit. Dat geldt zelfs voor de beide echtelieden – de meeste volwassenen hebben al een paspoort voordat ze hun partner ontmoeten, wat betekent dat ze dat op verschillende momenten weer moeten vernieuwen. Vaak in een ander jaar, niet alleen in een andere maand.'

'Ga verder,' zei ik.

'Tenzij je een belangrijk detail over jezelf hebt veranderd. Zoals wanneer een gezin een nieuwe nationaliteit krijgt en alle paspoorten tegelijk worden verstrekt. Of wanneer een huis is afgebrand en alle paspoorten vernietigd zijn, zodat het hele gezin een nieuw paspoort moet aanvragen. Dus als er iets dramatisch is gebeurd.'

'Zo dramatisch dat dat ergens gedocumenteerd moet zijn, of dat ze me dat zouden hebben verteld,' zei ik. Lance zweeg. 'Ik zal wat dieper moeten graven.'

'Dat zou ik ook doen,' zei hij rustig. 'Adriana was het eerste slachtoffer. Zij zal je eerder op het spoor van de moordenaar kunnen zetten dan alles wat daarna is gebeurd. Als er in haar verleden iets is waar je niks over weet, dan ken je op dit moment maar het halve verhaal.'

'Bedankt, Lance. Wil je alsjeblieft door blijven zoeken, voor het geval dat? Als je me niet te pakken kunt krijgen en het is belangrijk, dan kun je contact opnemen met Nate Carlisle. Hij werkt als forensisch patholoog aan de Queen Elizabeth University in Glasgow. Hij zal alles willen horen wat je hem kunt vertellen.'

'Is het betuttelend als ik je vraag me één keer per dag te bellen of te appen, zodat ik weet dat je geen giftige bessen hebt gegeten of in een veenmoeras bent gezakt?'

'Niet betuttelend, maar onnodig. Ik kan een hele hoop aan en ik voel me in een tent net zo thuis als tussen vier muren. Maar zodra ik op Mull klaar ben ga ik bij jou als eerste langs. Dan gaan we samen iets drinken.'

'Afgesproken,' zei Lance. 'En zoals mijn vader altijd zei: wees dapper tot je stomme dingen gaat doen, dan moet je zorgen dat je weg bent.'

'Dat zal ik onthouden. Bedankt, Lance. Zorg goed voor jezelf.'

Ik stopte het boek in mijn rugzak, kwam overeind en keek naar de hemel. Het was bewolkt maar er hing geen regen in de lucht, en het was niet echt koud. Ik moest nog bij één adres langs voordat ik de stad verliet. Het werd tijd om te doen wat ik had moeten doen toen ik me voor het eerst realiseerde dat mijn cliënten niet waren wie ze zeiden dat ze waren.

28

Isabella Clark was bezig een huilende Luna te troosten toen ze de deur opendeed. Ze was een schim van de vrouw die ik had leren kennen, graatmager en haar gezicht en kleding waren ontdaan van elke kleur.

'Is er nog nieuws?' vroeg ze.

'Nee,' zei ik en ik liep naar binnen, hoewel ze me nog niet binnen had gevraagd. Dat zette meteen de toon voor het bezoek. 'Is Rob thuis?'

'Hij is aan het wandelen met Brandon. Ze hadden wat frisse lucht nodig. Het wordt allemaal een beetje...' Ze gebaarde vaag om zich heen. Er zat geen leven meer in, vond ik. Iedereen in het gezin was een beetje doodgegaan toen Addie hun was afgenomen. Luna begon te kronkelen in haar moeders armen, haar onderlip stak verdrietig naar voren. 'Sorry, maar dit is geen goed moment.'

'Isabella, ik ben op zoek naar een link tussen Adriana en Catriona. Ik zal haar spullen nog eens moeten doorzoeken. Vind je het goed dat ik jullie sleutel meeneem en nog eens terugga naar jullie huis?'

Isabella keek bedenkelijk en zuchtte. 'Dat moet dan maar, maar probeer haar kamer te laten zoals die was.'

'Natuurlijk, dat begrijp ik. Wist jij trouwens dat Adriana te biecht ging bij pastoor Christophe in de katholieke kerk? Ze kwam niet naar de kerkdiensten, zei hij, maar er waren duidelijk dingen waar ze mee zat.'

'Wat heeft ze hem verteld?' vroeg Isabella. Ze beet me de woorden toe, en ik keek haar nog eens goed aan. Rouw is geen emotie, het is een toestand. In mijn beleving werd je dan over een stormbaan van emoties gejaagd die bij elk obstakel veranderden – van verdriet in boosheid, van verwarring in eenzaamheid, van haat in berusting. De uitdrukking die nu op Isabella's gezicht verscheen hield het midden tussen woede en angst. Lance' onuitgesproken verdenkingen bleken een schot in de roos.

'Dat wilde hij niet zeggen,' antwoordde ik. 'Je weet dat het biechtgeheim absoluut en onschendbaar is. Voor altijd en eeuwig.'

Ze knikte en liep naar de keuken, waar ze een bos sleutels van een haak pakte. Ze hield me de sleutels voor maar trok haar hand terug toen ik ze wilde aannemen.

'Je zou het me toch wel vertellen als je iets ontdekt had, hè?' vroeg ze.

Ik aarzelde niet. 'Natuurlijk, je bent mijn cliënt. Ieder stukje informatie dat ik krijg geef ik aan jullie door –'

'Nee, je formele antwoord wil ik niet horen,' zei ze nadrukkelijk. Ze deed een stap dichter naar me toe en keek me diep in de ogen. 'Bestaat er een, hoe noem je dat, een soort wet of zo, die jou verplicht me alles te vertellen?'

'Niet in strafrechtelijke zin, nee. Maar wij hebben een contract gesloten en daar betalen jullie mij voor, en daar hoort ook volledige openheid van zaken bij.'

Isabella vloekte binnensmonds in het Spaans – sommige zinnen kun je onmiddellijk vertalen, of je de taal spreekt of niet.

'Is er iets specifieks waar je je zorgen om maakt? Op dit moment heb ik in elk geval geen recente informatie die jullie nog niet kennen.'

Isabella liet haar schouders zakken en deed een stap achteruit.

'Nee, nee,' zei ze. 'Ik vroeg me alleen af of jij Rob informatie geeft die hij voor mij verborgen houdt. Hij wil me niet van streek maken.' Ze plukte aan een rafel aan haar mouw en fronste. 'Je bent verplicht ons allebei op de hoogte te houden, toch?'

'Klopt,' zei ik, maar ik vroeg me af op welk moment ik ervoor zou kiezen geen informatie met hen te delen als daardoor een gevaarlijke situatie zou kunnen ontstaan.

'Ik hoef niet beschermd te worden,' zei ze zacht, alsof ze mijn gedachten had gelezen. Ze hield me de sleutels weer voor en deze keer mocht ik ze aanpakken.

'Ik gooi ze straks weer in de brievenbus.' Ik liep naar buiten en trok de deur achter me dicht.

Een kwartier later stond ik bij hun huis. De pers was er al achter gekomen dat de Clarks daar niet meer woonden en ze lagen dus niet meer dag en nacht voor de deur. Ik ging naar binnen, allang blij dat de gordijnen en de luiken dicht waren, deed de voordeur dubbel op slot, controleerde daarna of de keukendeur ook op slot zat en zette er een stoel voor zodat zelfs iemand met een sleutel niet binnen kon komen zonder dat ik het hoorde.

Ik nam de trap naar Adriana's slaapkamer en zat een tijdje op haar bed. Niet omdat ik dacht iets te vinden, maar om haar aanwezigheid weer te voelen. Ik had haar graag willen kennen. Dat zeggen mensen natuurlijk vaak over de doden. Overledenen worden altijd in positieve bewoordingen omschreven en krijgen uit respect een glanslaagje. Als we de waarheid over hen vertelden zou er chaos uitbreken. Mijn opa was daar een goed voorbeeld van. Hij was een hoge militair die carrière had gemaakt, zijn land onzelfzuchtig had gediend, een man die regelmatig goede doelen steunde en samen met zijn toegewijde, loyale echtgenote vier kinderen had gekregen. Het soort man dat mooie verhalen vertelde, populair was bij zijn vrienden en op de golfbaan een behoorlijk balletje kon slaan. Maar waar niemand op zijn begrafenis over repte was dat als hij verloor met golfen, als de aandelen kelderden of als hij een slok te veel ophad, hij kwaadaardig werd, eerst verbaal, maar hij had dan maar een klein zetje nodig om zijn vrouw met de vlakke hand in het gezicht te slaan. Nooit met zijn vuisten – dat moest je hem nageven. Nooit geschopt. Nooit een wapen gepakt. Maar slaan kon hij als de beste. Op zijn begrafenis stonden we daar braaf, werden er wat tranen vergoten en mooie woorden gesproken. Maar na afloop ging mijn oma naar huis en verbrandde al zijn kleren, foto's en spulletjes; daarna dronk ze een glas witte wijn bij het vuurtje en toostte met ons. Niemand vertelt de hele waarheid over de overledene.

Welke geheimen over Adriana werden achtergehouden, vroeg ik me af.

Ik liep naar de overloop. Brandons kamer zou geen nieuwe aanwijzingen opleveren. In plaats daarvan ging ik de slaapkamer van Isabella en Rob binnen. Die zag er netjes en opgeruimd uit. Geen onverwachte vondsten in het badkamerkastje. Ik wist niet eens waarnaar ik op zoek was en dat maakte het alleen maar lastiger. Iets wat onder hun bed lag, in hun schoenen, in de zakken van de broeken die in de kast hingen of in een boek was verstopt. Er was niets te vinden. Het werd tijd om beneden rond te kijken, hoewel ik daar al vaak genoeg was geweest. De keuken was functioneel ingericht, er was een kleine werkkamer met een leeg bureau en boekenplanken, en verder nog de zitkamer.

Ze hadden dit huis in grote haast verlaten en toch zag het er pico bello uit. Spaarzaam ingericht, eigenlijk. Isabella vond het vast niet fijn dat ik hier rondneusde. Ik besloot iets te doen om dat goed te maken. Midden in de nacht hadden ze amper tijd gehad om veel mee te nemen. Op Luna's bed lagen nog knuffels en een paar leg- en vormenpuzzels. Ik rende naar beneden, griste een vuilniszak uit het keukenkastje om het speelgoed in te doen, rende weer naar boven, pakte alles wat ik kon vinden en stelde me de glimlach op Luna's gezicht voor als ze haar spulletjes weer terugkreeg. Bijna klaar. Ik wilde net de kamer uit lopen toen mijn oog viel op een grote teddybeer in een katoenen pakje met bloemetjespatroon, die op een hoge plank zat. Hij had een brede glimlach op zijn gezicht en zijn poten hield hij wijd uitgespreid, alsof hij me welkom heette. Alleen al door naar hem te kijken voelde ik me meteen een stuk beter. Ik ging op Luna's bed staan, voelde even of het matras het hield, reikte toen naar boven en tikte de beer naar beneden in plaats van hem vast te pakken. Hij kwam op Luna's kussen terecht.

Ik pakte hem op en gaf hem een knuffel. Speelgoedbeesten doen iets met je, ze hebben iets troostends dat je nooit meer vergeet wanneer je er eentje dicht tegen je aan drukt. Mijn drie lievelingsknuffels zaten nog steeds op een plank in mijn kleerkast. In al die jaren had ik ze nooit weg kunnen doen. Soms stelde ik me voor dat ik ze aan mijn eigen zoon of dochter zou geven als ik eenmaal ergens lang genoeg gesetteld was om een langdurige relatie aan te gaan.

Ik draaide de beer om en wilde hem boven in de zak leggen toen ik het labeltje op zijn rug zag. Het was zo'n labeltje met de naam van het kind erop dat ze er op de crèche aan vastnaaien, zodat altijd duidelijk is welk speelgoed van welk kind is.

'Dit is het eigendom van...' Ik boog me voorover om het verbleekte handschrift op de stippellijn te lezen. '... Luna Wilde.'

Ik trok de beer weer uit de zak en ging op de rand van het bed zitten. Luna Wilde. Luna was een ongewone voornaam. Hoe waarschijnlijk was het dat deze beer eerst van een ander kind was geweest dat ook Luna heette?

Zeer onwaarschijnlijk, antwoordde mijn brein. Er bestond letterlijk geen enkele kans dat deze beer aan iemand anders dan aan de dochter van mijn cliënten had toebehoord. Alleen had ik nu werkelijk geen flauw idee meer voor wie ik nou eigenlijk werkte en waarom ze me nooit hun echte naam hadden gegeven. Ik rende met twee treden tegelijk de trap af en liep terug naar hun tijdelijke onderkomen.

Toen ik daar aankwam waren Rob en Brandon al terug. Ik glimlachte naar Luna en hield de vuilniszak omhoog.

'Ik heb hier een paar dingen in zitten die jij vast gemist hebt,' zei ik tegen haar. Haar ogen glansden en ze stak haar armen uit.

'Wat aardig van je,' zei Rob, terwijl hij zijn hand uitstak om de sleutels aan te nemen.

'Ik ga naar mijn kamer,' zei Brandon. Maar zo had ik me het gesprek niet voorgesteld.

'Ik vind dat we eens met z'n vieren moeten praten terwijl Luna met haar knuffels speelt,' zei ik. 'Zou je nog even beneden willen blijven?' Het was eigenlijk geen vraag.

'Squishy's!' gilde Luna opgetogen.

'En wat heb ik hier,' zei ik. Ik had de teddybeer voor het laatst bewaard en trok hem met een theatraal gebaar onder uit de vuilniszak. 'Ik denk dat dit beertje jou erg gemist heeft.'

'Blossom!' riep ze en ze wilde hem vastpakken.

'Weet je zeker dat die beer van jou is? Er staat een naam op zijn rug. Ik moet wel zeker weten dat ik hem aan het juiste meisje geef.'

'Blossom is van mij, ze is van mij!' gilde Luna. Ik gaf haar de beer, ze rende de kamer uit en klauterde de trap op.

Rob en Isabella staarden elkaar aan. Brandon keek strak uit het raam.

'Ik heb jullie gezegd dat ze erachter zou komen,' zei de jongen onbewogen.

Ik liep de kamer door en ging zitten. 'Dus jullie heten meneer en mevrouw Wilde?'

'Dat heeft niets te maken met Addies dood,' zei Rob. 'Het was niet relevant.'

'We hebben Sadie erbij gehaald om er zeker van te zijn dát het niet relevant was, zo zat het,' verbeterde Isabella hem. 'Tot Catriona werd vermoord waren we daar niet zeker van.'

'Ik moet alles van jullie weten. Als Adriana werd bedreigd en jullie me daar niets over hebben verteld...'

'Zij werd niet bedreigd,' zei Rob en hij plofte neer in een leunstoel. Isabella leunde met de armen over elkaar tegen de muur. 'Het ging om mij,' zei hij. 'Dit is allemaal mijn schuld.'

'Je hebt ons leven naar de kloten geholpen,' zei Brandon. 'Addie en ik zijn alles kwijtgeraakt.'

'Dat geldt voor ons allemaal,' zei Isabella zacht.

'Je had bij hem weg kunnen gaan,' zei Brandon. 'We hadden niet met hem mee hoeven gaan naar dit stomme kuteiland. En dan zou Addie nog leven.'

'Dacht je dat ik die conclusie zelf niet allang had getrokken?' vroeg Rob.

'Rustig, langzaam, en ik wil alle details weten, zodat ik mijn werk voor jullie kan doen als jullie me nog willen,' zei ik.

'Het lijkt me beter dat je gewoon weggaat,' zei Rob. 'Je hebt al veel meer ontdekt dan goed voor ons is.'

'Niet waar,' zei Isabella. 'Degene die Catriona heeft vermoord heeft ook iets te maken met de dood van Addie. Ik wil dat de dader daarvoor wordt gepakt.'

'Addie is dood!' schreeuwde Rob. 'Daar verandert niets aan.'

'Nee, klopt, maar ik moet het weten, Rob. Ik wil weten hoe het zat. Ik wil weten waarom ze is vermoord,' zei Isabella. Rob legde zijn hoofd in zijn handen en ze liep naar hem toe, sloeg haar armen om hem heen en kuste hem op zijn voorhoofd. 'Vertel Sadie alsjeblieft het hele verhaal. Ik kan zo niet verder. We moeten het zeker weten.'

Hij knikte, wreef met zijn hand over zijn gezicht en schraapte zijn keel.

'Goed dan. Maar dit is vertrouwelijke info die je absoluut niet verder mag vertellen. Ons leven hangt ervan af. We komen niet uit Californië. De afgelopen tien jaar hebben we in Las Vegas gewoond. En daarvoor in New York. Ik was een jonge accountant die graag bakken met geld wilde verdienen en carrière wilde maken. Toen ik het aanbod kreeg om als accountant intern voor een groot casino te gaan werken, leek het alsof er een droom uitkwam. Ik verdiende een dik salaris en omdat we niet langer in het dure New York hoefden te wonen konden we ons een echt mooi huis veroorloven, een grote auto, vakanties in het buitenland, noem maar op.'

'Mijn zus is dood,' zei Brandon. 'En jij hebt het nog steeds over alle dingen die we ons konden veroorloven?'

Ik bestudeerde Brandon aandachtig. De woede op zijn gezicht waarvan ik dacht dat die op de moordenaar van zijn zus was gericht was terug, maar nu besefte ik dat hij zijn vader voor dit alles verantwoordelijk hield. Het arme joch had zich verscheurd gevoeld. Al die woede, en hij kon er geen kant mee op.

'Ik was goed in mijn werk. Misschien te goed. Ik wist waar je het geld naartoe moest sluizen, hoe je winsten kon afromen door onkosten op te kloppen. Ik vond mezelf heel slim, maar wat ik deed was wel illegaal. Het casino maakte deel uit van een grotere groep en de andere casino-eigenaars wilden mij ook hebben. Ze konden me inhuren als specialist in witwassen.'

Isabella wreef in haar ogen. Ze was duidelijk uitgeput, maar nu begon ik een beeld te krijgen van een vrouw die al heel lang uitgeput was – misschien wel jaren – voordat haar dochter op een beestachtige manier was vermoord.

'Het kon niet lang zo doorgaan. Ik dacht dat de belastingdienst de boeken ooit zou willen inzien, maar uiteindelijk bleek het de FBI te zijn. Een van de casino-eigenaars was gearresteerd omdat hij vrouwen over de grens had gesmokkeld om, zoals hij het noemde, de zware gokkers wat "entertainment" te bieden. Ik wist daar niets van en ik zou er ook nooit aan meegeholpen hebben. Maar dat gaf hun een reden om de boel binnenstebuiten te keren.'

'Ach, man, hou toch op,' viel Brandon hem in de rede. 'Hij heeft een deal gesloten met de Feds en heeft ze alles verteld wat ze wilden weten over die casino-eigenaars in ruil voor ontslag van rechtsvervolging.'

'Heb je een getuigenis afgelegd tijdens de rechtszaak?' vroeg ik.

'Dat hoefde niet. Ik heb ze op een papieren spoor gezet waardoor ze zoveel informatie verzamelden dat alle verdachten meteen schuld bekenden in ruil voor strafvermindering. Ze zijn sowieso allemaal de gevangenis in gedraaid, alleen hoefden ze minder lang te zitten. Het probleem was dat de FBI me niet in een getuigenbeschermingsprogramma wilde opnemen. We kregen alleen nieuwe paspoorten en genoeg tijd om te verdwijnen. Ze hebben wel onderhandeld met de Britse regering zodat we ons hier konden vestigen. Ik heb genoeg geld op buitenlandse rekeningen staan, dus we kunnen hier leven zonder te hoeven werken. 't Is geen luxeleventje, maar we overleven het wel.'

'Addie niet,' zei Brandon.

Zijn vader wierp hem een woeste blik toe.

'Jullie waren bang dat Adriana's dood een wraakactie was omdat jij de casino-eigenaars aan de Feds hebt verraden?' vroeg ik. 'Is dat de reden waarom jullie mij erbij hebben gehaald in plaats van de politie in vertrouwen te nemen?'

Isabella en Rob knikten.

'Ik wil er zeker van zijn dat Luna en Brandon geen risico lopen,' zei Isabella.

'Ik kan heus wel voor mezelf zorgen,' mompelde Brandon.

'Is er ooit een specifiek dreigement geuit tegen Adriana of een van jullie?' vroeg ik.

'Vaak genoeg, voordat we uit Vegas weggingen. We hebben de socialemedia-accounts van de kinderen opgeheven, hun belgeschiedenis gedeletet en een andere achternaam aangenomen, maar we hebben de kinderen wel hun voornaam laten houden. Isabella en ik hebben onze voornaam veranderd – voordat we hierheen verhuisden heetten we Dennis en Alma Wilde – en in plaats daarvan gebruiken we nu onze tweede voornaam.'

'Is dat de reden waarom je Adriana's telefoon verborgen hebt gehouden voor de politie en voor mij?' De puzzelstukjes vielen nu snel op hun plaats.

Rob knikte. 'Ik wist niet zeker wat erop stond. Het kon zijn dat Addie iets over ons vroegere leven had gezegd of contact had opgenomen met vrienden van vroeger.'

'Zijn jullie bedreigd sinds jullie in Schotland wonen?'

'Daar hebben we niets van gemerkt. We hebben ons gedeisd gehouden, nooit foto's gemaakt, geen contact gelegd met toeristen. Sinds we hier zijn gekomen zijn we vooral thuisgebleven. Maar Adriana verzette zich daartegen. Zij wilde vrienden maken, een sociaal leven opbouwen,' zei Isabella.

'Maar Addie is toch door een eilandbewoner vermoord? Het heeft toch niets te maken met het feit dat ik zo godvergeten stom ben geweest?' Robs ogen stonden vol tranen. De schuld die hij met zich meedroeg was te zwaar geworden en nu bezweek hij. Hij had de wet overtreden en zijn gezin in gevaar gebracht waardoor ze genoodzaakt waren alles wat ze kenden en liefhadden achter te laten. Toen was zijn dochter vermoord, en daar had hij hoe dan ook schuld aan. Of het nu ging om een huurmoord in opdracht van gewetenloze, wraakzuchtige lieden met te veel geld, of om een psychopaat die in de ban was geraakt van de mooie, exotische latina met haar Amerikaanse accent, en die haar had verdronken omdat het in zijn eigen zieke fantasie paste. Linksom of rechtsom, Rob had hen hierheen gebracht en nu zou Addie hier nooit meer weggaan.

'Het lijkt mij niet om een huurmoord te gaan,' zei ik, al had ik nog nooit met een maffiazaak te maken gehad. 'Dan zouden ze je duidelijk hebben gemaakt dat Adriana's dood als wraak was bedoeld en dat ze je gevonden hadden. En dan ook nog eens Catriona vermoorden? Waarom zouden ze hier blijven om dat te doen? Veel te riskant en onnodig.'

'Toch wil ik weten wie haar heeft vermoord,' zei Isabella. 'Addie moet rust kunnen vinden.'

'Ik doe mijn best,' zei ik. 'Maar we kunnen de politie niet over jullie verleden vertellen. Zodra die gegevens in de nationale database belanden zijn ze niet langer geheim. Dan lopen jullie allemaal gevaar. Die gasten tegen wie jij hebt getuigd hebben vast heel diepe zakken, hè? Zo diep dat ze zelfs vanuit de gevangenis mensen kunnen betalen om verschrikkelijke dingen te doen?'

Rob liet zijn hoofd hangen. 'Absoluut,' zei hij.

'Goed.' Er viel niets meer te zeggen. Ik moest terug, en alles wat ik over Adriana's dood wist opnieuw tegen het licht houden om te kijken of ik eventueel iets over het hoofd had gezien. Daar had ik tijd voor nodig, rust en een helder hoofd. 'Ik ga kamperen, maar ik blijf wel in de buurt van Tobermory. Op maximaal een uur lopen. Jullie kunnen me altijd bellen en dan kom ik meteen. Maar voorlopig is het het beste als zo weinig mogelijk mensen weten dat ik nog bij deze zaak betrokken ben.'

'Snap ik,' zei Rob. Hij stond op en liep met me mee naar de deur. 'Sadie, het spijt me. We dachten dat het verstandiger was om je niets te vertellen, om je alleen de zaak te laten onderzoeken en te zien waar dat heen leidde.'

'Begrijp ik,' zei ik.

Hij deed de deur zachtjes dicht. Ik maakte me zorgen om hem – om hen allemaal. En omdat ik me zoveel zorgen maakte dacht ik er niet aan om voor mezelf te zorgen. Het kwam geen seconde in me op om even te checken of ik werd gadegeslagen of gevolgd. Daarom had ik geen erg in de ogen die mij de stad uit volgden. Toen ik aan mijn wandeltocht begon hield ik er geen moment rekening mee dat iemand me in de gaten kon houden.

29

Vanuit Tobermory volgde ik de weg in zuidwestelijke richting, en liep vandaar de heuvels in. De huizen stonden hier steeds verder uit elkaar en ik probeerde zo min mogelijk op te vallen op weg naar de plaatselijke camping. Die zag er prima uit. Ze hadden er zelfs hete douches en werkende toiletten, allemaal dingen die ik de komende twaalf uur zou moeten missen. Toen ik er aankwam wierp ik even een verlangende blik op het grindpad, en vervolgde daarna mijn weg. Het was nog vroeg in de middag en veel warmer zou het vandaag niet worden. Door het wolkendek scheen een zwak zonnetje, maar het was droog en dat zou het de komende dagen ook blijven. In de berm stond bruin verkleurd gras, maar verder van de weg af, naar het noorden, lagen dichte bossen. Ik liep door.

Na een uur stevig doorlopen bereikte ik de punt van Loch Peallach. Daar verliet ik het pad en volgde een beekje tot aan de bosrand, klom over een prikkeldraadomheining en liep het bos in. Vandaar had ik alleen nog mijn kompas om me te gidsen, maar een eindje verderop zag ik een geschikte open plek.

Ik legde grote stenen in een cirkel om een vuurplaats te maken en ging hout zoeken. Met water uit het beekje en genoeg ruimte om mijn tent op te zetten had ik alles wat ik nodig had. Door het laaggelegen land en de dekking van de bomen zou de rook me niet snel verraden. Toch was ik van plan om maar een bescheiden vuurtje aan te leggen en het net lang genoeg te laten branden om mijn eten en het water te verhitten.

Al met al had ik twee uur nodig om mijn kampeerplek in te richten, en terwijl ik daarmee bezig was besefte ik dat ik me voor het eerst sinds ik die kroon van zeewier onder mijn kussen had aangetroffen echt veilig voelde. Zelfs hier in de openlucht ging er iets geruststellends uit van de bossen. Hier zou ik hoogstens een adder tegen kunnen komen. De zon ging om halfzeven onder, zodat ik nog een uur daglicht overhield om te koken. Ik mikte een paar worstjes in een pan, met een gesneden uitje erbij en wat jus in poedervorm, en besefte toen pas hoeveel trek ik had. Ik pakte het gestolen bibliotheekboek uit mijn rugzak en ging met mijn rug tegen een grote boom zitten om de tijd te doden tot het eten klaar was.

Ik bladerde vanaf de eerste bladzijden door het boek, zonder te weten waarnaar ik op zoek was. De auteur had nauwgezet onderzoek gedaan naar de geschiedenis van het eiland, en met de beschrijving van de steencirkels, de invasies van de Vikingen en al die koninkrijkjes die door de eeuwen heen aanspraak op het eiland hadden gemaakt was het al met al een lijvig boekwerk geworden. Iets voorbij de helft van het boek ging het over de mythen en legenden van Mull, en tot mijn verbazing bleek dat een lang hoofdstuk te zijn. Met een aluminium bord op mijn schoot en gloeiend hete zwarte koffie in mijn mok begon ik te lezen.

Mackinnon's Cave kwam al snel ter sprake. Ik had al over de geschiedenis gelezen toen ik op zoek was naar plekken waartoe tieners zich aangetrokken voelden, maar de mythische aspecten had ik over het hoofd gezien. Diep in de grot lag een grote platte steen, Fingal's Table, die naar verluidt vroeger als altaar was gebruikt. Volgens een ander verhaal was een fluitspeler met een groepje ontdekkingsreizigers ooit de grot binnengegaan om te zien hoe diep die was. Door de heilige grot binnen te dringen hadden ze de woede van een heks over zich afgeroepen die de ontdekkingsreizigers vermoordde maar de fluitspeler liet leven, op voorwaarde dat hij niet ophield met spelen tot hij buiten de grot het licht van de opkomende zon had bereikt. Hij accepteerde de uitdaging en liep terug naar de ingang van de grot, maar raakte onderweg uitgeput en buiten adem. Toen hij stopte met spelen, viel de heks hem aan. Zijn verminkte lichaam werd later teruggevonden bij de ingang van de grot.

Mull was al eeuwenlang een soort mekka voor heksen, wat niet slechts een enkele legende had opgeleverd maar talloze verhalen, waarin het vaak niet om één heks ging maar om een heel volk van heksen dat eeuwen achtereen op het eiland had geleefd.

Een volle maag, houtrook waardoor mijn hoofd zwaar aanvoelde, de wirwar van informatie die mijn gedachten vertroebelde – van Rob Clarks onthullingen tot de herdenkingsdienst voor Catriona Vass. Mijn ogen vielen langzaam dicht en ik verzette me er niet tegen. De brede stam van de boom voelde comfortabel aan en de aarde onder me was warm. Mijn pogingen om wakker te blijven werden door een zacht briesje weggeblazen, en het boek viel dicht in mijn schoot.

Ik schrok wakker van een kriebelig insect op mijn gezicht en sloeg het weg, waardoor het boek van mijn schoot gleed. Met mijn andere hand tastte ik blindelings in het donker om me heen. Het vuur was al vrijwel uit, en het enige wat restte was een laagje gloeiende as en wat kringelende rook. Ik strekte mijn stijf geworden schouders en wilde de tent in kruipen om te gaan slapen. Op dat moment klonk er gedreun in het bos. Ik bleef staan, leunde met een hand tegen een boom om me te oriënteren en draaide mijn hoofd naar links en naar rechts om het geluid te lokaliseren.

Boem, boem, boem, boem.

Aanvankelijk leek het van alle kanten te komen, als een balletje in een flipperkast dat tussen de bomen heen en weer schoot, maar als ik mijn hoofd een kwartslag draaide hoorde ik het volume duidelijk toenemen. Het was niet echt slim om weg te lopen van de tent, maar het geluid klonk zo dichtbij dat ik waarschijnlijk vrij snel kon achterhalen waar het vandaan kwam. Ik kon het natrillen van elke trommelslag duidelijk herkennen, en horen wanneer er harder of juist zachter geslagen werd. Het geluid was niet zo ver weg dat het alleen maar een soort ruis was.

Ik wachtte tot het ritme weer werd opgepakt, dit keer sneller en nadrukkelijker. Het klonk niet mechanisch – niet als een machine of een motor. Dit was een door mensen gemaakt geluid, getrommel. Als iemand me uit de tent wilde lokken, dan had diegene dat goed aangepakt. Ik was namelijk niet van plan om in mijn tentje te kruipen wanneer er iemand anders in het bos was.

Ik kon me wel voor mijn kop slaan toen ik me realiseerde dat ik de kaart van de omgeving niet had gedownload, en dus mijn positie niet kon bepalen. Maar daar had je kompassen voor. Met een zaklamp in de hand, een grijze muts om mijn haar te bedekken, zwarte handschoenen en donkere kleding, schopte ik op het laatst wat aarde over de resten van het vuur en ging toen op pad om te kijken waar het lawaai vandaan kwam. Eerst liep ik terug naar de weg en vandaar naar het noordelijkste puntje van Loch Peallach.

Telkens als ik het geluid weer hoorde bleef ik stilstaan. Het had iets bedrieglijks, soms klonk het van veraf en soms alsof het van dichtbij kwam, afhankelijk van de dichtheid van de bomen om me heen. Een heldere halvemaan verlichtte het pad, zodat ik snel langs de bosrand kon doorlopen. Aan de andere kant liep op een meter afstand een prikkeldraadomheining en daarachter groeide struikgewas tot aan de weg. Ik keek voortdurend om me heen. De berenspray voelde geruststellend aan in mijn jaszak. Ik had ook mijn telefoon meegenomen voor het geval ik plotseling bereik had of foto's moest maken, maar verder was ik hopeloos slecht gewapend. Maar dit was iets waar ik goed in was. Diplomatie was niet mijn sterke kant – ik had mezelf niet geliefd gemaakt in Tobermory – maar hiken, spoorzoeken en jagen waren dingen waar ik goed in was.

Ik liep gebukt verder toen het terrein wat opener werd en wachtte tot het getrommel weer begon. Toen ik het weer hoorde, klonk het lichter en muzikaler. Ik liep naar de rand van het loch en realiseerde me dat ik de afstand tot de geluidsbron verkeerd had ingeschat. Het roerloze water fungeerde als een speaker. Het geluid weerkaatste op het water en plantte zich voort zonder aan volume in te boeten. Het lawaai dat voor mijn gevoel van vlak achter de bosrand aan mijn kant kwam bleek helemaal vanaf de overkant van het loch te komen. Van hoe ver viel niet goed te bepalen. Op de kaart had ik gezien dat de heuvel in het zuiden Meall Doire nan Damh heette, en daarvoor lag een stuk bos. Er zat niets anders op dan doorlopen.

Ik sprintte de weg over, liep op een drafje om de zuidkant van het loch heen waar ik nog steeds van alle kanten zichtbaar was en bleef pas stilstaan toen ik weer bij de bosrand was aangekomen. Het water was stil en zwart. Ik keek weer op mijn kompas. Vanaf mijn kampeerplek was ik in zuidzuidoostelijke richting gelopen.

Toen het geluid opnieuw weerklonk, ging het gepaard met een menselijke kreet. Een vrouwenstem, geen schreeuw maar een uitroep. Een woordeloze keelklank. Zonder het water tussen mij en de bron van het geluid vingen mijn oren de richting beter op; ik liep er nu doelgericht op af en van hieraf liep het terrein geleidelijk omhoog, wat me ook wel logisch leek. Het geluid rolde de heuvel af en ging verder over het loch. Ik bleek aan de andere kant van het loch de echo te hebben gehoord.

Met veel tegenzin knipte ik mijn zaklamp uit en stak hem in mijn zak; in het duister zou de lichtbundel iedereen waarschuwen dat ik eraan kwam. Maar onder het dichte bladerdek had ik amper profijt van het maanlicht. Ik bewoog me onhandig voort door het donker, en bad dat ik de talloze beesten in het bos niet zou storen of over een boomstronk zou struikelen. Daardoor schuifelde ik voetje voor voetje voort, steun zoekend bij bomen en met mijn tenen voorzichtig aftastend waar ik mijn voeten veilig kon neerzetten. Tot twee keer toe dreigde ik te vallen en kon ik me alleen staande houden door takken vast te pakken. De volgende kreet die door het bos weergalmde klonk dierlijk. Geen tromgeroffel nu. Boven mijn hoofd, op een helder verlicht plateau, was de nacht tot leven gekomen.

'Kom!' De stem klonk zo helder dat ik stokstijf bleef staan omdat ik er zeker van was dat ik gezien was.

'Thuis!' schreeuwde een andere stem.

'Leef!' Dit was een jongere stem, hoger.

'In!'

'Ons!' De triomfantelijke finale, en nu begon het tromgeroffel weer, maar deze keer gejaagd, als een snelle hartslag.

Ik maakte me klein en sloop stapje voor stapje dichterbij, terwijl mijn hart net zo snel ging als de trommelslagen, en net zo luid klonk in mijn oren.

Er was geen groot vuur in het midden, er werd niet gedanst, geen van de clichés waarop mijn brein me had voorbereid. Dit was geen plek met menhirs of een eeuwenoud altaar. Het was gewoon een open plek in het bos, met recht tegenover mijn schuilplaats een smal pad dat het bos in liep.

De vrouwen waren naakt en bedekt met een roodbruine plakkerige, kleiachtige substantie. Zelfs hun gezicht en haren waren ermee bedekt. In totaal telde ik negen vrouwen, wier slanke tailles en sterke lichamen het duidelijkste bewijs vormden van het feit dat ze allemaal nog relatief jong waren. Ik waagde het mijn hoofd iets verder op te richten om beter te kunnen zien wat ze aan het doen waren. Een voor een droegen de vrouwen een dood beest naar het midden van de open plek, knielden en begonnen met hun blote handen in de aarde te graven. Daarna stapte een oudere vrouw met grijs haar dat niet volledig bedekt werd door de klei naar voren, met een holle steen in haar hand die blijkbaar een brandbare olie bevatte. Het effect van de vlammen had iets hypnotiserends.

'Catriona, zuster, je zult in elk van ons voortleven en in de ziel van ieder wezen op dit eiland. Niets is ons ontnomen, niets is voor ons verloren gegaan, niets is in het verleden, niets is voor eeuwig.'

De jonge vrouwen waren verwoed aan het graven. Toen de kuilen groot genoeg waren, legde elk van hen haar dode beest in de aarde neer. De vrouw liep van het ene graf naar het andere en liet er een paar druppels brandende vloeistof in vallen. De vrouwen leunden achterover, met hun gezicht naar de hemel terwijl de rook over hun hoofd dreef.

Ik bestudeerde de aanwezigen een voor een en probeerde ze te herkennen, maar de duisternis, de rook en de klei spanden samen om hen onherkenbaar te maken en ik durfde mijn hoofd niet boven de struiken uit te steken. De wind voerde de lucht van verschroeid haar met zich mee en ik draaide mijn gezicht weg om de stank te vermijden.

Dat was de enige waarschuwing die ik kreeg. Te kort om te kunnen reageren. Maar hoe snel ik ook had gereageerd, ik had nooit weg kunnen rennen of de klap kunnen ontwijken. Tegen de tijd dat mijn ogen de gestalte achter me registreerden had hij de tak met zoveel kracht en precisie op me laten neerkomen dat ik meteen knock-out ging.

In dat vertraagde moment waarin ik besefte wat me boven het hoofd hing had ik nog tijd om te bedenken dat ik de nacht niet zou overleven, dat niemand wist waar ze naar mijn lichaam moesten zoeken en dat ik het bibliotheekboek dat ik eerder op de dag had meegepikt nooit meer zou kunnen terugbrengen.

Ik had het slechts gedeeltelijk goed.

30

Ik zweefde, leek even in de lucht te hangen, voelde een ruk en viel. Eerst kwam ik met mijn billen op iets hards en ruws terecht, en daarna met mijn rug. In mijn schedel was een orkest aan het inspelen, veel te hard en vol dissonanten. De pijn klopte in de maat met de kakofonie. Ademhalen ging moeizaam en ik wilde mijn hand omhoogbrengen om de oorzaak te vinden, maar tot mijn verbazing waren mijn armen achter mijn rug vastgebonden.

Meteen was ik klaarwakker, mijn herinnering denderde als een sneltrein het station binnen en toonde me die laatste wazige seconden toen de tak met een krachtige uithaal mijn slaap raakte. Het was een rake klap. Ik snakte naar adem, verstarde en haalde oppervlakkiger adem om lucht te krijgen. Sjorrend aan het touw om mijn polsen gleed ik naar rechts maar vond geen houvast, en ik gleed steeds verder weg tot ik mijn benen gebruikte om mijn val te breken.

Pikkedonker. Geen enkel geluid behalve mijn eigen paniek. Er zat geen enkele logica in. Ik bewoog niet. Het was het enige wat ik kon doen. Me niet verroeren, kalmeren, erachter zien te komen waar ik was en wat er aan de hand was, resetten. Hoewel het donker was sloot ik mijn ogen en probeerde rustig door mijn neus te ademen omdat het leek alsof mijn luchtpijp werd dichtgesnoerd. Ik wist dat ik in de problemen zat. Waarschijnlijk had ik nog nooit zo erg in de problemen gezeten. Ik wist ook dat paniek me niet uit deze situatie zou redden.

Door mijn benen voorzichtig te bewegen kreeg ik een beter idee van mijn positie. Ik zat schrijlings op een soort cilinder zonder dat mijn voeten de grond raakten. Met mijn achter mijn rug gebonden handen tastte ik rond om te voelen of ik de textuur kon thuisbrengen en het antwoord drong traag tot me door toen mijn vingertoppen over de ruwe bast schraapten. Ik spande mijn buikspieren stevig aan om rechtop te blijven zitten, klemde mijn enkels om de boomtak waarop ik terecht was gekomen en deed mijn ogen weer open.

Deze keer begonnen mijn ogen te wennen aan het halfduister. Ondanks het dichte bladerdak en mijn kloppende schedel zag ik dat de dikke tak zeker twee meter boven de grond hing. Toen ik mijn hoofd omdraaide om de omgeving op te nemen, voelde ik iets langs mijn nek schuren.

Touw.

Net los genoeg om mijn keel niet volledig dicht te snoeren, maar wel zo strak dat er weer een angstgolf door me heen ging. Ik moest dat touw van mijn nek zien te krijgen. Dat zou me nooit lukken zolang mijn handen achter mijn rug waren vastgebonden, dus moest ik mijn armen eerst langs mijn billen en mijn opgetrokken benen naar voren zien te halen. Maar als ik een fout maakte en opzijgleed...

'Dan h-h-hang je,' zei een man onder me. Hij kwam achter de boom vandaan waar hij kennelijk had staan wachten tot ik bijkwam. 'Als je van de t-t-tak valt, is het t-touw t-te kort om met je voeten bij de grond t-te komen.' Die paar woorden waren voor mij genoeg om zijn stem te herkennen. Rhys Stewart, ook wel bekend als Skittles, stond onder me en hield mijn leven in zijn handen. 'Luister je wel?' Hij gaf een ruk aan het touw dat hij vasthield en meteen werden mijn polsen opzijgetrokken en sleurden me mee.

Ik klemde mijn dijen zo stevig mogelijk om de boomstam om

recht op de tak te blijven zitten. De strop om mijn nek zat vast aan de tak voor me, natuurlijk. Een tweede touw liep van mijn handen naar Skittles zodat hij wat met me kon spelen en me daarna van de tak kon sleuren, de dood tegemoet. Ik ademde te snel en terwijl ik mijn toekomstige moordenaar probeerde te peilen kon ik geen zinnig woord uitbrengen. Geen grot voor mij dus, tenzij dit nog maar het begin was van wat hij van plan was.

'Z-z-zeg 'ns iets!' tierde hij en hij rukte weer aan het touw, harder dit keer.

In mijn hoofd streden twee soorten angst om voorrang. Het panische besef wat er zou gebeuren als ik het verkeerde antwoord gaf, en de zekerheid dat hij razend werd en me sowieso zou vermoorden als ik bleef zwijgen.

'Wat wil je dat ik zeg?' vroeg ik.

'Ik wil dat je s-sorry zegt!' schreeuwde hij. 'Je bent mijn huis binnengedrongen. Ik heb nooit gezegd dat je mijn huis binnen mocht!'

Zijn agitatie zou mijn einde betekenen, want elk woord ging gepaard met een rukje aan het touw.

'Je hebt gelijk,' zei ik zacht. 'Rhys, het spijt me. Toen ik de winkel binnenging was de deur open, en nadat die meiden naar buiten waren gerend zat ik opgesloten.'

'Maar je hebt je verstopt,' raasde hij. 'Je hebt rondgesnuffeld. Je bent naar beneden gelopen.'

Ik leunde naar voren met mijn lijf om stabieler te zitten terwijl hij heen en weer begon te lopen. Als ik schreeuwde zou dat voor hem alleen maar een stimulans zijn om me het zwijgen op te leggen. Het tromgeroffel en het gezang van de vrouwen en meiden waren gestopt en ik had geen idee hoe ver hij me had meegesleept of hoelang ik bewusteloos was geweest.

'Je had het r-r-recht niet,' zei hij. Hij klonk nu wat rustiger. Hij zette een voet op de onderste tak en klom een stap omhoog, naar me toe.

Door die beweging vroeg ik me af hoe hij me in godsnaam in die boom had gekregen, maar de aanzet van de grote takken vormde een natuurlijke trap. Bovendien was hij sterk. Niet groot, maar stevig gebouwd, en aan het strak aangetrokken touw rond mijn polsen te voelen wist hij ook hoe hij een knoop moest leggen. Dat voorspelde niet veel goeds wat betreft mijn kansen om die strop van mijn nek te schuiven.

'Ik was bang,' zei ik naar waarheid. 'Ik was bang toen ik opgesloten zat in de winkel. Ik kende je niet en ik wist niet hoe je zou reageren als ik liet merken dat ik daar was. Maar het was niet goed wat ik deed.'

'Waarom ging je naar de kelder?' wilde hij weten.

Hij was weer een tak dichterbij gekomen en het touw tussen hem en mijn polsen voelde iets losser aan.

'De enige reden waarom ik die kelder binnen ben gegaan was om te kijken of er een achterdeur was. Ik wilde gewoon weg zien te komen. Alsjeblieft, Rhys, als je me laat zakken dan vertel ik je hoe het allemaal is gegaan. Ik wilde je niet in de problemen brengen. Het was een misverstand.'

'Weet je wel wat je hebt gedaan?' schreeuwde hij.

Nog een stap hoger. Hij verdween even achter de stam en dook aan de andere kant weer op. Zijn hoofd bevond zich nu ter hoogte van mijn dijen en ik wist niet goed of ik hem nu wel of niet aan moest kijken. Het leek me het veiligst om mijn ogen strak op de grond gericht te houden. Mijn adem was warm en rook zurig, en het touw rond mijn nek schuurde mijn huid open. Het beetje kalmte dat ik had weten te bewaren verdween in de nachtlucht.

'Ik heb de politie gebeld. Probeer het alsjeblieft te begrijpen. Toen ik die botten zag werd ik doodsbang. Ik weet zeker dat er een goede verklaring voor is. Ik heb je nergens van beschuldigd.'

'Jij denkt dat ik die meiden heb vermoord, hè,' zei Skittles en hij klom nog een tak hoger zodat zijn gezicht dicht bij dat van mij kwam. 'Dat denk je, hè?'

Zijn stem klonk boosaardig. Op dat moment wilde ik het niet weten. De details van hun lijden en angst werden me te veel, terwijl ik op die tak wanhopig mijn evenwicht probeerde te bewaren en ondertussen mijn handen probeerde te bevrijden waarbij ik mijn polsen openhaalde.

'Ik weet wel hoe de meiden in het dorp over me denken. Ze giechelen en wijzen...'

'Alsjeblieft... doe me alsjeblieft geen pijn.'

Ik voelde een koude pijn in mijn borst, alsof er een priem in werd gestoken.

'Die meiden waren wreed,' vervolgde hij. 'Ze keken naar me of ik een stuk vuil was.'

'Tieners begrijpen vaak niet hoe diep ze anderen kunnen kwetsen,' zei ik. 'Ze doen zo gemeen omdat ze de gevolgen niet overzien. Als ze hadden geweten hoe verschrikkelijk veel pijn ze jou deden –'

'Ik ben blij dat ze dood zijn!' schreeuwde hij en hij pakte mijn gezicht vast, kneep hard in mijn wangen en trok me naar zich toe.

Ik probeerde uit alle macht recht op de tak te blijven zitten, maar ik had niet meer genoeg kracht in mijn benen, zodat ik opzijrolde en tegen hem aan viel, met mijn schouder tegen zijn borst en mijn gezicht een centimeter van het zijne.

'Denk je dat ze bang waren?' vroeg hij.

'Natuurlijk,' antwoordde ik.

'Ben jij bang?'

Mijn snik, als van een kind, radeloos, doorboorde de lucht.

'Je hebt alle reden om bang te zijn,' zei hij. 'Net als al die andere mooie meiden.'

'Je hoeft dit niet te doen,' zei ik. 'Het spijt me heel erg.'

Hij kneep nog harder en ik proefde bloed toen mijn tanden in mijn wangen sneden.

'Je hebt mijn papa van me afgepakt.' Hij huilde nu ook, onze tranen stroomden tegelijk over onze wangen, zijn snot drupte op mijn kin, zijn adem kwam in mijn mond. 'Ik heb hem nodig.'

Ik voelde me duizelig door het gebrek aan zuurstof en trilde over mijn hele lijf. Hij kraamde nu wartaal uit.

'Wat?' was het enige wat ik kon uitbrengen.

'Mijn papa!' gilde hij. 'Ze hebben hem weggehaald. Jij hebt het ze verteld en toen zijn ze gekomen en hebben hem weggehaald.'

Schreeuwend schudde hij me heen en weer. Mijn benen voelden krachteloos aan en ik vond geen enkel houvast meer. Ik gleed als een lappenpop alle kanten op.

'Ik snap het niet,' zei ik.

'Ik d-d-deed niemand kwaad en het is jouw schuld dat ze hem hebben weggehaald.'

Eindelijk drong tot me door wat hij wilde zeggen.

'Het skelet...' bracht ik moeizaam uit, '... was dat je vader?'

'Hij hield v-v-van me,' krijste hij.

Hij gaf me een harde klap waardoor mijn hoofd tegen de tak sloeg, en toen hij grijnsde ving ik een glimp op van de ivoorkleurige glinstering van het maanlicht op zijn gebit.

Ik spande mijn buikspieren aan om te voorkomen dat ik viel en klemde mijn hielen zo stevig mogelijk om de tak. Kwam overeind en gaf hem een kopstoot, terwijl ik mezelf dwong mijn ogen open te houden zodat ik hem precies tussen de zijne kon raken.

Skittles wankelde naar achteren, waardoor mijn vastgebonden polsen werden meegetrokken omdat hij het touw om zijn hand had gewikkeld. Ik viel tegen hem aan terwijl hij een paar takken vastgreep om zijn val te breken.

'Kreng!' gilde hij. 'Vuile teef!' Niks geen gestotter nu.

De enige weg naar beneden was door te vallen. Dat was de hele tijd al zijn plan. Ik hoopte dat ik zwaar genoeg was, zodat mijn nek in één keer zou breken. Ik wilde niet dat hij naar beneden zou klimmen en dan aan mijn benen ging hangen terwijl ik naar adem snakkend spartelde en om me heen schopte. Ik wilde niet dat hij de laatste minuten zou toekijken terwijl ik langzaam stierf.

Ik spuugde hem in het gezicht terwijl hij uit alle macht aan het touw begon te trekken, en bleef hem strak aanstaren. Als ik dan moest sterven, moest hij de blik in mijn ogen zien terwijl ik doodging, in de hoop dat die hem de rest van zijn leven zou blijven achtervolgen. Ergens had ik me er nog niet bij neergelegd dat hij het zou doen. De realiteit van onze eigen dood is iets wat we bijna onmogelijk kunnen bevatten.

Toen begon het rukken, eerst aan mijn polsen, waardoor mijn ene schouder het zwaar te verduren kreeg. Mijn nek knakte de andere kant op en ik gleed langzaam opzij. Mijn benen schraapten over de ruwe tak, waardoor mijn jeans scheurde en aan de bast bleef haken. Maar niet genoeg om mijn val tegen te houden. Of me te redden.

Ik kon mijn val niet meer tegenhouden en Skittles liet het touw los toen ik langs hem heen schoot. Mijn enkels, waarmee ik de boomtak had omklemd, bleken toch te zwak en lieten als laatste los.

De schok van de straktrekkende strop was het laatste wat ik merkte, en voor mijn ogen vlogen mijn benen de lucht in alsof ik op een schommel zat. Ik hoorde geschreeuw en het werd donker. En er was zoveel pijn, zo verschrikkelijk veel doodsangst, dat ik blij was dat ik stierf.

31

Ik viel voor de tweede keer en werd me daar pas van bewust toen ik tegen de grond smakte. Boven mijn hoofd hoorde ik luide stemmen, van een man en een vrouw. De strop zat strak om mijn nek, maar mijn longen kregen nog een heel klein beetje lucht. En ik was blind. Terwijl de wereld langzaam om me heen draaide bleef ik roerloos liggen, wachtend op wat komen zou. Angst had plaatsgemaakt voor berusting. Mijn handen waren nog steeds vastgebonden, mijn benen waren krachteloos en mijn tong was een gezwollen lap vlees die tussen mijn lippen uit stak. Het kleine beetje lucht dat ik binnenkreeg ademde ik door mijn neus in. Liever was ik bewusteloos gebleven, hoe kort dat ook geduurd had.

Een koele hand werd op mijn voorhoofd gelegd en hield me in bedwang terwijl het touw om mijn nek werd losgemaakt.

'Je bent veilig,' zei een vrouw. 'Blijf maar rustig liggen.'

Alsof ik iets te kiezen had.

'Ze verdiende het!' schreeuwde Skittles.

'Jij gaat nu naar huis,' zei de vrouw. 'Ik zorg wel voor haar.'

'Ze had moeten sterven,' zei Skittles.

'Je bent overstuur,' zei de vrouw. Er werd aan de touwen rond mijn polsen gesjord en opeens waren mijn armen vrij. Maar nog steeds verroerde ik me niet. 'Ik begrijp het, maar dit is niet de goede manier om je verdriet te verwerken. Je vader zou niet gewild hebben dat je de rest van je leven in een cel moet doorbrengen.'

Skittles slaakte een kreet van woede en stampte op een paar centimeter van mijn hoofd met zijn voeten op de grond.

De vrouw had me losgelaten. Als ik nog iets van kracht over had gehad, zou ik weer bang zijn geworden, maar ik had geen kracht meer over. Helemaal niets. Ik draaide mijn gezicht naar het gebladerte en wachtte op de klap.

'Als je haar nog één keer aanraakt, dan stap ík naar de politie. Doe wat ik zeg. Ga weg en laat mij voor haar zorgen. Je had hier sowieso niet mogen zijn. Je hoort niet naar ons te kijken.'

'Ik haat je,' zei Skittles, maar in zijn stem klonk nu gejammer door, geen protest.

'Dat geloof ik graag en daar heb je alle reden toe. Maar ik zeg het niet nog een keer. Maak me niet boos.'

Een korte stilte. Geschuifel, afbrekende takjes vlak naast mijn hoofd, voetstappen van iemand die wegliep. Beweging bij mijn hoofd. Zachte vingers die mijn hals aftastten.

'Hij is weg. Ik ga je nu overeind helpen,' zei ze. Ze schoof een arm onder mijn schouders, pakte mijn hand en trok me overeind.

'Ik zie niets,' fluisterde ik. De woorden trokken een brandend spoor door mijn keel.

'Er is een enorme druk op je hals uitgeoefend waardoor je ogen uit hun kassen puilden en de bloedvaatjes zijn gesprongen,' zei ze. 'Het zal nog even duren voordat de zwelling weg is. Kun je lopen?'

Ik concentreerde me op mijn benen. Die voelden zwak en trillerig aan, maar ik had niets gebroken. Ik knikte. Ze verschoof haar arm naar mijn middel en trok me dicht tegen zich aan, en samen kwamen we overeind. Die ene handeling, alleen al de enorme inspanning die het me kostte om rechtop te staan, putte me volledig uit. Ik liet mijn hoofd op haar schouder vallen.

'Wie bent u?' vroeg ik.

'Een vriendin. Het enige wat jij nu moet doen is je ene voet voor de andere zetten.'

'Duizelig,' mompelde ik.

'Ja, dat geloof ik graag. We lopen nu naar mijn huis. Daar kan ik je de zorg geven die je nodig hebt.'

'Politie... ambulance,' bracht ik uit, want hele zinnen kostten te veel moeite.

'Sorry, dat kan ik niet doen. We moeten eerst praten. Ik wil je uitleggen waarom mijn zoon je dit heeft aangedaan.'

Ik verzamelde alle kracht die ik nog in me had, richtte mijn hoofd op en duwde haar van me af, terwijl ik wankelend een stap achteruit deed.

'Uw zoon?'

Ze legde een hand op mijn schouder. 'Het is ingewikkeld. Laat me je helpen.'

Ik deed weer een stap achteruit. 'Ik wil dat u de politie belt.'

'Dat doe ik hem niet aan. Ik ben sowieso al verantwoordelijk voor zijn toestand.'

Om me heen tastend, zoekend naar een boom om tegenaan te leunen, dacht ik na. Skittles vormde dan misschien geen onmiddellijke bedreiging meer, maar deze vrouw die beweerde me te willen helpen kon iedereen zijn. Ik wilde een arts, pijnstillers, een zacht bed, iemand die me uitlegde waarom ik niets kon zien. En dat de politie hierheen kwam om mijn verklaring af te nemen, om Skittles te arresteren en hem op te sluiten zodat hij nooit meer bij me in de buurt kon komen.

Wroetend in mijn zakken zocht ik mijn telefoon.

'Die heb ik,' zei de vrouw. 'Je telefoon en die spray.'

Ik stak mijn hand uit in de richting van haar stem.

'Sorry,' zei ze. 'Ik kan je je telefoon niet teruggeven.'

Ik wilde haar verrot schelden, haar vastpakken en door elkaar rammelen om haar te laten voelen hoe het was om doodsbang te zijn. En ik verafschuwde mezelf toen ik in plaats daarvan begon te huilen.

'Sadie,' zei ze. 'Zo heet je toch? Ik heb heel wat mensen over je horen praten. Ik ben in die boom geklommen en heb het touw met mijn mes doorgesneden. Ik heb ervoor gezorgd dat Rhys je geen pijn meer kan doen en ik zal je beschermen, dat beloof ik. Ik weet dat je nog steeds bang bent, maar ik kan je snel beter maken, daar ben ik goed in. Ik wil alleen even met je praten. Als je morgen nog vindt dat je naar de politie moet stappen, dan zal ik je – kan ik je – niet tegenhouden. Je hebt niets van me te vrezen. Integendeel zelfs.'

Ze pakte mijn rechterhand stevig vast en legde de berenspray erin.

'Waarom?' fluisterde ik.

'Ik breng je naar mijn huis. Nu heb je een wapen, dus als je bang wordt of je bedreigd voelt, dan kun je het gebruiken. Maar ik kan je ook naar de weg brengen en dan wacht je daar tot er morgenochtend een auto voorbijkomt en je oppikt. Als je dat liever wilt, dan doe ik dat.'

Ik dacht na. Deze vrouw was mij niets verschuldigd, maar het was duidelijk dat ze mijn leven had gered. En Skittles had haar gehoorzaamd. Als ik de nacht langs de kant van de weg doorbracht, wachtend op hulp, was de kans groot dat ik nog verder in de problemen zou komen.

'Oké,' fluisterde ik. Mijn kloppende keel voelde rauw en kapot aan. Ik had water en rust nodig.

'Goed,' zei ze. 'Ik heet Hilda. Leg je arm maar om mijn schouder, dan kan ik je leiden. We doen er ongeveer een kwartier over omdat je niks kunt zien. Gaat het lukken, denk je?'

Ik knikte weer en gaf me aan haar over. Er zat niets anders op. Ik had geen idee in welke richting of over wat voor terrein we liepen. Ze voerde me moeiteloos mee, zonder dat ik struikelde of ergens tegenaan liep, alleen voelde ik zo nu en dan een spinnenweb langs mijn gezicht strijken en daar maalde ik allang niet meer om. Alles deed pijn, boven mijn borstkas was mijn hele lijf opgezwollen. Voor mijn ogen vormde zich een grijszwarte massa waar ik draaierig van werd, alsof ik te lang naar sneeuw op een tv-scherm had gekeken, maar het was al een hele verbetering vergeleken bij de totale duisternis vlak na mijn val. Telkens als ik mijn hoofd naar links of rechts probeerde te draaien, voelde ik de pijnlijke zwelling in mijn nek. Ik durfde de bult op mijn hoofd, waar Skittles me met de tak knock-out had geslagen, niet aan te raken.

En wat nu? Zijn moeder zou nu proberen me ervan te overtuigen dat Skittles een onbegrepen stakker was die me eigenlijk geen kwaad had willen doen.

'Hier zijn een paar treden,' zei ze. 'Doe maar rustig aan.'

Het metalige gerammel van sleutels en het geluid van een slot dat niet meegaf, maar toen hoorde ik een deur knarsend openzwaaien en ik rook de geur van brood, kruiden, specerijen en zeep. Ze leidde me naar binnen en zette me in een lage stoel. Het voelde onmiddellijk behaaglijk. Niet luxueus, maar alleen al het gevoel dat ik binnen zat, ergens met muren en een deur tussen mij en de buitenwereld, was voldoende. Ik leunde met gesloten ogen achterover.

Er werd een lucifer afgestreken. Ik rook de zwavel en hoorde het geknetter toen de aanmaakhoutjes vlam vatten. De warmte was weldadig.

'Ik ga je iets te drinken geven,' zei ze. 'Een soort thee, maar ik zoet hem met honing. Dat verzacht je keel. Je hebt ook ijs nodig.'

Ik hoorde dat ze druk in de weer was – pannen, kastdeurtjes, roeren, beweging. Ze reikte me twee linnen zakjes aan met fijngestampt ijs en ik legde het ene in mijn nek en het andere op mijn hoofd. De geneeskrachtige thee smaakte bitterzoet en mijn gezicht vertrok toen ik hem proefde, maar het had onmiddellijk effect op mijn keel. De pijn nam af en maakte plaats voor een welkom verdovend gevoel. Het kwam even in me op dat ik nu misschien gif binnenkreeg, maar dat leek onlogisch. Als ze van plan was me te vermoorden, dan had ze Skittles toch zijn gang laten gaan?

'Ik ga een zalf op je hals aanbrengen,' zei ze terwijl ik mijn thee opdronk. 'De huid ziet rood en je zult daar bont en blauw worden, maar zo geneest het wel sneller. Ben je allergisch voor lanoline?'

'Nee,' zei ik. 'Dank u.'

Ze gaf een klopje op mijn hand. Toen ik mijn thee ophad leunde ik achterover en liet haar een laag crème aanbrengen op mijn huid waar het touw een brandwond had veroorzaakt. Daarna trok ze mijn schoenen en sokken uit, legde een deken over me heen en stak een paar kaarsen aan. Telkens als ze er een aanstak zag ik een wazig lichtje opflakkeren. Mijn zicht begon terug te komen.

'Zuig hier maar op,' zei ze. Ik opende mijn mond en ze legde een ijsblokje op mijn tong. 'Tegen de zwelling.'

Ik durfde me geen voorstelling te maken van hoe ik eruitzag. Ik had al eens slachtoffers van ophanging gezien, het wit van hun ogen bloeddoorlopen, een uitpuilende tong, zwarte wurgsporen in hun nek, afgebroken nagels van het klauwen in hun eigen hals. Het meeste was me bespaard gebleven omdat Hilda me zo snel had losgesneden, maar ik voelde het allemaal wel, de gevolgen van mijn bijna-dood.

De vrouw neuriede terwijl ze rondscharrelde en opruimde. Ze was appelhout aan het branden. Ik kon de fruitgeur in de rook ruiken.

'Was u bij die meiden?' vroeg ik, elk woord heel langzaam articulerend in het besef dat mijn stem niet helder klonk.

Hilda kwam naast me staan, trok een krukje bij en ging naast me voor het haardvuur zitten.

'Ja,' zei ze. 'We hielden een herdenkingsbijeenkomst voor Catriona.'

'Maar waarom hebben jullie al die dieren gedood?' vroeg ik.

'O,' riep ze uit. 'O nee, dat zie je verkeerd. Dat waren allemaal kadavers, die beesten waren al dood. Gevonden langs de kant van de weg of in de val van een jager. Wij geven hun lichaam terug aan de aarde zodat ze onderdeel worden van het proces van vruchtbaarheid en wedergeboorte.'

Ik pakte nog een ijsblokje uit de schaal die ze in mijn schoot had gelegd en zoog erop terwijl ik daarover nadacht.

'Heeft uw zoon Catriona vermoord?' vroeg ik. 'En Adriana?'

Hilda boog zich voorover en legde nog wat houtblokken op het vuur. Nu pas kon ik haar vage silhouet onderscheiden, dat zich aftekende tegen het flikkerende licht van het haardvuur.

'Als ik dacht dat hij dat had gedaan, had ik het eigenhandig opgelost,' zei ze. Ik wilde vragen wat ze daarmee bedoelde maar het begon nu warmer te worden en ik was doodmoe. De thee die ze me had gegeven was sterk en de kruiden die erin zaten gaven me een licht gevoel in mijn hoofd.

'Probeerde me te vermoorden,' zei ik, niet zeker of ze me dat werkelijk hoorde zeggen of dat ik me inbeeldde dat ik dat zei.

'Dat weet ik, maar iets heeft hem van zijn stuk gebracht. Catriona en Adriana konden hem soms kwetsen, maar ze vormden nooit echt een bedreiging voor hem, en dat wist Rhys. Hij heeft een zwaar leven gehad, Sadie. Ik heb hem in de steek gelaten. Dat is wat hij denkt. En ik weet zeker dat zijn vader hem dat ook heeft verteld.'

'Hoe dan?' vroeg ik.

'Door niet te voldoen aan de traditionele rol van de vrouw op dit eiland en vrijwel overal in de wereld. Ik had lichamelijk contact met Rhys' vader. Geen huwelijk, geen relatie. Gewoon de afspraak dat we van tijd tot tijd het bed deelden. Toen ik zwanger raakte vond hij dat ik met hem moest trouwen. Dat deed ik niet. Toen ik de baby kreeg, ging iedereen ervan uit dat ik in de stad zou komen wonen en we het kind samen zouden grootbrengen. Dat deed ik ook niet.'

'Waarom niet?' vroeg ik.

Mijn hoofd voelde loodzwaar aan en ik begon het gevecht tegen de slaap te verliezen.

'Omdat vrouwen zich niet altijd in de rol hoeven te schikken die ons wordt opgelegd. Moeder worden betekent niet per se dat je dan moederlijke gevoelens krijgt. Een kind op de wereld zetten betekent nog niet dat we ons moeten voegen naar de maatstaven die mannen ons van hun kant opleggen. De vrouwen in mijn familie hebben al honderden jaren hun eigen weg gevolgd. De jongen had een vader, met een huis en een familie om hem heen. Ze hadden een winkel, een nering, hadden hun dagelijkse routines. Dat wilde ik allemaal niet. En waarom zou ik? Mannen verspreiden hun zaad en rennen weg. Waarom voelen vrouwen zich nooit gerechtigd om hetzelfde te doen?'

Die vraag bleef in mijn hoofd hangen terwijl ik wegdommelde, niet meer bij machte me tegen de slaap te verzetten. Hilda had gelijk. De vriend van mijn zus was er onmiddellijk vandoor gegaan toen Becca merkte dat ze zwanger was. We waren allemaal vervuld geweest van afschuw over zijn keuze en zijn gedrag, maar niet geschokt, niet verbaasd. Zo gedroegen sommige mannen zich nu eenmaal. Een vrouw die hetzelfde deed zou niet alleen veroordeeld worden omdat er voor haar andere maatstaven golden, maar ze zou ook op een bijna middeleeuwse manier vervloekt worden.

Hier hadden de heksen van Mull volgens hun eigen regels geleefd. Generaties vrouwen die ver van de bewoonde wereld leefden en het rottende vlees van dieren in de aarde begroeven. Die alle maatschappelijke normen verwierpen. Weigerden zich aan te passen.

Door de geschiedenis heen zijn vrouwen voor veel minder dan dat van hekserij beticht.

32

De zon schoof al over de boomtoppen heen toen ik wakker werd. Hilda had mijn voeten op een kruk gelegd, me een extra deken gegeven en een dun kussen voor mijn hoofd. Maar dat ik zo lang had geslapen was te danken aan de kruidendrank die ze me had gegeven. Heel langzaam, omdat ik wist dat ik mijn verwondingen zou gaan voelen, zette ik mijn voeten op de grond en leunde voorzichtig naar voren. De huid rond mijn polsen zag een beetje rood, maar afgezien van mijn hals voelde ik me verrassend oké.

Ik keek om me heen op zoek naar een spiegel en realiseerde me opeens dat ik weer gewoon kon zien. Gelukkig had het touw niet nog langer om mijn nek gezeten. Als Hilda er een paar seconden langer over had gedaan om me los te snijden, hadden mijn hersenen en ogen door de druk en het gebrek aan zuurstof veel meer schade opgelopen, als ik dat al had overleefd.

Mijn omgeving zag er comfortabel maar eenvoudig uit. Het vuur was duidelijk de voornaamste bron van licht en warmte. Nergens was iets van elektriciteit te bekennen. Het houten huisje zag er netjes uit, met schone ramen en een solide voordeur, en aan de andere kant van het vertrek waren langs de hele muur planken aangebracht die vol potjes en flesjes stonden, stuk voor stuk zorgvuldig van een etiket voorzien. Het huisje maakte absoluut geen vervallen indruk. Een vrijstaande open haard die aan beide kanten open was duidde erop dat er een slaapkamer achter was. Toen ik me voorover-boog om er een glimp van op te vangen, voelde ik de pijn in mijn nek. Ik had geluk gehad, maar ik was er zeker niet zonder kleerscheuren van afgekomen.

Het werd tijd om te proberen rechtop te staan. Ik pakte de armleuning van de stoel vast en nam de tijd, en toen ik overeind kwam bleef ik goed in evenwicht. Ik haalde mijn handen door mijn haar, voelde de bult en drukte er voorzichtig op. Pijnlijk en gevoelig, maar geen open wond. Hilda had me zoals ze had beloofd opmerkelijk goed verzorgd.

'Hallo?' riep ik. 'Hilda?' Geen antwoord. Mijn stem klonk nu ook krachtiger. Ik liep naar de planken met de flesjes en pakte ze een voor een op. Specerijen waar ik weleens van gehoord had, kruiden die ik niet kende, bladeren, bast, mos, poeders.

Hilda kwam uit de achterkamer. 'Thee?' vroeg ze.

'Val ik dan weer in slaap?'

'Je klinkt vandaag zo sterk dat dat volgens mij niet nodig is. Heb je nog pijn?'

'Een beetje in mijn nek en keel. Ik had erger verwacht.'

'Laat me eens kijken,' zei ze. Ze legde een paar houtblokken naast de haard en waste eerst haar handen in een enorme gootsteen. Ik wachtte tot ze klaar was en liet toen toe dat ze met zachte vingers mijn nek betastte. 'Niet slecht,' zei ze. 'Het geneest snel. Maar voorlopig alleen zacht voedsel. Ik zal wat pap voor je maken.'

Het was fascinerend haar aan het werk te zien. Ze had een koelruimte in de aarde gegraven, waarin een emmer met ijs stond dat duidelijk nooit smolt. Hilda was volledig zelfvoorzienend, maar het leek me een zwaar, tijdrovend bestaan. Terwijl ze havermoutpap ging maken, liep ik naar het raam om naar het uitzicht te kijken. De hut lag hoog in het bos. In de verte zag ik een loch en vlakbij hoorde ik het geblaat van een geit.

'Ik weet wie u bent,' zei ik en ik draaide me iets te snel om waarmee ik mijn stijve nek geweld aandeed.

'O ja?' zei ze glimlachend.

'U hebt pastoor Christophe een klap gegeven na de herdenkingsdienst voor Catriona.'

'Aye, nou, eigenlijk verdient hij nog veel meer. "Spreek u uit tegen diegenen die het atheïsme of nog erger aanhangen, en verstoot hen." Die man zou elke vrouw op dit eiland het liefst weer in lange rokken zien, en op haar plaats achter het aanrecht. Hij ziet de duivel in degenen die zijn denkwijze verwerpen.' Hilda zette een grote zware pan op een zacht vuur en begon rustig te roeren. 'Merkte je tijdens de dienst niet hoeveel macht hij heeft over de mensen hier?'

'Ja,' zei ik. 'En ik was het niet eens met wat hij zei, maar de pastoor van het eiland met de vlakke hand in het gezicht slaan zal niet echt helpen.'

'Denk je dat het alleen maar woorden zijn? Dat zijn preken en veroordelingen geen impact hebben? Zo naïef ben je toch niet?'

Ik zag mijn telefoon in de vensterbank liggen en stak mijn hand uit om hem te pakken.

'Doe geen moeite. De batterij is leeg,' zei ze zonder zich om te draaien.

'Hè, verdorie, hebt u misschien een –'

Opeens realiseerde ik me hoe stompzinnig mijn vraag zou klinken. Het hele bestaan van deze vrouw was één grote afwijzing van opladers, internet, media en vierentwintig uur per dag communiceren.

Hilda schepte een dampende portie pap in een kom. 'Kom bij me zitten.' Ze gaf een klopje op de stoel naast haar en blies zachtjes in de kom om het ontbijt te laten afkoelen. Het deed me denken aan mijn moeder, die hetzelfde deed voor mijn zusje toen we nog klein waren, en ik vond het opeens heel erg dat ik nu niet thuis was, waar ze me nodig hadden en ik me aan mijn belofte kon houden, en samen met hen kon wachten tot de baby werd geboren.

Ik ging zitten en pakte de kom, en ze gaf me honing om de pap mee te zoeten.

'Pastoor Christophe weet iets over Adriana en Catriona,' zei ik, terwijl ik een minihapje van de punt van mijn lepel nam en me afvroeg hoe beurs mijn keel vanbinnen was.

'Ik weet niet zeker wat voor contact Adriana met hem had,' zei Hilda. 'Maar Catriona was geen fan van hem. Ik ben er vrij zeker van dat als ze al bij hem kwam, ze zich in haar biecht beperkte tot het ijdele gebruik van Gods naam en het hebben van onreine gedachten, en misschien nam ze af en toe stiekem een slokje whisky. Maar hij zal ongetwijfeld de verhalen hebben gehoord. Mensen vertellen de pastoor graag roddels. Het voelt een beetje slecht en tegelijkertijd een beetje louterend, denk ik. Dat is een giftige cocktail.'

'Wat voor verhalen? Over wat ik gisteravond zag?'

'Wat denk je gezien te hebben?' vroeg ze.

'Een soort ceremonie, denk ik, met alleen maar jonge vrouwen. Het had iets...'

'Zeg het maar gewoon. Ik heb je gisteravond uit een dodelijke strop bevrijd. Dus we kunnen eerlijk zijn tegen elkaar.'

'Heidens, wilde ik eigenlijk zeggen,' zei ik. 'Lekkere pap, zeg.'

'Heidens is een vrij goede omschrijving,' antwoordde Hilda. 'Maar dat klinkt dramatischer dan het eigenlijk is. Heidendom gaat over geloof in de natuur, in de cyclus van het leven en het idee dat alles om ons heen even belangrijk is – de bomen, de rotsen, het weer, de aarde onder onze voeten. Meestal is het ook een afwijzing van de grote wereldgodsdiensten, maar dat hoeft niet.'

'Pastoor Christophe denkt dat het om iets veel ernstigers gaat,' zei ik.

'Hij ziet de duivel waar wij Moeder Natuur zien. Hij hoort verhalen over jonge vrouwen die naakt in het maanlicht dansen en denkt dan aan orgieën en verdorvenheid. Ik weet dat hij Catriona meerdere malen naar details heeft gevraagd maar ze weigerde hem te vertellen wat hij graag wilde horen.'

Ik legde mijn lepel neer om mijn keel even rust te geven.

'Kende u Adriana?'

'Ja, maar niet goed. Ze deed nog maar net mee met onze bijeenkomsten. Catriona had haar voorgesteld om mee te gaan. Iemand in de groep moet instaan voor een nieuwkomer.'

'Dus Catriona en Adriana waren vriendinnen? Ik had de indruk dat Catriona nogal jaloers was op Addie toen die hier net was komen wonen.'

Hilda haalde haar schouders op. 'Tieners. Onderscheiden die zich niet juist door hun grillen en wispelturigheid?'

Ik nam nog een lepel pap, maar voelde dat ik genoeg had. Ik zette de kom op de grond voor de open haard en stelde haar de vraag waar ik al die tijd naartoe had gewerkt.

'Gisteravond moet uw zoon de ceremonie hebben gezien. Ik vermoed dat hij me zo gevonden heeft. Vindt u het niet zorgelijk dat hij in de bosjes verstopt zat met al die naakte meiden, ook al hadden ze klei of zoiets op hun lichaam gesmeerd?'

'Stel nu maar de vraag die je eigenlijk wilt stellen, dan hebben we dat gehad,' zei Hilda.

'Oké. Als je het allemaal bij elkaar optelt – dat hij graag naar die meiden keek, geweld tegen mij heeft gebruikt, dat hij een hekel had aan Catriona en Adriana – hoe kunt u er zo zeker van zijn dat hij ze niet heeft vermoord?'

Ze pakte mijn kom en bracht die samen met die van haar naar de gootsteen.

'Rond het tijdstip dat Adriana werd vermoord was Rhys bij mij. Twee dagen en twee nachten. Ik was ziek en hij zorgde voor me. Denk je nou echt dat Adriana, dat mooie meisje, ergens met mijn zoon naartoe zou zijn gegaan?'

Daar had ze een punt mee, en het was iets wat ik me zelf ook al had afgevraagd. Bovendien vertoonde Adriana's lichaam geen tekenen van een worsteling voordat ze werd verdronken, dus hoe had Skittles haar vrijwillig in een auto weten te krijgen en haar helemaal naar Mackinnon's Cave kunnen rijden?

'Ik weet wat er met hem aan de hand is,' vervolgde Hilda. 'Er is nooit echt een diagnose gesteld – zijn vader was te trots om dat toe staan – maar hij is eigenaardig. In emotioneel opzicht is hij nog een kind. Wordt snel driftig. Op een gegeven moment leek hij zich emotioneel niet verder te ontwikkelen. Hij was volkomen afhankelijk van zijn vader, niet alleen voor de dagelijkse dingen, maar ook om hem te leiden, te steunen. Persoonlijk denk ik dat hij Rhys daarmee geen dienst heeft bewezen, door hem zo in te kapselen en af te schermen. Hij is nooit goed voorbereid op het leven in de keiharde buitenwereld. Daarom deed het hem zo'n pijn toen zijn vaders beenderen uit de kelder werden gehaald.'

'Hoe kwamen zijn vaders stoffelijke resten in die kelder terecht?'

'Een paar maanden na de begrafenis, nu ruim vier jaar geleden, ontdekte de politie dat het graf was geopend. De kist was leeg. Harris Eggo nam contact met mij op – ze verdachten Rhys ervan. Ik heb hem gevraagd er verder niets mee te doen. Als Rhys het had gedaan, vervulde hij daarmee simpelweg zijn eigen behoefte. En als het iemand anders was geweest, wilde ik niet dat Rhys van streek zou raken door de gedachte dat zijn vader daar niet meer lag. Eggo en ik waren het erover eens dat niemand het hoefde te weten. Er is geen officieel verslag van gemaakt, geen verder onderzoek gedaan. Rhys was een tijdje erg depressief geweest maar daarna leek hij rustiger te worden. Hij is niet echt gevaarlijk.'

'Dat is niet waar. Hij heeft geprobeerd me te vermoorden,' bracht ik haar in herinnering. 'En dat was hem ook gelukt als u er niet was geweest.'

'Jij hebt hem de enige troost ontnomen die hij in deze wereld heeft. Hij kon blijven functioneren omdat hij wist dat zijn vader nog bij hem in huis was. Harris Eggo en ik hebben al die tijd vermoed dat de beenderen daar lagen, dus het kwam niet echt als een verrassing toen jij die melding deed. Rhys is op borgtocht vrijgelaten terwijl Eggo de zaak onderzoekt. Hij zal echt niet van het eiland weggaan. Ik heb gehoord dat de beenderen onderzocht worden zodat kan worden vastgesteld dat het om zijn vader gaat, maar die heeft een paar jaar voor zijn dood zijn been gebroken dus dat zal niet zo lang duren.'

'Het wordt gewoon allemaal onder het tapijt geveegd, hè?'

Hilda haalde even haar schouders op. 'Niemand is erbij gebaat als Rhys iets ten laste wordt gelegd. Hij wilde niemand kwaad doen. De enige die van streek had kunnen raken toen dat graf werd geschonden was hijzelf. Harris Eggo ging er de eerste keer mee akkoord om het stil te houden, dus waarom zou er dan nu zoveel ophef over gemaakt moeten worden? Deze gemeenschap zorgt voor haar eigen mensen, Sadie, in goede en in slechte tijden. Dit is een van de goede momenten.'

'Als uw zoon zo labiel is dat hij de beenderen van zijn vader in de kelder bewaart, vindt u dan niet dat hij professionele hulp nodig heeft? Hij is duidelijk gevaarlijk.'

'Gevaarlijk voor jou, dat geef ik toe, maar het is wel zo dat hij denkt dat jij hem naar de gevangenis wilt sturen voor de moord op die meiden, wat gezien het gesprek dat wij nu voeren geen onredelijke aanname is.'

'Vindt u het geen verontrustende gedachte dat hij bereid was om me daarvoor te vermoorden?'

'Hij is een kind,' zei ze. 'Kinderen trappen insecten dood en trekken bij spinnen de poten uit. Ze denken niet na over pijn, dood of de gevolgen. Ze geven uiting aan hun eigen egocentrische, triviale emoties op de enige manier die ze kennen. Rhys is nog steeds aan het rouwen en voelt zich verloren. Hij is niet in staat om zich duidelijk te uiten, en hij kan al helemaal niet omgaan met sterke emoties en een oplossing vinden voor psychische problemen.'

'Dan heeft hij een soort van toezicht nodig.'

'Daar heb je misschien gelijk in en ik ga eens praten met de mensen in het dorp die voor mij een oogje op hem houden. Maar in dit geval viel alles samen, Sadie. De beenderen, de meiden, iedereen wantrouwig. Hij is niet altijd zo. Er is iets bij hem geknapt. Ik beloof je dat hij de hulp zal krijgen die hij nodig heeft. Ik zou niet met mezelf kunnen leven als hij iemand anders pijn deed.'

'En u bent er honderd procent zeker van dat hij niets met de moord op Addie of Catriona te maken heeft?'

'Daar ben ik zeker van. Maar vertel eens,' zei Hilda, 'jij hebt het lichaam van die arme Catriona in de grot ontdekt, hè?' Ik knikte. 'Ik heb iets gehoord wat me zorgen baarde, iets wat zijn wortels in onze geschiedenis heeft. Is er in het lichaam gesneden?'

Ik sloot mijn ogen omdat ik het nauwelijks aankon die scène opnieuw te beleven.

'Ja,' zei ik. 'Haar moordenaar heeft haar ene borst afgesneden.'

'Voordat hij haar doodde. Dat is zeker haar rechterborst geweest, hè?'

Ik deed mijn ogen weer open en keek Hilda onderzoekend aan.

'Dat klopt, ja,' antwoordde ik.

Ze reikte me een mok met heet water aan. Ik rook het takje munt en het citroensap erin. Ze ging weer zitten en staarde in de gloeiende houtblokken van de open haard.

'Ken je het verhaal over het Spaanse galjoen dat op de bodem in de haven ligt?' vroeg ze.

'Ja, de mythe over de Spaanse prinses die hier haar ware liefde kwam zoeken. Die kwam ter sprake toen Adriana's lichaam werd gevonden. Hoezo?'

'De rest van het verhaal is minder goed gedocumenteerd, maar is wel bewaard gebleven in onze folklore. In de officiële geschiedenisboeken zul je er niets over vinden. De koning van Spanje was diepbedroefd door het verlies van zijn geliefde dochter en zwoer wraak. Hij stuurde een ander schip naar Mull. Het meerde in het diepste geheim aan en omdat hem was verteld dat de heks het galjoen tot zinken had gebracht, gaf de koning zijn mannen opdracht ervoor te zorgen dat de heks gestraft werd door alle vrouwen op het eiland te verminken.'

'Wat deden ze dan?' vroeg ik.

'Ze sneden bij elke vrouw die ze vonden de rechterborst af,' zei

Hilda. 'Net als Catriona's moordenaar heeft gedaan.'

Ik volgde Hilda's blik terwijl ze naar de roodgloeiende houtskool en de omhoogkringelende rook uit de as keek, de pap lag me opeens zwaar op de maag.

'Hebben ze de heks gedood?' vroeg ik. Het was een onzinnige vraag maar ik wilde horen hoe het verhaal was afgelopen.

'Nee,' zei Hilda. 'Zij schijnt het overleefd te hebben.'

'Het slaat helemaal nergens op. Waarom zou je een honderden jaren oude mythe doen herleven? Ook al hield Catriona zich bezig met...'

'Hekserij? Zeg het maar hoor. Het klopt niet, maar ik stoor me niet aan dat woord.'

'Als iemand dacht dat Catriona zich bezighield met hekserij, dan verklaart dat nog niet waarom iemand haar borst zou afsnijden.'

'En zeker mijn eigen zoon niet, die mij of mijn rituelen ondanks al mijn tekortkomingen niet als duivels beschouwt. Hij heeft het niet gedaan, maar iemand anders op dit eiland wel. Iemand die onze legenden en onze gebruiken kent, zelfs de meest geheime.'

'Iemand kent dus dit verhaal – maar niet veel mensen, want het is eeuwenoud, toch?'

'Inderdaad. Dit soort verhalen werd van generatie op generatie doorverteld bij het haardvuur. Het lijkt erop dat ze in families tegenwoordig nog nauwelijks tijd met elkaar doorbrengen of zich bezighouden met het verleden dat hen hier heeft gebracht,' zei Hilda.

'Wat weet u over Flora Kydd?' vroeg ik.

'Ook al zo'n tragedie. Het heeft haar beide ouders kapotgemaakt. De hele gemeenschap in feite.'

'In hun boerderij zijn nog steeds symbolen te vinden om heksen af te weren.'

'Dat verbaast me niks,' zei Hilda. 'Tot op de dag van vandaag bestaat er veel onwetendheid over wie en wat we zijn.'

'Wat bent u? Als u weet wat de mensen zeggen, waarom gaat u hier dan mee door? Hekserij bestaat niet, magie bestaat niet. Waarom zou je ermee doorgaan?'

'Hoe voelt de huid in je nek?' vroeg ze.

Ik had er niet aan gedacht om het te checken en voelde aan mijn nek. De huid was bijna genezen.

'Prima,' zei ik.

'Ja, door de mix van kruiden en houtskool die ik erop heb gedaan is-ie veel sneller genezen dan wanneer je iets bij de apotheek had gehaald. Er zitten ook natuurlijke pijnstillers in, van boomwortels die ik ook voor zalfjes en geneesmiddelen gebruik. Allemaal middelen die we negeren omdat we liever vertrouwen op pillen en operaties. Maar dat is niet de reden waarom die meiden naar mij toe komen. Ze hebben geen goed beeld meer van zichzelf. Ze maken selfies en wachten dan op de goedkeuring van anderen. Ze zien werelden die buiten hun bereik liggen en hebben geen vrede meer met hun eigen wereld. Ze verdrinken in sociale media, die al net zo van mythen en legenden aan elkaar hangen als de onzinverhalen over hekserij. Het is allemaal onecht, maar het is wel beschadigend. Het kwetst ze. Het ondermijnt ze. Ik neem ze even mee terug naar de werkelijkheid. Ik laat ze inzien dat de wereld een vibrerend, levend iets is waarvan zij deel uitmaken. Ze zetten die godvergeten telefoons op stil en maken hun handen vuil. Ze communiceren met elkaar, delen iets met elkaar en zijn dankbaar voor de planeet die ons leven schenkt. Meer heeft hekserij eigenlijk nooit voorgesteld. Vrouwen die andere vrouwen de hand reiken. Blauwe plekken genezen die zijn veroorzaakt door ruwe vaders en echtgenoten. Bevallingen draaglijk maken. Hun verlies draaglijk maken. Mannen vrezen ons omdat wij elkaar de waarheid zeggen.'

'Is het niet gevaarlijk om de meiden in bovennatuurlijke krachten te laten geloven? Ik heb gezien hoe ze een blauw apatiet uit de winkel van uw zoon probeerden te pikken. Dat is geen onschuldig geintje. Ze hadden serieus in de problemen kunnen komen.'

Hilda schudde even haar hoofd.

'Dat hadden ze niet mogen doen. Aan apatiet worden veel krachten toegeschreven; volgens de verhalen versterkt het vooral je paranormale vermogens. Wil je weten of je geliefde oprecht is? Dan is dit de steen voor jou. En blauwe apatiet zou je ook helpen om af te vallen omdat het de honger onderdrukt. Ik heb zo het idee dat een groepje meiden dat voortdurend wordt geconfronteerd met gemanipuleerde beelden van graatmagere jonge vrouwen er ook zo uit wil zien, en blijkbaar dachten ze dat die steen ze zou helpen om snel een paar pondjes kwijt te raken. Daar word ik verdrietig van.' Hilda leunde achterover en staarde naar het plafond.

'Is het niet gevaarlijk om ze zoveel waarde te laten hechten aan mystiek en bijgeloof?'

'Het lijkt me nog gevaarlijker ze alleen maar in make-up, songteksten, selfies en vriendjes te laten geloven.'

'Maar nu zijn er twee meiden dood,' zei ik. 'Met een zeewierkroon in hun haar, en zitten we ook met gemalen kattenbotjes die in een laars waren verstopt.'

Hilda lachte. Een scherpe, schallende lach waar ik van schrok.

'Zozo, gemalen kattenbotjes? Heb je toevallig ook een bezemsteel gezien?'

'Ik snap het niet,' zei ik. Mijn blik gleed onwillekeurig naar de grote hoeveelheid flesjes op haar planken.

'Wat je daar ziet zijn planten en mineralen. Niet de hocus pocus uit films en boeken. We vermalen geen botten,' zei ze en ze gaf een klopje op mijn knie. 'Dacht je soms dat we onszelf in vleermuizen konden veranderen?'

'De meiden waren met paddo's bezig. Moedigde u dat aan?'

'Nou, het is beter dan alcohol als je het mij vraagt. Minder chemicaliën en toevoegingen. Ik heb ze daar echt niet toe aangemoedigd. Ik had misschien wel wat meer kunnen doen om ze te ontmoedigen.'

'Catriona schijnt Lewis Eggo een drankje te hebben toegediend waar hij ziek van werd. Wist u daarvan?'

'Nee, maar het verbaast me niet echt. Als je de verkeerde kruiden en specerijen met elkaar mengt kan zelfs de sterkste maag daar niet tegen. Maar gemalen kattenbotten? Het lijkt me dat iemand iets te hard zijn of haar best heeft gedaan om een spoor naar ons te leiden.'

'U hebt vijanden,' zei ik.

'Die hebben we altijd gehad,' beaamde Hilda. 'Normaal gesproken gaan ze niet verder dan ons bespugen of ons uitschelden. Ongeveer eens in de honderd jaar verschijnt er iemand die de wereld van ons wil verlossen. Kun jij de schuldige vinden, Sadie Levesque? Ben jij daarom naar ons toe gestuurd?'

'Ik weet het niet,' antwoordde ik eerlijk. 'Maar ik zal alles doen wat ik kan om te voorkomen dat er nog meer moorden worden gepleegd. Niemand hoort op die manier te sterven.'

'Ik maak me vooral zorgen om jou,' zei Hilda. 'Jij zit achter het kwaad aan en je verwacht dat je zijn gezicht zult herkennen. Maar dat is zelden het geval.'

'Ik zit achter bewijzen aan,' antwoordde ik. 'Maar dank u omdat u zich zorgen maakt en dat u mij gisteravond hebt gered. Ik ben u dankbaar dat u me op tijd hebt gevonden.'

'Ooit zul jij dat ook voor mij doen,' zei ze. 'Of in ieder geval daar je best voor doen. Soms, ook al doen we nog zo hard ons best, is het kwaad ons te slim af.'

33

Geruisloos liepen we door het bos waarbij we zo nu en dan een konijn of hert lieten schrikken, en zo bracht Hilda me terug naar mijn tent. Zij had een lichte tred die ik me in al die jaren van wandelen en hiken niet eigen had weten te maken. Misschien kwam het door de herinnering aan het ritueel van de vorige avond of misschien zat het kruidenmengsel dat ze me had gegeven nog in mijn lichaam, maar haar een-zijn met de natuur, het feit dat ze volledig opging in de wereld om haar heen, kwam me volstrekt geloofwaardig voor. Liefdevol raakte ze bomen aan, streek slierten spinnenwebben uit haar gezicht alsof ze een geschenk waren en ze had voortdurend een lieve glimlach op haar gezicht alsof ze een dierbaar huis betrad. Ik bewonderde haar en ze intrigeerde me. Het was niet makkelijk om de traditionele opvattingen over het moederschap te verwerpen of geconfronteerd te worden met de veroordeling die zo'n beslissing met zich meebracht. In veel opzichten zou het makkelijker voor haar zijn geweest om het eiland te verlaten en zich elders te vestigen, maar dan had ze haar kind helemaal in de steek moeten laten.

'Jij voelt het ook,' zei Hilda, terwijl ze over haar schouder naar het loch keek. 'Ik zie het aan je gezicht.'

Ik haalde mijn schouders op en ademde de koele oktoberlucht in, de geur van dennennaalden, heide en veen.

'Ik hou ervan om buiten te zijn, als u dat bedoelt. De eenvoud werkt verslavend. Je moet in het reine komen met de stem in je hoofd. En dat is zwaar als je niet van jezelf houdt. Je kunt niet ontsnappen als je alleen bent met jezelf en een berg.'

Hilda bleef stilstaan en pakte mijn hand. Ik liet het toe en beantwoordde haar starende blik.

'Ben je in het reine met jezelf, Sadie? Werkelijk? Is er niets ongezegd gebleven tegen de mensen van wie je houdt?'

Instinctief wilde ik mijn hand uit de hare trekken, maar ze was een magneet en de kracht die ze uitstraalde was te sterk om te weerstaan. Niet dat ik me bedreigd voelde. Maar het leek alsof ze te veel van me zag, alsof ik naakt rondliep en alle verborgen geheimen van mijn leven op mijn huid waren getatoeëerd. De momenten van schaamte, die jeukende momenten van vernedering die telkens weer opvlammen zodra er maar heel even aan de buitenkant wordt gekrabd, de stiekeme hoopvolle verwachtingen en diep begraven verlangens.

'Ik ben in het reine met mezelf,' antwoordde ik. 'Voor zover een mens met al zijn gebreken dat kan zijn.'

'Het zij zo,' zei ze knikkend.

Ze omhelsde me toen mijn tent in zicht kwam. Haar stevige, snelle omhelzing overrompelde me zo dat ik geen tijd had om die te beantwoorden.

'We zien elkaar snel weer,' zei ze en terwijl ze geruisloos uit het zicht verdween, kozen de takken ervoor niet te knappen onder haar voeten en liet het droge gebladerte haar geruisloos passeren.

Ik had een powerbank op mijn telefoon aangesloten en was al halverwege op weg naar Tobermory toen de voicemails op mijn telefoon doorkwamen. Eerst mijn moeder, die zich afvroeg waarom ze al een tijdje niets van me had gehoord en me vertelde dat mijn zus moe was en steeds harde buiken kreeg. Ik nam me voor hen die avond allebei te bellen, rekening houdend met het tijdsverschil tussen Schotland en Banff.

Het tweede telefoontje was van agent Bathgate, die wilde weten waar ik zat. Ik verwijderde het bericht meteen. Bathgate had niet het recht ook maar iets van me te weten. Ik zag weer voor me hoe hij bij de steencirkel van Lochbuie stond te kijken naar de dansende Catriona die het middelpunt vormde, alle ogen waren op haar gericht. Eerlijk gezegd was het moeilijk om Catriona níét op te merken. Ze had iets wilds, een erotische onbevangenheid die de rest van haar vriendinnen niet had. Sterke persoonlijkheden vielen meer op in een kleine gemeenschap.

Het laatste telefoontje was afkomstig van Nate Carlisle.

'Sadie,' zijn stem viel soms weg vanwege de slechte verbinding. Ik zette het geluid harder. 'Ik kom terug naar Mull. Harris Eggo heeft me gevraagd op een dorpsbijeenkomst te spreken. Normaal zou ik dat niet doen, maar kleine gemeenschappen worden onevenredig hard getroffen door moordzaken en Eggo vindt het beter enige informatie vrij te geven, in plaats van dat iedereen maar blijft speculeren. Ik ga bij beide families langs om ze op de hoogte te brengen van mijn conclusies in beide zaken. Ik hoop je ofwel bij de familie Clark te zien of later in het hotel. Bel me.'

'Shit.' Ik verwenste mezelf omdat ik niet snel genoeg doorliep. Op mijn horloge zag ik dat ik al een halve dag had verspild.

Ik voerde mijn tempo op en liep meteen door naar het huis van de Clarks. Toen ik Nate terugbelde werd ik doorgeschakeld naar zijn voicemail. Ik probeerde te rennen maar dat lukte niet door de kneuzing in mijn keel en de bult op mijn hoofd. De glanzende zwarte auto die voor het huis van Rob en Isabella stond geparkeerd vertelde me dat ik al te laat was.

Als ik in de spiegel had gekeken, was ik niet naar binnen gegaan. Als ik me had gerealiseerd dat ik nog steeds dezelfde kleren droeg en niet gedoucht had, was ik niet naar binnen gegaan. Maar mijn voeten liepen gewoon door, mijn hand ging al naar de deurkruk nadat ik heel even had aangeklopt, mijn rugzak en kampeerspullen liet ik in de gang op de grond vallen en ik liep meteen door naar de zitkamer.

'Hoi, sorry dat ik zo laat ben. Nate, ik heb je telefoontje niet –'

'*Madre de Dios*,' riep Isabella uit. Ze kwam overeind uit haar stoel en greep Robs arm vast.

'Wat de fuck?' zei Brandon vanuit zijn stoel in de hoek.

Nate liep op me af en draaide mijn gezicht naar het raam. 'Jij moet naar het ziekenhuis,' zei hij. 'Wat is er gebeurd?'

'Eh, mag ik even gebruikmaken van jullie toilet?' Zonder op antwoord te wachten dook ik de gang in om op het toilet in de spiegel te kijken. Wat ik daar zag was niet fraai.

Ik zag er verschrikkelijk uit, mijn hals was bont en blauw door de paarse, rode en zwarte vlekken, in mijn haar zat aangekoekt bloed, en de adertjes in mijn ogen waren gesprongen doordat mijn luchtpijp was dichtgeknepen. Dus niet zo gek dat iedereen zo extreem op mijn verschijning reageerde. Ik plensde wat water in mijn gezicht, waste mijn handen grondig met zeep en haalde mijn handen door mijn haar om het wat te fatsoeneren. Ik was hun een verklaring schuldig. Eigenlijk vreemd dat ik er zo gehavend uitzag terwijl ik vanbinnen al het gevoel had dat ik herstelde. Nate stond voor de deur op me te wachten.

'Ik wil dat je je door een arts laat onderzoeken,' zei hij rustig. 'Meteen.'

'Ik heb alleen maar wat blauwe plekken en zwellingen. Geen blijvend letsel.'

'Werkelijk? Het ziet eruit alsof iemand een strop om je nek heeft gelegd en ik heb genoeg lijkschouwingen gedaan om dat soort symptomen te herkennen. Alleen begrijp ik niet wie dat kan hebben gedaan, of waarom. Of misschien heb je het zelf wel gedaan.'

'Kom op, Nate, we kennen elkaar nog niet zo lang, maar dat geloof je toch niet?'

'Wie heeft het dan wel gedaan?'

'Ik zal het je allemaal uitleggen, maar ik wil echt graag horen wat je de Clarks gaat vertellen.' Nate sloeg zijn armen over elkaar en wierp me een blik toe waaruit scepsis en irritatie spraken, ingegeven door bezorgdheid. 'Jij mag me ook zelf onderzoeken. Als je erop staat ga ik daarna naar een dokter.'

'Heb je iets nodig?' vroeg Isabella die de gang in kwam.

'Nee, het is al goed,' antwoordde ik. Ik liep met een boog om Nate heen en ging de kamer weer binnen. 'Voordat Nate verdergaat ben ik jullie eerst een verklaring schuldig. Gisteravond was ik in de bossen aan het kamperen en daar stuitte ik op een...' Ik had van tevoren niet bedacht wat ik zou zeggen en nu ik het in woorden probeerde te vatten klonk het te duister en te melodramatisch om reëel te zijn. '... een soort van bijeenkomst van eilandbewoners, jonge vrouwen die een ceremonie hielden ter nagedachtenis aan Catriona. Terwijl ik ze gadesloeg heeft iemand me aangevallen maar ik wist te ontsnappen. Dit ziet er erger uit dan het is. Een van de vrouwen heeft me gevonden en me verzorgd. Jullie hoeven je echt geen zorgen te maken.'

'Was die ceremonie voor Catriona?' vroeg Brandon. 'Dus die geruchten zijn waar? Je hebt het met je eigen ogen gezien. Zij hoorde erbij.'

'Sorry, waarbij?' vroeg Isabella. 'Ik snap niet waar jullie het over hebben.'

'Het zijn heksen,' zei Brandon. 'Daar hebben die meiden hier op dit eiland het voortdurend over. Ze gaan 's nachts naar die stenen, doen daar allerlei geschifte dingen en spreken een vloek uit over mensen. Ik zei toch dat hier van alles aan de hand was.' Zijn laatste zin was aan mij gericht, op een woedende, beschuldigende toon.

Ik ging zitten. 'Het gaat echt niet om hekserij,' zei ik rustig. 'In elk geval niet het soort hekserij van horrorfilms en mythen. Ik denk dat het erom gaat jonge vrouwen weer voeling te laten krijgen met de wereld om hen heen. Die geruchten geven een verkeerde voorstelling van zaken.'

'Hoe komt het dat jij daar zoveel van weet?' vroeg Rob.

'De vrouw die mij gisteravond heeft gered, Hilda, is als het ware hun mentor. Ze is echt heel lief en oprecht.'

'Ik snap niet wat dit te maken heeft met –' begon Rob.

'Zij kende Adriana,' onderbrak ik hem. 'Ze hebben elkaar kort voor haar verdwijning ontmoet, maar het duidt op nog een ander verband tussen Catriona en Addie dat belangrijk kan zijn voor het ontmaskeren van de moordenaar.'

'Sadie,' zei Nate zacht. 'Wij moeten even met elkaar praten.'

'Heeft Catriona Addie op die manier meegelokt?' vroeg Brandon. 'Door haar uit te nodigen midden in de nacht samen naar zo'n idiote ceremonie te gaan? Hebben ze mijn zus gehersenspoeld?'

'Ik weet zeker dat dat niet zo is,' stelde ik hem gerust. 'Hilda leidt een eenvoudig leven in een hutje in de bossen ten noorden van Loch Peallach. Zij is geen monster, Brandon.'

'Addie is verkracht met een schelp, of was je dat soms vergeten? Catriona stuurde haar berichtjes en het gevolg was dat Addie 's nachts het huis uit is geslopen en werd vermoord. Waarom verdedig je haar?' vroeg Rob.

'Omdat Catriona ook is vermoord. Ik weet niet wat ze met Addies dood te maken had, maar nu zijn ze allebei het slachtoffer geworden van een seriemoordenaar.'

'Mammie, waarom schreeuwt iedereen zo hard?' Luna verscheen in de deuropening.

Haar lippen trilden en ze had moeite haar tranen in bedwang te houden. Isabella stoof op haar af. Ik voelde me opeens draaierig worden. Te veel mogelijkheden, zo ontzettend veel pijn en verdriet.

'Sadie!' hoorde ik Nate roepen, en het volgende moment rende hij op me af en kantelde de kamer negentig graden. Mijn rechterknie stootte tegen iets hards terwijl twee armen me vastpakten. De stemmen stierven weg en het laatste wat ik hoorde was een huilend kind. Het leek heel lang te duren voordat de wereld weer normaal werd en tegen die tijd lag ik op de achterbank van Nates auto en reden we.

'Nate?' zei ik.

'Blijf liggen. Ik breng je naar een dokter.'

'Niet doen alsjeblieft. Ik ben oké. Het werd me gewoon allemaal even te veel. Wil je me naar m'n kampeerplaats brengen?' vroeg ik.

'We gaan het als volgt doen,' zei hij, terwijl hij voor een kruising stopte en een snelle blik over zijn schouder wierp. 'Ik ga je onderzoeken. Als ik niets ernstigs vind hoef je van mij niet naar het ziekenhuis, maar dan moet je vanavond wel bij mij blijven – ik heb nu een ander hotel gereserveerd. Jij bent blijkbaar niet de enige die hier uit de gratie is. Je kunt eerst wat uitrusten voordat de bijeenkomst vanavond begint.'

Ik ging akkoord. Nate reed nog een paar minuten zwijgend verder en aan de rand van de stad zette hij de auto op het parkeerterrein van The Turning Tide Bed & Breakfast. Hij checkte in. Ik stond achter hem naar de grond te staren en voelde me schuldig over mijn aanwezigheid, wat meer te maken had met de blikken die de hoteleigenaar ons toewierp dan met mijn geweten. De ruime, comfortabele kamer had een enorm bed en keek uit over de velden. Nate zweeg, maar zijn gedachten klonken zo luid dat ze de stilte opvulden. Ik moest van hem op bed gaan zitten en hij bukte zich om de veters van mijn wandelschoenen los te maken; daarna verdween hij naar de badkamer. Ik hoorde dat hij het bad liet vollopen en dat gaf me een gelukzalig gevoel, waardoor ik even nergens aan hoefde te denken.

Hij controleerde mijn ogen, mijn hartslag en ademhaling, voelde aan mijn nek en keek in mijn mond en oren.

'Je hebt een ontstekingsremmer nodig en sterke pijnstillers. Het lijkt me ook verstandig om een röntgenfoto van je nek te maken. Het zal nog wel een week duren voor je tong en keel weer genezen zijn.'

'Hilda heeft me gisteravond een soort kruidendrankje gegeven. Daar heb ik heerlijk door geslapen en vanochtend deed mijn keel ook niet meer zoveel pijn.'

'En je hebt niet gevraagd wat je kreeg – je hebt het gewoon opgedronken? Hoe kun je dat nou doen?'

'Nou, ze had mijn leven net gered, de strop om mijn nek losgesneden, mijn aanvaller weggejaagd en me daarna zonder verder gedoe mee naar haar huis genomen. Tegen die tijd had ik tamelijk veel vertrouwen in haar.'

'En wie was de aanvaller?'

Ik wreef over mijn slapen. Ik had koppijn en het leek me zo prettig in een echt bed te slapen dat ik geen zin had om een discussie met hem aan te gaan.

'Haar zoon,' antwoordde ik.

'Sadie, als je precies weet wie je heeft aangevallen moeten we dat aangeven. Nog een minuut langer en je was dood geweest. Degene die jou dit heeft aangedaan –'

'Rhys Stewart, ook wel Skittles genoemd. Ik ben zijn woning min of meer illegaal binnengedrongen, heb me in zijn kelder verstopt, zijn spullen doorzocht, de botten van zijn vader gevonden en die laten weghalen, en daarna is hij door mijn toedoen gearresteerd en ondervraagd over een oud delict waartoe hij waarschijnlijk was aangezet door een flatgenoot.'

'Dat doet er niet toe. Als hij jou heeft aangevallen, kan hij het weer doen.'

'Dat denk ik niet. Hij is een kind in het lichaam van een man en ik had hem zijn kostbaarste bezit ontnomen. Daardoor ging hij over de rooie. Hij is kwetsbaar en heeft de ontwikkeling van een kind, maar hij doet wat zijn moeder hem opdraagt. De mensen hier weten wat hij wel en niet kan, en ze staan allemaal om hem heen. Ik heb hem al genoeg pijn gedaan, niet dat ik van plan ben om hem een excuusbrief te schrijven, maar wat hij mij heeft aangedaan was een reactie op de pijn die ik bij hem had veroorzaakt. Niet meer dan dat. En voor de goede orde, ik denk ook niet dat hij Adriana heeft vermoord.'

Nate legde zachtjes zijn hand in mijn nek en streek met zijn duim over de rode striem die het touw in de huid had veroorzaakt.

'Geen risico's meer nemen,' zei hij rustig. 'Ik wil graag de kans krijgen om ooit een gesprek met je te voeren dat niet over moord en doodslag gaat.'

Ik knikte en stond op, en draaide me snel om om de blos te verhullen die over mijn wangen kroop. Terwijl het bad volliep, zette hij koffie en pakte de schaal sandwiches op die voor de deur was achtergelaten.

'Drink een kop koffie, eet zoveel als je kunt en ga daarna in bad,' zei hij. Hij schopte zijn eigen schoenen uit en haalde een dikke map uit zijn tas.

Ik nam een slok koffie en zei op een geforceerd luchtige toon: 'Het personeel zal wel denken dat we geliefden zijn.'

'Zoals jij eruitziet zullen ze eerder denken dat ik een gewelddadige partner ben die jou hier gegijzeld houdt.'

'O shit, daar had ik niet aan gedacht. Sorry.'

De hete koffie brandde in mijn keel maar dat kon me niets schelen. Nate zat te lezen terwijl ik at en dronk, en keek pas op toen ik de badkamer in liep.

'Laat de deur op een kiertje staan,' zei hij. 'Dan kan ik meteen naar binnen als je weer flauwvalt.'

Ik speelde even met de gedachte om een komisch, flirterig antwoord te geven, maar de woorden bestierven me op de lippen toen ik een glimp van mezelf opving in de spiegel. Als er één vrouw was tot wie Nate zich niet aangetrokken zou voelen, was ik het wel op dit moment. Afgezien van een lijk dan, met al mijn verwondingen.

'Ik wil dat je helder blijft tot ik er zeker van ben dat je geen hersenschudding hebt. Vertel me nou eens stap voor stap wat er gisteravond precies is gebeurd.'

Terwijl ik in bad lag te weken vertelde ik hem alles. Hij slaagde erin me te laten uitpraten zonder commentaar te geven, maar ondanks de afstand tussen ons hoorde ik hem zo nu en dan zuchten en mompelen.

'Hoe wist je waar je die vrouwen kon vinden?' vroeg hij.

'Dat wist ik niet. Het kwam door een natuurkundig verschijnsel, en ik was natuurlijk in de buurt. Het lawaai dat ze maakten plantte zich langs de heuvel naar beneden voort en het loch fungeerde als een soort luidspreker. Het was een heel eind van de plek waar ik mijn tent had opgezet.'

'En zij heeft je toevallig net op tijd gevonden en je losgesneden? Is het bij je opgekomen dat zij er misschien bij betrokken was?'

Ik gleed met mijn hoofd onder water om wat tijd te winnen terwijl ik daarover nadacht.

'Ze leek me... Ik weet het niet... Vriendelijk. Oprecht. Ik geloof dat ik ook met haar te doen had. Het zal niet makkelijk voor haar zijn om hier te wonen.' Terwijl ik dat zei hoorde ik zelf hoe slap dat klonk.

'Toch vind ik dat je brigadier Eggo moet vertellen wat er gebeurd is.'

'Nate, toe nou, ik weet echt niet of dat een goed idee is.' Ik ging staan en voelde dat ik weer duizelig werd, ik kreunde even.

Hij stond meteen naast me met een handdoek die hij om me heen wikkelde, en daarna tilde hij me over de rand van het bad en leidde me naar het bed. Ik ging liggen en genoot van de zachtheid van het kussen.

'Je was bijna dood. Dan had ik hierheen moeten komen om je lichaam op te halen en voorbereidingen moeten treffen voor een autopsie. En ik had je familie moeten bellen. Je moet wel beseffen hoe dicht je bij de dood bent geweest.'

'Blijf jij bij me terwijl ik slaap?' vroeg ik en ik pakte zijn hand. Die van mij voelde klein in de zijne. Klein en veilig.

'Ik blijf,' zei hij. 'Je hebt vier uur, daarna gaan we samen naar die bijeenkomst. Ik laat je niet alleen.'

'Is goed,' zei ik. 'Ik wil er sowieso naartoe.' Hij trok het dekbed over me heen en ik deed mijn ogen dicht. 'O ja, Nate, toen we bij de Clarks waren zei je dat we moesten praten. Waarover dan?'

'Dat komt wel,' zei hij en hij ging aan de andere kant van de kamer in een leunstoel zitten.

'Kom op. Geen geheimen meer.' Ik begon weg te dommelen, maar wilde nog wat langer kunnen luisteren naar zijn troostrijke stem.

'Oké dan. Het gaat over de moordenaar. Ik heb alles wat ik weet naast elkaar gelegd en er ontbreekt iets. Afgezien van de zeewierkroon, de locatie en het zand in de mond is er niets wat de twee slachtoffers aan elkaar linkt.'

'Wat bedoel je nou?' mompelde ik terwijl ik snel wegzakte.

'Op dit moment heb ik geen enkel bewijs waaruit onomstotelijk blijkt dat beide meiden door dezelfde persoon zijn vermoord,' zei hij. 'Niets wat standhoudt in een rechtszaak.'

Zijn woorden klonken van veraf en sloegen nergens op. Ik viel in slaap, gedesoriënteerd en verward, me afvragend hoe het mogelijk was dat zo'n klein plaatsje door zo'n groot kwaad in beslag werd genomen.

34
Het eiland

De patholoog is een slag apart. Hij ziet onze wereld als een meercellig organisme waarin alle deeltjes elkaar in stand houden. Hij is al eerder op het eiland Mull geweest en heeft zijn blik aandachtig over de lichamen van onverwachte doden laten gaan – een twintigjarige met een hartaanval, een vrouw die zichzelf om onduidelijke redenen had vergiftigd, een kind met tot dan toe niet-gediagnosticeerde kanker. Dokter Nate Carlisle – zacht en respectvol tegenover de doden en tegenover hun families – weet dat leven en dood een spectrum zijn, geen afzonderlijke gebeurtenissen. Hij brengt een soort droefheid met zich mee naar het eiland. Een verdriet om wat hij onder ogen zal krijgen en een verlangen om het beest te overmeesteren dat een leven heeft genomen. Telkens weer komt hij te laat om het goede te doen dat hij zou willen doen. Soms droomt hij dat hij ervoor heeft gekozen om als arts de levenden te genezen, zodat hij wat succesverhalen achter de hand heeft voor op familiebijeenkomsten, maar hij is goed in wat hij doet – de doden houden van hem, en dat weet hij.

Het stukje van zijn wereld dat hij het liefst zou willen veranderen is zijn eigen huis. Dat is leeg en koud. Hij kan goed koken, maar er is geen lol aan om dat voor één persoon te doen. Zijn vloerkleden zijn gestofzuigd en elk oppervlak is afgestoft, maar hij verlangt naar chaos en rommel, de verstoring door een ander leven dat met het zijne botst, ermee in aanvaring komt en ermee verstrengeld raakt. De troost van een warm lijf tegen het zijne tijdens die lange donkere Glasgowse nachten.

Er zijn eerder vrouwen geweest, een paar. Ze bleven allemaal best lang, maar haakten af voordat het serieus werd. Geen van hen kon een steekhoudende reden geven voor haar vertrek, maar Carlisle begreep het wel.

Hij wist dat hij kon douchen om de geur van de dood van zich af te spoelen, dat hij na een autopsie de chemicaliën van zijn handen kon wassen, er een gewoonte van kon maken nooit over zijn werk te praten tenzij hem daar specifiek naar gevraagd werd en dat hij dan de details kon verdoezelen om de gruwelen op afstand te houden. Maar hij was zich ook bewust van de stoet geesten die in zijn schaduw liepen. De onopgeloste zaken. Die sterfgevallen waarbij hij niet tot een sluitende conclusie kon komen. De vrouwen in zijn leven hadden al vrij snel in de gaten dat die schaduwen hem achtervolgden. Hij had ze soms naar hem zien staren en wist dat ze zich dan afvroegen waarom hij gekozen had voor een leven met één hand in een lijk. Te vaak hadden de geesten van de doden tussen hem en een geliefde in gelegen, en daardoor was hij voorzichtig geworden.

De Canadese ziet de geesten die om hem heen zweven en voelt zich daardoor juist tot hem aangetrokken. Hij heeft een scherp intellect waarmee hij problemen systematisch benadert en dat bevalt haar. Hij heeft vriendelijke ogen waarin ze zich al meer dan eens voelde verdwijnen. Nate Carlisle fungeert als vertaler tussen de doden en de levenden, en ze ziet zijn werk als een verlengstuk van haar eigen roeping.

Nate maakt zich zorgen om haar. Al vanaf het moment dat hij haar voor het eerst zag. Ze heeft een felheid die hem doet denken aan een helderwit brandend magnesiumlint, en dat beangstigt hem. In gedachten ziet hij die vlam zwakker worden en uiteindelijk doven, en hij wil haar juist beter leren kennen en het zichzelf toestaan door haar gekend te worden.

Terwijl Sadie ligt te slapen legt Nate zijn werk opzij, staat op uit zijn stoel en aarzelt even voor hij haar teder aanraakt en het haar dat voor haar ogen is gevallen naar achteren strijkt, zijdezachte strengen onder zijn vingertoppen. Hij vindt haar leuk omdat ze ontembaar en onpeilbaar is. Omdat ze zich in de buitenlucht meer op haar gemak voelt dan binnenshuis. Haar felheid wordt verzacht door een uitzonderlijk groot inlevingsvermogen en de gedrevenheid om elke barrière tussen haar en de waarheid af te breken. Als ze hem aankijkt voelt hij een motor starten, een zacht geronk dat het begin van een reis markeert.

Hij knielt naast haar, bestudeert de sproeten op haar gezicht van dichtbij, merkt op dat haar wimpers goudkleurig zijn en richt dan zijn aandacht op de striem om haar nek. Zijn adem stokt in zijn keel. Sadie mompelt iets onverstaanbaars en rekt zich uit voordat ze nog dieper in slaap valt. Heel even is hij bang dat ze wakker wordt en hem hier over haar heen gebogen ziet. Maar eigenlijk hoopt hij juist dat ze wakker wordt. Zodat hij zal moeten uitleggen dat hij zijn ogen niet van haar af kan houden, en hoe hij de opwinding van zijn buik naar zijn borst voelt stromen als ze zegt dat ze naar Glasgow komt wanneer deze zaak is opgelost.

In gedachten ziet hij zich met haar door de Highlands wandelen, de koude wind giert om hen heen, en op het heidetapijt pakt hij haar hand. Ze vinden ergens een cottage, blijven de hele tijd binnen, leggen een vuur aan en geven zich over aan alle denkbare clichés. Praten voortdurend. Verbergen niets, stellen niets mooier voor dan het is. Maken zichzelf leeg zodat ze elkaar weer op kunnen vullen.

Hij staat op en loopt naar het raam, en hoopt dat hij zich deze groeiende verbondenheid niet inbeeldt. Sadie Levesque is een kracht om rekening mee te houden, en hij kan niet wachten.

Het eiland voelt dat allemaal. Ontvlammende liefde is de tegenpool van de dood. Zij is een ontluikende knop, nog breekbaar maar vol energie. Zij vormt het tegengif voor de verschrikkingen die de atmosfeer op Mull hebben bezoedeld. Nate Carlisle en Sadie Levesque beginnen het evenwicht te herstellen nadat Adriana en Catriona zijn weggenomen.

35

Ik viel weer van die boomtak, schoot wakker en kwam met een ruk overeind, net voordat in mijn droom de strop werd aangetrokken.

Nate zat aan het voeteneinde van het bed en schudde zachtjes aan mijn enkel. 'Rustig maar,' zei hij. 'Je bent veilig.'

Onwillekeurig ging ik met mijn hand naar mijn hals, om te voelen of daar een touw zat. 'Hoe laat is het?' Toen herinnerde ik me het laatste wat hij tegen me gezegd had. Zijn woorden waren me tot in de duisternis gevolgd, ongrijpbaar, glibberig als een aal. Ik besefte dat ik wakker had moeten blijven om er verder op in te gaan, dat ik Nate meer vragen had moeten stellen, maar de vermoeidheid had me in haar greep gekregen. 'Denk jij dat er twee moordenaars zijn?' vroeg ik voordat hij antwoord kon geven op mijn eerste vraag.

'Dat heb ik niet gezegd,' luidde zijn antwoord. Hij pakte zijn tas, haalde er een donkerblauwe stropdas uit en begon die te strikken. 'Waar het om gaat is dat er aannames worden gedaan. Dat het woord "seriemoordenaar" wordt rondgebazuind. Maar ik heb hier twee jonge vrouwen –'

'Die elkaar kenden en in dezelfde kringen verkeerden.'

'Ik praat liever over sluitend bewijs en niet over indirect bewijs,' zei Nate. 'Dus, twee jonge vrouwen van wie de een is verdronken en de ander stierf toen haar hart het begaf na zwaar bloedverlies. De een is verkracht met een schelp. De ander vertoonde geen tekenen van seksueel geweld.'

'De zeewierkronen,' hielp ik hem herinneren.

'Ja, gemaakt van hetzelfde type zeewier, maar dat kun je hier overal vinden. Die van Adriana was zorgvuldig gemaakt. Daar heeft iemand de tijd voor genomen. Die van Catriona was rommelig, snel in elkaar geflanst.'

'En de kroon in mijn hotelkamer?'

'Die lijkt meer op die van Adriana,' zei hij. 'Nu ga je iets zeggen over het zand in hun mond en daar heb je een punt mee. Dat aspect is bij beide moorden identiek. Maar als je erover nadenkt, waarom zou dat er bij beide moorden niet hetzelfde uit kunnen zien? Je doet een mond open, propt er zoveel zand in als je kunt, en klaar. In kleine gemeenschappen raakt dit soort informatie al snel bekend. Ik betwijfel of er iemand op Mull is die niets afweet van dit specifieke detail, en dat maakt het dan makkelijker voor een na-aper.'

'Dat is speculatie, geen sluitende conclusie,' zei ik. Ik wikkelde het laken om me heen, pakte schone kleren uit mijn rugzak en liep naar de badkamer om me aan te kleden.

'Waar het om gaat is dat ik wel aanwijzingen heb, ijkpunten, overeenkomsten tussen beide moorden, maar dat ik niet het punt heb bereikt waarop ik kan concluderen dat het om een en dezelfde moordenaar gaat.'

Ik had ondertussen mijn ondergoed aangetrokken en opende de deur op een kiertje om hem aan te kijken. 'Wat probeer je me nou echt te vertellen, Nate?'

'Als het motief voor de twee moorden verschillend was, hebben de meiden misschien verschillende moordenaars aangetrokken. Dat zie je wel vaker. Voor Catriona's moordenaar komt het wel handig uit om een paar details van de moord op Adriana na te apen om de aandacht van zichzelf af te leiden. Brigadier Eggo heeft nou niet bepaald een strak beleid gevoerd wat betreft het vrijgeven van informatie over de plaats delict. Iedere agent op dit eiland maakt deel uit van dezelfde gemeenschap die antwoorden verlangt: dus grote kans dat een van hen de details met vrienden of familie heeft besproken. Daarom wilde ik je vragen of je al wat verder bent met je onderzoek naar Adriana's dood. Of je iets specifieks hebt gevonden dat alleen voor haar geldt. We moeten met haar beginnen om erachter te komen wat hier allemaal speelt.'

Ik haalde een borstel door mijn haar en vroeg me af hoeveel ik hem moest vertellen, hoewel ik wist dat ik die informatie niet veel langer voor mezelf kon houden.

'Oké,' zei ik, terwijl ik amper gebruikte make-upspullen uit mijn rugzak haalde en wat concealer op de blauwe plekken op mijn gezicht en hals aanbracht. 'De Clarks hadden problemen in de Verenigde Staten. Het soort problemen waardoor je meteen je biezen moet pakken en het land uit moet. Niets illegaals. Rob had getuigd in een rechtszaak maar kwam niet in aanmerking voor getuigenbescherming, en er waren mensen die misschien een motief en de middelen hadden om wraak te nemen. Ik hoef je niet te vertellen dat dit zeer vertrouwelijke informatie is.'

'Begrepen.' Nate trok zijn schoenen aan en strikte de veters. 'Dus Adriana's dood zou een wraakactie kunnen zijn of een boodschap aan Rob om duidelijk te maken dat ze hem gevonden hebben.'

'Dat zou kunnen, ja,' beaamde ik. 'Maar dan zijn ze wel omslachtig te werk gegaan. Niet in de laatste plaats omdat Adriana heel goed wist waarom ze gevlucht waren en meteen achterdochtig zou zijn geworden als ze benaderd werd door een Amerikaan – of wie dan ook – die voorstelde om midden in de nacht af te spreken. Dan is er nog die schelp uit de museumwinkel, de verwijzing naar de folklore hier, het feit dat het lichaam juist in die grot is verstopt. Waarom zoveel meer moeite doen dan nodig is?'

'Jij gaat ervan uit dat iemand hierheen is gereisd, een vreemde die niet op de hoogte is van de lokale tradities en het eiland niet kent. Maar stel dat ze het eenvoudiger hebben aangepakt en iemand die hier al woont hebben betaald om Adriana te vermoorden? Het lijkt mij dat degene met wie Rob Clark problemen heeft daar de middelen voor heeft.'

'Hoe zou je moeten weten wie je daarvoor moet benaderen?' vroeg ik aan mijn evenbeeld in de badkamerspiegel.

Nate gaf het antwoord. 'Je huurt een hacker in om iemand op Mull te zoeken met een stevig strafblad. Die bied je dan genoeg geld aan. Of je kijkt naar kredietwaardigheid en je zoekt iemand die al financiële problemen heeft. Je haalt iemand van het vasteland om het te doen, iemand die hier minder opvalt en je betaalt in bitcoins. Het lukt altijd, als je maar genoeg betaalt.'

De Aros Hall, een eenvoudig, functioneel gebouw in Main Street, was uitgekozen als locatie waar Nate belangstellende eilandbewoners zou toespreken. De pers werd weggehouden, op een plaatselijke krant na. Harris Eggo en zijn mensen stonden bij de deur om ervoor te zorgen dat er niemand binnenkwam die er niets te zoeken had. Zelfs Rob en Brandon Clark waren er, maar Isabella was thuisgebleven om voor Luna te zorgen. Ik deed een sjaal om mijn nek om de verwondingen te verhullen en een hoed op mijn hoofd zodat ik minder snel herkend zou worden. Nate en ik waren er al vroeg en ik zocht een plek halverwege de zaal, aan de zijkant.

Het liep snel vol. Vijftien rijen van tien stoelen met een gangpad in het midden. Nate en Harris Eggo stonden op het podium. De voorste rij aan de linkerkant was voor de familie Clark gereserveerd, en aan de rechterkant zaten Catriona's vader en zijn grote familie.

Ik hield de deur in de gaten terwijl de mensen binnenstroomden. Skittles was nergens te zien. Simon Bathgate had al oogcontact met mij gemaakt en me een verbaasde blik toegeworpen, wat begrijpelijk was, want ik had erg mijn best gedaan om de indruk te wekken dat ik van het eiland was vertrokken. Maar nu ik was aangevallen leek een andere strategie verstandiger. Het was beter dat iedereen wist dat ik nog op het eiland was, zodat niemand me ongestraft iets kon aandoen.

Er waren nog een paar andere gezichten die ik herkende. Rachel, de eigenaresse van The Blether, en haar echtgenoot, met in hun kielzog Lewis Eggo – waarschijnlijk omdat de jongen niet naast zijn vader kon zitten. Lizzy's grootmoeder uit de keramiekwinkel, maar Lizzy zelf was nergens te bekennen. De mannen die Nate en mij hadden aangesproken op de avond dat was besloten in het stadje een officieuze avondklok in te stellen. Pastoor Christophe, en verder iedereen die de herdenkingsdienst voor Catriona had bijgewoond, behalve Hilda, voor zover ik kon zien. Geen enkele stoel bleef onbezet en de laatkomers stelden zich aan de zijkant op.

Harris Eggo stond op om de bijeenkomst te openen. Hij zag eruit zoals ik me voelde. Niet zozeer alsof hij met een strop om zijn nek aan een boomtak had gebungeld, maar het scheelde niet veel. Hij pakte de microfoon en tikte er even op, waardoor de zaal werd gevuld met een harde pieptoon.

'Sorry,' zei hij. Hier en daar werd wat gemompeld en gelachen. 'Goed, jullie weten allemaal waarom we hier zijn. Deze meneer,' hij gebaarde naar Nate, 'is de patholoog uit Glasgow die hierheen is gekomen om antwoord te geven op onze vragen rond de dood van Adriana en Catriona. Steek je hand op als je een vraag hebt en spreek luid want anders horen we je niet. En we letten tijdens deze bijeenkomst ook allemaal op ons taalgebruik.' Harris Eggo ging weer zitten.

Nate nam de tijd, met in zijn ene hand een stapel papieren en in de andere een bril waarmee ik hem niet eerder had gezien. Hij was een indrukwekkende verschijning en kwam professioneel, respectvol en tegelijkertijd relaxed over. Hij trok zijn jasje uit en rolde zijn mouwen op, waarmee hij leek te willen zeggen: ik ben hier gekomen om te werken, ik ben niet veel anders dan de anderen in deze zaal, maar daar trek ik de grens.

'Goedenavond,' zei hij. 'Het spijt mij dat deze verschrikkelijke gebeurtenissen mij hierheen hebben gebracht. Ik doe niet hetzelfde werk als de politie, hoewel ik tijdens een onderzoek wel met ze samenwerk en, als het tot een arrestatie komt, ze help om een zaak op te bouwen met concrete, solide bewijzen. Maar het belangrijkste aspect van mijn werk is de communicatie met de familie en dierbaren van de overledene zodat zij op de hoogte worden gehouden van de feiten en we snel zo veel mogelijk voortgang kunnen boeken en alle relevante informatie kunnen vergaren.'

Rob Clark wilde zijn arm om de schouder van zijn zoon leggen, maar Brandon schoof van hem weg. Toch was ik blij dat ze gekomen waren. Ze hadden de steun van de eilandbewoners nodig, niet hun roddels en achterdocht. Dat ze zich hadden schuilgehouden had het onderzoek niet bepaald vooruitgeholpen en de houding van de politie geen goedgedaan.

Ik nam de tijd om eens om me heen te kijken. Nates woorden echoden nog steeds na in mijn hoofd. Een huurmoordenaar kon zich natuurlijk niet op Mull vertonen met een enorme stetson op zijn hoofd, maar de suggestie dat de rijke en machtige vijanden van de Clarks uit Las Vegas in plaats daarvan misschien een plaatselijke inwoner hadden ingehuurd vond ik intrigerend en verontrustend. Je kon gerust stellen dat de helft van de aanwezigen in de Aros Hall financiële problemen had. De inkomsten uit het toerisme waren afhankelijk van de seizoenen en dat werkte ook door in de rest van de economie. Het was duidelijk dat zelfs in het beste geval niemand op Mull er rijk van werd. Het was vast niet zo moeilijk om iemand te vinden die voor wat extra centen bereid was de wet te overtreden. Alleen ging het hier niet om drugshandel of fraude. Het ging hier niet om een oogje toeknijpen in geval van een beroving of voor iemand die wiet kweekt in de garage. Moord was niet zomaar een vaardigheid: je moest een heel eind zijn afgegleden voordat je een psychopathische persoonlijkheidsstoornis had ontwikkeld.

Ondertussen gaf Nate een korte beschrijving van de omstandigheden waaronder de moorden hadden plaatsgevonden, waarbij hij de details zo vaag mogelijk hield. Locaties, tijdstippen en een enkele zin waarmee hij de doodsoorzaak samenvatte. Hij legde voornamelijk uit hoe hij te werk ging, dat zijn team oog had voor elk detail en dat deze zaak zorgvuldig en volgens de regels werd onderzocht. Om zijn verhaal af te maken gooide hij er nog wat vaktermen tegenaan. Het meeste van wat hij zei was nietszeggend, maar ik snapte dat het een doel diende. De mensen hier pikten het niet als ze in het ongewisse werden gelaten. En dan kon je het verhaal maar beter zo veel mogelijk sturen.

Hij zei niets over de schelp of over de afgesneden borst, en hij bleef vaag over de mate van geweld die was gebruikt. Nate had waarschijnlijk gelijk met zijn veronderstelling dat iedereen het allang wist, maar hij was niet van plan om het vuur nog eens extra aan te wakkeren.

De gedachte aan de schelp maakte me onrustig, alsof ik een deur niet op slot had gedaan of vergeten was het gas uit te draaien. De schelp waarvan alleen ik wist dat die dezelfde vorm had als de afdruk in het stof op de plank in de museumwinkel, waar hij al die tijd gelegen had: omringd door de kristallen en attributen die deel uitmaakten van de geschiedenis en mythologie van het eiland. Dat alles bij elkaar veroorzaakte een chaos in mijn hoofd.

'Wanneer kunnen we onze doden begraven?' riep iemand.

'Dat is helaas niet mogelijk zolang we de lichamen nog niet kunnen vrijgeven. Het brengt een hoop leed met zich mee en het maakt dat het hele proces nog langer duurt en nog zwaarder wordt. Daar zijn we ons terdege van bewust. Maar het is heel belangrijk dat we de lichamen bij de hand kunnen houden om extra tests te doen, om bewijzen nog eens te controleren en voor het geval er klachten komen over de gevolgde procedure. Niemand heeft er wat aan als de dader vrijuit gaat vanwege een meningsverschil over de manier waarop het forensisch onderzoek is uitgevoerd. U kunt erop vertrouwen dat we ons uiterste best doen. Er wordt zorgvuldig en respectvol met Adriana en Catriona omgegaan. Maar ik kan u nu nog niet zeggen wanneer we hun lichamen kunnen vrijgeven.'

'Hebt u vingerafdrukken?' luidde de volgende vraag.

'Nee, die hebben we niet,' antwoordde Nate. 'Adriana's lichaam heeft in zee gelegen en daarna een hele tijd in die grot. Catriona is sneller gevonden en heeft niet in het water gelegen. In die omstandigheden had ik verwacht vingerafdrukken of huidcellen aan te treffen, maar die heb ik niet gevonden. Mijn conclusie is dan ook dat de dader waarschijnlijk handschoenen droeg.'

Achter in de zaal klonken voetstappen op de trap die naar de foyer beneden leidde. Niet de voetstappen van een of twee personen realiseerde ik me toen andere hoofden zich ook omdraaiden, maar we hoorden er een heleboel en ze klonken resoluut en doelbewust. Nate en ik wisselden een blik en ik haalde mijn schouders op ten teken dat ik het ook niet begreep.

De meiden kwamen een voor een binnen, inclusief een bleke, strak voor zich uit kijkende Lizzy. Ik keek naar haar grootmoeder en zag geen geschokte uitdrukking op haar gezicht. Misschien had ze niet geweten wat haar kleindochter precies van plan was, maar wel dat er iets stond te gebeuren. Ik herkende een paar meiden die ik bij de ceremonie in het bos had gezien. En anderen was ik weleens in The Blether tegengekomen. Sommigen kende ik niet en die kwamen waarschijnlijk uit een ander dorp. Als laatste kwam Hilda binnen, met een ernstige en vastberaden uitdrukking op haar gezicht. Ze liepen twee aan twee door het middenpad naar voren en ze waren allemaal in het grijs gekleed – geen gewaden maar bij elkaar geraapte kledingstukken waarmee ze iets duidelijk wilden maken: eendracht, saamhorigheid. Ze waren één lichaam. Toen ze stil bleven staan liep Hilda tussen hen door naar voren. Afgezien van haar voetstappen was het muisstil in de zaal. Tobermory hield zijn adem in.

'Ons medeleven gaat uit naar hen die rouwen om Adriana,' Hilda gebaarde met haar hand in Robs richting, 'en naar hen die rouwen om Catriona.' Ze legde haar ene hand op haar hart en keek Catriona's vader aan. 'Deze jonge vrouwen leven voort in onze gedachten, in onze herinneringen en in de geest van dit eiland.'

'Jullie horen hier niet te zijn!' riep een man vanaf de andere kant van de zaal.

'Er geldt een avondklok voor die meiden,' riep iemand anders.

'Die avondklok is niet rechtsgeldig,' zei Hilda. 'Die is opgelegd door de mannen van Tobermory – niet door de politie – en zonder de vrouwen te raadplegen. Zonder ons te vragen hoe wij erover dachten of wat wij nodig vonden. Is er iemand hier die denkt dat Adriana of Catriona door een vrouw is vermoord? Waarom moet de bewegingsvrijheid van de vrouwen beperkt worden als de dader een man is?'

'Dat weten we nog niet,' zei Nate.

Hilda keek hem strak aan. 'Nee, weet u dat niet?' vroeg ze. 'Vertel me eens, dokter Carlisle, hoeveel gewelddadige doodsoorzaken hebt u meegemaakt waarbij een vrouw door een andere vrouw werd vermoord?'

'Zeker niet veel,' antwoordde Nate. 'Maar het is weleens voorgekomen, het zou kunnen, en het zou verkeerd zijn om op basis van statistieken conclusies te trekken.'

'Maar deze meiden lieten zich niet willoos vermoorden, hè? Ze werden stevig vastgepakt, in bedwang gehouden. Daarvoor is kracht nodig en moet je iemand angst kunnen aanjagen.'

'Klopt,' antwoordde Nate. 'Maar je kunt iemand ook dwingen met dreigementen of met een wapen.'

'Wat zegt uw intuïtie u, dokter Carlisle?' vroeg Hilda. 'Was de dader een man of een vrouw? Ik weet wat *míjn* intuïtie me vertelt. Dat een man die jonge vrouwen heeft vermoord.' Ze draaide zich snel om en wees beschuldigend naar het publiek. 'Een man, zoals de mannen die ons hier veroordelen. Zoals degenen die een avondklok instellen en regels verzinnen om ons onder controle te houden.'

De jonge vrouwen achter haar knikten en staarden met grote ogen naar haar. Zoals Hilda daar stond maakte ze een ongelooflijke indruk. Ze straalde gezag uit en had tegelijkertijd iets bohemienachtigs.

Dat was het moment waarop pastoor Christophe opstond, en

waar Hilda natuurlijk op gewacht had.

'U leidt deze kwetsbare meiden het verkeerde pad op,' zei hij. 'Weg van God, weg van goedheid, weg van de natuurlijke orde der dingen.'

'U ziet ons liever op onze knieën, eerwaarde. U bent niet de enige. Er zijn hier veel mannen die liever de goede oude tijd zien terugkeren. Vrouwen die op hun knieën de vloer schrobben. Vrouwen die God op hun knieën om vergeving vragen. Vrouwen die op hun knieën 's nachts hun echtgenoot behagen.' Hier en daar was een zucht van verontwaardiging te horen, maar die klonk niet oprecht. Het was niet zo dat niemand dit had zien aankomen. 'En nu benutten jullie deze tragedies, deze uitzonderlijke gebeurtenissen om je vrouwen en dochters en zussen weer op te sluiten. Veroordeel hem, eerwaarde. Veroordeel de man die onze lammeren slacht. Laat u horen.'

'Elke zonde wordt veroordeeld door de Heer,' zei pastoor Christophe. 'Dat hoef ik niet uit te leggen.'

'Maar dat moet u wel doen. Er zitten mannen in deze zaal die hun vrouw slaan. Ik weet wie ze zijn.' Ze liep terug door het middenpad en keek om zich heen. Een paar mannen wendden hun blik af. 'Sommige van deze mannen biechten hun zonden aan u op, eerwaarde, en krijgen vergiffenis. De week daarop doen ze het weer. Ze drinken, gebruiken hun vuisten, zeggen hun gebeden op en dan gaan ze weer door. U bent niet de enige. Ook andere godsdiensten laten verwerpelijk gedrag toe. Er zijn hier mannen die seks hebben met hun vrouw terwijl ze weten dat ze het niet wil, ziek is of te bang is om nee te zeggen. Er zijn hier mannen die niet willen dat hun vrouw anticonceptie gebruikt.' Hilda gebaarde om zich heen, over de menigte. 'Mannen die hun vrouw vertellen wat ze mag dragen, wat ze mag hebben, met wie ze mag omgaan, hoeveel ze mag eten. En nu beschikt u over het perfecte excuus om zeggenschap te hebben over wat de jonge vrouwen op dit eiland wel en niet mogen doen. Waar ze mogen gaan en staan en wanneer ze dat mogen. Wij zijn vanavond hierheen gekomen om te zeggen dat het genóég is!'

Nate pakte zijn aantekeningen en deed een stap naar achteren. Hij sloeg zijn armen over elkaar om te zien hoe dit afliep. Ik had al een voorgevoel van hoe dit zou eindigen, en het zag er niet goed uit.

'Heks!' schreeuwde een vrouw. 'Je brengt ze op slechte gedachten. Je kon je eigen zoon niet eens opvoeden en je zou niet in de buurt van onze meiden mogen komen.'

'Dit is geen hekserij,' riep Hilda terug. 'Wij nemen ons leven in eigen hand. We respecteren elkaar. We zorgen voor onze leefwereld. Waarom mogen wij geen zeggenschap hebben over ons eigen lichaam, over onze eigen lotsbestemming?'

'Hoe komt het dan dat je die andere meiden niet hebt kunnen beschermen?' vroeg Simon Bathgate.

Hilda keek hem met samengeknepen ogen aan. 'Zo is het, agent. Stel ons maar verantwoordelijk voor de verkrachtingen, voor het geweld, voor de intimidatie, voor het stiekem onder onze rokken gluren, voor het aanraken van onze borsten. Vraag maar waarom we de aanvallen op ons eigen lichaam en dat van anderen niet hebben voorkomen.'

'Mijn zus is vermoord omdat Catriona haar die nacht uit huis heeft gelokt,' riep Brandon, die was gaan staan. Rob pakte hem bij zijn arm maar kon hem niet tegenhouden. 'Het was geen man die dat heeft gedaan. Ik weet niet wie haar heeft vermoord, maar ik weet wel dat als Catriona Vass er niet was geweest mijn zus niet dood zou zijn, en nu moeten wij hier zitten luisteren terwijl u hun namen in één adem noemt?'

'Waag het niet om kwaad te spreken over mijn dochter,' riep Catriona's vader, die zich nu ook in de strijd mengde.

'Shit,' fluisterde ik. 'Dit gaat niet goed.'

'Uw dochter haatte mijn zus toen we hier net waren komen wonen,' zei Brandon. 'Wat heeft haar van gedachten doen veranderen? Vertel me dat eens. Of wie?'

'Catriona heeft nooit iemand kwaad gedaan,' antwoordde een

van de vrouwen op de voorste rij. 'Ze was een engel.'

Ik dacht aan Lewis Eggo, aan het drankje dat hem was toegediend en waarvan hij ziek was geworden, en vroeg me af hoe engelachtig Catriona eigenlijk geweest was. Dan toch zeker een engel met een wilde kant.

Pastoor Christophe begon te bidden. Lizzy begon te huilen. Hilda bleef staan waar ze was. Rob Clark duwde Brandons arm naar beneden. De leden van de familie Vass pakten hun jassen en begaven zich naar de uitgang. Een van de mannen die tegen me had gezegd dat ik na de avondklok niet meer buiten hoorde te lopen liep naar het middenpad en pakte een meisje bij haar arm. Broer en zus zo te zien.

'Laat me los. Je hebt niks over me te zeggen!' riep ze.

'Klein kreng dat je bent. Je gaat nu naar huis voordat je onze ouders doodongerust maakt.'

Ze spuugde in zijn gezicht en heel even draaide de wereld wat langzamer. Het eindigde ermee dat de broer zijn zus een klap gaf, gevolgd door nog een klap, maar deze keer werd die door Hilda uitgedeeld.

Er ging een golfbeweging door het publiek, mensen pakten anderen vast en trokken ze naar achteren, weer anderen probeerden weg te komen of wilden het juist beter kunnen zien, of ze riepen woorden van aanmoediging en afkeuring.

Harris Eggo sprong van het podium, tikte zijn zoon op de schouder en zei dat hij naar huis moest gaan. De jongen gehoorzaamde zijn vader en pas toen Lewis zich uit het strijdgewoel had teruggetrokken barstte Harris Eggo los.

'Stop hier onmiddellijk mee!' schreeuwde hij, zonder dat hij daar een microfoon voor nodig had. 'Jullie gaan nu allemaal naar huis. Een avondklok wordt op dit eiland uitsluitend door de politie ingesteld. Voor protesten moet van tevoren toestemming worden gevraagd. Wij zijn hier vandaag bij elkaar gekomen om antwoorden te krijgen vanwege de twee meiden die we verloren hebben. Het is nooit de bedoeling geweest dat de bijeenkomst ergens anders over zou gaan.'

Zelfs Hilda boog haar hoofd bij die woorden.

'En nu lopen jullie allemaal rustig de trap af naar beneden en naar buiten, zodat er geen ongelukken gebeuren. Iedereen die hier over vijf minuten nog is wordt gearresteerd – en het kan me niet schelen wie je bent,' zei Harris.

Ik werd op mijn schouder getikt en draaide me om.

'Kunnen we even praten?' vroeg een man. In de verwarring duurde het even voordat ik me realiseerde dat ik Flora Kydds vader in de ogen keek, die niet thuis was toen ik daar langsging.

Zijn dochter was niet genoemd, maar ik las het in zijn ogen. Dezelfde wanhoop die Rob en Isabella hadden gevoeld. Dezelfde smart die ik bij Catriona's vader had gezien. De pijn was er niet minder op geworden ondanks de tientallen jaren die sindsdien verstreken waren en die de scherpste randjes ervanaf hadden moeten halen.

'Ik wacht op u,' zei hij.

Ik liep naar Nate toe. 'Ik zie je straks in het hotel,' zei ik. 'Als ik tenminste nog wat langer mag blijven logeren?'

'Natuurlijk mag dat,' zei hij. 'Maar doe me één plezier. Als je niet meteen met mij teruggaat, blijf dan in ieder geval in het centrum, in goed verlichte straten en in de buurt van gebouwen waar licht brandt, zodat je om hulp kunt roepen.'

Ik overwoog even om te zeggen dat hij zich geen zorgen hoefde te maken, realiseerde me toen dat ik dat eigenlijk juist wel wilde, schonk hem mijn geruststellendste glimlach en liep weg.

Terwijl ik de trap afliep drong tot me door wat me zo dwarszat aan die schelp. Met name het feit dat het hier om een detail ging dat niet door de politie bekend was gemaakt. Dat zou kunnen verklaren, ook al protesteerde mijn brein tegen die mogelijkheid, waarom Catriona niet met een schelp was verkracht. Een copycat kon alleen die aspecten van een moord nabootsen waarvan hij op de hoogte was.

'Er kunnen geen twee moordenaars zijn,' hield ik mezelf hardop voor terwijl ik naar buiten liep en om me heen keek, op zoek naar Jasper Kydd. 'Dat getuigt van te veel wreedheid voor zo'n klein eiland.'

'Daar hebben we hier anders genoeg van,' zei Jasper Kydd vanuit de schaduw achter me. 'Zullen we een eindje lopen?'

36

We liepen weg van de haven om zo min mogelijk op te vallen.

'U bent in mijn huis geweest,' zei Jasper Kydd.

'Ik wil geen problemen.' Ik bleef stilstaan en zette me schrap. Hij was oud, maar ik voelde me absoluut niet fit genoeg om wat voor gevecht dan ook aan te gaan.

'Daarvoor ben ik hier niet. Waar het mij om gaat is dat u het huis vanbinnen hebt gezien. U bent vast naar boven gelopen, naar Flora's slaapkamer.'

'Inderdaad.' We liepen verder. Jasper Kydd was een tengere man, en er ging geen enkele dreiging van hem uit. Hij hield zijn handen in zijn zakken en droeg een platte pet, diep over de ogen getrokken. 'Ik weet dat ik daar verkeerd aan heb gedaan. Het is verder geen excuus, maar ik kwam langs omdat ik in de pub had gezien hoe ontdaan u was en me daar zorgen over maakte. En ook om erachter te komen of er een verband was met de moord op Adriana. Ik kreeg de indruk dat de twee zaken overeenkomsten vertoonden.'

'Bent u al eens eerder in Schotland geweest, mevrouw Levesque?' vroeg hij, zo zacht dat ik hem door de wind amper verstond.

'Dit is de eerste keer,' zei ik.

We liepen naar het zuiden en hij wees naar de weg voor ons.

'Schitterend, hè? Het landschap zal hier en daar niet zoveel verschillen van dat bij u, denk ik zo.'

'Uw land is werkelijk indrukwekkend. Eigenlijk jammer dat ik het om de verkeerde redenen bezoek. Ik wilde altijd al eens naar Schotland,' antwoordde ik.

'Aye, zeker, we krijgen hier een hoop toeristen. Ze gaan graag naar Iona Abbey – daar moet u echt tijd voor vrijmaken – en naar het strand bij Calgary, in het noordoosten. Ze huren een cottage voor een paar weken en brengen een bezoek aan de stokerij. Het is hier vredig. Ze hebben hier ijsjes, een golvend heuvellandschap. Alles wat je in de advertenties ziet.'

'Er is een maar...' zei ik.

'In de loop van de geschiedenis is het Schotse volk overheerst, uitgebuit en uitgeknepen door grootgrondbezitters en allerlei binnenvallende legermachten. Onder andere daardoor zijn wij zo vaderlandslievend en trouw. Wij vormen hechte gemeenschappen, vertellen onze kinderen verhalen over vroeger, houden ons erfgoed levend. Eeuwenlang hebben we ervoor gevochten om onze geschiedenis op onze schouders mee te torsen in plaats van haar weg te laten glijden in het binnendringende brakwater, alsof ze nooit van belang is geweest.'

'Dat begrijp ik,' zei ik.

'Nee, je begrijpt het niet, meisje. Voor ons eilanders zijn dit niet zomaar verhalen. De mythen die je hoort vertellen, de verhalen in de reisgidsen – voor ons zijn die nog springlevend. En volksverhalen ontstaan uit duizend kleine waarheden. Ze hebben veel invloed. Weet u wat er aan het eind van deze weg ligt?'

Ik haalde me de ligging van Tobermory voor de geest. 'Eh, daar ligt de Mull Pottery toch? Aan de rand van de stad?'

'Daarachter liggen de menhirs van Baliscate. Die zijn weliswaar lang niet zo indrukwekkend als de steencirkel van Lochbuie, maar ze waren hier al lang voordat Tobermory bestond. Mull heeft kasteelruïnes waar volgens de verhalen heksen iedereen betoverden die hen tegenwerkte. In de baai is een schip vergaan waarbij vele zielen verloren zijn gegaan. Dit hele eiland, alles wat je ziet, bestaat vanwege zijn geschiedenis en je kunt het heden niet zonder meer scheiden van het verleden.'

'Meneer Kydd, ik weet hoe u Flora bent kwijtgeraakt. Ik weet ook dat de voorbije jaren uw pijn er niet minder op hebben gemaakt. Het laatste wat ik wilde was dit allemaal nog eens oprakelen.'

'Oprakelen? Alsof ik het niet iedere dag opnieuw beleef?' Hij pakte mijn hand en omvatte die met zijn eigen warme, ruwe hand. 'Denkt u dat het onschuldig was wat u vanavond hebt gezien? Die meiden met hun rituelen, hun middernachtelijke strapatsen en hun bezweringen?'

'Hilda heeft me uitgelegd dat het in wezen niet om bezweringen gaat, maar meer om meiden te helpen dichter bij zichzelf te komen, ze in hun kracht te zetten.'

'Ze in hun kracht zetten, zo zou je het ook kunnen noemen. Mijn Flora was als de dood voor ze, moet u weten. Ze was een godvrezend meisje, hoewel haar moeder en ik niets aan het geloof deden. Hilda's groepje – dat indertijd door haar moeder werd geleid – kwam een paar keer per maand bijeen. Maandenlang valt hier amper wat te doen op dit eiland. Dus een meisje vindt het maar wat spannend als haar wordt verteld dat ze macht heeft, magische krachten kan aanwenden om mensen te laten doen wat zij wil. Ik snap de verleiding daarvan wel.'

'Werd Flora daar op een of andere manier in meegesleept?' vroeg ik. Ondertussen was het bitterkoud geworden en mijn gezicht en vingers waren een makkelijke prooi voor de snijdende wind die aan mijn kleren rukte. Jasper Kydd leek amper last te hebben van de stormwind die om ons heen gierde.

'Nee, nee. Ze was een nuchter meisje dat met beide benen op de grond stond. Maar andere meiden werden er volledig in meegezogen. Dat kan allemaal geen kwaad zolang het onschuldig is. Bijvoorbeeld een kristal toezingen zodat de toekomst jou in een droom wordt onthuld. Maar wat gebeurt er wanneer de verkeerde persoon, iemand die al met ernstige psychische stoornissen kampt, het allemaal veel te serieus neemt en geloof hecht aan al die bezweringen en de macht die je daardoor krijgt?'

'Meneer Kydd, ik heb begrepen dat Flora's moordenaar nooit gepakt is. Bedoelt u dat u weet wie uw dochter heeft vermoord?' Ik kreeg een koud gevoel vanbinnen en dat had niets met de wind te maken.

Jasper Kydd bleef staan bij een bank en ging zitten. Eigenlijk wilde ik het liefst weglopen. Op zijn gezicht stonden zoveel intens verdriet en wanhoop te lezen dat ik niet wist of ik dat wel aankon. Toen Lance Proudfoot me het verhaal over Flora's dood uit de doeken deed, vertelde hij me dat hij een jongen was toen hij op het eiland arriveerde en een man was geworden toen hij wegging. Ik voelde het gewicht van Lance' ervaring op mijn eigen schouders toen ik naast Jasper plaatsnam.

'Ze hadden Flora bij hun groepje gevraagd. Eerst deed ze er een beetje lacherig over en zei dat het om een groepje meiden ging die op vrijdagavond met elkaar afspraken om te drinken en te feesten onder het mom van een spirituele bijeenkomst. Ze heeft heel vriendelijk bedankt voor de uitnodiging, maar die meiden bleven aanhouden. De keer daarop was ze duidelijker en zei ze dat ze niet mee kon doen vanwege haar geloof. En toen begonnen de karkassen op te duiken. Een dode kraai op de drempel, een konijn dat op het dak was gegooid. Een dood hert op de motorkap van de auto.

Flora deed er luchtig over maar ze was er niet gelukkig mee. Het werd steeds giftiger, met vervloekingen die haar in de dorpswinkel werden toegefluisterd, en meer van die dingen. Mijn dochter was een lief jong meisje en ze trok het zich aan. Ze begon schroeiplekken op de balken in ons huis aan te brengen. Een tijdlang lieten mijn vrouw en ik haar begaan. Maar toen ze ook bosjes kruiden ging ophangen zodat de heksen niet naar binnen durfden, hebben we haar verboden ermee door te gaan. Vanaf dat moment ging het bergafwaarts. Een tijdlang kwam ze nog amper de deur uit en zat ze uren op haar slaapkamer te bidden. Het leek ons het beste haar met rust te laten en haar te laten doen wat ze wilde zodat ze zich veilig voelde in haar eigen huis. Er zaten schroeiplekken op de muren, op de schoorsteenmantel, op de vensterbanken. In haar kamer had ze crucifixen opgehangen. Iemand had haar blijkbaar de stuipen op het lijf gejaagd.'

'Wat verschrikkelijk,' zei ik. 'Arme Flora.'

'Daarna ging het iets beter met haar en ze werd weer de oude. Ze ging in het tuincentrum werken en het leek goed te gaan. We dachten er niet meer aan. Mijn vrouw raakte gewend aan die schroeiplekken. Ikzelf zag het als een dwaze fase waar ze uiteindelijk overheen zou groeien. Alleen heeft ze daarvoor nooit de kans gekregen.'

Ik stelde me Flora voor, op de huid gezeten door een stelletje pestkoppen die op een sinistere manier net anders dan anders waren. Het deed er niet toe wat je verstand zei. Alle logica vloog het raam uit als je overdonderd werd door groepsdwang en kwaadaardigheid.

'Toen ze verdwenen was zat ik urenlang op haar bed en probeerde ik haar met mijn gedachten te vinden. Ik wilde haar stem horen, ook al klinkt dat belachelijk. Toen ze haar lichaam identificeerden, hoorde ik haar alleen maar zeggen: "Ik heb het je gezegd, pa. Ik heb geprobeerd je te waarschuwen."'

'Hééft ze u ook gewaarschuwd?' vroeg ik.

'Niet met zoveel woorden. Het was meer wat ze niet zei. Flora maakte die schroeiplekken zonder erover uit te weiden of er veel drama over te maken. Ze bleef er gewoon mee doorgaan, dag in, dag uit. Er was met name één meisje in dat groepje dat haar een heel onveilig gevoel gaf. Ik dacht dat het gewoon pubergedoe was. Echt, ik maakte me meer zorgen of ik wel geld genoeg had om de hypotheek te betalen, en mijn vrouw wilde me er niet te veel mee lastigvallen. Ik liet het allemaal aan haar over.' Hij veegde een paar tranen haastig weg en ik slikte om mijn eigen tranen te bedwingen. 'En nu zijn ze er allebei niet meer. De hypotheek is afgelost en ik heb niemand om de boerderij mee te delen. Het is in huis zo stil als het graf waarin ik graag zou willen liggen.'

'Meneer Kydd, dat zouden ze niet willen. U hebt geen schuld aan wat er is gebeurd.'

'We luisteren niet naar tieners, mevrouw Levesque. Ik weet niet wat er met ons gebeurt. We hebben het allemaal meegemaakt – hebben allemaal die verwarring, angst en wanhoop gevoeld – maar als we eenmaal volwassen zijn en zelf tieners hebben, besluiten we dat alles wat zij voelen een grillige fase is waar ze doorheen moeten. Melodrama. Dwaas gedoe. Waarom doen we dat?'

'Om het aan te kunnen,' zei ik. 'Omdat het ouderschap ons zwaar valt.' Maar hij had gelijk. Het ouderschap, niet dat ik daar verstand van had, leek mij vergelijkbaar met skiën op naaldhakken. Een onmogelijke opgave waarbij je onvermijdelijk letsel opliep.

'Dat meisje, Lynn, vond het niet leuk dat Flora weigerde zich bij hun groepje aan te sluiten. Alsof Flora zich boven hen verheven voelde. Dat meisje schijnt van jongs af aan al voor problemen te hebben gezorgd. Ze was altijd al rancuneus en schijnheilig. Later kreeg ze een vriendje dat van het vasteland kwam en bij haar op het eiland kwam wonen. Ze hadden ergens een caravan.'

Hij brak zijn verhaal af en staarde naar de avondhemel.

'Was hij het? Het vriendje?' vroeg ik.

'Hij was een van de mensen die ze hebben verhoord, maar ze hebben geen enkel bewijs tegen hem kunnen vinden. Kort daarna is hij weggegaan, naar eigen zeggen omdat hij het geroddel zat was. En Lynn is met hem meegegaan. Ze zijn nooit meer terug geweest op Mull. Niet lang daarna is haar familie ook vertrokken.'

'Waarom verdenkt u hen?'

'Omdat ze zand in haar mond hadden gestopt,' zei Kydd. 'Ze propten haar mond helemaal vol tot ze niet meer kon ademen. Weet u waarom heksen dat doen als ze iemand doden?' Ik staarde hem aan, zonder iets uit te kunnen brengen. 'Zodat je hun naam niet kunt noemen. Als je kunt zeggen wat ze zijn, hebben ze geen macht over je. Die gedachte vindt haar oorsprong in een eeuwenoude folklore die je in alle culturen en volkeren aantreft. Noem het beest bij zijn ware naam en het kan je geen kwaad meer doen. Na Flora's dood heb ik een jaar lang alleen maar daarover gelezen. Want er zijn wel vaker moorden gepleegd op Mull. Moorden die eeuwen geleden hebben plaatsgevonden en waar vrijwel geen informatie over bewaard is gebleven. Maar zo gingen de heksen hier op Mull te werk.' Hij draaide zich naar me toe en pakte mijn beide handen stevig vast. 'Het is geen onschuldig vermaak, snapt u? Het misvormt mensen en maakt ze krankzinnig. Geeft ze het gevoel dat ze een soort hogere macht hebben aangeboord. Sommigen hebben natuurlijk een goed karakter en voor hen kan het geen kwaad, maar je hebt ook de buitenbeentjes die het gebruiken om bij iets duisters en gevaarlijks te komen. Iets wat volledig uit de hand loopt.'

'Denkt u dat Adriana door een heks is gedood?'

'Ik denk dat een heks haar vriendje heeft overgehaald om mijn dochter uit wraak en jaloezie iets onbeschrijfelijks aan te doen, en ik geloof dat ze daarbij haar visitekaartje heeft achtergelaten. Ik wou dat ik naar Flora had geluisterd. Meer thuis was geweest. Haar had gesteund.'

'Ik vind het zo verschrikkelijk voor u,' zei ik. Een nietszeggende platitude die geen recht deed aan een wervelstorm van verdriet.

'Ik ook,' zei hij. 'Vindt u nou maar degene die dat meisje heeft vermoord. Spoor die persoon op en zorg ervoor dat die wordt gestraft. Maar wat u vooral niet moet doen is de mythen van dit eiland reduceren tot een stukje geschiedenis of ze als onzin afdoen, want daarmee zou u een buitengewoon gruwelijke vergissing begaan, vrees ik.'

37

Nate deed de deur open nog voordat ik kon kloppen.

'Wil je wat drinken?' vroeg hij.

'Nu even niet.' Ik stapte naar binnen. 'Je zei eerder dat het voor een vrouw moeilijk zou zijn het gewicht van Adriana's met water volgezogen lichaam te tillen, maar stel dat er twee vrouwen waren? Die zouden haar samen kunnen verslepen, toch?'

'Twee vrouwen, twee mannen, een vrouw en een man – alles is mogelijk. Vanwaar die vraag, Sadie?'

'Omdat ik er geen touw meer aan vast kan knopen. Ik begrijp niet waarom de Clarks mij nog betalen. Ik ben op dit moment helemaal niks waard.'

'Heb je soms weer een klap op je hoofd gekregen?' vroeg Nate. Ik snapte dat hij die vraag stelde. 'Dat was me wel een avond, zeg. De gemoederen liepen hoog op. Ik vraag me af of Harris Eggo de situatie onder controle kan houden als dit echt uit de hand loopt.'

'Wat ga je doen?' vroeg ik. Ik zette de waterkoker aan en trok mijn schoenen uit.

'Ik ga dit melden aan het team Zware Misdrijven en ze voorstellen om hier permanent extra politiemensen neer te zetten tot het onderzoek is afgerond. Waar ging je heen na die bijeenkomst?'

'Jasper Kydd, de vader van Flora, wilde me spreken. Ik had hem daarvoor een keer in de pub gezien. Hij was toen compleet van streek. Vanavond was hij kalmer, maar wel bezorgd. Kwaad zelfs. Hij vond dat ik iets moest weten.' Ik had mijn laptop al gepakt, maakte verbinding met de wifi en probeerde wat Jasper me had verteld op internet te verifiëren. 'Hier staat het. *De Wetmatigheid der Namen of de Ware Naam is al sinds de oudheid ingebed in folklore, magie, religie en mystiek, en heeft sindsdien een plek gekregen in de volkscultuur. Een ware naam is de naam die de fundamentele aard van een wezen het beste verwoordt of definieert. Door een wezen bij zijn ware naam te noemen wordt voorkomen dat het macht kan uitoefenen over zijn beoogde slachtoffer.*'

Nate nam het van me over en goot kokend water op de oploskoffie.

'Waarom is dat relevant?' vroeg hij.

'Het zand. Ik heb het er al tot vervelens toe over gehad, en men is het erover eens dat het bedoeld is om iemand tot zwijgen te brengen, te vernederen of te straffen en dat het mogelijk duidt op misogynie. De geschiedenis kent heel wat voorbeelden waarin vooral vrouwen het mikpunt waren. Wat Hilda me niet heeft verteld is dat het volproppen van iemands mond met zand op Mull naar iets specifieks verwijst. Dat doen heksen met hun slachtoffers om te voorkomen dat die hen bij hun ware naam noemen. Dan is het slachtoffer machteloos, kan ze zich niet verdedigen. Ik dacht dat alleen Flora Kydd hetzelfde is overkomen als Adriana en Catriona, maar haar vader vertelde me dat het al eerder is gebeurd, dat er op dit eiland in vroeger tijden ook al mensen op die manier zijn vermoord. Hij denkt dat Flora vermoord is door een psychisch gestoorde meid die zich bij het plaatselijke spirituele groepje had aangesloten, en haar vriendje. Jasper Kydd omschreef het zand als het visitekaartje van een heks.' Nate gaf me een gloeiend hete mok aan en ik nam voorzichtig een slokje.

'En daarom ben je er nu van overtuigd dat Adriana door een vrouw is vermoord?'

'Nou ja, als het eruitziet als een eend en zwemt als een eend...'

'Denk je dat Flora's moordenaar en haar vriendje na al die jaren zijn teruggekomen?' vroeg hij.

Ik dacht daarover na. 'Nee,' concludeerde ik. 'Ze zijn kort na Flora's dood vertrokken en nooit meer teruggekomen. Het zou zijn opgevallen als ze pasgeleden waren teruggekeerd. Maar dat betekent niet dat de geschiedenis zich niet kan herhalen.'

'Zou dat de betekenis zijn van die gemalen kattenbotjes? Maakte het allemaal deel uit van een bezwering?'

'Nee, Hilda moest daar alleen maar om lachen. Ze vond het een bespottelijke gedachte.' Ik zette de mok op het nachtkastje en ging op bed liggen, gaf me over aan de zachtheid en warmte van het dekbed en sloot mijn ogen.

'Hilda, dezelfde vrouw die jou vergat te vertellen dat iemands mond vol zand proppen iets was wat heksen hier vroeger deden. Je krijgt wel een hoop tegenstrijdige informatie.'

'Ja hè?' Ik draaide me op mijn zij. 'Dank je wel dat ik hier mag logeren, Nate. Het geeft me een fijn gevoel dat ik vannacht veilig ben.'

'Graag gedaan. Vind je het goed als ik naast je kom liggen? Als je het ongemakkelijk vindt kan ik ook op de vloer slapen.'

'Ik zou zelfs beledigd zijn als je dat deed,' zei ik tegen hem. Ik schoof een eind opzij om ruimte te maken en luisterde hoe hij zijn tanden poetste en een douche nam. Over een minuutje of wat, zei ik tegen mezelf, zou ik opstaan en hetzelfde doen.

Nate kwam naast me liggen en al snel begon hij rustig adem te halen. Ik wilde slapen. Mijn lichaam had nog steeds behoefte aan rust, ook al had ik de hele middag liggen pitten. Maar ik dacht aan Hilda. Aan haar woorden tijdens de bijeenkomst. Aan haar vriendelijkheid jegens mij en aan de dingen die ze me niet had verteld. Aan de verbetenheid waarmee ze de zoon beschermde in wiens opvoeding ze geen rol had gespeeld, en die ze evengoed ter verantwoording riep. Aan Hilda die pastoor Christophe een klap in het gezicht had gegeven tijdens een herdenkingsdienst voor een jonge vrouw die was vermoord.

Ik had nog meer vragen voor Hilda en ik zou geen oog dicht kunnen doen tot ik de antwoorden had. Ik gleed zo zacht mogelijk uit bed, kleedde me in het donker aan en spitste mijn oren om te horen of Nate wakker werd. Hij zou natuurlijk gewild hebben dat ik hem wakker maakte en hem vertelde wat ik van plan was, maar dat vereiste enige overtuigingskracht en argumentatie: twee dingen waarvoor ik niet in de stemming was. Hopelijk kon ik doen wat ik wilde en weer terug zijn voor hij wakker werd. Hij zou vast kwaad worden, maar niet zo kwaad dat ik er niet vanaf kwam met een excuus. Om het nog erger te maken stak ik zijn autosleutels in mijn zak toen ik de kamer uit glipte. Het was een huurauto en ik was niet van plan om er erg ver mee te rijden.

Een paar minuten later was ik weer bij Loch Peallach, zette de auto aan de kant van de weg en liep het bos in. Met behulp van enkel mijn kompas en mijn hoofdlamp probeerde ik de weg die ik die ochtend had afgelegd terug te vinden. Het was al ver na middernacht toen ik in de verte een glimp licht zag door de bomen.

'Hilda,' mompelde ik, blij dat ik haar huis had weten terug te vinden en dat ze zo te zien thuis was. Ik versnelde mijn pas, realiseerde me dat ik midden in de nacht onverwacht langskwam en begon onder het lopen al te roepen. 'Hallo! Hilda, slaap je al? Sadie hier. Kunnen we even praten?'

Het licht bleek bedrieglijk. Toen Hilda me vanaf haar huis terug had gebracht naar mijn kampeerplek waren we door het bos langs de rand van een vallei gelopen. Nu stuitte ik op een steile afgrond waardoor ik gedwongen was om te keren en naar het noorden moest lopen om het licht vanaf een andere kant te naderen. Spinnen hadden hun nachtelijke web geweven en knaagdieren scharrelden rond op zoek naar eten. Ik veegde het spinrag van mijn gezicht en sprong opzij voor trippelende pootjes.

'Hilda. Hallo, Hilda! Ik weet dat het laat is, maar ik ben het, Sadie. Ik wil je graag nog een paar dingen vragen!'

Ik stond voor haar deur, bekaf, maar ik wist dat ik hier goed aan had gedaan. De menselijke neiging om te wachten tot het ochtend wordt is al vaak een vergissing gebleken. De duisternis was het moment waarop de eerlijkste gesprekken plaatsvonden. Als je een pact met de duivel sloot, dan deed je dat niet als de zon al op was. Hilda en ik moesten nodig eens openhartig met elkaar van gedachten wisselen.

Ik wilde aankloppen, maar stootte mijn tenen tegen een grote boomstam die tegen de onderkant van de deur lag.

'Wat is dit, verdomme?' fluisterde ik. Ik klopte een aantal keren op de deur en riep haar naam weer. Geen antwoord. Ik pakte de deurklink vast en herinnerde me toen dat de deur naar buiten opengìng in plaats van naar binnen.

Ik bukte me en probeerde de boomstronk opzij te schuiven, maar hij was te zwaar en te dik voor me.

Ik gaf het op, liep naar de zijkant van het huis en tuurde door de ramen naar binnen. In de haard gloeide nog een vuur dat na de bijeenkomst moest zijn aangestoken en sindsdien brandend was gehouden, dus ze was thuis. Ik bedacht dat de slaapkamer misschien een achterdeur had die ik nog niet had gezien. Misschien had ze problemen met haar slot gehad en had ze de boomstronk daar neergelegd om zich veiliger te voelen.

'Is daar iemand?' riep ik terwijl ik op de ramen tikte. Ik voelde me enigszins opgelaten, bang om betrapt te worden omdat ik zomaar achterom was geslopen en naar binnen gluurde, terwijl zij misschien ergens mee bezig was. Ik hoopte maar dat ze me zou horen voor we oogcontact maakten door het venster. 'Ik ben het, Sadie. Hilda, mag ik binnenkomen?'

Aan de achterkant van het huis waren twee ramen, kleiner dan die aan de voorkant, en ik moest op mijn tenen staan om naar binnen te kunnen kijken. De ruiten waren smeriger omdat de bomen hier dichter bij het huis stonden en het sap van de bladeren er vlekken op had gemaakt. Ik zag de vage omtrek van iets wat bewoog, iets donkers dat in elkaar gedoken heel langzaam over de vloer kroop, een gestalte die zich aftekende tegen het haardvuur. Een kat of een hond, veronderstelde ik.

'Hilda, kun je opendoen?' Ik probeerde tevergeefs het ene raam een beetje schoon te vegen en liep helemaal om het huis heen. Geen deur. Ik liep weer terug in de hoop dat ik door het tweede raam meer kon zien, ging op een boomstronk staan en begon te zwaaien en te roepen om haar aandacht te trekken.

Dit raam was iets schoner. Binnen was geen enkele beweging meer te zien. Alleen een donkere massa op de grond. Vanonder de zwarte massa gleed iets tevoorschijn, langzaam, schuifelend, gevolgd door een spoor van iets vloeibaars. Ik strekte mijn nek om het beter te kunnen zien en deinsde meteen achteruit vanwege het bleke, verschrompelde witte vlees dat zich moeizaam voortsleepte over de vloer.

'Is dat een... O nee, shit. Hilda?' schreeuwde ik. 'Hilda, verdomme!' Het was een hand, mijn ogen herkenden eindelijk de klauwachtige, zwakke bewegingen van de vingers die naar voren kropen, weg van het lichaam. 'Nee, nee, nee. Alsjeblieft niet!' Ik rende terug naar de voorkant van het huis terwijl ik mijn telefoon uit mijn zak rukte. Geen bereik zo diep in het bos. Helemaal niets.

Ik probeerde opnieuw de boomstronk weg te trekken, maar er zat geen beweging in. In plaats daarvan ging ik in het miezerige lichtstraaltje van mijn hoofdlamp op zoek naar een steen, trok haastig mijn jas uit en wikkelde die om mijn hand, wendde mijn gezicht af en beukte met de steen tegen een raam. Het ging niet aan gruzelementen. Ik begreep niet waarom ik had verwacht dat het in scherven uiteen zou spatten zoals in films. Er was een ster in de ruit ontstaan, met een gaatje in het midden, en mijn arm deed al pijn door de terugslag. Ik beukte nog eens en deze keer brak het raam in stukken. Er bleven scherpe glasscherven in het kozijn steken. Ik schraapte met de steen over de randen van het kozijn om de schade zo veel mogelijk te beperken en klom naar binnen. Daarbij haalde ik alsnog mijn jeans open en bleven er vlijmscherpe splinters in mijn billen steken.

'Hilda,' riep ik terwijl ik van de vensterbank op de grond sprong. 'Ik ben het, Sadie. Ik ben binnen!'

Het enige antwoord was een zacht gekreun. Ik rende om de open haard heen en ging haar slaapkamer binnen, in de veronderstelling dat ze een hartaanval had gekregen, of een beroerte, of misschien gevallen was. Laat het alsjeblieft een van die drie zijn.

Toen ik de slaapkamer in liep, veranderde de vloer in een laag stroop en leek iedere stap meer moeite te kosten dan de vorige. Ik was me er vaag van bewust dat ik mijn armen naar haar uitstak, dat mijn knieën knikten bij de aanblik van haar krachteloze lichaam.

Ze lag voorovergebogen op de grond, haar voorhoofd rustte op de houten planken en haar handen lagen aan weerszijden van haar lichaam. Ik knielde bij haar hoofd, draaide haar gezicht naar me toe en pakte haar rechterhand vast, het gevoel van haar koude, verstijfde vingers trof me als een mokerslag.

Toen ik haar hoofd omdraaide werd mijn hand gevuld met de plakkerige warmte van een zomerdag in mijn kinderjaren. Spelen op het strand, zand met zeewater mengen zodat je er kastelen mee kon bouwen die overeind bleven staan en niet inzakten. Alleen bestond dit mengsel uit bloed en zand en zat haar mond er vol mee, en was de donkere plek op de vloer niet de schaduw van haar kleren maar een veel te grote plas nog warm, vloeiend bloed.

'Fuck!' schreeuwde ik. Door mijn traag werkende brein duurde het even voordat ik me realiseerde dat zolang iemand bloedt het hart nog klopt. Ik stak onwillige vingers in haar mond, zag haar neusvleugels heel licht trillen omdat ze wanhopig probeerde nog wat zuurstof binnen te krijgen, en begon het zand eruit te graven. Ik had me nooit kunnen voorstellen dat er in zo'n kleine holte zoveel zand kon. Maar het was te laat. Haar adem, haar allerlaatste poging om lucht binnen te krijgen, verliet haar lichaam met een zucht van uitputting.

'Niet opgeven!' riep ik. 'Waag het niet.' Ik moest haar op haar rug zien te draaien om haar te reanimeren. Ik had met enige regelmaat een reanimatiecursus gevolgd, maar had die maar één keer in de praktijk hoeven brengen toen een jonge man van een hoge brug af was gedoken. Deze keer zouden mijn lippen over het met bloed doordrenkte zand schuren dat een maniak in haar mond had gepropt, en die gedachte deed me kokhalzen, terwijl ik mijn armen om haar heen sloeg om haar op haar rug te leggen.

Pas op dat moment zag ik het afgrijselijke bloedbad dat in deze vredige bossen was aangericht. Haar donkergrijze jurk was aan de voorkant opengescheurd, met nog maar één borst op de plek waar er twee hadden moeten zitten. Het enige wat nog restte was een bloederige open wond, een beestachtige verminking. De wond zag eruit alsof een dier haar had aangevallen, rafelig, ruw.

Haar vingers bewogen krampachtig.

'O Hilda,' zei ik zacht. Ik legde haar hoofd in mijn schoot en dacht niet meer aan reanimeren. Haar levensbloed vormde een poel op de grond, haar lichaam was verscheurd. Alleen haar ogen bewogen nog en gleden opzij om mijn blik te vangen, bewust, wetend.

Ik streelde haar haar, mijn tranen maakten haar wangen nat en ik zei tegen mezelf dat ze geen pijn, geen angst meer voelde. Het laatste gezicht dat ze zag moest er een vervuld van vriendelijkheid zijn.

'Het is goed,' zei ik tegen haar. 'Ik blijf bij je.'

Ik telde de seconden in mijn hoofd tot ze stierf.

Een... Hoe moest Skittles het zonder haar redden, ook al waren ze niet close geweest?

Twee... De boomstronk voor de deur was daar niet door Hilda neergelegd. Iemand had geprobeerd haar binnen te houden of anderen buiten te houden.

Drie... Waar was die persoon? Was die nog in huis? Ik had er geen moment aan gedacht om het te controleren, en nu zat ik hier, in een poel van bloed...

Vier... Ik moest hier weg zien te komen, maar ik kon niet weg tot ik zeker wist dat ze dood was. Ik kon niet weggaan en een stervende vrouw alleen in de afgrond laten staren.

Vijf... En daarna moest ik ook nog naar mijn auto zien te komen. Stel dat iemand me in het bos opwachtte?

Zes... Deed ik er beter aan om hier te blijven tot het licht werd? Wakker te blijven, gewapend, klaar om me te verdedigen?

Zeven... Ik zag haar afgesneden rechterborst, een geleiachtige massa die achteloos in de haard was gesmeten.

Acht... Hilda was niet meer. Dood in mijn armen.

Het gewicht van dit alles, het gevaar waarin ik verkeerde, het feit dat ze nog leefde toen ik haar aantrof, de zekerheid dat de moordenaar nog in het bos was – misschien op de vlucht was geslagen, misschien op de loer lag – drukte als een pistool tegen mijn slaap.

38

Ik besloot ervandoor te gaan. Ik kon mijn hoofdlamp niet aanzetten omdat ik dan als een vuurbaken zou oplichten voor iemand die me lag op te wachten, maar ik mocht ook niet verdwalen. Ik trilde over mijn hele lijf. Gewapend met een mes dat ik van het aanrecht in Hilda's keuken had gegrist omdat ik op weg hierheen niet had bedacht dat ik misschien een wapen nodig had, besefte ik dat ik maar één kans had. Ik zat op de vensterbank en wilde het liefst weer terug naar binnen. Maar buiten kon ik me misschien beter verdedigen. Binnen was het niet veilig. Het huis kon in brand worden gestoken of er kon zomaar iemand binnendringen.

Mijn benen wilden niet meewerken en boden aanvankelijk weerstand. Ik haalde een paar keer diep adem, zoog grote teugen lucht in mijn longen en zei tegen mezelf: vluchten of sterven. Dat waren de enige woorden die ik van mezelf mocht denken tot ik bij de auto was.

Vluchten of sterven.

Ik sprong van de vensterbank op de grond, veerde door mijn knieën bij het neerkomen, bad dat het bleke maanlicht voldoende was om me de weg te wijzen en begon te rennen. Met mijn handen voor me uit gestoken, springend over boomstammen, afwisselend de blik omhoog om te kijken waar de bomen stonden en omlaag om te zien waar mijn voeten neerkwamen.

Tussen de bomen achter me hoorde ik lawaai. Van iets wat groter was dan een klein zoogdier. Takken knapten.

Vluchten of sterven.

Het defensieve deel van mijn brein wilde stilstaan en omkijken om zeker te weten wat zich achter mij bevond. De vechter in mij dwong me te vluchten. Ik was altijd al snel. Snel, lichtvoetig en zeker van tred. Dit was een uitgelezen moment om die vaardigheden optimaal te benutten. Ik hield mijn pas niet in maar ging juist sneller rennen, vurig hopend dat er geen tak in mijn oog zou komen of mijn keel zou doorboren waardoor ik happend naar lucht op de grond zou vallen.

Een uil vloog rakelings langs me heen en ik beet op mijn lip om het niet uit te schreeuwen, gooide mijn armen in de lucht om mijn gezicht te beschermen en liep met gebogen hoofd verder met nog grotere passen. Ik hield niet meer bij hoe vaak ik bijna struikelde of bijna viel, maar steeds kwam ik weer overeind en denderde door.

Vluchten of sterven.

Ik naderde de rand van het bos, waar het landschap zich opende, en besefte dat ik uit voorzorg even moest stoppen. Dat wilde ik niet. Er dreigde waarschijnlijk gevaar achter me, maar ook voor me als ik niet voorzichtig te werk ging. Vanaf hier was het open terrein tot aan het loch, en aan de andere kant stond de auto duidelijk zichtbaar langs de weg. Als iemand me te grazen wilde nemen, dan zou dat nu kunnen gebeuren. In de schaduw van de laatste bomenrij bleef ik stilstaan en gunde mezelf vijf seconden. Focus op de auto, sleutel in mijn rechterhand, mes in mijn linker. Naar rechts kijken, naar links, alert zijn op iedere beweging of grote schaduw. Niet omkijken. Niet bang worden. Gewoon doorrennen!

Vanuit mijn rechterooghoek ving ik een beweging op, maar het terrein was hier niet vlak. Alle kans dat ik zou struikelen als ik nu opzijkeek. De afstand tot de auto werd steeds kleiner maar ik kon hem pas ontgrendelen als ik er vlakbij was. Als er iemand aan de andere kant stond te wachten om in te stappen, was ik verloren.

Voetstappen, ik kon ze nu duidelijk horen. Mijn ademhaling was een drumsolo in mijn hoofd. Zo dichtbij. Nog vijftig meter. Ik wist zeker dat er iemand vlak achter me zat. Met gebogen hoofd en pompende armen zette ik een sprint in. Nog twintig meter. Ik had te veel snelheid, gleed door op de vochtige bodem en klapte zo hard tegen het portier van de auto aan dat alle lucht uit mijn longen werd geperst.

Ik drukte op ontgrendelen, beleefde een misselijkmakend slowmotionmoment toen het portier niet open wilde. Gevolgd door een klik waarna het slot opensprong en de weerstand verdween. Het portier ging open en ik wierp me achter het stuur, sloeg het portier dicht en deed het weer op slot. Twee seconden om de achterbank te checken, de auto in zijn achteruit te zetten en een snelle blik achterom op de bomenrij te werpen, maar de koplampen stonden aan en de rest van de omgeving was in duisternis gehuld en leek ver weg.

Onder het rijden begon de wereld om mij heen te trillen. Ik pakte het stuur steviger vast en probeerde de auto recht op de weg te houden. Pas na een volle minuut realiseerde ik me dat ik het zelf was die beefde. Niet alleen mijn handen maar mijn hele lichaam, vanbinnen en vanbuiten. Ik kon mijn voeten en vingers niet meer voelen. Na die krankzinnige sprint was mijn lichaam afgekoeld en nu voelde ik het ijskoude zweet in mijn ogen druppelen.

Allereerst moest ik de politie waarschuwen. Voor het bureau aan Erray Road remde ik met piepende banden, stapte uit en begon op de deur te bonken, wetende dat Eggo opdracht had gegeven om zolang het onderzoek nog gaande was het gebouw vierentwintig uur per dag te bemannen.

'Laat me binnen!' schreeuwde ik. 'Help! Doe alsjeblieft open...'

De deur ging open en een slaperige Simon Bathgate staarde me aan.

'Wat heb jij verdomme uitgespookt?' vroeg hij.

'Je moet zo snel mogelijk naar de cottage van Hilda,' zei ik hijgend. 'Ik heb haar net gevonden. Ze is vermoord, op dezelfde manier als Catriona.' Ik leunde met mijn rug tegen de muur van het politiebureau en liet me zakken tot ik op de vloer zat. 'Jullie moeten de plaats delict veiligstellen, en die boomstronk die voor de deur ligt niet aanraken – iemand heeft die daar neergelegd. Ik heb een raam ingeslagen om binnen te kunnen komen.'

Harris Eggo kwam van binnen aanlopen.

'Jezus christus, ben je gewond? Moeten we een ambulance laten komen?' Hij knielde naast me neer.

'Nee,' zei ik. 'Dat is niet mijn bloed. Hilda is vermoord. Ze hebben haar afgeslacht. Jullie moeten daar onmiddellijk heen. En bel Nate Carlisle. Hij moet met jullie mee.'

'Is dat haar bloed?' vroeg Simon Bathgate en hij deed een stap achteruit. 'Alleen maar haar bloed?'

'Ja! Dat zeg ik toch. Ze leefde nog toen ik bij haar aankwam, toen stierf ze en ben ik rechtstreeks hierheen gereden.'

'Bel het team Zware Misdrijven en stuur er meteen mensen naartoe,' droeg Harris Eggo hem op. 'Ik rij achter je aan. En haal dokter Carlisle uit bed.'

'O shit, ik heb zijn auto. Hij weet niet dat ik die heb meegenomen. Hij zal met iemand mee moeten rijden.'

Simon Bathgate hing al aan de telefoon om het noodhulpteam op te trommelen.

'Heb je de auto van dokter Carlisle gestolen?' vroeg Eggo.

'Nee! Nou, formeel gezien wel, ja. Hij sliep en ik wilde hem niet wakker maken.'

'Slaap jij met de patholoog?'

'Wat? Nee, maar als ik hem had verteld waar ik heen ging had hij me vast tegen willen houden, dus heb ik hem laten slapen...'

Harris Eggo schudde zijn hoofd. 'En wat deed je daar midden in de nacht, in je eentje?'

'Ik wilde Hilda nog een paar vragen stellen... Maar moeten we het daar nu over hebben?'

'Mevrouw Levesque, weet u zeker dat u op dit moment geen medische hulp nodig hebt?'

'Ja, ik ben natuurlijk diep geschokt, maar –'

'Wilt u alstublieft rechtop gaan staan?'

Ik deed wat hij vroeg, zag de rode vlek die ik op de muur achterliet en mijn donkerrode handen.

'Hé, ik weet dat ik er verschrikkelijk uitzie maar u hoeft zich over mij geen zorgen te maken.'

'Ik maak me geen zorgen. Ik arresteer u, mevrouw Levesque. U wordt in een van onze cellen vastgehouden tot ik de plaats delict heb bezocht en terugkom om u te verhoren. U wordt op uw rechten gewezen en als u dat wenst hebt u recht op juridische bijstand.'

'Dat meent u toch niet! Ik heb net mijn leven op het spel gezet door hiernaartoe te rijden en jullie te waarschuwen. Ik heb haar hoofd in mijn schoot gehouden terwijl ze stervende was. Ik vroeg me af of ik het volgende slachtoffer zou zijn.'

'Geef me uw autosleutel en telefoon alstublieft.'

'Nee, sodemieter op! U hebt niet het recht –'

'Goed, dan arresteer ik u wegens diefstal van een motorvoertuig en rijden zonder rijbewijs. Dat volstaat om u hier te houden tot ik terugkom. Sleutel en telefoon, nu!'

Ik overhandigde hem de sleutel en mijn telefoon. 'Nate Carlisle zal geen aanklacht tegen me indienen wegens diefstal. Bel hem.'

'Dit is een huurauto,' zei Eggo. 'U hebt hem niet van dokter Carlisle gestolen.' Hij maakte de deur van een cel open en duwde me naar binnen. 'En u blijft hier wachten zonder ook nog maar één woord te zeggen tot een team van de technische recherche uw kleding grondig kan onderzoeken op sporen. Wat hebt u verder nog in uw zakken?'

Ik klopte op mijn zakken en haalde langzaam het keukenmes tevoorschijn.

'Zozo, wat hebben we daar?' zei Eggo. 'Leg het op de grond.'

Zonder een woord te zeggen deed ik wat hij me opdroeg. Hij haalde een bewijszak, pakte het mes ermee op en voorzag hem van een label. Daarna liep hij weg.

Ik bleef trillend in een hoekje zitten wachten en vroeg me af wat ik in godsnaam had gedaan.

39

Ik kreeg Nate niet te spreken, en dat deed pijn. Door mijn toedoen was hij ongewild een getuige geworden en mocht ik hem dus niet zien tot ze me officieel ergens van beschuldigd hadden of me weer lieten gaan.

'Ik snap niet hoe jullie in godsnaam kunnen denken dat ik dit heb gedaan. Elke keer als ik iets had ontdekt ben ik naar jullie toe gekomen. Als ik afgelopen nacht niet meteen hiernaartoe was gereden, zou Hilda's lichaam misschien pas dagen later zijn gevonden.'

De technische recherche had mijn kleding in beslag genomen, mijn nagels geknipt, mijn lichaam meer bepoteld dan me lief was en mijn DNA en vingerafdrukken afgenomen. Ik had hun aanbod om juridische bijstand te krijgen afgeslagen, maar ze hadden alsnog een advocaat laten komen.

Harris Eggo zat tegenover me met een kop zwarte koffie – ik had het aanbod afgeslagen – en staarde me aan alsof ik een buitenaards wezen was. Simon Bathgate stond, duidelijk strak van het testosteron, met zijn armen over elkaar en zijn benen uit elkaar voor de deur.

'Vindt u zichzelf een heldin omdat u Hilda als eerste gevonden hebt?' vroeg Eggo.

'Een heldin? Wat is dat voor stomme vraag?' Ik moest mijn best doen om niet kwaad te worden.

'Nou, u hebt Adriana gevonden. Dat zal u toch wel een goed gevoel hebben gegeven. Daarbij vergeleken zijn wij maar een stelletje amateurs. Ons eiland, ons werk, maar u duikt hier op en u vindt het meisje onmiddellijk.'

'Niet onmiddellijk. Ik liep al vier dagen te zoeken voor ik naar Mackinnon's Cave ging. En ik heb jullie niet als een stel idioten afgeschilderd. Ik heb gewoon mijn werk gedaan.'

'En daarna kreeg je de smaak van het drama te pakken, hè?' vroeg Bathgate.

'Simon, ik heb je al gezegd: ik ben hier vandaag de enige die vragen stelt,' zei Eggo.

Bathgate snoof verongelijkt maar hield verder zijn mond.

'Vertel nog eens hoe u wist waar u Catriona kon vinden,' zei Eggo.

'Intuïtie. Waarom zou de moordenaar niet weer dezelfde plek gebruiken? Die had duidelijk een bepaalde betekenis voor hem.'

'Alleen kwam dokter Carlisle met de theorie dat Catriona mogelijk door iemand anders is vermoord. Een theorie die hij met u heeft gedeeld en waar u het mee eens leek te zijn.'

'Ik was het in zoverre met hem eens dat het mogelijk was, dat bepaalde elementen het aannemelijk maakten, zoals het feit dat het lichaam van Catriona geen tekenen van verkrachting vertoonde. Dus ja, het zou om een andere moordenaar kunnen gaan. Dat zou kunnen maar het is niet zeker.'

'Dus het zou kunnen dat de persoon die Catriona en daarna ook Hilda vermoordde een ander motief had. Dat die persoon niet uit was op dezelfde perverse lustbeleving als Adriana's moordenaar met die schelp. Misschien was het een copycat die het alleen maar om de aandacht was te doen.'

Er klikte iets in mijn hoofd. Ik kwam overeind. 'Nee, dat gaat niet gebeuren,' zei ik.

'Wilt u die advocaat nu alsnog?' vroeg Eggo.

'Nee, maar als dit de kant op gaat die ik denk, dan hebt ú een advocaat nodig. Ik heb Catriona niet vermoord en ik heb Hilda niet vermoord. Daar hebben jullie geen enkel bewijs voor. Denkt u echt dat het me een kick gaf om die lichamen te vinden? Ik vind het verschrikkelijk wat hun is overkomen en ik vind het verschrikkelijk dat ik ze zo heb gezien. Ik ben bij toeval op dit eiland terechtgekomen. Mensen besluiten niet zomaar voor de lol wat moorden te gaan plegen.'

'Hoe kun jij nou weten waarom mensen besluiten om te gaan moorden?' mengde Bathgate zich erin.

'Val dood, jij,' antwoordde ik.

'Agent, laatste waarschuwing,' zei Eggo. 'Dokter Carlisle zegt dat die striemen in uw hals veroorzaakt zijn doordat Rhys Stewart u probeerde op te hangen. Blijkbaar is Hilda tussenbeide gekomen en heeft ze u meegenomen naar haar cottage.'

'Klopt,' zei ik.

'Dus u wist waar ze woonde. Hoe de omgeving eruitzag. Dat ze alleen woonde, ver weg van buren of eventuele voorbijgangers.'

'In hoeverre is dit relevant?' vroeg ik.

'Ik probeer de tijdlijn te snappen. Waarom hebt u niet gemeld wat Skittles heeft gedaan? Iemand die zo gevaarlijk is en toch koos u ervoor ons niets te zeggen terwijl er al twee jonge vrouwen vermoord zijn en wij druk bezig zijn met het onderzoek. Dat maakt geen oprechte indruk.'

Ik zuchtte. 'Misschien vinden jullie het onbegrijpelijk, maar Hilda had me uitgelegd hoe het zat met Skittles. Het had ermee te maken dat ik de botten van zijn vader had gevonden, en hij dacht dat ik hem voor die moorden wilde laten opdraaien.'

'Was dat dan niet zo?' vroeg Eggo.

'Ik had een skelet in zijn kelder gevonden, en de schelp die in het lichaam van Adriana Clark werd aangetroffen is volgens mij uit zijn winkel verdwenen. Mijn verdenkingen waren terecht.'

'Rhys Stewart zegt dat hij thuis was rond het tijdstip dat hij u zogenaamd probeerde te vermoorden. Hij weet van niets.'

'Wat dacht u dan dat hij zou zeggen? Ja hoor, ik heb die vrouw een klap op haar hoofd gegeven, haar vastgebonden en haar daarna van een tak geduwd met een strop om haar nek. Meent u dit nou serieus?'

'U wilde weten wie Hilda was toen u zag hoe ze na de herdenkingsdienst voor Catriona pastoor Christophe een klap in zijn gezicht gaf. Waarom?'

'Weleens gehoord van de uitdrukking "De vijand van mijn vijand is mijn vriend"?' snauwde ik.

'O, dus nu is pastoor Christophe ook uw vijand? Wat heeft hij hier allemaal mee te maken?'

'Het is gewoon een uitdrukking. Daar bedoel ik alleen maar mee dat hij en ik het er niet over eens zijn hoe de jonge vrouwen op dit eiland zich horen te gedragen. En hij weet dingen over Adriana van de keren dat ze bij hem heeft gebiecht en wil daar niets over zeggen, dingen die misschien zouden helpen om haar moordenaar te vinden.'

'Dus hij doet zijn werk als geestelijke zoals het hoort en daarom hebt u een hekel aan hem,' merkte Eggo op.

'U legt me woorden in de mond.'

'Dokter Carlisle heeft ons ook verteld dat u op uw hotelkamer een zeewierkroon onder uw kussen hebt aangetroffen, en dat u toen contact met hem hebt gezocht omdat u bang was dat iemand het op u gemunt had. Hoe kon iemand uw kamer ongezien binnenkomen?'

'Makkelijk zat. Het is een hotel. Iedereen met een loper kon erin, de kamermeisjes, de eigenaars. Mijn kamer was op de begane grond en de ramen zijn stokoud. Het is heus niet zo moeilijk om ergens binnen te komen als je dat echt wilt.'

'Dat geloof ik graag,' zei Bathgate.

'Hij gaat nu weg of ik stop met dit gesprek. Ik ben er klaar mee.'

'Dit gesprek stopt pas als ik het zeg,' zei Eggo. 'Bathgate, wegwezen. Stuur maar iemand anders naar binnen.'

'Kom op zeg, gelooft u nou echt ook maar iets van wat dit wijf beweert?' siste Bathgate.

'Dit gesprek wordt opgenomen, agent, en u brengt de toekomstige toelaatbaarheid ervan in gevaar. U doet nu wat ik zeg en verlaat deze kamer.'

Bathgate liep de deur uit en ik bleef met mijn armen over elkaar strak naar de tafel staren tot een andere agent zijn plaats had ingenomen.

'Waarom hebt u de politie niet gebeld over die zeewierkroon? Misschien hadden we vingerafdrukken op het raam of de deur aangetroffen, of bewijssporen in de kamer. Als u werkelijk dacht dat Adriana's moordenaar het op u gemunt had, was dat de kans om hem of haar op te sporen.'

'Het is een hotelkamer. Die vingerafdrukken of sporen kunnen van honderden verschillende mensen afkomstig zijn, en er was toen al te veel bekend over die zeewierkroon. Het had ook een foute grap kunnen zijn of een politieagent die niet wilde dat ik de zaak onderzocht en me bang wilde maken.'

'Dus nu hebben we het al over een samenzwering?' zei Eggo op zachte toon.

'Ik ben hier nou niet bepaald met open armen ontvangen.'

'Bent u ooit onder behandeling geweest voor een psychische aandoening of stoornis?'

Ik sloot mijn ogen. Wat had Hilda me ook alweer gevraagd? Of ik in het reine was met mezelf? Of ik niets ongezegd had gelaten tegen de mensen van wie ik hield? Had zij dit zien aankomen, vroeg ik me af. Deze verdraaiing van de laatste weken van mijn leven omdat dat de politie beter uitkwam? Het te schande maken en omlaaghalen van alles waar ik voor stond en in geloofde? Mijn familie zou geschokt zijn als ze hoorden dat ik van moord was beschuldigd. Ja, ik was op elke plaats delict geweest en ja, ik was overal als eerste. Maar ik had me absoluut niet ingebeeld dat Skittles me van die tak duwde, alleen was er nu niemand meer die mijn versie van het verhaal kon bevestigen, en kwam ik over als een fantast die alleen maar met zichzelf bezig was.

'Nee,' antwoordde ik rustig. 'Ik ben nog nooit onder behandeling geweest voor psychische aandoeningen of stoornissen.'

'Hebt u uzelf nooit verwond of iets extreems gedaan om aandacht te krijgen?'

'Ik vind,' zei ik terwijl ik naar voren leunde, 'dat u hiermee een grens overschrijdt. Dus ik stel voor dat we tot de kern van de zaak komen. Zeg nou maar gewoon waar u me nu eigenlijk precies van beschuldigt.'

'Mevrouw Levesque, u zult toch moeten toegeven dat het wel merkwaardig is. U hebt Adriana gevonden, daarna Catriona en nu Hilda. Die laatste in het holst van de nacht terwijl u dokter Carlisle liet slapen. Als hij niet wakker was geworden had hij u een alibi voor al die uren kunnen geven.'

'Brigadier, ik heb verdomme geen alibi nodig. Ik ben rechtstreeks hiernaartoe gereden, naar u.'

'Ik wil u graag geloven. Echt. Maar op de plaats delict wemelt het van uw sporen. Uw voetafdrukken in Hilda's bloed, uw vingerafdrukken overal. Op uw kleding is amper een plek te vinden waar Hilda's bloed niet op zit. En hoe zat het nou, zat u daar gewoon met haar hoofd in uw schoot te wachten tot ze stierf?'

'Wat had ik dan moeten doen? De voorkant van haar lichaam was weggehakt. Ze had al ontzettend veel bloed verloren. Ik had haar mond-op-mondbeademing kunnen geven, maar dat had haar hart echt niet meer op gang gebracht. Ze was al leeggebloed.'

'O, dus u bent ook al medisch onderlegd?'

'Genoeg om te weten wanneer er geen hoop meer is,' antwoordde ik.

Eggo sloeg een map open en liet zijn ogen over een paar aantekeningen gaan.

'Twee jaar geleden bent u gearresteerd op beschuldiging van ontvoering, wederrechtelijke vrijheidsberoving en mishandeling van een zestienjarig meisje, genaamd Veronique Bell. Dat zijn serieuze aantijgingen, mevrouw Levesque. In Schotland houden wij daar niet van. Het lijkt erg veel op wat Adriana en Catriona is overkomen. U hebt ons iets uit te leggen.'

'Zijn jullie zo wanhopig?'

'Niet zozeer wanhopig, eerder bezorgd,' antwoordde hij.

Ik had haar inderdaad tegen haar wil meegenomen en ik had geen andere keus dan dit uit te leggen. Ik wilde niet aan Veronique Bell denken. Ik haatte haar, ik haatte elke minuut die ik met haar had doorgebracht en ik haatte Harris Eggo omdat hij het incident oprakelde.

'Goed dan, als jullie dan echt ieders tijd willen verspillen. Veronique was een van huis weggelopen heroïnejunk uit Toronto. Ze was zestien. Het duurde even voordat ik haar gevonden had, op verzoek van haar alleenstaande moeder die voor haar drie andere kinderen moest zorgen. Ze had Veronique het huis uit gezet nadat drugsdealers hun appartement overhoop hadden gehaald, op zoek naar cash om haar drugsschuld af te betalen. Mevrouw Bell werd ongerust toen haar dochter al een paar dagen lang niets van zich had laten horen, en ze was bereid om mij al haar spaargeld te geven als ik haar dochter veilig thuis kon brengen. Het gerucht ging dat Veronique zich prostitueerde om haar dagelijkse dosis heroïne en onderdak te kunnen betalen.'

'Klinkt heftig,' zei Eggo.

'Zwak uitgedrukt. Maar goed, ik heb haar gevonden, sloot vriendschap met haar en door haar wijs te maken dat ik zelf ook gebruikte wist ik haar mee te krijgen naar mijn motelkamer. Ze had al een paar dagen geen drugs kunnen kopen en ze begon al afkickverschijnselen te vertonen. Haar moeder had tegen me gezegd dat ik moest doen wat nodig was om haar terug te halen. En toen heb ik besloten haar daar vast te houden, haar met behulp van methadon door het ergste heen te helpen en haar daarna thuis af te leveren. Die beschuldiging van vrijheidsberoving sloeg op het feit dat ik haar vasthield in die kamer, en de mishandeling hield in dat ik een lap in haar mond stopte toen ze me probeerde te bijten.'

'Heeft Veronique die aanklacht ingediend?'

'Nee, haar pooier en drugsdealer. Daarom staat er in dat dossier dat ik gearresteerd ben, maar dat het niet tot een veroordeling leidde. Veroniques moeder wist haar dochter – die ondertussen iets rationeler kon nadenken – ervan te overtuigen dat pijpbeurten geven in ruil voor heroïne nou niet iets was waar je in het leven bewust voor koos. De dealer verdween in de gevangenis en ik kwam vrij.'

'Opnieuw met roem overladen. Weliswaar met gebruikmaking van dubieuze methoden.'

'Makkelijk gezegd als je nooit een verslaafde tiener hebt moeten helpen, met naaldensporen over haar hele lichaam, twee dichtgeslagen ogen, zelf aangebrachte snijwonden op haar dijen en die kort daarvoor met een paar schoppen in haar buik op een abortus was getrakteerd. Ik heb haar leven gered, haar moeder geen cent in rekening gebracht en ik heb er geen moment spijt van gehad. Zelfs niet van de arrestatie.'

Hij sloeg de map dicht. 'We wachten af wat er in het politierapport staat als dat klaar is. Ik wil u nu wat vragen stellen over die kattenbotten.'

'Nee,' zei ik. 'We zijn klaar. Ik ben klaar. U legt me iets ten laste of u laat me gaan.'

'Ik kan u vierentwintig uur zonder aanklacht vasthouden,' zei Eggo met een blik op zijn horloge. 'We hebben de tijd.'

'Ik ben akkoord gegaan met een officieel verhoor om jullie te helpen. Ik wens jullie niet langer behulpzaam te zijn. Dus breng me maar terug naar mijn cel, want ik doe niet meer mee met deze poppenkast. U bent niet geïnteresseerd in de waarheid. Dit is pure bluf en dat weet u maar al te goed.'

'Vertel eens over het mes dat u afgelopen nacht bij u had,' zei hij. 'Even serieus.'

'Goed, maar dat wordt uw laatste vraag. Ik had een wapen nodig om door het bos naar de auto te komen. Ik ben een minuut of misschien een paar seconden na het vertrek van Hilda's moordenaar binnengekomen. Hij had me vlak bij haar huis kunnen opwachten, of op weg naar mijn auto. Ik ben door het raam naar buiten geklommen. Dat mes lag op het aanrecht in haar keuken. Ik heb het meegegrist en ben gaan rennen.'

'En u hebt daar geen andere dingen mee gedaan?'

'Nee,' zei ik. 'Ik heb het onderweg de hele tijd in mijn hand gehouden en toen ik wegreed heb ik het in mijn zak gestopt.'

'En het bloed dat erop zat?'

'Bloed van Hilda dat op mijn handen zat. Zoals u zelf al zei, ik zat onder het bloed.'

'Hebt u zichzelf ermee gesneden?'

'Nee.' Ik schudde mijn hoofd.

'Dus die flinters huid die aan het lemmet zaten zijn ook van Hilda?' vroeg hij.

Ik voelde het bloed uit mijn gezicht wegtrekken. Kon amper ademhalen.

'Huid?' vroeg ik.

'Ja. Dokter Carlisle heeft bevestigd dat op het mes dat besmeurd was met Hilda's bloed, en waarop vingerafdrukken zijn gevonden die overeenkomen met de uwe, ook minieme flinters menselijke huid zijn aangetroffen. Het forensisch onderzoek loopt nog maar we gaan ervan uit dat die huidresten van Hilda zijn. Een vermoeden dat nog plausibeler wordt omdat dokter Carlisle het wapen al vergeleken heeft met de verwondingen op haar lichaam en tot de conclusie is gekomen dat het mes dat u hebt ingeleverd is gebruikt om haar borst af te snijden. En dus om haar te vermoorden.'

De schoft. Eggo had me afgeleid door over Veronique Bell te beginnen omdat hij waarschijnlijk heel goed wist dat die zaak nergens op gebaseerd was, om me vervolgens hiermee onderuit te halen. En met succes. Ik drukte mijn handen tevergeefs tegen mijn maag en moest voorovergebogen tussen mijn knieën overgeven toen de waarheid tot me doordrong.

'Ik laat iemand komen om dat op te ruimen,' zei Harris Eggo.

'Voorlopig blijft u in hechtenis. Agent, wilt u haar alstublieft terugbrengen naar haar cel?'

Dat was voor mij het moment waarop ik een besluit nam dat elke dag, elk uur van de rest van mijn leven zou beïnvloeden.

40

'Haal die advocaat hierheen,' zei ik.

'Ze is even de stad in om een kop koffie te halen. Over een kwartiertje komt ze weer terug.'

'Prima. Bel haar en zeg dat ik haar wil spreken.'

Ik ging weer in mijn cel zitten, in de tweedehandskleren die ik had gekregen toen ik mijn eigen kleding moest afgeven, en vroeg me af wanneer ik mijn bezittingen weer terug zou krijgen. Nate zou de procedure rond de behandeling en het transport van Hilda's lichaam afwikkelen en zou dan teruggaan naar het vasteland om daar verder te gaan met de lijkschouwing. Ik had al mijn spullen in zijn kamer achtergelaten en die wilde ik terug. Een minuut later kwam een agent het cellenblok binnenlopen met mijn rugzak.

'Van u?' vroeg hij.

'Ja, mag ik die terug? Ik wil me graag opfrissen, andere kleren aantrekken en ik moet een paar mensen op de hoogte brengen.'

'Ik doorzoek hem eerst en dan laat ik u weten wat u mag hebben. Uw computer wordt naar het vasteland gestuurd om de harde schijf te onderzoeken nadat u bent aangeklaagd.' Nadat ik was aangeklaagd. Niet indien u wordt aangeklaagd. Hij verdween weer en ik hoorde stemmen achter de zware deur.

'Nate!' riep ik. 'Nate, alsjeblieft! Ik moet je even spreken.'

Nog meer gepraat achter de deur, iemand verhief zijn stem – niet

Nate – en een deur werd hard dichtgeslagen. Stilte. Toen ging de deur naar het cellenblok opnieuw open. Nate stond in de deuropening met een ernstige blik en een strak gezicht. Mijn maag maakte een duikvlucht en ik werd overweldigd door schaamte. Ik had geblunderd, zo verschrikkelijk geblunderd dat ik geen woorden kon vinden om het gesprek op gang te brengen.

'Wanneer heb je voor het laatst gegeten?' vroeg hij zacht. Ik haalde mijn schouders op. 'De advocate zal hier zo wel zijn. Je moet haar advies maar opvolgen. Het ziet er slecht uit, Sadie.'

'Maakt niet uit. Ik ben jou een excuus schuldig. Ik heb je in een afschuwelijke positie gebracht. Door mijn toedoen ben jij een potentiële getuige à charge geworden. Je bent zo aardig voor me geweest, Nate, veel aardiger dan ik eigenlijk verdiende.'

'Mond dicht en luister. Die agent staat buiten een sigaret te roken – tegen mijn medische advies in – om mij ter wille te zijn. Jij en ik kunnen het niet meer over deze zaken hebben. We mogen zelfs niet meer met elkaar praten tot ze de echte moordenaar of moordenaars hebben gevonden en de rechtszaak begint. Uiteindelijk zullen jij en ik allebei waarschijnlijk als getuigen worden beschouwd, en daar zal de verdediging wel raad mee weten.'

'Dus... jij denkt niet dat ik Hilda heb vermoord?'

'Nee, maar dat doet er nu niet toe. De timing, het wapen, het feit dat je in de buurt was. Het ziet er niet goed uit, Sadie. Ze hebben alle reden om je vast te houden en aan te klagen.'

'Maar degene die Hilda heeft vermoord moet ook Catriona hebben vermoord.'

'Absoluut. De hoek waaronder de snee is aangebracht en de wond zelf, ook al is er een ander mes gebruikt, duiden er vrijwel zeker op dat het om dezelfde moordenaar gaat.'

'Maar de politie heeft geen enkel bewijs dat mij in verband brengt met de moord op Catriona.'

'Het feit dat je bij haar thuis bent geweest, in haar slaapkamer hebt rondgekeken, overal vragen over haar stelde. Agent Bathgate zei dat hij jou bij de menhirs van Baliscate heeft gezien, dat je daar Catriona vanachter de struiken stond te bespieden. Jouw nummer stond in haar belgeschiedenis. En ja, je hebt haar lichaam gevonden...'

'Ik heb geen motief.'

'Ze willen je door een psychiater laten onderzoeken. Ze willen aantonen dat je een soort narcistische persoonlijkheidsstoornis hebt. Ze zeggen dat dat past bij het soort werk dat je doet, het feit dat je de lichamen hebt gevonden, je eerdere arrestatie.' De buitendeur sloeg weer dicht. 'Sorry. Ik moet gaan. Was je maar niet midden in de nacht zomaar weggegaan. Als je het me nou had verteld –'

'Ik wilde je niet wakker maken,' zei ik. Maar dat was niet de waarheid. 'Ik wist dat je het me dan uit het hoofd zou praten.'

'Had je me die kans maar gegeven.'

'Nate, als ik hier blijf wordt er straks weer een vrouw of meisje dood aangetroffen. De politie wordt door mij afgeleid. Dat is mijn schuld en niet die van iemand anders. Maar je weet heel goed dat er geen schot zit in dit onderzoek.'

'Daar kan ik geen commentaar op geven,' zei hij. 'Ik moet gaan. Over een uur vertrek ik van het eiland.'

'Ik wilde alleen zeggen dat ik er spijt van heb. Van de problemen die ik heb veroorzaakt. En van wat er eventueel...' Ik zocht naar een neutrale zin. '... eventueel in de toekomst gebeurt.'

'Bel me als je vrijkomt. Ik zal alles in het werk stellen om je te helpen. Ik begon het net leuk te vinden dat ik je kende, Sadie. Ik had het liever anders gewild.'

Hij legde zijn warme hand op mijn koude en ik duwde mijn tranen weg.

'Ik ook,' zei ik. 'En hé, voor je het weet sta ik in Glasgow bij jou voor de deur. Kom veilig thuis.'

Ik zag hem de paar stappen naar de deur zetten, zijn vaste hand toen hij hem openduwde, de krachtige lijn van zijn kaak toen hij de agent die hem ter wille was geweest toeknikte, en toen was hij weg. Ik kon alleen maar hopen dat ik hem niet te veel problemen had bezorgd.

Ik stond niet honderd procent achter het besluit dat ik had genomen. Het ging lijnrecht in tegen alles waar ik in geloofde en alles waar ik voor gewerkt had. Toch leek het me de enige mogelijke uitweg.

De advocate heette Laura Helm. Ze was slim, een jaar of dertig, zakelijk en sleepte een beetje met haar ene voet. Haar schooljaren waren vast verschrikkelijk geweest. De tienerjaren wanneer iedereen voor het dansfeestje werd uitgenodigd en jij tegen jezelf zei dat je daar sowieso geen zin in had. En nu had ze al helemaal aan het kortste eind getrokken. Door een vrouw te moeten verdedigen die niet wilde praten, niet wilde meewerken en die haar het leven heel moeilijk zou maken.

De cellen in het politiebureau van Mull – twee stuks – lagen aan een smalle gang, met aan het ene eind de balie en aan het andere eind de verhoorkamer. Mevrouw Helm liep langs me met een notitieboekje en mijn dossier in de hand, en nam plaats in de verhoorkamer terwijl ik uit mijn cel werd gelaten en naar haar toe werd gebracht. Ik droeg geen handboeien. Het was een klein stadje, iedereen kende me en ik was nog niet officieel aangeklaagd. Bovendien was dit een eiland. Dus waar zou ik heen moeten?

De advocate en ik zaten een tijdje te praten. Ze legde me uit wat ik al wist. Wat mijn rechten waren, wat er waarschijnlijk zou gebeuren, hun redenen om mij in hechtenis te houden. Toen vroeg ze me of ik mijn versie van het verhaal wilde geven. Ik kreeg een glazige blik in mijn ogen. Deels gespeeld, deels echt.

'Mevrouw Levesque, gaat het wel goed met u? Zal ik een glas water voor u halen?'

'Ik heb last van hoge bloeddruk,' loog ik. 'Mijn medicijnen zitten in de rugzak die dokter Carlisle is komen brengen, maar ik weet niet zeker waar ik ze heb opgeborgen. Ik weet het allemaal niet meer zo goed. Zou u de agent willen vragen om mijn rugzak uit de bewijskamer te halen en ze te zoeken?' Ik legde mijn hoofd op mijn armen. Misschien legde ik het er iets te dik bovenop, maar geen enkele advocaat wilde het risico lopen dat een cliënt in haar bijzijn flauwviel zonder dat zij iets had gedaan om dat te voorkomen.

'Natuurlijk, blijft u hier maar zitten. Ik ben over een paar minuten terug.' Ze liep door de gang terug naar de agent achter de balie. Eggo en Bathgate waren nog op de plaats delict.

Ik richtte mijn hoofd op, liep de verhoorkamer uit en strompelde weg, met een hand tegen de muur steunend om het nog enigszins geloofwaardig te maken voor het geval ik alsnog ontdekt werd. Aan het eind van de gang achter de deur hoorde ik de advocate met de agent in discussie gaan over de vraag of er wel of niet een arts bij moest komen en of ze wel op de hoogte waren geweest van mijn medische toestand en nagelaten hadden haar dat te vertellen. Ik had met hen allebei te doen.

Ik deed de enige andere deur in de gang open, met daarachter het minikeukentje waar agenten zo nu en dan met mokken en sandwiches vandaan kwamen. Daar lag een mes, scherp maar niet erg groot, waarmee ik het zou moeten doen. Ik verzamelde een hoeveelheid moed waarvan ik nooit had geweten dat ik die had, liep naar de deur waarachter de balie lag en schopte die open.

Nu had ik drie opties. Het mes tegen mijn eigen keel houden, het op die arme mevrouw Helm richten of een politieagent bedreigen. De eerste optie genoot in zoverre de voorkeur dat ik daarmee een minder ernstig misdrijf beging, maar ik zou er waarschijnlijk ook minder effect mee sorteren.

Mijn advocate zag me het eerst, slaakte een kreetje en wierp een angstige blik in de richting van de jonge agent die bezig was mijn rugzak te doorzoeken.

'Handen omhoog,' zei ik en ik voelde me vreemd genoeg net een cowboy uit een tekenfilm. Dit was ik niet. 'Ik wil jullie geen kwaad doen.'

De agent reikte onder de balie naar wat ongetwijfeld een alarmknop was. Als hij daarop drukte, kwamen alle eenheden van het eiland er onmiddellijk aan.

'Dat zou ik maar niet doen,' zei ik en hij gaf zijn poging op.

'Mevrouw Levesque, leg dat mes alstublieft neer,' antwoordde hij. 'U komt hier niet mee weg.'

'Mond houden en waag het niet in de buurt van die alarmknop te komen,' zei ik terwijl ik om de balie heen liep en de advocate tussen ons in hield.

'Dit is een eiland. Waar denkt u zich te kunnen verstoppen?' Zijn hand bewoog weer naar de alarmknop.

'Doe wat ik zeg!' riep ik. Ik sprong naar voren, zwaaiend met het mes. Hij verstijfde.

'Oké, oké!' zei mevrouw Helm. 'We doen alles wat je wilt.' Ze zag bleek en ik duwde mijn schuldgevoel diep weg. Hopelijk zou ik later nog tijd genoeg krijgen om daarover na te denken.

'Handen achter je hoofd en naar de cellen,' instrueerde ik. 'Laat je telefoon op de balie liggen. Jij eerst, agent. En niet de held uithangen.'

Ze gehoorzaamden, gedweeër dan ik had verwacht, maar ik werd dan ook vastgehouden op verdenking van een dubbele moord. Er was sprake van een psychiatrisch onderzoek. Dit was niet het eerste mes waarmee ze me hadden aangetroffen, en het laatste mes zat onder het bloed van een dode vrouw.

De cellen waren allesbehalve modern: de deur viel gewoon in het slot.

Ik voelde instinctief de behoefte om me te verontschuldigen, maar dat was een luxe die ik me niet kon permitteren. Ik had dingen te doen en daarvoor moest ik vrij zijn. Vroeg of laat zou ik weer worden opgepakt en als dat gebeurde zou mijn ontsnapping gigantische gevolgen voor mij hebben. Als ik een soort tijdelijke psychische inzinking kon voorwenden, veroorzaakt door de ontdekking van Hilda's lichaam en daarna mijn opsluiting in de cel, zou ik er waarschijnlijk met een lichtere straf vanaf komen. Als ik nu met een rationele verontschuldiging en uitleg voor mijn handelen kwam, gooide ik alleen maar mijn eigen glazen in. Beter gek dan slecht.

Ik had geen tijd te verliezen en griste mijn spullen mee – de rugzak, mijn telefoon, horloge en het kompas dat de afgelopen nacht in mijn zak had gezeten – liep naar buiten en liet de deuren van het politiebureau achter me in het slot vallen. Ik ging op weg, zette onder het lopen mijn telefoon aan, kopieerde mijn contacten van de simkaart naar het geheugen van de telefoon en gooide de simkaart in een afvoerputje. Mijn slaapzak en kooktoestelletje smeet ik in de aanhanger van een voorbijkomende tractor die net Tobermory uit reed. Ik had geen idee waar hij naartoe ging maar hopelijk werden die spullen pas later op de dag ontdekt en zou men zich dan afvragen welke kant ik op was gegaan.

De politie verwachtte vast dat ik zou proberen via de heuvels te ontkomen, wat ik eigenlijk had moeten doen, maar het had geen zin om Tobermory te ontvluchten als dat duidelijk de plek was waar ik moest zijn. Ik liep via een omweg naar het vroegere huis van de Clarks om zo veel mogelijk nieuwsgierige buren en auto's te ontlopen. Ik klom over het hek hun tuin in, pakte de reservesleutel van de keukendeur uit de geheime bergplaats en ging naar binnen, zette een paar stappen in de keuken en zakte toen in elkaar.

Alles wat ik tot nu toe gedaan had was atypisch voor mij. Ik had mijn lot moeten aanvaarden, in de cel moeten blijven in de hoop dat ze zouden besluiten me toch niet aan te klagen, en akkoord moeten gaan met het advies van mijn advocate. Ik was niet stom of roekeloos. Ik was iemand die het leven van anderen redde in plaats van ze te bedreigen. Maar ik zat met Lizzy in mijn hoofd, met wie ik in de woning boven de winkel had zitten praten terwijl haar oma koffiezette. Ze had mijn vragen over Catriona zo goed mogelijk beantwoord omdat ze een lieve meid was, ook al liet ze zich soms door haar vriendinnen meeslepen. Haar oma wist dat en had ook mij geprobeerd te helpen. Nu waren Catriona en Hilda dood, en struinde er een moordenaar rond op het eiland, op zoek naar vrouwen die met heidense rituelen hadden geëxperimenteerd. Lizzy was een van die vrouwen en ik kon niet toestaan dat zij de volgende werd. Ik kon niet toestaan dat haar oma een herdenkingsdienst voor haar kleindochter zou moeten bijwonen en een preek moest aanhoren waarin werd gezegd dat de jonge vrouwen van Mull zelf de dood in huis hadden gehaald omdat ze van het zogeheten pad der rechtschapenheid waren afgedwaald.

Afgelopen nacht, toen ik verward en uitgeput het ene moment wakker schoot en dan weer in slaap viel, was er een moment geweest waarop ik me afvroeg of ik die vrouwen misschien toch had vermoord, Catriona in die grot, Hilda in haar huisje, en aan mezelf begon te twijfelen. Had ik die strop om mijn eigen nek gelegd? Was de aanwezigheid van Skittles in het bos slechts een bruikbare zinsbegoocheling geweest op het moment dat ik mijn lichaam van die tak liet glijden? Had Hilda me daar raaskallend aangetroffen en mijn leven gered?

Nee. Nee, het kwam doordat ik te veel lijken had gezien, doordat ik vlak naast de dood had gestaan en hem op een haar na te snel af was geweest, doordat ik over heksen en betoveringen had gelezen, over zinkende galjoenen en Spaanse prinsessen.

Ik wilde alleen maar slapen en dat was nou precies het enige wat niet lukte. Ik zat daar op de grond en gaf me heel even over aan een fantasie over slapen: een matras, een dekbed, een stevig kussen, donkere gordijnen, een dichte deur. Toen kwam ik overeind, hief mijn kin en nam een besluit. De overtredingen die ik had begaan waren zo ernstig dat ze serieuze consequenties zouden hebben, dus ik moest de tijd die me nog restte zo nuttig mogelijk besteden. Ik moest een moordenaar pakken. En meer dan een, had ik besloten. Nate had gelijk. Er waren te veel details die de eerste moord van de twee andere deed verschillen. Dat was de sleutel. De stap van Adriana naar Catriona en daarna naar Hilda. Ik had meer informatie dan de anderen en ik was er bijna. Dat wist ik zeker. Geen concrete aanwijzingen, slechts een intuïtief gevoel, maar ik beschikte wel over alle losse puzzelstukjes. Ik moest alleen nog uitzoeken hoe ik ze in elkaar kon schuiven. Door de moordenaars op te sporen zou ik niet alleen toekomstige slachtoffers redden, het was ook de enige manier om mijn eigen onschuld te bewijzen.

41

Hilda was vermoord door een man. Daar was ik honderd procent zeker van. De boomstam die voor haar deur was gelegd was zo zwaar dat alleen een uitzonderlijk sterke vrouw die had kunnen verplaatsen. En wat de positie van Hilda's lichaam betrof: die kwam op geen enkele manier overeen met de houding waarin ik Catriona had aangetroffen. Hilda was niet eens volledig uitgekleed. Het hele tafereel had een chaotische indruk gemaakt. Geen zeewierkroon. Alleen de primitieve wreedheid van een gestoorde moordenaar. Voor de moord op Catriona had hij de tijd genomen, nagedacht over hoe hij wilde dat ze gevonden zou worden, maar met Hilda had hij niet genoeg tijd gehad, hetzij omdat ik hem had gestoord of omdat hij zich niet had kunnen beheersen en helemaal los was gegaan. Misschien had Hilda eerder dan Catriona doorgekregen dat er iets niet klopte en had ze zich verweerd. Maar nu Nate tot de conclusie was gekomen dat Catriona en Hilda door één en dezelfde persoon waren vermoord, moest ik alleen het motief van de dader voor de moord op Catriona nog zien te ontrafelen.

Ik wist dat ik niet alleen naar dit lege huis was gekomen om me te verschuilen. Leven en dood waren slechts punten op een cirkel en voor mij was die cirkel hier begonnen. Dit gezin had ontzettend veel meegemaakt. Het vooruitzicht dat Rob in de gevangenis zou belanden, de doodsbedreigingen, het feit dat ze hun huis en land hadden moeten ontvluchten. Daarna hadden ze zich op een klein eiland gevestigd, waar ze nog steeds in doodsangst verkeerden en zo min mogelijk probeerden op te vallen. Behalve Addie, die dolgraag wilde leven en vrienden wilde maken. Ze had een baantje gevonden, was door de anderen opgemerkt, had zich voor hen opengesteld en had zich aangesloten bij een groepje dat heidense rituelen uitvoerde.

Langzaam liep ik de trap op en dacht aan Adriana, probeerde me in haar gedachtewereld te verplaatsen, in haar huid te kruipen. Ik nestelde me op haar dekbed en staarde naar het plafond waar zij ooit naar had liggen staren, rook de laatste vleugjes parfum die nog in de lakens zaten en keek naar de patronen die het zachte licht van de herfstzon op haar muur tekende.

Catriona had Adriana een appje gestuurd met de bedoeling dat zij het berichtje zou deleten voordat ze elkaar die avond zagen.

'Die gedachte moet je doorstrepen,' zei ik tegen het plafond. Mijn brein viel nog steeds ten prooi aan die menselijke fout – dat we de leemten in onze kennis invullen in plaats van ons aan de feiten te houden. Er was een bericht verstuurd vanaf Catriona's telefoon naar Adriana, en daarna raakte Adriana vermist. Dat waren de objectieve feiten.

Al lang voordat Adriana op het eiland kwam wonen maakte Catriona deel uit van Hilda's groepje. Misschien probeerde ze actief meer meiden te rekruteren. Maar die theorie bracht me geen stap verder. Als Catriona inderdaad betrokken was geweest bij de moord op Adriana, waarom zou ze dan het risico lopen om die avond een bericht op Adriana's telefoon achter te laten? Die gedachte bleef door mijn hoofd malen.

Ik rolde op mijn zij om de foto van Adriana met Brandon en Luna van haar nachtkastje te pakken en rook mijn eigen ranzige geur en de bedompte lucht van de geleende kleren die ik onder mijn hoody droeg.

'Douche,' mompelde ik. Ik sprong van het bed, trok mijn kleren uit en liep naar Adriana's badkamer. Het water, zo heet als ik kon verdragen, in combinatie met een royale hoeveelheid zeep, verrichtte wonderen. Terwijl ik me afdroogde staarde ik naar de kleren op de vloer en vroeg ik me af of ik wel zo vrij mocht zijn, ook al was het maar voor even. Ik deed eerst Isabella's garderobekast open, maar zij bleek al haar kleren naar hun nieuwe onderkomen te hebben overgebracht. Daarna probeerde ik Adriana's kleerkast. Ik had maat 38 en droeg graag wijde kleren omdat ik vaak in de buitenlucht was. Maar Addie en ik bleken niet dezelfde smaak te hebben en ik was veel gespierder dan zij. Voor al dat skiën, hiken en klimmen had ik een prijs betaald: steviger dijen en bovenarmen dan de meeste vrouwen van mijn leeftijd. Addie was slank en rank geweest. Op zoek naar iets neutraals schoof ik haar kleren een voor een opzij, en bij het zien van al die smetteloze minirokjes en naveltruitjes in maatje 34 begon ik de hoop al op te geven. Helemaal achterin, half verscholen achter een winterjas, vond ik wat ik zocht: een grijze hoody met een witte streep ter hoogte van de taille en een lichtblauwe jeans met wijde pijpen. Allebei maat 38. Ik wilde ze net pakken toen ik bevroor.

Mijn hart klopte te snel. Ik sloot mijn ogen en toen ik ze weer opendeed drong zich een foto aan me op die ik op het mededelingenbord in het politiebureau had gezien, samengesteld uit twee of meer oude foto's van Catriona. En daarop droeg ze uitgerekend deze kleren, dezelfde kleren die ze droeg op de dag dat ze was vermoord. Nooit teruggevonden.

Tot nu.

In gedachten zag ik haar weer bij de steencirkel van Lochbuie, waar ze dansend, pratend met de anderen, met haar armen in de lucht, haar lichaam liet zien. Prachtig, weelderig van vorm, te volwassen voor haar leeftijd. Ik deed niet eens mijn best om een andere verklaring te zoeken. Dit waren niet Addies kleren, waar voor het merendeel Amerikaanse labels en maten in zaten. Deze kleren waren in Schotland gekocht, ontworpen voor het Schotse weer en bedoeld voor een heel ander type meisje. De kleren waren gewassen maar niet gestreken. Ze waren niet gescheurd of kapot. Catriona's overweldiger had haar overgehaald (haar gedwongen, haar bedreigd, corrigeerde mijn innerlijke stem) om zich uit te kleden voordat hij haar kwaad deed.

En toen had hij ze mee hiernaartoe genomen.

'Waarom deed je dat?' vroeg ik aan iemand die er niet was.

Het antwoord was in het volle zicht verstopt. Het was een kast waarin kleren werden opgeborgen. Had je ze in zee gedumpt dan had het getij je verraden. Had je ze in een afvalbak gepropt terwijl iedereen op het eiland nu scherp oplette, dan was je op het politiebureau uitgenodigd. Had je ze midden op het eiland achtergelaten, dan had een wandelaar of boer ze wel gevonden. De kleren moesten worden gewassen. Om het bloed, het DNA, het bewijsmateriaal te verwijderen. Daarna waren ze op een plek neergelegd waar voor eventuele achtergebleven DNA-sporen een verklaring kon worden gegeven. En als dan eindelijk het moment aanbrak waarop Adriana's kleren ingepakt werden en naar een kringloopwinkel werden gebracht, zouden deze kledingstukken tussen de andere niemand opvallen. Het was geniaal.

Ik trok mijn geleende plunje weer aan, liep langzaam Brandons kamer binnen en liet daar mijn tranen de vrije loop om zijn verlies. Als je je tweelingzus verloor ging je zelf voor de helft ook dood. Had hij, diep in zijn psyche, de pijn en de angst gevoeld die zij had moeten doorstaan? Voor een jongen die dacht dat hij alles al verloren had wat er te verliezen was toen zijn school, zijn thuis en zijn vrienden hem waren afgepakt, had hij daarna een prijs betaald die hij nooit had kunnen voorzien.

Zijn kamer was ingericht als een tempel ter ere van zijn zus. Aan de binnenkant van zijn kledingkast hingen foto's van hen samen bij een concert, in een zwembad, in een pizzeria, tijdens een jacht, met een cabriolet in de woestijn. Met hun identieke ogen, de armen om elkaars schouders geslagen, konden ze alles met elkaar delen.

Elkaars metgezel zijn op de onbekende weg die ze samen gedwongen waren geweest af te leggen.

Ik had hem het wapen in handen gegeven om zijn wraak te rechtvaardigen. Ik had met alle geweld Addies telefoon willen bekijken. Ik had de familie het bericht laten lezen en de identiteit van de afzender onthuld. Ik had bevestigd dat Catriona haar in het holst van de nacht naar buiten had gelokt. Toen ik Brandon kapot van verdriet in Mackinnon's Cave had aangetroffen, had ik al zo mijn vermoedens over zijn mentale toestand. Deze familie had geheimen en ik had aanvankelijk Brandon ervan verdacht dat hij in Amerika iets vreselijks, iets misdadigs had gedaan. Maar daarna hadden ze me de waarheid verteld over hun plotselinge vlucht en had ik alles daaraan toegeschreven. Maar ik had niet scherp genoeg opgelet, zelfs niet toen ik getuige was geweest van zijn razernij en frustratie. Maar nu was me duidelijk wat Brandon Catriona had aangedaan, en gezien de overeenkomsten tussen beide moorden had hij ook de hand gehad in de moord op Hilda. Het was Brandon die mij door het bos achterna had gezeten. Brandon die het mes had schoongeveegd en achtergelaten, hetzelfde mes waardoor ik nu verdacht werd van de moord op Hilda.

Op hun vaste telefoon toetste ik het nummer in dat in mijn contactenlijst stond.

'Isabella,' zei ik. 'Ik wil dat jij en Rob onmiddellijk naar jullie oude huis komen.'

'Maar we zijn –'

'Onmiddellijk,' herhaalde ik. 'Laat Brandon maar op Luna passen tot wij met elkaar gesproken hebben. En niet zeggen dat ik hier ben.' Ik legde neer voordat ze kon protesteren.

Ik wachtte in de zitkamer, in de veronderstelling dat ze via de voordeur binnen zouden komen. In plaats daarvan hoorde ik de keukendeur opengaan, twee paar voetstappen, geen stemmen.

'Rob,' zei ik toen ik hem zag binnenkomen. 'Dank dat jullie hierheen zijn gekomen. Sorry dat ik het aan de telefoon niet heb kunnen uitleggen. Er is heel wat te bespreken.'

Brandon verscheen in de deuropening. Hij keek somber en stuurs. Ik duwde mijn vingernagels in mijn handpalm en dwong mezelf een neutrale blik op te zetten.

'Luna wilde niet zonder Isabella thuisblijven,' legde Rob uit. 'Brandon bood toen aan om mee te komen.'

'Oké,' antwoordde ik langzaam. 'Ik moet jullie vertellen wat ik heb –'

'Dat weten we al,' zei Rob. 'De politie is bij ons langs geweest nadat jij was ontsnapt. We hebben gezegd dat we je niet gesproken of gezien hadden. Ik ben bereid om je verhaal aan te horen voor we een besluit nemen.'

Ik durfde Brandon niet aan te kijken. Ik had geen flauw idee hoe hij zou reageren op wat ik tegen zijn vader ging zeggen, maar hij wist wel dat ik op het punt stond aangeklaagd te worden voor een misdaad die hij begaan had.

'Ik heb Hilda niet vermoord,' zei ik rustig. 'En Catriona evenmin. Ik denk dat je dat wel weet.'

Rob keek me in de ogen, knikte en wendde zijn blik af.

'Maar wie dan wel?' vroeg Brandon.

Hij klonk niet zoals ik had verwacht. Vandaag klonk hij kalm. Van de woede en giftigheid waarmee hij Catriona de vorige avond had beschuldigd was niets meer over.

Ik had Catriona's kleren al in een schone zak opgeborgen en onder Luna's bed verstopt tot ik de politie kon wijzen waar ze gevonden konden worden.

Het plan had zo simpel geleken, maar de uitvoering ervan bleek lastiger. Rob en Isabella hadden zonder kinderen moeten komen. Ik had ze willen uitleggen dat hun zoon, de overgebleven helft van een tweeling, volgens mij door immens verdriet in een acute psychose was geraakt. Dat ikzelf ook door de politie werd gezocht en van een aantal misdrijven werd beschuldigd was een complicerende factor die ik zo veel mogelijk probeerde te negeren. Ik wilde de hachelijke situatie waarin Brandon zich bevond met mededogen benaderen en aandringen op behandeling. Ik wilde ze voorstellen de beste advocaat te zoeken, diens advies aan te nemen, met de politie te gaan praten om Brandon psychiatrisch te laten onderzoeken en aan te sturen op een pleidooi waarin uitgebreid werd ingegaan op Brandons geestestoestand. Ik geloofde niet dat de jongen onder andere omstandigheden ook een moord zou hebben gepleegd. Ik geloofde ook niet dat hij een bedreiging voor anderen vormde, behalve voor degenen die hij verantwoordelijk achtte voor de dood van zijn tweelingzus. Ik hoopte Rob en Isabella ervan te overtuigen dat het voor Brandon uiteindelijk het beste zou zijn als hij bekende.

'Rob,' zei ik. 'Brandon hoeft dit niet te horen. Kunnen we dit onder vier ogen bespreken?'

'Ik ben geen kind meer,' zei Brandon. 'Als dit over Addie gaat, dan heb ik het recht om te horen wat er speelt.'

'Het gaat niet om Addie,' zei ik tegen hem.

Zijn ogen werden groter, en ik las vooral angst in zijn blik, maar geen agressie.

'Pap,' zei hij. 'We krijgen problemen met de politie als we hier blijven. Zij hoort niet in ons huis te zijn. Ze hebben toch gezegd dat we moesten bellen als ze contact met ons opnam?'

'Je mag ze bellen zodra dit gesprek achter de rug is,' zei ik. 'Als je wilt bel ik ze zelf wel waar jullie bij zijn.'

'Daar beslissen we over nadat ik heb gehoord wat mevrouw Levesque ons te vertellen heeft,' zei Rob tegen zijn zoon. 'Jij blijft hier, wij gaan naar de keuken.'

Ik ging voorop, controleerde of Rob alle tussendeuren goed dichtdeed en ging in de keuken bij de achterdeur staan zodat hij me wel moest volgen. Daar voelde ik me veiliger. Vandaar kon ik in een paar stappen veilig het hek bereiken als het moest. Ik realiseerde me dat ik Brandons reactie eigenlijk nog het best kon inschatten. Hoever Rob instinctief zou gaan om zijn zoon te beschermen was minder voorspelbaar.

'Je weet dat ik die vrouwen niet heb vermoord,' zei ik zacht. 'Maar wat je niet weet is dat ik nu de identiteit kan bewijzen van degene die het wel heeft gedaan.'

Rob schudde heel even zijn hoofd en wierp een snelle blik op de deur waar we zojuist doorheen waren gekomen. Op dat moment zag ik het duidelijk. Hij wist wat zijn zoon had gedaan. Wist het of vermoedde het. Had hij Brandon daarom meegenomen in plaats van Isabella? Om haar de waarheid niet te hoeven vertellen?

'Zeg het maar,' zei hij. 'Zeg wat je te zeggen hebt.'

'Luister, ik wil geen oordeel vellen. Het is begrijpelijk dat jullie allemaal diepbedroefd zijn door Addies dood. Sommige mensen komen nooit over dat verdriet heen. Het maakt ze kapot.'

'Maar jij zit nu in de problemen en je wilt niet beschuldigd worden. Welk bewijs heeft de politie tegen je? Het moet wel iets ernstigs zijn als ze je in hechtenis hebben genomen.'

'Het kwam door het mes,' zei ik. 'Ik had het vastgepakt om me te verdedigen toen ik daar wegvluchtte, omdat ik niet wist dat het was gebruikt om Hilda te vermoorden.'

'Ik snap nog steeds niet hoe Addie daarbij betrokken raakte,' zei Rob. 'Die hele geschiedenis met Hilda en Catriona. Zo onnodig, zo kinderachtig –'

'Pap,' zei Brandon terwijl hij de deur achter zijn vader opendeed.

Ik deed een stap naar achteren, stak mijn hand in mijn zak en omklemde de berenspray die ik uit mijn rugzak had gehaald.

'Jongen, ga jij maar naar huis. Ik handel dit wel af.'

'Ik vind dat we Isabella moeten bellen,' zei ik. 'Zij hoort hierbij te zijn. Vermoedt ze... iets?'

'Wat is hier aan de hand?' vroeg Brandon.

Er werd een pistool in mijn gezicht geduwd voor tot me doordrong dat Rob het achter zijn rug uit de band van zijn broek had getrokken.

'Hé!' zei ik. 'Wacht even. Ík ben hier niet de vijand –'

'Pap?'

'Brandon, jij hebt hier niets mee te maken. Ik los dit wel op. Ik wil dat je nu naar huis gaat en voor je moeder zorgt.'

'Ik ga niet weg! Wat is hier aan de hand?'

Ik zuchtte. 'Ik weet dat jij Catriona hebt vermoord, Brandon. En Hilda. De patholoog heeft bevestigd dat het om dezelfde moordenaar gaat. Je was razend op Catriona, en misschien is dat mijn schuld omdat ik je te veel informatie heb gegeven. We kunnen dit samen oplossen, dat beloof ik je. Een goede advocaat –'

'Wát?' riep Brandon uit.

'Naar huis, jij!' riep Rob tegen Brandon en hij zette een stap naar mij toe.

'Wat ben je met haar van plan?' vroeg Brandon.

'Rob, ik heb Catriona's kleren in Addies kleerkast gevonden. Ik heb al een bericht verstuurd naar het kantoor van de patholoog. Hij leest het zodra hij uit de helikopter stapt. Het kan niet meer teruggedraaid worden.'

'We hadden je hier nooit naartoe moeten halen,' fluisterde Rob. 'We hebben je alleen gevraagd om Addies dood te onderzoeken. Niet te geloven dat ik je nota bene heb betaald om ons gezin nog dieper in de ellende te storten!'

'Ik geloof oprecht dat ik jullie kan helpen,' zei ik. 'Met een behandeling voor Brandon en door een paar compromissen te sluiten. Ik geloof niet dat Brandon ooit nog een gevaar voor anderen zal vormen.'

'Ík heb ze vermoord!' schreeuwde Rob. Hij sprong op me af en zwaaide het pistool als een hamer door de lucht. 'Jij stom, stom wijf!'

'Nee...' zei Brandon. Hij wankelde achteruit tegen de muur.

Ik kon twee stappen zetten voordat Rob me naar achteren trok, zijn arm om mijn nek sloeg en het pistool tegen mijn slaap drukte.

'Ik wist hoe kwaad Brandon was, en dat als ik de dood van mijn dochter niet wreekte hij dat zou doen. Die vrouwen hebben hun verdiende loon gekregen. Ze hebben Addie voor een of ander fucking ritueel gebruikt, ze hebben haar geofferd in die grot!'

'Dat heb je niet gedaan,' zei Brandon snikkend. 'Pap, zeg dat je het niet hebt gedaan!'

'Ik heb het wél gedaan en daar heb ik goed aan gedaan. Die meid was doodsbang. Ze deed alles wat ik haar opdroeg. Ik beloofde dat ik haar zou laten gaan als ze gehoorzaamde. Maar dat ouwe wijf was lastiger. Ze heeft me stijfgevloekt en zich stevig verweerd. Denk je nog steeds dat die middernachtelijke sessies onschuldige bijeenkomsten waren?' siste hij in mijn oor. 'Ze wilden Addie vanaf het eerste moment dat ze haar zagen. Wat ze met die schelp hebben gedaan...'

'Maar het zand, het zeewier – waarom al die moeite?' vroeg ik.

'Het moest lijken alsof iemand van het eiland ze had vermoord,' zei hij. 'En wat dat zand betreft – ik wilde ze laten voelen wat Addie had gevoeld.'

'Hun rechterborst... Het is monsterlijk wat je hebt gedaan.'

'Dat doen ze hier toch met heksen? Al die uren die ik erin heb gestopt om dat te weten te komen en jij hebt dat nu allemaal verpest,' zei Rob.

Brandon liet zich op de grond zakken.

'Je moet je om je zoon bekommeren,' zei ik.

'Het is al te laat,' zei Rob. 'Het is altijd al te laat geweest. Vanaf het moment dat ik dat smerige klotegeld ging aannemen. In Vegas heb ik een pact met de duivel gesloten. Ik heb altijd geweten dat hij zijn pond vlees zou komen opeisen. Maar het had mijn vlees moeten zijn, niet dat van Addie. Hij heeft zijn heksen op haar afgestuurd.' Zijn tranen maakten mijn wang nat terwijl hij zijn gezicht tegen het mijne perste. 'Ik heb alles kapotgemaakt wat we hadden. Ik heb mijn gezin alles afgepakt. Mijn vrouw kon zelfs haar vader niet bellen toen hij ziek werd. Mijn kinderen moesten een andere naam aannemen. Alles. Door mijn schuld zijn wij hier beland.'

'Pap, nee!' zei Brandon snikkend.

Ik stak mijn hand naar Brandon uit. Rob duwde het pistool in mijn wang.

‘Het is mijn schuld dat Addie dood is. Ik heb gezien wat het met Brandon heeft gedaan, en met Isabella en Luna. Ik dacht dat ik het goed kon maken door het recht in eigen hand te nemen.’

‘Rob, alsjeblieft, leg dat pistool neer. Ik zal de politie niet bellen. Je bent al een keer gevlucht, je kunt nu weer vluchten. Verdwijn met het hele gezin...’

‘Nee,’ zei hij. ‘Ik ga niet meer vluchten. Het stopt hier. Ik wil ze dat niet meer aandoen. Doe je ogen dicht.’

‘Niet doen,’ fluisterde Brandon met opengesperde ogen. Tussen zijn benen vormde zich een plasje op de vloer.

‘Ik moet het doen. Ik doe het voor jou,’ zei Rob. ‘Ik heb geen keus.’

Ik dacht weer aan Hilda en snapte nu duidelijker wat ze toen bedoelde, maar ik vroeg me af hoe ze had geweten wat me te wachten stond. Ik sloot mijn ogen.

Het pistool ging op een centimeter van mijn gezicht af. De trekker werd overgehaald en ik dacht de kogel te horen suizen. Hij trof doel.

Robs voorhoofd klapte naar achteren alsof hij geen botjes in zijn nek had. De knal was zo luid, zo dichtbij, dat ik hem dwars door mijn schedel hoorde.

Daarna zijn arm die van mijn nek viel, langs mijn rug naar beneden gleed. Bloed, warm, koperachtig, dat tegen de keukenkastjes achter ons spetterde.

Brandon schreeuwde het uit.

Ik was sprakeloos, mijn mond viel open.

Ik stak mijn armen uit naar Brandon, die mijn handen wegsloeg en zijn vader in zijn armen nam. Rob – de achterkant van zijn schedel was weggeslagen – viel op de grond en was op slag dood toen hij de trekker had overgehaald. Ik schopte het wapen weg en vroeg me af wat ik nu moest doen. Had ik maar nooit een voet in Schotland gezet en nooit van Mull gehoord.

Vroeg of laat zou ik de politie zelf hebben gebeld. Maar een buurman die het schot had gehoord was me voor.

Ze hadden me al op mijn buik op de grond gesmeten en geboeid voor ik kon vertellen wat er was gebeurd. Ik hoefde het gelukkig niet aan Isabella uit te leggen omdat ik de daaropvolgende vierentwintig uur in een cel zat. Opgesloten en blij toe. Telkens als ik vrij rond mocht dwalen over dat eiland eindigde ik met een lijk in mijn armen.

42

Deze keer vond ik het niet erg om in de cel te zitten. De beslotenheid, het gevoel van veiligheid, het feit dat ik de gezichten van de rouwenden niet hoefde te zien: ik kan het het beste omschrijven als 'downtime'. Niet dat ik geen problemen had, maar ik werd niet langer beschuldigd van een dubbele moord. Harris Eggo had nog niet besloten welke juridische stappen hij zou nemen ten aanzien van mijn ontsnapping, de diefstal van een mes en het onder bedreiging opsluiten van twee mensen. Maar de omstandigheden waaronder ik gehandeld had waren dan ook uitzonderlijk. Volgens Eggo was de officier van justitie de zaak opnieuw aan het bekijken. Intussen hadden zij mijn paspoort ingenomen en had ik ermee ingestemd om, als ze me lieten gaan, op de hotelkamer te blijven waar Nate had gelogeerd. Ik had nog een uur voordat de maximale termijn dat ze me zonder aanklacht konden vasthouden was verstreken.

De deur naar de balie ging open en Simon Bathgate riep naar achteren: 'Levesque, bezoek voor je.'

Ik stond op. Het was Isabella Clark, die met een zonnebril op langzaam naar binnen schuifelde, met één hand steun zoekend tegen de muur.

Ze bleef stilstaan en keek mijn kant op. Ik kon haar ogen niet zien achter de zonnebril, maar haar ijzige kalmte, haar intense aanwezigheid, benam me de adem.

'We gaan weg,' zei ze. 'Onze advocaat heeft met brigadier Eggo gesproken. Ze hebben afgesproken dat we naar het vasteland mogen en daar mogen blijven tot het onderzoek achter de rug is. Zodra de lichamen worden vrijgegeven worden ze naar de Verenigde Staten vervoerd en daar begraven.'

'Isabella, ik vind het zo erg allemaal. Toen jullie me vroegen hierheen te komen was het laatste wat ik wilde jullie nog meer pijn te bezorgen. Ik kan me niet voorstellen –'

'Rob wilde dat ik je terugstuurde naar Canada zodra ik hoorde dat Catriona dood was. Hij probeerde me ervan te overtuigen dat je niet meer nodig was. Nu weet ik waarom. Hij wilde niet dat jij erachter kwam wat hij had gedaan.' Ze zette haar bril af. Haar ogen waren hol van vermoeidheid maar wel droog, zonder een spoor van de bittere roodheid die urenlange huilbuien zouden hebben veroorzaakt. 'Jij hebt hier niet de hand in gehad. Mijn kinderen zijn hun vader kwijt vanwege de dingen die hij heeft gedaan. Hij was geen slecht mens, niet toen ik hem leerde kennen. Maar hij werd hebzuchtig en daardoor veranderde hij. Het ging niet alleen om het geld. Hij wist heel goed voor welk slag mensen hij geld witwaste, hoe ze te werk gingen.'

'Mocht het je enige troost bieden, ik denk dat hij verteerd werd door verdriet. Dat hij sterk probeerde te blijven voor jou en Luna, maar toen hij Brandon zag afglijden brak er iets in hem,' zei ik.

'Hij gaf zichzelf er de schuld van dat wij hier zaten. En van Addies dood. Jammer genoeg geef ik hem daar ook de schuld van. Financieel hadden we het goed, Sadie. Hij was een uitstekende accountant. Toen hij de wet begon te overtreden wist hij welke prijs hij zou moeten betalen als hij werd gepakt. Nadat hij die getuigenis had afgelegd ben ik alleen maar bij hem gebleven omdat we toen al gevaar liepen, ook als we apart zouden gaan leven. De mannen tegen wie hij getuigde wilden wraak nemen. Ik dacht dat we veiliger waren als we bij elkaar bleven en ik wilde het de kinderen niet aandoen om van hun vader gescheiden te worden. Uiteindelijk blijk ik alleen maar verkeerde keuzes te hebben gemaakt.'

Ik zei niets omdat er niets te zeggen viel. Isabella had te veel meegemaakt om ook maar enige aandacht te hebben voor mijn medeleven, en alles wat ik zei zou alleen maar banaal klinken.

'Ik heb contact gezocht met de mannen die mijn echtgenoot wilden vermoorden. Ik heb nog een paar vrienden die de juiste mensen in Vegas kennen. We hebben Adriana verloren, en nu Rob, en ze komen niet meer achter ons aan. Zodra dit alles achter de rug is ga ik terug. Niet naar Vegas, dat zouden ze niet tolereren, maar we kunnen bij mijn familie in San Diego gaan wonen. De kinderen zullen zich daar ook meer thuis voelen.'

'Hoe gaat het met Brandon?' vroeg ik.

'Het zal misschien nog jaren duren voordat ik het antwoord op die vraag weet,' zei ze. 'Ik wil weten wie mijn dochter heeft vermoord. Of het nou een van die twee dode vrouwen is geweest of dat ze het samen hebben gedaan, maar ik ben vooral op zoek naar het waarom. Wat het antwoord ook wordt, ik wil het weten. Wil je me daarmee helpen?'

Na alles wat er was gebeurd was ik diep geraakt door haar vertrouwen.

'Natuurlijk wil ik je helpen,' zei ik. 'Maar ik kan niet van het eiland weg en ik word belemmerd in mijn bewegingsvrijheid, dus weet je wel zeker of ik hier de juiste persoon voor ben?'

'Ik weet het zeker,' zei ze en ze zette haar zonnebril weer op. 'Het is het minste wat we voor Addie kunnen doen.'

Ze liep de gang in.

'Isabella,' riep ik haar na. 'Ik vind het echt heel verschrikkelijk wat jij allemaal hebt –'

Terwijl ik nog praatte legde ze haar hand op de deurklink en verdween. Ik zou hetzelfde hebben gedaan.

Agent Bathgate overhandigde me een plastic tas met daarin de paar spullen die waren vrijgegeven, en wierp me een wrang glimlachje toe. Ik haalde diep adem, ging naar buiten en liep naar het centrum, zonder enig idee van wat ik kon verwachten. Werd ik nog steeds gewantrouwd, was ik persona non grata vanwege mijn connectie met de man die de gemeenschap twee mensen had ontnomen of kon ik mijn gezicht weer laten zien nu ik voor een klein beetje gerechtigheid had gezorgd?

'Mevrouw Levesque?' zei een man terwijl ik daar stond en de weg af keek.

Een vreemdeling naast een motorfiets, een zestiger zo te zien, normaal postuur, donkergrijs haar, met een motorhelm in zijn hand, die me glimlachend aankeek.

'Ken ik u?'

'Lance Proudfoot,' zei hij en hij hield zijn rijbewijs omhoog. 'We hebben elkaar over de telefoon gesproken.' Hij reikte me een helm aan en stak zijn andere hand uit om mijn tas aan te nemen.

Ik negeerde beide handen, deed een stap naar voren, sloeg mijn armen om zijn nek en omhelsde hem stevig. Hij reageerde zonder een woord te zeggen, sloeg zijn armen om me heen en liet een zacht lachje horen.

'Hoe wist je het?' vroeg ik.

'Ik las een tamelijk vaag politieverslag over een Canadese die de politie hielp met een onderzoek. Ik vroeg mijn contact bij de politie om dat uit te zoeken. En hij dacht dat je, als ze je lieten gaan, weleens behoefte zou kunnen hebben aan een vriendelijk gezicht.'

'Hoelang sta je hier al?'

'Een paar uur,' zei hij. 'Geen probleem. Ik grijp elk excuus aan om de motor tevoorschijn te halen en de veerboot te nemen voor een dagje uit. Mull is schitterend ondanks de herinneringen die dit eiland bij me oproept. Dus...' Hij gaf me de extra helm, en deze keer pakte ik die aan terwijl hij mijn tas in een bagagevak opborg. '... waar gaan we heen?'

Mijn maag gaf daar als eerste antwoord op.

'Ik heb eigenlijk trek,' zei ik. 'Ik heb vandaag alleen maar een niet te vreten worstenbroodje gehad. Ik dacht dat ik nooit meer wilde eten, maar ik sterf eigenlijk van de honger.'

'Dan wordt het de pub,' zei hij. 'Je loopt met opgeheven hoofd naar binnen, bestelt een glas lokaal gestookte whisky en ik trakteer op de lunch.'

Ik aarzelde even in de deuropening van The Blether en vroeg me af of ik er welkom was, maar Lance duwde me naar binnen en trok zijn portefeuille al uit zijn zak.

De stilte die viel toen we naar binnen gingen leek recht uit een film te komen. Ik keek om me heen naar de bekende gezichten, in de verwachting dat iemand met een begroeting of een excuus naar voren zou komen – een soort opening – toen Rachel achter de bar vandaan kwam en me bij de arm pakte.

'Kom verder, liefje,' zei ze. 'Ga lekker zitten, dan breng ik jullie wat je maar wilt.' Deze keer geen tafeltje helemaal achteraan. 'Je moet nodig bijgevoederd worden na alles wat je hebt meegemaakt.'

'Eerst maar eens een goed glas Ledaig en het menu,' zei Lance. 'Ik ben hier in geen eeuwen meer geweest. Pubs als deze vind je niet meer.'

Rachel gaf een klopje op zijn schouder en mocht hem onmiddellijk. Je kon ook onmogelijk een hekel aan hem hebben. Lance Proudfoot was een charmante man van de oude stempel.

'We doen ons best,' zei ze. 'Als we de mensen nou zover kregen dat ze niet voortdurend op hun telefoon zaten te kijken, zou het echt zoals vroeger zijn.'

Die opmerking deed me naar mijn eigen telefoon grijpen. Ik moest een nieuwe simkaart kopen, maar daar had ik niets aan tot mijn telefoon was opgeladen.

'Rachel,' zei ik. 'Neem me niet kwalijk, maar kan ik m'n telefoon hier ergens opladen?'

'Geen probleem,' antwoordde ze. 'Ze hadden je nooit zo lang vast mogen houden. Je familie zal zich wel afvragen of alles goed met je is. Ik leg hem wel achter de bar. We hebben hier altijd een paar opladers liggen.'

Ik gaf haar mijn telefoon.

'Wat jij hebt gedaan, dat je erachter bent gekomen wie Catriona en Hilda van ons heeft weggenomen, daar zijn we je dankbaar voor,' zei ze zacht. 'Ik weet dat je het moeilijk hebt gehad, maar dit stadje is je veel dank verschuldigd.'

Ze overhandigde ons de menukaarten van een ander tafeltje en liep langzaam terug naar de bar.

'Aan je gezicht te zien had je dit niet verwacht,' zei Lance.

'Mijn cliënt heeft hun mensen vermoord,' fluisterde ik.

'Jij hebt dat ontdekt en je hebt ervoor gezorgd dat er niet nog meer doden zijn gevallen. Voor hen is dat de gunstigste uitkomst. Er bleek geen monster in hun midden te wonen. Het was iemand van buiten, een vreemde. Vele malen beter dan als het een van hen was geweest, en nu – hoe verschrikkelijk dit ook was – kunnen ze beginnen met het helingsproces. De lichamen van Catriona en Hilda worden vrijgegeven zodat ze begraven kunnen worden. De stad kan nu rouwen en zich bezinnen op een terugkeer naar het normale leven.'

'Je vergeet Adriana,' zei ik.

Lewis Eggo verscheen aan ons tafeltje met de whisky, knikte me verlegen toe en zei blozend: 'U hebt het voor elkaar gekregen. Ik ben blij dat alles goed met u is. Het eten is van het huis, zei Rachel. Vertrekt u nu binnenkort?'

'Voorlopig niet,' antwoordde ik. 'Er zijn nog wat vragen die beantwoord moeten worden en ik heb nog werk te doen.'

'Voor Adriana?' vroeg hij ernstig. Ik knikte. 'Daar ben ik blij om. Ze verdient gerechtigheid.'

Ik legde mijn hand op de zijne en een paar seconden lang zwegen we allebei. Het leek erop dat er op het eiland niet alleen mensen woonden die een hekel aan me hadden. Ik moest misschien eens nadenken over een andere strategie om Adriana's moordenaar te vinden, en met honing werken in plaats van azijn.

'Je hebt hier blijkbaar een fanclub,' merkte Lance op toen Lewis wegliep met onze bestelling. 'Tenzij je over Adriana's moordenaar een theorie hebt die ze niet aanstaat.'

'Ik heb helemaal geen theorie,' zei ik en ik hief mijn glas. 'Onder ons gezegd, ik had ook niet in de gaten wie Catriona en Hilda had vermoord. Juiste familie, verkeerde persoon.'

Lance staarde een tijdje in zijn glas. 'Ik heb natuurlijk geen flauw idee van wat jij allemaal hebt doorgemaakt,' zei hij. 'Maar wil je erover praten?'

'Nee. Juist niet. Weet je wat ik echt mis? *Poutine*. Een typisch Canadees gerecht – patat met stukjes wrongel gedrenkt in een bruine jus. Bij voorkeur gloeiend heet opgediend zodat je je tong bijna verbrandt. Genoeg calorieën om je op de been te houden als je door een diepe laag sneeuw moet ploeteren om thuis te komen. Dat ga ik een keer voor je maken.'

'Klinkt goed,' zei Lance. 'Vlieg je meteen terug naar Canada als alles hier is opgelost?'

'Ik had gehoopt iets meer van Schotland te kunnen zien, maar mijn zus kan elk moment bevallen en ik wil er voor haar zijn. Voorlopig neem ik geen nieuwe zaken aan, en misschien ga ik rond nieuwjaar skiën met vrienden. Ik ga nu dingen doen die ik echt belangrijk vind.'

'Daar zeg ik amen op,' zei hij. We dronken onze glazen leeg en Lance gebaarde naar Lewis dat hij ons moest bijschenken.

'Lance, waarom ben je gekomen? Voor de goede orde, dat is niet vervelend bedoeld – ik kan alle vrienden gebruiken die ik kan krijgen – maar je kent me niet. Dit is veel meer dan alleen een vriendelijk gebaar.'

'Ik ben min of meer met pensioen,' zei hij. 'Ik heb tijd zat, word me steeds meer bewust van mijn sterfelijkheid en werd nieuwsgierig naar de jonge vrouw die mij zomaar opbelde en om hulp vroeg.' Hij zweeg even.

'En?' vroeg ik.

'En Flora Kydd. Die moord is mij altijd bijgebleven, vooral omdat de zaak nooit is opgelost. Ik was toen nog jong en gevoelig voor indrukken en ik was denk ik nog nooit geconfronteerd met het ware kwaad. Die zaak heeft me niet meer losgelaten. Ik denk dat ik haar door jou te helpen alsnog mijn respect wilde betuigen.'

'Ik heb Flora's vader gesproken. Hij legde me uit dat het zand moet voorkomen dat de slachtoffers de ware naam van hun moordenaar kunnen uitspreken, want daardoor zou je een mythisch wezen zoals een heks van haar macht kunnen beroven.'

Lewis zette schone glazen voor ons neer, met de fles Ledaig ernaast. Lance schonk ons in en ik nam een slok. Het was aromatisch en smaakte naar turf, alsof het rechtstreeks uit de aarde kwam.

'De heksen van Mull,' zei hij. 'Geloof jij dan in die mythen?'

'Ik geloof wel dat er in de loop van de geschiedenis op bepaalde plaatsen een bepaalde manier van moorden is ontstaan. Dat bepaalde patronen daar door de eeuwen heen steeds weer opduiken. In Canada worden lichamen met enige regelmaat achtergelaten in afgelegen gebieden met een grote berenpopulatie. Een geweldige oplossing om van een lijk af te komen, vooral als die beren net uit hun winterslaap ontwaken.'

'Zoals lijken dumpen in de moerassen van de Mississippi?'

'Precies. Denk jij dat de manier waarop moorden worden gepleegd ons inzicht geeft in hoe mens en omgeving elkaar beïnvloeden?'

'Nu wel, ja. Mag ik daar een artikel over schrijven als ik jouw naam eruit laat en geen nadere details geef over de moorden die hier gepleegd zijn?'

'Ga je gang,' zei ik. 'Dat is wel het minste na alles wat je voor me hebt gedaan.'

Ons eten werd geserveerd en we aten een tijdje in stilte, luisterden naar het geroezemoes om ons heen. Overal ging het gesprek over de moorden, maar Adriana werd niet genoemd. Natuurlijk was ze nu niet alleen een slachtoffer, maar ook de dochter van de man die mensen uit hun midden had vermoord. Addie dreigde opnieuw de verliezer te worden.

'Er is iets wat ik nog steeds niet snap,' zei ik terwijl ik mijn vork neerlegde. 'Er is vanaf Catriona's telefoon een appje verzonden naar Adriana. Eerst dacht ik dat Catriona een relatie had met iemand die haar had overgehaald om Adriana ergens naartoe te lokken, en die zich daarna tegen Catriona keerde en haar ook vermoordde.'

'Maar nu je weet dat Rob Clark haar heeft vermoord is die theorie niet langer houdbaar?'

'Precies. Maar goed, Catriona's telefoon was beveiligd met gezichtsherkenning, dus om hem te ontgrendelen en te kunnen gebruiken moest ze ter plekke zijn. Het is gewoon onmogelijk dat ze niet gemerkt zou hebben dat iemand anders een bericht had verstuurd als ze het zelf niet was.'

'Ik ken iemand die een echte techneut is. Die kan dingen die ik nooit zal kunnen begrijpen.'

'Denk je dat hij zou willen helpen?'

'Als hij het niet te druk heeft met het hacken van een internationale wapenbende of op de vlucht is voor de Russische maffia,' zei Lance grinnikend. 'Ik zal het hem vragen en het je laten weten. Wat vind je daarvan?'

'Geweldig idee. Voor een semigepensioneerde motorrijder uit Edinburgh heb je interessante kennissen. Als dit tripje me iets geleerd heeft is het wel hoe waardevol het is als je je openstelt voor mensen en ze vertrouwt.'

'Ach, zo is Schotland. Wij zijn niet allemaal heksen en moordenaars.'

'Daar drink ik op!'

We dronken nog een laatste glas en bedankten Rachel. Ik pakte mijn telefoon en we liepen terug naar de plek waar Lance zijn motor had geparkeerd.

'Ik moet straks terug met de veerboot. Red je je wel?'

'Ja hoor,' stelde ik hem gerust. Ik pakte mijn plastic zak uit de zijtas. 'En zeker nu ik wat tijd heb doorgebracht met een vriend.'

'Haal meteen een simkaart voor in je telefoon en stuur me je nieuwe nummer, oké?'

Ik salueerde voor de grap terwijl hij op zijn motor klom.

'Lance,' zei ik en ik liep op hem af en omhelsde hem, deze keer niet zozeer uit wanhoop als wel uit affectie. 'Op een of andere manier weet je alles beter te maken. Je vrienden hebben geen idee hoeveel geluk ze met je hebben.'

'Daar hoor jij nu toch ook bij?' zei hij glimlachend. Hij leunde voorover en drukte een snelle kus op mijn wang voordat hij zijn helm opzette. 'Pas goed op jezelf, Sadie. Ik bel je binnenkort.'

Ik deed wat hij me had opgedragen en ging eerst naar de winkel waar ik een simkaart kocht, wat fruit en een sweater met de opdruk *MADE ON MULL*. Daar moest ik het mee doen tot ik een beter gesorteerde winkel vond.

Ik stuurde mijn nieuwe nummer aan mijn zus en begon daarna aan de korte wandeling naar The Turning Tide Bed & Breakfast. Ik probeerde niet aan het gezicht van Rob Clark te denken, niet Brandons gegil of het in mijn hoofd nagalmende pistoolschot te horen. De vraag die ik de afgelopen vierentwintig uur had vermeden vereiste nu een antwoord.

Hoe had ik het anders kunnen aanpakken, zodat Rob Clark nu nog zou leven? Ik wist het niet.

Ik had dezelfde kamer gekregen die ik met Nate Carlisle had gedeeld voordat ik het fatale besluit nam om in het holst van de nacht naar Hilda's huis te gaan. Net toen ik me in het warme water van het bad liet zakken werd ik gebeld.

Op de nummerweergave zag ik dat het mijn zus was. Ik was dolblij om haar stem te horen, maar ik dwong mezelf niets los te laten over wat ik had doorgemaakt. Ik had er een gewoonte van gemaakt om de details van mijn zaken nooit met mijn familie te delen. Het was gewoon niet eerlijk om al die ellende door te geven.

'Hoi Becca,' zei ik opgewekt. 'Sorry dat ik een tijdje niets van me heb laten horen. Hoe gaat het met die bolle buik –'

'Het is begonnen, Sadie,' zei Becca. 'Het komt wat vroeger dan ik ben uitgerekend, maar ik heb weeën, echte weeën. Mama komt zo om me naar het ziekenhuis te brengen.'

'Och lieverd, alles verder goed met je? Is er nu iemand bij je?'

Ik werd overweldigd door een enorm gevoel van verlies. Door het gevoel dat ik er niet was om de hand van mijn zus vast te houden, haar te troosten terwijl zij de wereld beter maakte door nieuw leven te baren.

'Alles is goed. Alleen had ik zo ontzettend graag gewild dat jij hier nu was. Dat ik dit allemaal met jou kon delen. Ik heb geprobeerd om het vol te houden tot je terug zou komen, echt. Sorry hoor.'

'Becca, nee. Dit is allemaal mijn schuld. Ik had deze klus nooit aangenomen als ik had geweten dat ik niet op tijd terug zou zijn. Luister, ik kom zo snel mogelijk. Morgenochtend neem ik de veerboot en dan vlieg ik vanuit Edinburgh of Glasgow naar huis. Ik ben echt, echt heel snel bij je.'

'Ik mis je, Sadie. Je nichtje mist je. Ik kan niet wachten tot je thuis bent.'

'Ik ook niet. Ik hou van je, Becca. Hou je taai, en zeg tegen mam dat ze me moet bellen zodra er nieuws is, en geef de baby een kus van me voordat iemand anders de kans krijgt.'

Op de achtergrond hoorde ik een deur opengaan en de stem van mijn moeder die instructies gaf. Becca en ik beëindigden het gesprek.

Ik voelde een enorme leegte in me. Ik had een te hoge prijs betaald voor het helpen van de Clarks. Adriana bleek al dood te zijn toen ik in Schotland aankwam en haar moordenaar had ik niet te pakken gekregen. Ik was mijn belofte aan mijn zus niet nagekomen. Ik was niet daar waar ik het meest nodig was. Ik werd verteerd door verdriet tot ik het besluit nam om niet langer in zelfmedelijden te blijven hangen en tot actie over te gaan. Ik checkte de vertrektijden van de veerboten en vluchten en vroeg brigadier Eggo toestemming om te vertrekken. Nadat ik Nate, Lance en Isabella Clark mijn nieuwe telefoonnummer had gestuurd, voelde ik dat mijn ogen bijna dichtvielen. Ik had Isabella de toezegging gedaan dat ik de moordenaar van haar dochter zou vinden – maar dat moest even wachten. Nu kwam mijn eigen familie op de eerste plaats.

Het was nog vroeg in de avond, maar ik was doodop. Ik ging op bed liggen, sloot mijn ogen en stelde me voor dat ik in een berghut lag, dat het buiten hard sneeuwde en dat de wereld om mij heen wit en stil was.

Het was pikkedonker toen ik wakker schoot van een hard geklop op mijn raam.

'Sadie, wakker worden! We hebben je hulp nodig.'

43

Ik rukte de gordijnen open en zag Lewis Eggo in de regen staan met zijn handen tegen het glas. Ik schoof het onderste raam een stukje omhoog.

'Lewis. Is alles oké met je?'

'De voordeur van het pension zat op slot en ik wilde niet op de deur bonzen.'

'Hoe wist je waar ik zat?'

'Van mijn vader. U hebt dit adres en dit kamernummer opgegeven omdat u... omdat u nog niet van het eiland af mag tot ze besloten hebben of u wel of niet wordt aangeklaagd. Sorry.' Hij keek me een beetje beschaamd aan en ik kreeg spijt van mijn vraag.

'Maakt niet uit. Maar wat is er aan de hand?'

'Ik weet het niet. Van mijn vader moest ik dit meteen komen brengen.' Hij haalde een envelop uit zijn zak, duwde die door het raam naar binnen en deed een stap achteruit, terwijl hij over zijn armen wreef om warm te blijven.

'Mevrouw Levesque,' stond er op de voorkant in krullende letters. Ik scheurde de envelop open.

Sorry voor dit briefje. Kon u telefonisch niet bereiken. U kent Lizzy wel, een vriendin van Catriona Vass, en u hebt haar een paar keer gesproken. Ik heb gezien hoe u Brandon Clark hebt bijgestaan en hoe begripvol u met depressieve tieners omgaat, en ik vroeg me af of u me kunt helpen? Lizzy is in Mackinnon's Cave en dreigt daar met zelfmoord. Ze heeft ons gevraagd nog geen contact op te nemen met haar grootmoeder. Als u hierheen kunt komen, kan Lewis u brengen want onze andere auto's zijn al op weg daarnaartoe. Niets zeggen tegen Lewis, alstublieft. Lizzy is een vriendin van hem en ik wil niet dat hij van streek raakt.

Harris Eggo

'Kun jij me naar Mackinnon's Cave rijden, Lewis?'

Op zijn gezicht stond eerst geschoktheid en daarna verdriet te lezen. Hij wist dan wel niet wie er in de problemen zat, maar de naam Mackinnon was voor hem onverbrekelijk verbonden met tragedie.

'Oké dan,' zei hij zacht.

'Geef me twee minuten.' Ik trok mijn Made in Mull-trui over mijn T-shirt aan, griste mijn jeans, sokken en wandelschoenen bij elkaar en had me in minder dan een minuut aangekleed. Ik klom door het raam naar buiten en duwde het stevig dicht; ik zat er niet op te wachten om bij mijn terugkomst weer zeewier onder mijn kussen aan te treffen. Lewis zag bleek in het maanlicht, zijn ogen waren roodomrand. De inwoners van Tobermory hadden een loodzware tijd achter de rug. En nu verkeerde Lizzy in gevaar. Hij wachtte tot we in de auto zaten voordat hij me begon uit te horen.

'Zeg, wat is er nou aan de hand?' vroeg hij. 'Mijn vader wilde niks zeggen. Hij wil me beschermen, alsof ik nog een kind ben.'

'Hij houdt van je. Welke vader zou zijn zoon niet willen beschermen? Je vader en ik zijn het niet altijd met elkaar eens, maar ik waardeer het dat jij voor hem op de eerste plaats komt.'

'Ik heb hem een ambulance horen bellen. Er is iemand in Mackinnon's Cave. Heeft hij gezegd om wie het gaat?'

'Hij heeft me gevraagd dit niet met je te bespreken. Sorry. Dat is echt het beste, want ik weet ook nog geen details.'

'U begrijpt tieners toch zo goed?' Hij glimlachte even en ik zag de strijd die in hem woedde, jongen tegen man. Het was zo moeilijk op die leeftijd. En het was al moeilijk genoeg als het leven zijn gangetje ging, maar nu ze met dood en verderf waren geconfronteerd alsof een kat een halfdode muis aan hun voeten had gelegd, hadden deze jongeren een heel andere kijk op het leven gekregen.

'Ik beschouw mezelf niet als een expert,' antwoordde ik. 'Maar ik denk wel dat het soms makkelijker is omdat ik een vreemde ben voor de tieners met wie ik te maken krijg. Jullie zijn allemaal heel close met elkaar. Iedereen weet alles, de mensen praten, je kunt hier niets geheimhouden. Soms zijn vreemden dan de enige mensen aan wie we dingen toevertrouwen. Hoe ver is het nog?'

'Van hieruit, om deze tijd, twintig minuten schat ik. Normaal zou ik niet zo hard rijden. Pap zegt dat een snelheidslimiet niet voor niks is, ongeacht de plaats of het tijdstip. Maar als er iets ergs is gebeurd...' Hij zweeg en er welde een snik op in zijn keel.

Mijn telefoon trilde en ik bekeek het bericht.

'Info over beveiliging telefoon. Bel me zodra je wakker bent. Lance.'

Het was midden in de nacht. Hij had niet overdreven over zijn slaaptekort, maar hij dacht blijkbaar dat ik pas op een christelijker tijdstip aanspreekbaar was.

'Ik moet even bellen,' zei ik.

'Wilt u hier alstublieft niets over zeggen?' vroeg Lewis. 'Dat vindt m'n pa niet prettig, denk ik. Sommige mensen hier op het eiland willen al dat hij vervangen wordt. Ik wil die mensen niet nog meer redenen geven om hem te lozen.'

'Snap ik,' zei ik terwijl ik Lance' nummer koos. 'Lance, met mij.' Ik drukte de telefoon tegen mijn oor en leunde tegen het raampje om hem beter te kunnen verstaan. De verbinding was slecht en zo nu en dan viel hij weg.

'Goeie timing, de hacker over wie ik het had is hier nu. Ik geef hem even.'

Er klonk wat geroezemoes en daarna een andere stem, een mannenstem met een Amerikaans accent. 'Hoi Sadie, met Ben. Lance zei dat je iets wilde weten over hoe je de beveiliging van een telefoon kunt kraken, klopt dat?'

'Inderdaad. Kun jij me helpen?'

'Tuurlijk. Weet je om wat voor type telefoon het ging?'

'Android.' Ik herinnerde me dat Lizzy dat had gezegd.

'Enig idee hoe oud die telefoon was?' vroeg Ben.

Ik dacht aan Catriona, aan het huis waar ze woonde en de tamelijk armoedige omstandigheden waarin ze leefde, met een vader die zich op zee het schompes werkte om brood op de plank te krijgen.

'Zeker niet nieuw, denk ik. Geen dure telefoon. Waarschijnlijk tweede- of derdehands gekocht.'

'Als het om een oud model ging en de software niet was bijgewerkt, zou je de beveiliging kunnen omzeilen door een scherpe portretfoto voor het scherm te houden. Android heeft daar een tijdje problemen mee gehad. Maar in de meest recente software-updates hebben ze dat opgelost.'

Ik staarde uit het raam naar de duisternis. 'Dat is heel interessant. Dank je, Ben. Kom je wel vaker midden in de nacht zomaar langs bij Lance?'

'Die man is een levende legende,' zei hij en ik meende het getinkel van bierflesjes te horen die tegen elkaar aan werden gestoten. 'Hij zal nooit nee zeggen tegen een vriend die zijn IP-adres een nachtje wil lenen.'

'Inderdaad een levende legende. Mag ik hem nog even gedag zeggen?'

'Tuurlijk, en pas goed op jezelf. Lance, Sadie voor je.'

'Heb je hier iets aan?' vroeg Lance.

'Absoluut,' zei ik. 'Ik zal je verder niet ophouden en nog eens zeggen hoe ontzettend dankbaar ik je ben. Want dat weet je al.'

'Het lijkt alsof je in een auto zit,' zei Lance. 'Om twee uur 's nachts?'

'Onderweg om iemand te helpen, dus ik moet ophangen. Drink

maar een biertje op mijn gezondheid.' Ik beëindigde het gesprek.

Lewis hield zijn ogen op de weg gericht terwijl ik uit het raam staarde en nadacht over Catriona. Ze bewoog zich natuurlijk in allerlei verschillende groepjes. Dat betekende dat heel veel mensen foto's van haar hadden, zeker al die tieners die graag selfies op sociale media postten. Zelfs een vreemde had een foto van haar kunnen bemachtigen en zo de beveiliging op haar telefoon kunnen omzeilen. Maar dan had die persoon ook ongemerkt haar telefoon in handen moeten krijgen en genoeg tijd moeten hebben om dat bericht aan Adriana te versturen.

Haar beste vriendinnen hadden makkelijk bij haar telefoon gekund, de meiden met wie ik haar die avond in de museumwinkel had gezien. Met wie ze had samengespannen om die arme Lewis dat zogenaamde 'liefdesdrankje' toe te dienen.

'Wie heeft jou die gemberthee gegeven, dat drankje waar je zo ziek van werd en wie zei dat het van Catriona kwam?'

Hij haalde zijn schouders op en keek me even aan.

'Kan het Lizzy zijn geweest?'

'Zou kunnen. Ze was er ieder geval wel bij. En zij was degene die aan me opbiechtte wat voor drankje het was,' zei hij. 'Hoezo?'

'Gewoon, uit nieuwsgierigheid. Gebruikten die meiden elkaars telefoon weleens? Een beetje lol trappen, foto's nemen met elkaars camera's, dat soort dingen?'

'Tuurlijk,' zei hij. 'Ze waren elke dag samen. Waarom?'

'Weet ik nog niet,' mompelde ik.

Op een gegeven moment was Adriana bevriend geraakt met dat groepje, en Lizzy had mogelijk toegang gehad tot de telefoons van beide meiden.

'Kun je wat harder rijden, Lewis?'

'Ja hoor,' zei hij. 'Ik wil niet dat er nog iemand doodgaat.' Hij gaf gas.

Een geweten is een tweesnijdend zwaard. Het werkt als een weinig ontwikkelde spier die mensen ervan moet weerhouden foute dingen te doen, maar als hij te laat samentrekt – wat vaak gebeurt – dan verstijft en verkrampt hij tot de pijn ondraaglijk wordt. Dat is allemaal niet zo erg als je snoep uit de buurtwinkel hebt gepikt of rode wijn op de lievelingstrui van je zus hebt gemorst. Maar moord? Hoe gaat een geweten daarmee om?

We reden nu snel in westelijke richting over het eiland en waren al vlak bij de grot. Ik keek of ik de bekende blauwe lichten al in de verte kon zien en rilde even van de kou. Lewis reikte naar achteren en gaf me een hoody om aan te trekken.

'Alstublieft, hij zit mij heel wijd, dus hij zal wel over uw trui heen kunnen. Ik had moeten zeggen dat u een jas moest meenemen. Oktober wordt behoorlijk koud.'

Ik trok de hoody dankbaar aan en herkende de afbeelding op de voorkant. Dat album van U2 was van voor mijn tijd, maar had voor altijd een plek in de popcultuur verworven.

'Ik had dat album op cd,' zei ik. '*Boy* heet het toch?'

'Klopt,' zei hij glimlachend. 'Ik heb het van mijn vader gekregen. Hij is naar een van hun eerste grote optredens geweest. Draait hun muziek nog steeds. We zijn er over een minuut, maar we moeten langs de weg parkeren en dan lopen we het laatste stuk.'

Nog steeds geen zwaailichten, en terwijl het me begon te dagen dat er niets van politieactiviteit te zien was kwam er opeens een andere herinnering bovendrijven. Luna, die zei dat de jongen met wie ze Adriana had gezien een papa was. Omdat hij een foto van een klein jongetje 'op hem' had. Geen foto vasthield, maar letterlijk op zich droeg. Ik staarde naar het jongensgezicht dat nu mijn borst tooide.

Wat had Luna nog meer gezegd? Dat ze leken te dansen, dat Addie een vinger op haar lippen had gelegd en dat Luna daarom niet haar moeder had geroepen. Hoe zag dansen eruit in de ogen van een klein kind? De een die zijn handen uitsteekt en de ander die wegdraait? Addie die niet met hem gezien wilde worden.

'Ik parkeer de auto hier. We kunnen er samen heen lopen. Ik denk dat mijn vader dit in alle rust probeert op te lossen, niet met zwaailichten en zo.'

'Dat denk ik ook. Mag ik je telefoon even lenen om hem te bellen zodat ik me een beetje kan voorbereiden?' vroeg ik.

'Hij neemt vast niet op,' zei Lewis. 'Hij is nu bezig om Lizzy te kalmeren.'

'Ik heb niet gezegd dat het om Lizzy ging.'

Lewis vertrok geen spier. 'Ik dacht dat het om haar ging omdat u onderweg vragen over haar stelde,' zei hij.

De herinneringen vielen nu razendsnel op hun plaats. Rachel, de eigenaresse van The Blether, die mijn telefoon aannam en achter de bar aan de oplader legde. Zoals ze dat voor alle vaste klanten deed. Lewis achter de bar, die bij Catriona's telefoon kon, en niet te vergeten bij Adriana's spullen in de kleedruimte voor het personeel.

'Er is hier niemand zo te zien,' zei ik.

'Waarschijnlijk zijn ze allemaal in de grot waar Adriana is gevonden. Het is een eindje lopen. Ik denk dat we ze daar zullen zien.' Hij nam de sleutel uit het contact, stapte uit en liep om de auto heen om het portier voor mij te openen.

Ik stapte uit en bleef glimlachen. 'Geweldig bedankt voor je hulp, maar rij jij nu maar terug naar Tobermory. Je vader wil vast niet dat je Lizzy in deze nare situatie ziet. Ik vraag Simon Bathgate wel om een lift.'

Catriona was bezeten geweest van Lewis, en toen was Adriana daar opeens: nieuwer, mooier, een buitenstaander die over Amerika en over casino's kon praten en die al die dingen had gezien waar tieners op Mull alleen maar van konden dromen.

'Ik loop voor de veiligheid even met u mee,' zei hij. 'Het is donker.'

Ik klopte op mijn zakken om te voelen of ik mijn zaklamp bij me had. Niet dus. Ik was ervan uitgegaan dat de omgeving verlicht zou zijn. Telefoon in mijn ene zak, kompas in de andere. Verder niets.

'Hoeft niet. Ik ben er al eerder geweest. Ik loop liever alleen verder.'

We stonden daar in het donker, Lewis Eggo en ik, en de zee en de sterren.

'Wat zei uw vriend toen u daarnet met hem belde?' vroeg hij.

Ik overwoog even om te liegen, maar het stadium van doen alsof waren we al lang gepasseerd. 'Hij zei dat iedereen die een portretfoto van Catriona had dat bericht vanaf haar telefoon naar Adriana kon hebben verstuurd. Die persoon moest alleen toegang zien te krijgen tot haar telefoon op een plek waar Catriona niet zou kunnen zien wat hij of zij deed.'

Lewis glimlachte. 'Een heleboel mensen konden bij Catriona's telefoon,' zei hij. 'Ze was nou niet bepaald kieskeurig over met wie ze omging.'

'Maar met jou ging ze het liefst om. Hoelang heeft ze gewacht... Jaren? Al die jaren dat jullie samen opgroeiden? Ze was blijkbaar zo door je geobsedeerd dat ze je uiteindelijk een liefdesdrankje heeft toegediend.'

'Ze was een treurig geval,' antwoordde hij kort. 'Adriana's vader heeft haar alleen maar een plezier gedaan toen hij haar vermoordde. Ze zou uiteindelijk zwanger zijn geraakt, er drie of vier koters uit hebben geperst en haar leven lang op dit eiland zijn blijven wonen, zonder hier weg te kunnen. En weet u, volgens mij wílde ze hier niet eens weg.'

Ik stak mijn hand in mijn zak, schoof de volumeregelaar aan de zijkant van mijn telefoon omhoog om hem in de stille modus te zetten en vertrouwend op mijn spiergeheugen begon ik aan de moeizame, stroperige taak om een bericht te versturen terwijl we daar stonden te praten.

'Maar Adriana, die was een klasse apart, hè? Die wist veel meer van de wereld. Die was jou waard en beantwoordde meer aan je ambities. Het zal wel pijn hebben gedaan toen ze je afwees.'

'Val dood,' zei hij. Niet boos. Volkomen emotieloos. Een gewone opmerking, de handen ontspannen naast zijn lichaam, glimlachend alsof we elkaar net waren tegengekomen en een praatje maakten.

'Ik wil het graag begrijpen,' zei ik. 'Catriona was jaloers, ja toch? Ze haatte Adriana omdat jij alleen maar aandacht voor haar had. Jij was alles waar ze ooit naar had verlangd en toen kwam opeens dat andere meisje met haar Amerikaanse accent en haar geheimen. Lizzy zei dat Catriona in het begin een hekel had aan Adriana. Maar ze raakten toch bevriend. Zo goed bevriend dat Adriana zelfs lid werd van hun groepje onder leiding van Hilda.'

Lewis kwam een stap dichterbij. Ik bleef staan waar ik stond. Hij was achttien maar nu al een kop groter dan ik, gespierd en ongetwijfeld veel sterker. Op de korte afstand zou ik hem er misschien uit lopen, maar op de lange afstand of in een gevecht zou ik het niet van hem winnen. Ik was kwetsbaar en dat wist hij.

'Catriona manipuleerde Addie zoals ze iedereen manipuleerde,' zei hij. 'Als ze Addie dat gif niet had toegediend zodat ze een hekel aan mij kreeg –'

De kattenbotjes. Les één in 'Hoe bereid ik een heksenmiddeltje'! Wat stom van me dat ik daar niet aan gedacht had.

'Je wou het eruit laten zien alsof Catriona haar vermoord had. En het is je zo goed gelukt om de heksen van Mull de schuld te geven dat twee van hen uiteindelijk ook zijn vermoord.'

'Daar heb ik niks mee te maken,' zei hij op scherpe toon. 'Dat heeft Rob Clark gedaan. Jij hebt hem die informatie gegeven, jij hebt hem de verkeerde kant op gestuurd. Catriona en Hilda zijn dood omdat jij hiernaartoe bent gekomen. Het bijdehandje dat uitvogelde hoe het zat, degene die Lizzy aan het praten wist te krijgen.'

'Kwam ik te dichtbij?' vroeg ik. 'Is dat de reden waarom ik hier nu sta?'

'Ik heb het eerst op een vriendelijker manier geprobeerd, door je bang te maken in plaats van je iets aan te doen.' Hij haalde zijn schouders even op en stak zijn handen in zijn zakken. Hij klonk luchtig, alsof het om een onbeduidend meningsverschil ging. Er gleden wolken voor de maan en de sterren verbleekten.

Ik herinnerde me dat Lewis me een keer vanuit The Blether bijna tot aan mijn hotel was gevolgd en toen een excuus verzon om weg te komen. Blijkbaar had hij me alsnog gevolgd.

'Dus jij hebt een zeewierkroon onder mijn kussen gelegd,' zei ik. 'Waarom? Zodat ik zou vertrekken?'

'Dat zouden de meeste vrouwen hebben gedaan,' zei hij.

'De meeste vrouwen? Dus heeft dit met gender te maken? Was je daarom zo kwaad op Addie toen ze niet voor je viel zoals alle andere meiden op dit eiland?'

'Weet je wat het was met Addie? Ze dacht dat ze beter was dan ik. Ze wilde wel flirten, liet me iets dichterbij komen, maar ze was geen moment echt geïnteresseerd. Alles aan dit eiland was "schattig" of "echt maf" of "mijn vrienden gaan dit nooit geloven!"' Lewis deed een vrij goede imitatie van een Amerikaans accent terwijl ik ondertussen de grond afspeurde, op zoek naar een steen. 'Dat suffe heksengroepje was zo'n beetje het spannendste wat ze meemaakte. Nachtelijke ceremonies, in je nakie op het strand staan en de zee aanbidden, bomen knuffelen of wat ze verder allemaal lopen te kutten.'

'Dus je gebruikte Catriona's telefoon om Addie te appen, om haar die nacht het huis uit te lokken, pikte haar op met je auto en deed net alsof je haar naar Catriona bracht,' zei ik. 'Om de indruk te wekken dat je iedereen een plezier deed.'

'Ze had kunnen kiezen,' zei hij. 'Adriana hoefde niet te sterven.'

'Welke keus had ze dan? Lief doen, naakt gaan zwemmen, toelaten dat jij je fantasieën op haar kon botvieren – of verdrinken? Lijkt me niet bepaald eerlijk.'

'Ik hield van haar,' zei hij. 'Ik ben nooit met die stomme slettenbakken op dit eiland mee geweest. Waarom was ik niet goed genoeg voor haar?'

Ik had misschien terug kunnen rennen naar de auto en de portieren op slot kunnen doen, maar hij had de autosleutel.

'Je hebt die schelp uit de museumwinkel gestolen, dus je wist van tevoren dat je haar pijn zou doen. Doe nou niet alsof ze een keuze had.'

Hij grijnsde. 'Maar wel goed van me, hè, verwijzen naar hekserij? Ik bedoel, je bent er vierkant in getrapt.'

'En hoe zat het met Flora Kydd? Hoe ben je daarachter gekomen?'

Hij lachte schamper. 'Is het je soms ontgaan dat mijn pa hier het hoofd van de politie is? Hij heeft een map met alle dossiers bij ons thuis liggen. En ook een map met oude moordzaken die tientallen jaren teruggaan. Flora was niet de enige met zand in haar mond. Die traditie gaat nog veel verder terug. En echt, zoals jullie zitten te praten en te zeiken en te zeuren zou het eigenlijk wel een goeie manier zijn om jullie je kop te laten houden.'

Ik zuchtte. Zijn auto stond recht achter me, Lewis stond voor me, en in de wijde omtrek was geen huis te bekennen. Schreeuwen had geen zin. Ik vroeg me af of Adriana net als ik nu het spel had meegespeeld toen ze doorkreeg dat Catriona haar niet stond op te wachten.

'Heeft ze zich vrijwillig uitgekleed om met je te gaan zwemmen?' vroeg ik.

Hij hield zijn hoofd scheef en dacht terug aan het moment. 'Nou, ze werd toen wel een beetje zenuwachtig, maar ze deed het toch. Het was koud, maar dat was juist leuk.'

'Gevaarlijk om 's nachts te gaan zwemmen in het donker met al die rotsen. Het had ook jouw dood kunnen worden.'

'Ik zwem hier al mijn hele leven,' zei hij. 'Laten we wel wezen, er valt hier verder niets te beleven.'

'Weet je vader het? Zou hij ook maar iets vermoeden?'

'Mijn vader is heel goed in het arresteren van dronken automobilisten en winkeldieven. Zodra het iets ingewikkelder wordt heeft hij net zoveel ervaring als een peuter in een laboratorium. Hij krijgt maandelijks updates met forensische rapporten en technische verslagen. Die gebruikt hij als onderzetter. Maar ik vind het juist heel interessant om die dossiers te lezen. Zijn handschrift is ook veel lelijker dan het mijne. Weet je, je had nooit in die brief mogen trappen. Dat was heel slordig van je.'

'Die dichtgeplakte envelop was een slimme zet, net als dat stapje achteruit, zodat ik de brief in alle rust kon lezen. Maar wel stom van me, ja.' Ik drukte op VERZENDEN om mijn bericht te versturen, pakte met mijn rechterhand het kompas stevig vast en spande en ontspande mijn beenspieren om ze te activeren. 'Ik wil nog één ding weten: heeft Adriana geleden?'

Hij overbrugde de afstand tussen ons met een enkele lome, soepele stap. 'Niet zo erg als had gekund. Meer dan ze had gewild.'

Ik knikte. 'Ga ik lijden?'

'Niet als je je niet verzet,' zei hij.

Ik keek in zijn ogen. En zag niets. Ik had doortraptheid of haat of een emotie grenzend aan paniek verwacht. Zijn gezicht bestond uit een schedel met huid eroverheen, innemende ogen in hun kassen, regelmatige tanden in een glimlachende mond. Maar onder de oppervlakte helemaal niets. Een leegte leger dan de verste uithoeken van het heelal.

'Je zult het wel jammer hebben gevonden dat Skittles me niet heeft kunnen ophangen aan die boomtak. Het verbaasde me dat hij zelf op dat idee was gekomen. Heb jij hem ingefluisterd dat ik hem die moorden in de schoenen probeerde te schuiven?'

'Nou geef je me te veel eer. Ik heb hem alleen maar verteld dat ik je de stad uit had zien lopen en welke kant je op was gegaan voor het geval hij je wilde volgen. Dat touw was helemaal zijn eigen –'

Ik haalde plotseling naar hem uit met mijn vuist, zo hard als ik nog nooit van mijn leven naar iemand had uitgehaald, waarbij het kompas nog eens extra schade toebracht aan Lewis' gezicht en aan mijn eigen vingers. Toen hij neerging trapte ik hem met alle kracht die ik in me had in zijn nieren. De zucht die hem ontsnapte klonk bevredigend, maar hij rolde weer snel om en trok zijn knieën onder zich. Het zou me niet lukken hem nog een vuistslag te geven zodat hij op de grond bleef liggen.

Dus rende ik weg.

Lewis stond binnen een seconde weer overeind.

Ik nam razendsnel een beslissing.

Als ik de weg volgde zou hij me zó hebben ingehaald. Als ik in het open veld bleef kreeg hij me meteen in de gaten. Ik moest me ergens zien te verschuilen en dat betekende dat ik naar het strand moest rennen en me daar achter de rotsen moest verstoppen. Dit was een uitgestrekt gebied en in het donker zou ik van rots naar rots kunnen spurten om aan hem te ontkomen. Maar ik moest niet naar Mackinnon's Cave. Dat was zijn territorium. Hij wist hoe hij naar de ingang van de grot moest klimmen, waar de beste schuilplekken waren. Misschien was dat al die tijd al zijn plan geweest. In plaats van het pad omlaag te volgen dat naar zee liep rende ik de andere kant op om een ander pad naar het strand te zoeken.

'Je komt toch niet weg!' riep Lewis.

Ik rende door, met zware, dreunende passen, en was blij dat mijn benen zo sterk waren door jarenlang skiën. Ik hoorde hem in hetzelfde ritme achter me aan komen. Er was hier op de kaap nergens een plek waar ik dekking kon vinden. Ik kon me nergens verstoppen. Nergens een plek om even op adem te komen.

Ik zoog zo veel mogelijk zuurstof naar binnen om mijn tempo vol te houden. Dicht bij de rand van de klip blijven, dat was het plan. De kustlijn volgen en zoveel voorsprong zien te krijgen dat ik ergens ongezien naar beneden kon klimmen. Als ik me kon verstoppen en hij me passeerde, zou hij me onmogelijk kunnen vinden. Ik kon uitstekend klimmen. Dat was het enige wat ik op hem voorhad. Daar was ik zeker van.

De steen raakte me vanuit het niets, een combinatie van stom geluk in het duister en Lewis' vastbeslotenheid om me niet te laten ontsnappen. De scherpe punt sneed door de huid op mijn achterhoofd en ik viel, maar ik was ook vastbesloten. De prijs voor Lewis was zijn vrijheid, maar voor mij was het mijn leven, en toen ik daar op die boomtak lag, machteloos, wachtend tot Skittles me zou vermoorden, had ik geleerd te blijven vechten.

Ik sprong meteen weer overeind. Ik kon het me niet permitteren over mijn pijn na te denken. Een eindje verder liep het pad iets omlaag en zag ik vanonder de klippen het water omhoog stuiven. Het werd vloed. Dat was goed. Als ik me net onder de klip kon verstoppen, zou Lewis me met geen mogelijkheid weten te vinden.

'Ik dacht dat je geen pijn wilde lijden!' riep hij. 'Als je nu blijft staan, kunnen we even praten. Dan luister ik naar je. Misschien kunnen we een compromis sluiten.'

Zijn stem had een wanhopige klank gekregen en dat was het enige wat ik nodig had om door te blijven rennen. Dat hij dacht dat ik misschien zou kunnen ontsnappen. Dat hij mij een compromis aanbood. Dat hij zwak bleek. Ik beet op mijn tanden, nam nog langere passen en bleef, met gebogen hoofd en pompende armen, doorrennen.

Door een stuk drijfhout kwam ik toch nog ten val, niet door Lewis. Een grote tak die iemand op het strand had gevonden en als souvenir mee naar boven had gezeuld lag dwars over het pad en ik struikelde erover. Ik vloog naar voren en sloeg met een kreet hard tegen de grond waarbij mijn adem uit mijn longen werd geperst.

Lewis wachtte niet tot ook hij struikelde maar wierp zich naar voren en kwam met zijn hele gewicht op mijn rug terecht, sloeg zijn arm om mijn keel en begon druk uit te oefenen.

Ik maaide wild om me heen maar ik was machteloos. Mijn keel was nog steeds pijnlijk en opgezet door de bijna-ophanging en dat wist Lewis maar al te goed.

Ik tastte de grond af, vond de tak die mijn ondergang was geweest, trok hem naar me toe tot ik hem goed vast kon pakken en stootte omhoog, over mijn schouder, in Lewis' gezicht.

Zijn kreet als van een gewond dier klonk als een symfonie. Zijn arm liet mijn hals los. De druk verdween van mijn rug en ik wist mijn bovenlichaam voldoende te draaien om hem nog een keer in het gezicht te steken, waarbij ik iets geleiachtigs hoorde en voelde ploppen.

Lewis schreeuwde het uit en de lucht was bezwangerd van pijn en razernij. Hij haalde naar me uit maar mikte niet goed. Het bloed droop van zijn gezicht op mijn benen terwijl hij zijn ene hand tegen zijn gewonde oog hield.

Ik duwde hem van me af. Hij krijsend, jankend. Ik gillend, vloekend.

Ik stond op, met de tak in mijn hand. Nu moest ik alleen maar zo ver van hem vandaan zien te komen dat ik me kon verstoppen tot het licht werd.

Lewis had acuut medische hulp nodig. Hij had geen andere keus als hij dat oog wilde behouden.

Langzaam schuifelde ik naar de rand van de klip, voorzichtig tastend met mijn voeten, op mijn hoede voor nog meer takken op het pad. Ik liep naar het zuiden, omdat ik wist dat ik vroeg of laat een plek zou vinden waar ik me kon verstoppen of in de verte een huis zou zien. Het een of het ander. Dat was de schoonheid van een eiland. Langs de kust zou ik op een gegeven moment leven tegenkomen.

'Help me!' krijste Lewis achter me. 'Mijn oog. Mijn oog ligt goddomme uit de kas!'

'Je kunt doodvallen,' riep ik schor. 'Dat is voor Addie.'

Ik hoorde een paar snelle, dreunende voetstappen. Ik had dus veel minder voorsprong dan ik had gedacht of misschien was ik niet in een rechte lijn van hem vandaan gestrompeld.

Lewis gaf een harde duw tegen mijn rug. Ik vloog door de lucht en wist één voet op de grond te zetten, maar struikelde alsnog doordat ik met te veel vaart naar voren schoot om te kunnen stoppen. Onder me voelde ik een ijzige kou, zout in mijn ogen.

Een voorwaartse beweging van een milliseconde en toen viel ik.

Mijn handen graaiden in het rond, op zoek naar de rand van de klip, gras gleed tussen mijn vingers door, mijn nagels braken af terwijl ik met mijn vingers in het harde gesteente klauwde.

Omlaag.

Mijn knie knalde tegen de rotswand, mijn heup kwam op een

smalle richel terecht, mijn linkerhand vond een oude boomwortel. Al glijdend kwam ik tot stilstand, me krampachtig vasthoudend.

Ik durfde geen adem te halen of mijn ogen open te doen.

Dan gejoel van boven. Een uitroep van vreugde. Lewis, boven op de klip, dacht dat ik dood was, hij had geen idee dat ik maar een paar meter onder hem hing, me vastklampend aan de rotswand.

Ik beet op mijn tong om het duister te laten zwijgen. Het gebulder van de golven onder me overstemde mijn zware ademhaling.

De richel was misschien vijftien centimeter breed. Ik moest het gewoon zien uit te houden tot het licht werd of tot ik naar beneden kon klimmen. Lewis hoorde ik niet meer. Ik draaide me een beetje zodat ik met mijn zij tegen de rotswand leunde.

'Dank je,' zei ik tegen de boomwortel en ik legde mijn hoofd ertegenaan. 'Dank je,' zei ik tegen de richel en ik legde mijn handpalm op het solide gesteente waar ik op lag.

Voorzichtig tastte ik in mijn zak naar mijn telefoon, biddend dat ik hem niet had laten vallen, en ik was dolblij toen ik de compacte vorm ervan voelde. Terwijl ik me met mijn linkerhand nog steeds stevig vastklampte aan de boomwortel begon ik met mijn andere een sos-bericht te versturen, in de ijdele hoop dat het gelezen zou worden.

Toen ik iets ging verliggen om het bericht te kunnen intoetsen voelde ik dat mijn kompas onder mijn been lag. Ik had me niet eens gerealiseerd dat ik het nog vasthield toen ik viel, en het was een wonder dat het veilig naast me terecht was gekomen. Instinctief reikte ik ernaar. Ik ging nooit zonder kompas de deur uit omdat ik met behulp van die simpele wegwijzer altijd thuis kon komen, maar het was meer voor mijn gemoedsrust dan dat het echt een hulpmiddel was.

Door de te lange mouw van Lewis' U2-hoody veegde ik het kompas van de rotsrichel voordat ik erbij kon.

Door de natuurlijke reflex ernaar te reiken, maakte ik een draaiende beweging waardoor ik te ver vooroverboog.

Door de zwaartekracht werd ik uit mijn veilige haven getrokken en de lucht in geworpen, boven op de schuimkoppen van de golven, tot in de diepten daaronder.

Door het getij werd ik omlaaggetrokken.

En door de steen die Lewis tegen mijn hoofd had gegooid raakte ik gedesoriënteerd in het schuimende, kolkende, ijskoude water.

Terwijl mijn lichaam rondtolde, wervelde en pirouettes draaide zag ik Hilda's gezicht.

'Ben je in het reine met jezelf, Sadie?' vroeg ze me weer. 'Werkelijk? Is er niets ongezegd gebleven tegen de mensen van wie je houdt?'

Te veel, dacht ik. Ik had het die eerste keer mis.

Het was het gewicht van dat verdriet dat me naar beneden trok. De wetenschap dat ik mijn nichtje nooit zou vasthouden, haar nooit in slaap zou wiegen of bij haar eindexamen zou zijn. Dat ik mijn eigen moeder nooit meer zou zien of Adriana's moeder kon vertellen wie het leven van haar dochter had genomen. Dat ik Nate Carlisle nooit zou kussen zoals ik me dat had voorgesteld of tegen hem kon zeggen hoe briljant ik hem vond, hoe lief, hoe sterk en hoe zorgzaam. Dat ik nooit zou zien hoe mijn leven zich ontvouwde.

Mijn lichaam sloeg tegen de rotsen aan op het ritme van het getij en ik voelde niets. Mijn haar kreeg eindelijk zijn kroon van zeewier, gevormd door de zee zelf. Op de weg boven me kwam een motor brullend tot leven en scheurde een auto met gierende banden weg.

Er was slechts een kort moment van droefheid en daarna een loslaten, het verslappen van mijn greep op de wereld daarboven en de zee daarbuiten.

En het eindeloze grijs-blauw-groen toen ik omsloten door de golven vanuit mijn graf omhoogstaarde naar de maan.

44
Het eiland

Sadie Levesque dreef stuurloos mee op het getij. Haar leven liep gevaar vanaf het moment dat ze een voet op het eiland had gezet. Ogen kropen over iedere vierkante centimeter van haar wezen. Mannen sloten weddenschappen af. Roddels gingen rond. Wie is ze? Waar komt ze vandaan? Hoelang blijft ze?

Als diezelfde nieuwsgierige mensen naar binnen hadden gekeken, naar hun eigen mensen, zou hun de jongen zijn opgevallen die zijn ogen niet kon afhouden van de mooie latina die naast hem achter de bar stond. Dan hadden ze gezien dat zij hem afwees, altijd met een glimlach, de afwijzing lichter makend met een grapje. Iemand zou hen in de steeg achter The Blether hebben zien staan, waar hij haar tegen zich aan trok en zij zich losmaakte. De tijdloze dans van de begerigen met de minder begerigen. Slechts waargenomen door een klein meisje dat onmogelijk het belang kon begrijpen van wat ze had gezien.

Als die nieuwsgierige mensen naar binnen hadden gekeken, hadden ze in Catriona Vass geen opgedirkte, naar aandacht hunkerende tiener gezien maar een meisje dat te vaak alleen was gelaten, wier vader rouwde om zijn overleden vrouw en die elke dag naar zee ging, niet om te vissen maar om tussen eb en vloed zijn verdriet te vergeten. Door Catriona's afwezige vader was het voor Rob Clark maar al te makkelijk om haar zijn auto in te lokken, haar te vragen iets over Adriana te vertellen, haar wijs te maken dat hij een indruk wilde krijgen van haar leven op het eiland. Catriona, die ooit stikjaloers was op Adriana, die huilend om haar eigen vader had geroepen terwijl ze doodbloedde in een ijskoude grot en haar onschuld bleef volhouden tegenover een man die zo kapot was van verdriet dat hij haar niet geloofde.

Als de bewoners van Tobermory geen oogkleppen op hadden gehad, zouden ze gezien hebben dat Hilda de puurste vorm van hun voorouders vertegenwoordigde, dat zij de trots en de vechtlust van de Schotse eilandbewoners belichaamde. De nuchtere moeder die niet verafgoodt of vertroetelt, maar wier nakomelingen altijd overleven.

De weigering van die nieuwsgierige mensen om naar binnen te kijken had Sadie het leven gekost. Op datzelfde moment werd Nate Carlisles hart gebroken door het verlies van een geliefde die hij nooit in zijn armen had gehouden. Lance Proudfoot zou zich afvragen wanneer hij nou eens leerde naar zijn intuïtie te luisteren en of hij Sadies leven had kunnen redden als hij dat gedaan had.

Maar het eiland telt meer doden op één dag dan een mens in zijn hele leven zal tegenkomen. Sadie was slechts een van hen. Herten stortten ter aarde, vossen werden afgeschoten, konijnen gestrikt, ratten vergiftigd, muizen liepen in de val, mieren werden vertrapt, vogels, vissen, slangen, insecten – al het leven, miljoenen zielen eindigden hun reis. Het eiland voelde het allemaal.

Die avond gingen de inwoners van Tobermory naar bed, gehuld in een mantel van schuld. Ze krompen in elkaar, denkend aan de wrede woorden die ze over Sadie hadden gefluisterd. Ze verdoezelden de leugens die ze over haar hadden verspreid. Telkens als Harris Eggo terugdacht aan Sadies gezicht of aan de kwaadaardigheid van zijn zoon, had hij opeens een glas in zijn hand.

De doden lijden niet. Dat is voorbehouden aan de levenden. De herinnering aan Sadie leeft voort. Foto's van haar worden ingelijst en opgehangen nu haar lichaam een leeg omhulsel is geworden.

En het goede dat ze heeft gedaan blijft achter. Het blijft intact in de atmosfeer, naast de vreugde die Adriana haar vrienden en familie bracht, en naast het licht dat Catriona in Tobermory's saaiste dagen liet schijnen. Het versmelt met de zachtmoedigheid van Flora Kydd en verandert in een tastbare, positief geladen energie die bezoekers opvalt als ze voor het eerst een voet zetten op het eiland Mull. Een gevoel van vredigheid. Een uitzonderlijk veilige haven in een chaotische wereld. Een oase.

Het eiland heette Sadie welkom, ze was thuis.

45

Ik bleef een tijdje drijven, heen en weer deinend in mijn lichaam, daarna gebruikte ik het als vlot, tot ik het leerde loslaten en er eindelijk boven kon zweven. De golven sprongen ruw om met mijn lijk. De rotsen kerfden erin en beukten er net zolang tegenaan tot zelfs Nate moeite zou hebben om mijn gezicht te identificeren.

Die eerste nacht was lang en donker. De zonsopgang bracht enige verlichting, maar het echte moment van vredigheid brak aan toen mijn lichaam aanspoelde en de capuchon van Lewis' U2-hoody bleef haken achter een oude, tussen de rotsen vastzittende kreeftenfuik en me daar hield tot een visser mijn gezwollen lichaam opmerkte, overdekt met krabben en vliegen. Harris Eggo was als eerste ter plaatse.

Ik voelde zijn ontzetting toen hij het geleende kledingstuk herkende waarin ik werd gevonden. En nog een andere emotie – verwarring, denk ik. Een paar minuten lang zat hij daar naast wat er van mij restte, keek naar me en keek toen weer weg. Hij had een kans, realiseerde ik me, om mijn lichaam van die hoody te ontdoen. Het kledingstuk te vernietigen. Een kans om geloof te hechten aan het verhaal dat zijn zoon hem had verteld over een dronken avond in het bos, die een gruwelijke afloop had gekregen toen hij tegen een boom was gelopen en geen erg had gehad in de tak tot die zijn oog had doorboord. Lewis – die op het vasteland al in een ziekenhuis lag, wegdrijvend op een wolk van verdoving – had geweten dat zijn vader hem niet geloofde. Maar ze hadden ieder hun rol gespeeld – die van de bezorgde vader en het gewonde kind – en gewacht om te zien wat het lot verder nog voor hen in petto had.

Dat diende zich die ochtend aan in de vorm van Lance Proudfoot. Het bericht dat ik blindelings in mijn zak had getypt had hem bereikt, hoewel hij er in eerste instantie niets van snapte.

'Lews egg dood add,' las hij op zijn telefoon. Het had hem een uur gekost om de ontbrekende letters in te vullen, terugdenkend aan onze eerdere gesprekken, en tegen die tijd had hij al vergeefse pogingen gedaan mij te bellen. Op mijn telefoon die op een richel onder een klip lag, terwijl ik in zee dreef. Drie uur later had zijn vriend bij de politie de locatie van mijn telefoon vastgesteld. Ze vonden het toestel de volgende ochtend om tien uur.

Tegen het middaguur had Harris Eggo zijn taken neergelegd en had Nate Carlisle een andere patholoog gevraagd om de zaak over te nemen. Ieder op hun eigen manier verbonden en bang niet in staat te zijn om rationeel te kunnen handelen. Diezelfde middag kwam Lance Proudfoot weer aan op Mull en hij reed meteen door naar de klippen boven Mackinnon's Cave, waar hij tranen om mij vergoot, stilletjes en ingetogen verdrietig – niet het verdriet dat je voelt om het verloren gaan van een door de jaren heen opgebouwde hechte vriendschap, maar om het korte ontvlammen van een wederzijdse verstandhouding waaruit een vriendschap had kunnen opbloeien. Hij huilde om het verlies van mij, om het verdriet dat mijn dood teweegbracht bij de mensen die van mij hielden en om al die andere vrouwen die te vroeg en te wreed van Mull waren weggerukt.

Lance Proudfoot opende daarboven op die klip een fles Ledaig, met twee glazen naast zich: een voor hem, een voor mij. Hij hief zijn glas en glimlachte naar de vrouw die hij in gedachten naast zich zag zitten. Hij zei me dat ik dapper was geweest, vastberaden en toegewijd. Hij zei me dat ik mocht uitrusten. En we huilden samen, hoewel hij niet kon zien dat ik naar hem glimlachte of niet kon voelen dat ik tegen hem aan leunde. Ik vertelde hem dat ik over hem zou waken, voor wat het waard was, niet echt wetende wat dat voor ons betekende.

Het onderzoeksteam Zware Misdrijven van de Schotse politie onthief alle agenten op Mull van hun taken voor zover die met de zaak verband hielden. Lewis, die de operatie goed had doorstaan maar met zijn linkerpols aan de bedspijl was geboeid toen hij uit de narcose bijkwam, zou in de gevangenis bekend komen te staan als Eenoog. Bij elke ontwikkeling in de zaak werd de juiste procedure gevolgd. Lewis werd pas verhoord toen hij weer beter was en bij de gesprekken was voortdurend een advocaat aanwezig. Harris Eggo nam ontslag bij de politie om zijn zoon te helpen en hem tijdens de rechtszaak bij te staan, ondanks zijn gebroken hart en het verlangen om zich elke avond in een vat whisky te verdrinken en zo het pijnlijke aanbreken van iedere nieuwe dageraad te vermijden. De familie Eggo verliet Mull stilletjes, zonder conflict, en keerde er nooit meer terug. Lewis werd veroordeeld, gaf nooit enige blijk van wroeging over wat hij had gedaan, maar vroeg zijn advocaat wel een verzoek in te dienen bij de politie voor teruggave van de U2-hoody die hij van zijn vader had gekregen. Het verzoek werd niet ingewilligd.

Ik zag dat allemaal niet als een film aan me voorbijtrekken, maar in korte flitsen van inzicht. Na de dood is er geen chronologie. Geen engelachtige verschijningen, geen paradijselijke herenigingen, maar wel een geleidelijke bevrijding van emoties naarmate we verder loskomen van ons stoffelijke leven.

Ik zag dat Isabella, Brandon en Luna zich in San Diego vestigden en was getuige van de lange zonsondergangen en wandelingen langs het strand. Ik zag de vader van Catriona Vass overlijden en wist dat hij alleen maar opluchting voelde bij zijn laatste hartenklop. Er is per slot van rekening een grens aan de pijn die een mens kan verdragen. In Mull hernam het leven op straat zijn normale gang, maar de mensen controleerden 's avonds wel of hun deur op slot zat en de tieners bleven wakker en belden op fluistertoon met elkaar, alsof de gruwelen waardoor ze waren overvallen nog ergens op de loer lagen.

Op het eiland werd een herdenkingsdienst voor me gehouden, wat vreemd was, omdat ik er allesbehalve welkom was geweest. Misschien was die bedoeld om het collectieve geweten te sussen omdat ik daar zo ver van huis aan mijn eind was gekomen. De mensen verzamelden zich op Calgary Beach aan de noordwestkust – waar ik wel van had gehoord maar nooit was geweest – met het idee dat die plek een brug kon vormen tussen mijn Canadese thuis en de plaats waar ik om het leven was gekomen. Nate sprak zulke lieve woorden tijdens zijn grafrede dat ik mezelf daarin amper herkende. Hij vocht tegen zijn tranen en stopte zijn eigen hoop en dromen diep weg in dat verborgen plekje dat we allemaal in ons hebben.

Dat doet de dood natuurlijk. Hij wist onze fouten, onze tekortkomingen, onze gebreken uit en laat alleen goede wensen en fijne herinneringen achter. Nate bleef niet slapen op het eiland waar we elkaar voor het eerst hadden ontmoet en ik voor het eerst de aantrekkingskracht van zijn intelligentie en kalmte had gevoeld. Hij liet de herinnering aan onze kuise nacht achter zich, treurend – net als ik in die paar seconden tussen het besef dat ik zou sterven en mijn overlijden – om het feit dat we niet de tijd hadden gehad om af te tasten wat er nog meer had kunnen zijn.

Ik zag de waarheid achter mijn vermoedens. Dat pastoor Christophe was grootgebracht in een huis waar zijn eigen vader stiekem prostituees binnenhaalde, wat bij de jongen het verlangen losmaakte om alle vrouwen in deugdzame huisvrouwen te veranderen. Het litteken van een brandwond op de hand van Simon Bathgate, toegebracht door een tirannieke pleegvader, waardoor hij zich als kind machteloos voelde en zich als volwassene liet gelden. Ik voelde de angst van Rhys Stewart, een kind in het lichaam van een volwassene dat slechts deels was toegerust om de wereld aan te kunnen. De leegte in Lewis Eggo. Die allesverterende, holle, verschrikkelijke leegte die hij had willen vullen met de perfecte relatie met het meest volmaakte meisje dat hij ooit had gezien. Had zij hem op haar beurt ook maar gewild. Flora Kydds gruwelijke dood door toedoen van een jonge vrouw aan wie was verteld dat ze macht had en die besloten had dat macht gelijkstond aan destructie. Sindsdien was ze niet opgehouden met moorden.

Mijn moeder vloog naar Schotland om mijn lichaam naar huis te begeleiden toen het werd vrijgegeven, nadat Lewis schuldig was bevonden en veroordeeld. Ik werd gecremeerd. Mijn as werd verspreid over de skihellingen van Banff. Het dwarrelde door de kristalheldere lucht, werd opgenomen door de sneeuw en voegde zich bij het land waar ik zo van hield. Mijn zus hield huilend haar prachtige, volmaakte, verrukkelijke baby'tje – Sadie – in haar armen terwijl het kindje vredig lag te slapen. Voor zover het bericht van mijn dood al tot mijn vader doordrong liet hij het niet merken. Dat was iets om dankbaar voor te zijn.

Maar mijn ziel, de enige cel waarin mijn bewustzijn werd vastgehouden, blijft boven Mull zweven en nu begrijp ik eindelijk wat Hilda begreep. De hartslag van het levende, ademende land. De bloedstroom van de tijdloze, constant bewegende zee. Het bloeien en falen van de mannen en vrouwen die komen en gaan op het eiland. De door de eeuwen heen rondcirkelende waarheden: dat de heksen opnieuw tot zondebok zijn gemaakt en dat dat in de toekomst weer zal gebeuren.

Sommigen hebben voorgesteld om onze geschiedenisboeken te verbranden. Ze uit onze kostbare bibliotheken te verwijderen. Te voorkomen dat op onze scholen wordt lesgegeven over mythen en volksverhalen. We veroordelen het steeds opnieuw vertellen van die verhalen, maar niet degenen die die verhalen voor hun eigen doelstellingen misbruiken, verdraaien en verminken, waarbij we voorbijgaan aan het cruciale punt: dat het niet door de geschiedenis van Mull komt dat de vrouwen en meiden een gruwelijke dood zijn gestorven, maar doordat wij er, zoals altijd, niets van hebben geleerd.

Ik wacht daar en kijk uit naar het volgende meisje wier leven gestolen zal worden op dat kleine eiland, klaar om haar op te vangen als ze valt, om haar tranen te drogen, haar pijn te verzachten. Om het zand uit haar mond te scheppen, haar afgesneden borst te helen. Omdat ik de waarheid ken. Dat alle vrouwen heksen zijn. En dat Mull nooit zal toelaten dat zijn mythen tot het verleden gaan behoren.

Nawoord

Het spreekt vanzelf dat *De laatste die sterft* een fictief verhaal is. Niets meer dan een verhaal dat aan de diepten van mijn fantasie is ontsproten. Aan de andere kant is het eiland Mull maar al te echt, maar vertoont het afgezien van zijn ligging en mythen geen enkele gelijkenis met het eiland in mijn boek.

De echte inwoners van Mull zijn hartelijk, vriendelijk, gastvrij en modern. Hopelijk vinden ze het goed dat ik hun volksverhalen en hun geschiedenis heb gebruikt omdat die zich perfect lenen voor een verhaal dat zich daar afspeelt. Het eiland is een magische plek. Er is ooit werkelijk een Spaans galjoen in de baai gezonken. De verhalen over de heksen van Mull zijn stevig verankerd in de lokale folklore.

Mijn advies: breng een bezoek aan Mull. Dwaal door Tobermory. Ga de menhirs bekijken. Neem rustig de tijd op de plek waar ooit trotse kastelen stonden en stel je een leven voor waarin je werkelijk om alles strijd moest leveren. Volg de minder vaak betreden paden en ga stenen keilen op de lochs. Sla Mackinnon's Cave met zijn lange en fascinerende geschiedenis niet over. Proef de whisky. En verwacht niet dat er moorden worden gepleegd – het eiland Mull is het tegenovergestelde van de realiteit die ik in mijn boek beschrijf.

Schotland is een bijzonder intrigerend land. Het marcheert onbevreesd zijn toekomst tegemoet en draagt tegelijkertijd zijn verleden met zich mee, altijd aanwezig, altijd geliefd. Om die reden is Schotland de ideale setting voor romans, vooral voor het onderzoeken van de meer duisterder kanten van de menselijke natuur. Telkens wanneer ik uit Schotland wegga laat ik mijn hart achter. In geen enkel ander land op de wereld zul je vreemden ontmoeten met wie je het meteen zo goed kunt vinden. Dus hier volgt mijn excuus aan de eilanders van Mull – jullie zijn niet de mensen in dit boek. Jullie adembenemende landschap heb ik schaamteloos gepikt, net als jullie fantastische verhalen over het verleden en de meedogenloze, nietsontziende zee. Verder berust alles en iedereen in dit boek op fantasie.

Dankwoord

Dank aan de geweldige mensen die dit boek hebben gekocht en gelezen. Aan jullie denk ik onder het schrijven. Jullie zie ik voor me als ik een personage de nek omdraai, twee mensen verliefd op elkaar laat worden of elkaar laat bedriegen. Ik zie jullie gezichten en probeer de emoties die ik wil overdragen in woorden te vatten. Dank je wel dat jullie blijven lezen in een wereld van bingen en sociale media. Dank je wel dat jullie het nog net zo fijn vinden als ik om je door een boek te laten meeslepen. Zonder jullie zou ik mijn verhalen slechts in de eenzame duisternis van mijn fantasie uitschreeuwen.

En dank aan de boekverkopers die jullie dit boek ter hand hebben gesteld. Van onafhankelijke boekhandels, grote ketens en supermarkten tot tweedehandswinkels. Allemaal gedreven mensen. En dank aan de bibliotheekmedewerkers, leerkrachten, bloggers en de recensenten, boekenclubs en websites.

Boeken brengen ons samen en verbinden lezers over de hele wereld. Ze inspireren en stimuleren ons, en je vergeet ze minder gauw dan de uren die je naar een scherm hebt zitten turen. Want als je een boek leest creëer je in gedachten je eigen beelden. Jíj wordt de acteur, de decor- of kostuumontwerper of visagist. De regisseur. Lezers bezitten een breed en fantastisch gevarieerd palet aan vaardigheden. Denk daar eens aan bij het volgende boek dat je leest. Wat je hersenen doen als je een boek leest is pure magie.

Ik heb veel hulp gehad bij mijn eigen poging om de lezer in de ban van dit boek te brengen. Bij HarperCollins en Avon Books werken veel gevaarlijk creatieve en technische genieën. Ik noem er hier enkele, maar je kunt er zeker van zijn dat er meer mensen bij betrokken zijn dan ik ooit kan bedanken.

Phoebe Morgan is begonnen met de redactie van dit boek, Helen Huthwaite heeft het afgemaakt en Thorne Ryan heeft het laatste traject van de estafette gelopen. Allemaal briljante redacteuren. Mijn dankbaarheid gaat uit naar Oliver Malcolm, Becci Mansell, Lucy Frederick, Ellie Pilcher, Elisha Lundin en Eleanor Slater. Ik weet dat velen van jullie gek zijn op luisterboeken en daarom ben ik ook Charlotte Brown veel dank verschuldigd. Zij heeft deze boeken omgezet in goud, samen met Robin Laing en zijn uitzonderlijke talent. Hij geeft alle personages in mijn boeken een stem en heeft Luc Callanach voor veel mensen tot leven gebracht. Het verbaast me telkens weer hoe geliefd die luisterboeken zijn.

Maar er komt zoveel meer bij het hele proces kijken. De marketing- en verkoopteams werken hier keihard voor. Ik heb enorm veel waardering voor jullie allemaal. Hetzelfde geldt voor de omslagontwerpers, de typografen, de externe redacteuren en de proeflezers. De drukkers en de distributeurs. Dank jullie allemaal, zonder uitzondering.

Mijn fantastische agent, Caroline Hardman en haar collega's bij Hardman & Swainson die elke dag weer eersteklas werk afleveren – Joanna Swainson, Thérèse Coen en Nicole Etherington –, jullie bezitten een engelengeduld en de zachtmoedigheid van heiligen.

Daarom, lezers, groet ik u, uit liefde voor het boek. Dat we allemaal nog één hoofdstuk mogen lezen voordat we het licht uitdoen…

Helen Fields
november 2021